TENDRE ET VIOLENTE ÉLISABETH

Henri Troyat est né à Moscou en 1911. Fuyant la révolution russe, ses parents — à l'issue d'un long exode — l'amènent en France où il fait ses études (lycée, faculté de droit).
Naturalisé Français, il accomplit son service militaire et, alors qu'il se trouve encore sous les drapeaux, obtient le Prix du Roman populiste pour son premier ouvrage, Faux Jour *(1935). Il publie encore* Le Vivier, Grandeur Nature, La Clef de voûte *et* L'Araigne, *qui reçoit le Prix Goncourt en 1938. Sa manière change avec les vastes fresques historiques qu'il entreprend par la suite :* Tant que la terre durera *(3 vol.),* Les Semailles et les Moissons *(5 vol.) et* La Lumière des Justes *(5 vol.). Son œuvre abondante compte aussi des nouvelles, des biographies* (Pouchkine, Dostoïevski, Tolstoï), *des pièces de théâtre.* Une Extrême Amitié *marque un retour à sa première manière romanesque, tandis que ses récents ouvrages,* Les Eygletière *et* Les Héritiers de l'avenir, *s'apparentent aux grands cycles historiques.*
Henri Troyat a été élu à l'Académie française en 1959.

Elisabeth a dix-neuf ans, un visage de grâce impertinente, l'humeur libre et joyeuse. Ses parents, Pierre et Amélie, les amoureux des *Semailles et les Moissons*, ont vendu leur café du boulevard Rochechouart pour acheter un hôtel à Megève. Dans ce décor de vacances, c'est un va-et-vient de clients aux faces interchangeables. Ils témoignent à Elisabeth une admiration qui la flatte. Toutefois, si elle apprécie leurs compliments, elle refuse de se laisser entraîner dans une banale aventure saisonnière. Sûre d'être à l'abri des surprises sentimentales, elle n'en est que plus bouleversée, lorsque surgit l'inquiétante figure de Christian...

DU MÊME AUTEUR

Dans Le Livre de Poche :

LA TÊTE SUR LES ÉPAULES.
FAUX JOUR.
L'ARAIGNE.
LE MORT SAISIT LE VIF.
GRANDEUR NATURE.
LE VIVIER.
LE JUGEMENT DE DIEU.
LA FOSSE COMMUNE.

LES SEMAILLES ET LES MOISSONS :

I. LES SEMAILLES ET LES MOISSONS.
II. AMÉLIE.
III. LA GRIVE.
IV. TENDRE ET VIOLENTE ELISABETH.
V. LA RENCONTRE.

HENRI TROYAT
DE L'ACADÉMIE FRANÇAISE

LES SEMAILLES ET LES MOISSONS

Tendre et violente Élisabeth

ROMAN

PLON

PREMIÈRE PARTIE

I

Les mains derrière le dos, la jambe droite violemment balancée, Elisabeth frottait le parquet à la paille de fer. En face d'elle, dans la glace de l'armoire, dansait un visage moite, aux yeux noirs, brillants. Une mèche de cheveux oscillait en cadence devant son nez. Elle avait envie de rire en se regardant. Une, deux ! Il ne restait plus qu'une étroite surface à nettoyer, le long du mur. Partout ailleurs, le bois, mis à nu, était pâle et sans taches.

« Je vais avoir fini ! » cria Elisabeth.

De l'autre côté de la cloison, la voix de Berthe, la femme de chambre, s'éleva, plaintive :

« Vous avez de la chance, mademoiselle ! Moi, j'en ai bien pour une heure encore !

— Ne vous tracassez pas. Cet après-midi, j'irai avec vous. Nous ferons le 15 et le 17 ensemble...

— Merci, mademoiselle. »

Elisabeth se remit à la tâche avec ardeur. En travaillant ainsi à préparer l'hôtel pour la saison d'hiver, elle avait conscience à la fois d'aider ses parents et de s'imposer un entraînement sportif indispensable. Ce matin, au réveil, elle avait encore pris ses mesures : cinquante-cinq centimètres de tour de taille. C'était un record. Maintenant qu'elle avait dix-neuf ans, elle était décidée à ne jamais se laisser grossir. Tout au plus admettait-elle la possibilité d'avoir, avec l'âge, plus de poitrine. La sienne était ronde, haute, mais à peine marquée. Il ne lui aurait pas déplu, également, de grandir un peu. Sans talons, elle paraissait vraiment très menue. Toutefois, la plupart des gens estimaient que cette gracilité ajoutait à son charme. L'année précédente, un client de l'hôtel lui avait dit qu'elle ressemblait à une Tanagra. Elle avait vérifié la signification du mot dans un dictionnaire. Si cet admirateur à cheveux gris avait pu voir sa Tanagra décoiffée, essoufflée, astiquant le parquet d'un pied nerveux, il eût sans doute revisé son jugement. Elle trouva cette idée très drôle, donna « un dernier coup » dans le coin de la fenêtre, et se redressa, victorieuse, le poing sur la hanche, un coussinet de paille de fer incrusté dans la semelle de sa pantoufle.

« Ouf ! Ça y est ! »

Sur le plancher, autour d'elle, s'alignaient des monticules de poudre blonde. Elle essuya son front avec son poignet, secoua ses cheveux et sortit. Dans la chambre voisine, Berthe, une vigoureuse fille brune, au corsage gonflé à bloc, frottait le parquet avec une expression hagarde sur le visage.

« Je descends voir maman et je reviens, dit Elisabeth.

— On n'y arrivera jamais si Madame ne prend pas plus de personnel ! gémit Berthe en lançant son pied d'avant en arrière.

— On y est bien arrivés, l'année dernière ! dit Elisabeth.

— En travaillant douze heures par jour, oui ! Et dire qu'on se donne tant de mal pour que les clients abîment tout avec leurs grosses chaussures ! »

Elisabeth s'éloigna dans le corridor tapissé de linoléum chocolat. Contrairement à Berthe, elle était sûre que les nettoyages seraient finis à temps. Tout le personnel au pourcentage était déjà sur place. Le 15 décembre, se présenteraient le chef et l'aide-cuisinier. Plus que dix jours à attendre. La première neige n'était pas encore tombée. Mais, selon les paysans, elle n'allait pas tarder. Il y avait trois ans que les parents d'Elisabeth avaient vendu leur café du boulevard Rochechouart pour acheter l'hôtel des Deux-Chamois, à Megève. Vingt-cinq chambres. Une clientèle agréable. Après des années d'études ennuyeuses et médiocres à Sainte-Colombe, à la Jeyzelou, puis dans une sombre pension de Clamart, Elisabeth s'était vue transplantée dans un pays de lumière et de joie où tout semblait conçu pour son émerveillement. Jamais elle n'avait rêvé une existence plus distrayante. Les gens qu'elle rencontrait à l'hôtel ou sur les pistes étaient venus à Megève pour s'amuser. Débarrassés de leurs tracas quotidiens, ils rajeunissaient de visage et de caractère. A les fréquenter, pendant la durée des vacances, Elisabeth pouvait croire que la terre entière était peuplée d'êtres sains et oisifs. Elle ralentit le pas et jeta un regard dans les chambres. Les intérieurs étaient propres, impersonnels et sentaient bon le bois ciré. L'ameublement comprenait invariablement un lit à barreaux de cuivre, drapé d'un couvre-lit en soie artificielle rose, à franges emmêlées, deux chaises, un fauteuil, une armoire à glace, une commode et une table de nuit, gardienne du vase honteux et traditionnellement nécessaire. Du plafond en lattes de sapin, pendait une lampe à l'abat-jour de porcelaine blanche. Au-dessus de la couche, comme au-dessus du lavabo, deux appliques murales, en forme de tulipe, offraient une ampoule électrique entre leurs pétales de verre dépoli. Elisabeth contempla tristement ce décor sans vie, puis se rappela qu'elle avait soif et entra dans la chambre numéro 12 pour se verser un verre d'eau fraîche. Quand elle tourna le robinet, un gargouillement de protestation courut dans la tuyauterie et deux gouttes rouillées tombèrent dans la cuvette.

« Il n'y a pas d'eau ! » cria-t-elle en sortant de la chambre.

La voix de sa mère monta du rez-de-chaussée :

« Papa l'a coupée ! Il travaille en bas, avec le plombier.

— Ah ! bon ! » dit Elisabeth.

Elle n'était pas surprise : comme l'eau de Megève était très calcaire, les conduites étaient souvent bouchées.

« Et le courrier, maman ? reprit-elle. Il n'est pas encore arrivé ?

— Non », répondit Amélie en traversant le vestibule pour se rendre à l'office.

Elisabeth descendit l'escalier en sautant une marche sur deux, selon son habitude, longea un couloir où veillait la face lunaire d'une pendule, poussa une porte battante et s'arrêta, fascinée par un extraordinaire étalage de vaisselle. Une froide lumière de porcelaine et de cristal débordait la table de l'office. Les assiettes, rangées en pile, figuraient les tours d'une forteresse imprenable. Devant elles, s'alignaient des régiments de verres, au garde-à-vous. Des plus grands aux plus petits, tous bombaient la poitrine et raidissaient le pied, sous le regard d'Amélie qui les passait en revue. Elle tenait un carnet à la main. Léontine, la sommelière, annonçait les éclopés et les manquants :

« Six assiettes creuses ébréchées, onze assiettes

plates ébréchées, sept assiettes à dessert ébréchées... huit verres à bordeaux fêlés, quatre coupes de champagne, deux verres à liqueur...

— C'est tout ce qu'il y a à remplacer ?

— Non, madame. J'ai encore deux raviers cassés sur les bords, trois salières, deux saladiers... »

Elisabeth plaqua un baiser sur la joue de sa mère et se glissa dans la cuisine, où la plongeuse récurait les casseroles de cuivre en les frottant à pleine main avec un mélange de sel, de terre et de vinaigre. Une odeur piquante imprégnait l'air autour d'elle. Rabougrie, tordue, cagneuse, le buste court et le bras long, elle balançait sa figure de cheval au-dessus d'une rutilante poissonnière. Elisabeth avait de l'affection pour cette fille, parce qu'elle était à demi-idiote et que les autres domestiques la traitaient mal. C'était la seule employée de l'hôtel dont elle eût retenu le nom de famille et le lieu de naissance, à cause, sans doute, de leur consonance inhabituelle. La plongeuse s'appelait Camille Bouchelotte et était originaire de Poilly-sur-Serein, par Sainte-Vertu, dans l'Yonne.

« Ce qu'elles sont belles, tes casseroles, Camille ! » dit Elisabeth.

Camille Bouchelotte tressaillit et eut le regard soupçonneux d'un avare dérangé devant son trésor. Elle mettait longtemps à comprendre ce qu'on lui disait. Enfin, son visage se convulsa dans une grimace de fierté, elle cligna de l'œil et bafouilla :

« Ça brille, hein ? Et encore, j'ai fait que le plus gros !...

Quand Elisabeth retourna dans l'office, sa mère n'y était déjà plus. La porte à glissière du passe-plats était ouverte sur la salle à manger. Toutes les tables avaient été traînées dans un coin avec leur chargement de chaises aux pieds raides, dressés en l'air. Devant cette forêt de branches verticales, s'étendait une plaine de parquet luisant. Emilienne, la première femme de chambre, encaustiquait le désert.

« Vous n'avez pas vu ma mère ? demanda Elisabeth.

— Elle vient de me quitter, mademoiselle. »

A tout hasard, Elisabeth se dirigea vers le hall. Baies limpides, fauteuils de cuir, petites tables et cendriers montés sur tige, chaque chose, en ce lieu, avait été prévue pour le délassement des clients. Le bureau de réception se trouvait dans la salle même, près de la porte d'entrée. Assise à sa table, Amélie compulsait des livres de comptes. Derrière elle, des rangées de clefs brillantes pendaient aux crochets du casier de correspondance. Elisabeth s'écroula sur une chaise, les bras ballants, les jambes écartées, et souffla :

« Te voilà enfin ! Tu pourrais t'arrêter une minute, maman !

— Je n'en ai plus pour longtemps.

— C'est bête qu'il n'y ait pas d'eau ! reprit Elisabeth. J'ai une de ces soifs ! »

Amélie tourna une page, toisa sa fille d'un regard sévère et dit :

« Tiens-toi bien, Elisabeth ! Tu es vautrée sur ton siège comme une gardeuse de chèvres sur un talus !

— Oh ! maman, laisse-moi vivre ! répliqua Elisabeth. Tu verras, quand il y aura des clients, je serai d'une distinction... !

— On n'est pas distinguée pour les autres, mais pour soi-même. Et puis, tu aurais pu, au moins, nouer un fichu sur tes cheveux pour travailler.

— Je suis affreuse avec un fichu !

— Pour qui veux-tu être belle ?

— Mais pour moi-même, maman ! Tu viens de me le conseiller », dit Elisabeth en riant.

Elle bondit et embrassa violemment sa mère qui protestait :

« Elisabeth ! Tu vas me décoiffer ! Que tu es donc brutale dans les mouvements ! Assieds-toi ! Laisse-moi travailler !

— Bon ! bon ! je ne te toucherai plus », dit Elisabeth.

Et elle se rassit sur le bord de la chaise, le dos droit, les lèvres pincées, dans une pose de visiteuse. Cette accalmie ne dura pas longtemps. A peine Amélie avait-elle repris ses calculs, qu'Elisabeth s'écriait :

« Tu sais, maman, j'ai encore regardé les chambres ! Elles sont vraiment impossibles !

— Qu'est-ce que tu racontes ? dit Amélie. Tout y est neuf : le papier, les sommiers, les matelas, les couvre-lits...

— Parlons-en, des couvre-lits !

— Que leur reproches-tu ?

— Ils ont des franges !

— C'est très joli, les franges !

— Ça fait 1920 en diable !

— Eh bien ?

— Nous sommes en 1933, maman. Les goûts ont évolué ! Si tu ne te rends pas compte de tout ce qui est démodé ici, nos clients, eux, le remarquent, j'en suis sûre !... C'est comme pour l'éclairage... »

Une voix grave lui coupa la parole :

« Que se passe-t-il encore avec l'éclairage ? »

Elisabeth se retourna. Son père était entré dans le hall. Il portait son vieux costume de travail et tenait une clef anglaise à la main.

« Tu en as fini avec le plombier, Pierre ? demanda Amélie.

Pierre répondit avec la majestueuse simplicité d'un homme habitué à ne plus compter ses miracles :

« Oui, je viens de redonner l'eau. »

Puis, comme ni sa femme, ni sa fille, ne paraissaient étonnées par cette déclaration, il répéta :

« Que se passe-t-il encore avec l'éclairage ?

— Rien, dit Elisabeth, mais il est bête et laid, il tape dans les yeux.

— En somme, tu trouves qu'on y voit trop clair, dit Pierre en souriant avec une ironie supérieure.

— Beaucoup trop clair, papa !

— Tu voudrais des lumières tamisées ?

— Oui ! Regarde comme ma chambre est jolie depuis que je l'ai arrangée à ma façon. Il n'y aurait qu'à faire la même chose partout. Acheter de petites lampes avec des abat-jour en tissu fleuri, mettre des couvre-lits en cretonne (ça ne coûte pas cher, la cretonne !), enlever ces montures à barreaux de cuivre et poser les sommiers sur des boules de bois, comme des divans...

— Ah ! ça ferait sérieux ! grommela Pierre.

— Ça ferait personnel, dit Elisabeth. Personnel, rustique et coquet. Nous sommes en montagne, papa ! Si nous pouvions créer ici l'atmosphère d'un chalet, tous nos clients seraient ravis. Ils se sentiraient chez nous comme chez eux !

— On ne vient pas à l'hôtel pour se sentir comme chez soi, dit Pierre sentencieusement.

— C'est ce qui te trompe, papa ! Je suis sûre qu'à l'hôtel du Mont-d'Arbois toutes les chambres ont un aspect accueillant...

— Notre hôtel n'est pas un palace.

— Il ne tient qu'à nous d'en faire un, en tout petit évidemment !

— Et la dépense, tu n'y as pas songé ? dit Pierre.

— Ton père a raison, Elisabeth, dit Amélie. Je comprends ton idée, mais il est encore trop tôt pour en parler. Plus tard, si tout va bien, nous entreprendrons les aménagements indispensables. J'ai moi-même quelques projets en tête. Cette porte à tambour, par exemple, qui est d'un passage trop étroit...

— Oui, dit Elisabeth. Et ce bar, au fond de la salle à manger ! Si on pouvait le placer ailleurs...

— Ce serait facile, en élargissant le hall... »

Pierre fronça les sourcils. La mère et la fille partaient ensemble dans un rêve de grandeur hôtelière. Comme elles étaient belles toutes les deux ! Elisabeth, rayonnante, espiègle, volubile, Amélie, plus réservée, avec son visage pâle, un peu fané, ses longues mains blanches, son regard profond. Il les admira en silence, puis se décida à les interrompre :

« Vous allez bien vite en besogne ! Si nous parlions sérieusement !

— Mais nous parlons sérieusement, papa, dit Elisabeth. Dans quelques années, tu ne reconnaîtras plus les Deux-Chamois.

— Ils auront fait des petits ! » dit Pierre.

Amélie lui lança un regard de reproche. Elle désapprouvait ce genre de bons mots en présence de sa fille. Elisabeth éclata de rire :

« Je t'en prie, maman, ne prends pas cette mine scandalisée ! J'ai dix-neuf ans ! »

Insensible à la logique de cette observation, Amélie se pencha vers la fenêtre et dit :

« Ah ! voilà le courrier ! »

Elisabeth sauta de sa chaise et colla le nez au carreau. Une silhouette petite, trapue, et lente avançait sur la route mouillée par la dernière pluie.

C'était Antoine, le portier de l'hôtel, qui revenait de la poste, un paquet de lettres à la main.

« Ce qu'il peut avoir l'air empoté ! » soupira Elisabeth.

Antoine était habillé d'une livrée verte, flottante, et coiffé d'une casquette à inscription dorée, dont la visière tombait au niveau de ses yeux. Plusieurs candidats aux fonctions de portier s'étaient présentés en même temps que lui, au début du mois, mais c'était lui qu'on avait engagé, parce que tous les autres étaient trop grands pour entrer dans l'uniforme.

« Dire qu'à cause de ce costume nous ne pourrons jamais avoir que des nains comme portiers ! reprit Elisabeth.

— Que veux-tu ? il faut bien finir d'user un vêtement qui nous vient des anciens propriétaires et qui est presque neuf ! dit Amélie.

— On ne peut pas rallonger les manches, les pantalons, élargir la veste ?

— Non, j'ai regardé.

— Moi, je fais confiance à Antoine, dit Pierre. Il a des allures de paysan, mais je le crois très débrouillard. »

La porte à tambour battit sourdement, et Antoine surgit, vert comme un génie de l'agriculture.

« Merci, Antoine, dit Amélie en prenant les lettres qu'il lui tendait. Maintenant, allez aider Berthe à passer la paille de fer. Mais changez-vous d'abord.

— Oui, dit Elisabeth, ce serait dommage de salir ce bel uniforme ! »

Quand il fut parti, Amélie décacheta les enveloppes avec un coupe-papier, parcourut quelques lettres d'un regard négligent, puis soudain, se redressa et dit avec un accent de triomphe :

« Ça y est ! Les Grévy reviennent !

— Chic alors ! s'écria Elisabeth. J'aime tellement skier avec Jacques ! Ils arriveront tous ensemble ?

— Sans doute. M. Grévy me demande les mêmes chambres que l'année dernière. J'ai bien fait de ne pas promettre le 5 à Mme de Belmont...

— Mais tu as réservé le 3 à M. Jaubourg ! dit Pierre.

— Je le placerai au 14. Il sera aussi bien. A présent, nous sommes au complet pour les fêtes. Sauf deux petites chambres à l'annexe, mais je préfère les garder en réserve pour l'imprévu... »

Tout en feignant d'écouter sa mère, Elisabeth triait, du bout des doigts, les lettres posées sur la table. Jacques Grévy, c'était bien. Mais il n'avait que dix-neuf ans. Il resterait toujours pour elle un camarade. Elle espérait découvrir dans le courrier une missive d'André Lebreuil, cet étudiant algérois de vingt-quatre ans, qui, l'été précédent, lui avait fait une cour assidue. Il était grand et brun, avec une peau mate, des dents très blanches et un regard sérieux. Elisabeth eût aimé le revoir, mais il ne lui avait pas écrit une seule fois depuis leur séparation. Sans doute n'avait-il plus l'intention de revenir à Megève. Elle n'en était pas attristée mais déçue. Déjà, cette aventure perdait de son attrait et allait rejoindre, dans son esprit, le souvenir d'autres idylles saisonnières. Elle avait l'impression d'avoir beaucoup vécu depuis son arrivée à Megève. Bien entendu, ses parents n'étaient au courant de rien.

« Il faudra monter deux sommiers au 5, dit Amélie. Je pense que les enfants coucheront, comme d'habitude, avec leur grand-mère. Jacques, au 12.

Les parents, au 3... D'ailleurs, je vais leur écrire tout de suite, pour confirmer... »

Le papier à lettres portait un en-tête prestigieux : « *Hôtel des Deux-Chamois* — saison d'été et saison d'hiver. Tout confort. Eau courante chaude et froide. Chauffage central. Cuisine réputée. Prix modérés. Directeur-Propriétaire : P. MAZALAIGUE. »

La plume d'Amélie glissa vivement sur la page blanche :

« Megève, le 5 décembre 1933.

« Monsieur et cher client,

« En main votre honorée du 3 courant... »

Toutes les lettres commerciales d'Amélie commençaient par : « En main votre honorée... »

« Tu ne crois pas que tu pourrais changer de formule, maman ? dit Elisabeth. Cela semble tout drôle, cette « honorée » que tu as « en main »...

— Je ne fais que me conformer à l'usage, dit Amélie, et je ne vois pas en quoi cette phrase te paraît déplaisante ou risible. Au lieu de me critiquer, tu devrais toi-même te mettre à la correspondance... »

Elisabeth se tut pour éviter la répétition de certains reproches, dont il lui était difficile de se justifier. Comment expliquer à ses parents qu'elle eût volontiers accepté le rôle de secrétaire, s'il ne lui avait pas fallu se plier à la discipline intolérable de l'orthographe ? En s'astreignant à écrire les mots correctement, elle avait l'impression d'abdiquer son indépendance, de retourner en classe, de n'être plus, de nouveau, qu'une pensionnaire mal notée et rétive. Amélie termina sa lettre par « l'expression de son meilleur souvenir et de ses plus sympathiques pensées », signa : « Mme P. MAZALAIGUE » et joignit à l'envoi un prospectus de l'hôtel, avec photographie de la façade, indication des prix et nomenclature des plus belles promenades de la région.

Elle cachetait son enveloppe, quand Emilienne vint annoncer que Madame était servie. En l'absence du chef, c'était Camille Bouchelotte qui faisait la cuisine. Le personnel déjeunait à l'office et les patrons dans un coin de la salle à manger face au chaos des chaises inutiles. Léontine, la sommelière, avait revêtu sa tenue réglementaire — robe noire, petit col et tablier blancs — pour passer les plats. Tandis qu'elle s'affairait autour de l'unique table dressée, Elisabeth jouait à se dire que ses parents et elle étaient les premiers clients des Deux-Chamois.

Après le dessert, Pierre se leva, s'étira et grogna dans un bâillement :

« Avant de faire ma sieste, je vais monter les deux sommiers au 5, avec Antoine.

— Ah ! non, Pierre ! s'écria Amélie. Pas tout de suite en sortant de table ! Repose-toi d'abord...

— C'est rien à transporter, dit-il. J'en ai pour dix minutes ! »

Les yeux d'Amélie se figèrent dans l'autorité :

« N'insiste pas, Pierre. Tu dois être raisonnable. Autrement, tu ne pourrais pas dormir. »

Comme il hésitait à se laisser convaincre, Elisabeth intervint à son tour :

« De toute façon, papa, il est trop tôt pour mettre les sommiers en place. Berthe n'a pas encore passé l'encaustique. »

Il s'inclina :

« Si c'est ça, je ne dis plus rien, je vais me coucher. On s'occupera des sommiers tout à l'heure.

— Mais oui, tu as bien le temps ! » dit Amélie.

Il sortit, marchant avec lenteur, la tête basse. Léontine apporta le café, auquel Pierre n'avait pas droit. Lorsqu'elle fut loin, Elisabeth murmura :

« Maman, je t'en supplie, ne commande plus papa comme un petit garçon !

— Il n'a pas plus de cervelle qu'un petit garçon quand il s'agit de sa santé, dit Amélie en haussant les épaules. Tu sais bien qu'il doit se ménager, éviter les efforts violents ! Pendant qu'il dormira, je demanderai à Berthe et à Antoine de monter les sommiers au premier étage. Ils les laisseront dans le couloir.

— Oh ! maman, ne fais pas ça ! dit Elisabeth en joignant les mains.

— Pourquoi ?

— Papa aura tant de peine en voyant qu'on s'est passé de lui !

— Ce sont des enfantillages, Elisabeth. Je ne veux pas que ton père ait de nouveau des étourdissements, des maux de tête.

— Mais, maman, il y a longtemps qu'il n'en a plus ! Il a tellement changé depuis que nous sommes à Megève ! Je ne sais pas si c'est l'air de la montagne qui lui fait du bien ou son travail à l'hôtel qui l'amuse, mais je le trouve tout rajeuni. Il est gai, actif, il ne se plaint jamais...

— Si tu l'avais connu avant sa blessure ! soupira Amélie.

— Avant sa blessure, il avait quinze ans, non dix-sept ans de moins ! Ça compte ! Crois-moi, maman, pour que le docteur permette à papa de mener la vie qui lui plaît, de bricoler toute la journée, de conduire une voiture, c'est qu'il le juge tout à fait rétabli !

— Oh ! les docteurs !... dit Amélie en avalant une gorgée de café. Je me fie plus à mon intuition qu'à leur science. »

Elisabeth regarda sa mère fixement dans les yeux et prononça avec gravité :

« Oui, maman, mais, avec ton intuition, tu ne te rends pas compte qu'au lieu d'encourager papa, de lui redonner confiance, tu lui rappelles tout le temps ce qu'il cherche à oublier. Il serait si heureux de pouvoir nous annoncer, tout à l'heure, qu'il a monté ces deux sommiers, très facilement, avec Antoine !

— Tu as peut-être raison, dit Amélie en souriant. Laissons-le faire. Si seulement il n'y avait pas ce risque de rechute... »

Elisabeth se rapprocha de sa mère, jeta les bras autour de son cou et dit avec un accent de conviction sauvage :

« Il n'y aura pas de rechute ! Il ne peut pas y avoir de rechute !... »

Elles restèrent un moment, joue contre joue, silencieuses, attendries.

« Ce qu'on est heureux tous les trois, quand même ! chuchota enfin Elisabeth.

— Tu te plais mieux ici qu'à Paris ? demanda Amélie.

— Quelle question, maman ! Paris, pour moi, c'était la pension de Clamart. Quand je venais vous voir le dimanche, je pouvais à peine vous parler. Le comptoir, la caisse, il y avait toujours des clients entre vous et moi. La seule chose que je regrette, c'est que tonton Denis ne soit plus avec nous.

— Il le serait s'il n'avait pas fait ce mariage stupide », dit Amélie en se dégageant.

Un afflux de sang avait coloré ses joues.

« Ne dis pas de mal de Clémentine, c'est un amour ! s'écria Elisabeth.

— Un amour qui a du sens pratique et de l'aplomb, dit Amélie. Tant pis pour Denis ! Ce ne sont pas les conseils qui lui auront manqué. Il a ce qu'il souhaitait, maintenant : une petite femme simple, qui fut notre bonne à tout faire, un petit bistrot de rien, rue Lepic...

— Maman, tu vas devenir méchante ! » dit Elisabeth en menaçant Amélie du doigt.

Amélie repoussa la tasse vide et se tamponna les lèvres avec sa serviette :

« C'est bon, n'en parlons plus. »

Elisabeth se leva, défripa sa jupe et conclut d'un air soucieux :

« Ah ! il faut que j'aille voir là-haut ! Berthe doit être dans tous ses états !

— Je n'aime pas beaucoup que tu travailles avec les domestiques », dit Amélie.

Le visage d'Elisabeth prit une expression comique de sagesse et de dignité.

« Mais je ne travaille pas avec eux, maman, dit-elle, je les dirige. »

Sa taille était serrée à craquer dans une ceinture de cuir. Ses seins légers pointaient sous le gilet de laine bleue. Elle s'éloigna, petite et droite, pénétrée de son importance.

Restée seule, Amélie songea un long moment à cette enfant exubérante, exigeante, qui, maintenant, se croyait en âge de discuter avec sa mère et même de la conseiller. « Elle s'imagine être au courant de tout, mais que sait-elle de son père ? Elle le voit sous son meilleur jour. Si elle vivait, comme moi, dans son intimité, elle comprendrait... » Léontine entra pour débarrasser la table. Amélie se rendit à la lingerie, à la buanderie, à la réserve, acheva de vérifier l'inventaire, puis revint à son bureau, dans le hall. De sa place, elle entendait les bruits de la maison où le personnel avait repris son ouvrage.

Grincement des meubles tirés à bout de bras, tintement de l'argenterie, frottement d'une brosse, battement d'une carpette, ces rumeurs ménagères entretenaient en elle un sentiment de réussite et de domination. Elle aussi était heureuse d'avoir vendu le café du boulevard Rochechouart. Le chiffre d'affaires du Cristal avait été si élevé, en 1930, que Pierre et elle avaient pu céder leur fonds de commerce pour un prix très supérieur à celui qu'ils l'avaient payé. L'hôtel des Deux-Chamois, en revanche, ne coûtait pas cher, parce que les anciens propriétaires, des gens âgés et négligents, s'étaient désintéressés de son exploitation depuis des années. En achetant cet établissement sur le conseil d'un agent immobilier et en le remettant à neuf, dans la mesure de ses moyens, Amélie avait réalisé son rêve de jeunesse. Son regard caressa les fauteuils de cuir, les estampes savoyardes pendues au mur, les guéridons à dessus de glace. La lumière du jour baissait dans la salle vide où flottait un parfum miellé d'encaustique. Amélie rouvrit son carnet et s'absorba dans la liste des articles à commander au grossiste de Sallanches : savon de Marseille, savon noir, papier hygiénique, chamoisines... Un hurlement la dressa, le cœur crispé, derrière sa table. L'escalier de bois résonnait sous le poids grondant d'une avalanche. Elisabeth entra en courant dans le hall. Décoiffée, haletante, une raie de poussière sur la joue, elle tendait la main vers la fenêtre :

« Maman, maman, tu as vu ?

— Quoi ? demanda Amélie.

— La neige ! La première neige qui tombe !

— Ne sois pas si excessive, Elisabeth ! dit Amélie. Tu m'as fait une de ces peurs ! On aurait pu croire qu'il y avait le feu à la maison !

— Bien, maman ! Mais regarde comme c'est joli ! »

Elles s'approchèrent de la baie vitrée. Les montagnes lointaines baignaient dans un lait mince de brouillard. L'air était plein d'un papillotement de plumes et de cristaux blancs. Sur la route, déjà, quelques pâles flocons refusaient de fondre. Elisabeth se précipita vers la porte.

« Où vas-tu ? » cria Amélie.

La jeune fille reparut, une seconde plus tard, sur le perron. Elle offrait son visage renversé, ses mains ouvertes, à l'irréelle caresse de la neige.

II

Il ne neigeait plus. Dans les prés, comme sur les chemins, la mince pellicule de flocons se diluait en boue. Partout, le noir gagnait sur le blanc. Sac au dos, de grosses chaussures aux pieds, Elisabeth descendait la route de Glaise vers la ferme des Courtaz, qui fournissaient l'hôtel en jambon et en fromage. Evidemment, elle aurait pu charger Antoine de la course, mais elle aimait rendre visite à ces paysans taciturnes — le frère et la sœur —, qui, en marge de l'agitation sportive de Megève, continuaient à vivre durement de leurs terres et de leurs bêtes. Déjà, la vieille maison montrait, au-dessus d'un talus, son toit de lattes grises, chargé de pierres. Un sentier menait à la porte, qu'encadraient une pile de bûches et un tas de fumier. Des aboiements retentirent. Une boule blanche et noire se précipita à la rencontre d'Elisabeth. C'était Friquette, la chienne des Courtaz, une charmante bâtarde, aux pattes torses et au museau barbu, frétillante, espiègle, affamée de caresses. Elle avait eu des petits, le mois précédent, et son maître les avait noyés. D'un bond, elle se jeta sur Elisabeth, qui la saisit au vol et la serra contre sa poitrine.

« Dieu, que tu es sale ! dit Elisabeth. Tu sens la bouse de vache ! »

Prenant ces paroles pour un compliment, la chienne jappait de plaisir et donnait de prestes coups de langue à la figure qui se penchait sur elle. Chaque fois qu'Elisabeth venait à la ferme, Friquette la recevait avec la même joie. Le vieux Courtaz, énorme, l'œil globuleux, la moustache teinte au vin blanc, sortit sur le pas de sa porte et grogna :

« Ah ! c'est vous, mademoiselle ! Bonjour. Sacré cochon de temps, hein ? Va reneiger, et on sera quatre mois sans toucher la terre. Y en a à qui ça plaît, y en a que ça chagrine ! Vous allez où, comme ça ? En promenade ?

— Non, dit Elisabeth. Je voulais vous prendre deux tommes et vous demander de passer à l'hôtel pour la commande.

— Vous avez déjà des clients ?

— Non, les premiers arrivent dans huit jours.

— Alors, fini la bonne vie ! Va falloir nourrir et coucher tout ce monde-là. Ah ! misère ! Je les plains, vos pauvres parents. C'est bon. J'irai. Mais, dites-moi, votre père est toujours d'accord pour me garder les eaux grasses ?

— Oui, dit Elisabeth, à condition que vous nous fassiez les mêmes prix que l'année dernière pour le fromage et pour le jambon.

— Les eaux grasses, j'en ai bien besoin pour mon bétail, grommela Courtaz. Mais faudrait pas en profiter pour me faire livrer la marchandise à perte. Je dis juste ce que ça me coûte. Je gagne rien.

— Vous vous expliquerez avec papa.

— C'est ça. Entrez donc. La sœur est là. Moi, j'ai à faire. Oh ! Eléonore, il y a de la visite ! »

Elisabeth, tenant toujours Friquette dans ses bras, pénétra dans une salle sombre et basse, qui sentait la suie, la soupe et le lait caillé. La longue table, flanquée de deux bancs, la hotte profonde, le fourneau avec sa marmite, tout, ici, rappelait à la jeune fille la cuisine de Sainte-Colombe, qu'elle aimait tant. Par une porte entrouverte, elle aperçut un coin de la chambre, où le frère et la sœur dormaient ensemble, depuis leur enfance, dans des lits jumeaux. Au-dessus de leurs couches, rayonnait une image en couleur du Sacré-Cœur de Jésus. Derrière le mur, une vache meuglait. Un battant de planches disjointes séparait l'étable de la cuisine. Le vantail grinça, racla le sol et livra passage à une femme d'âge indéfinissable, grande, sèche, noueuse, qui s'essuyait les mains à son tablier noir.

« Mademoiselle Mazalaigue ! s'écria-t-elle. Quelle bonne surprise ! Asseyez-vous...

— Je viens pour une minute, dit Elisabeth. Il me faudrait deux belles tommes...

— Justement, nos dernières sont bien réussies. Je vais vous choisir les meilleures à la cave... Mais lâchez donc cette bête ! Va-t'en, Friquette !

— Laissez-la ! Elle est si gentille ! dit Elisabeth.

— Elle vous donnera des puces !

— Mais non ! N'est-ce pas, Friquette, que tu ne me donneras pas de puces ? Tu t'ennuierais si tu n'en avais plus ?

— Pour ça, oui, dit Eléonore. Chercher des puces, manger et courir le chien fou, c'est tout ce qu'elle sait faire. On l'avait prise contre les rats, mais elle ne les voit même pas quand ils passent. Ce sont nos chats qui font le travail.

— Combien avez-vous de chats ? demanda Elisabeth.

— J'en avais six, il m'en reste deux.

— Et les autres ?

— Ils ont filé », dit Eléonore évasivement.

Elle poussa un portillon, descendit trois marches et disparut dans une pièce creusée en contrebas, où s'entassaient les fromages, les jambons et les mottes de beurre. Les gens du pays disaient que les Courtaz tuaient leurs chats et les mettaient à geler, sur le toit, dans la neige, pour les manger ensuite, accommodés en civet. Mais Elisabeth ne pouvait croire à tant de cruauté chez les êtres humains. Eléonore remonta à la surface, portant deux tommes, dont la croûte grise était piquée de petits points rouges.

« Voilà, dit-elle. J'ai choisi comme pour moi. Je les range dans votre sac ?

— Oui, dit Elisabeth. Merci. »

Friquette avança le museau pour flairer les fromages.

« Faut qu'elle fourre son nez partout, celle-là ! » gronda Eléonore en lui appliquant une lourde tape sur la gueule.

Les mâchoires de Friquette claquèrent. Elle baissa les oreilles, et, sautant des genoux d'Elisabeth, se réfugia sous la table.

« Pauvre bête ! dit Elisabeth.

— La plaignez pas ! dit Eléonore. C'est une fainéante et une voleuse. D'ailleurs, mon frère n'en veut plus.

— Il va la donner ?

— Pensez-vous ! Personne ne la prendrait. Ça mange trop et ça ne sert à rien. Ce n'est pas comme notre Boby, vous savez ? le grand noir qui est à l'étable...

— Oui, dit Elisabeth, mais qu'est-ce qu'il compte en faire, alors, de Friquette, M. Courtaz ?... »

Au lieu de répondre, Eléonore prit une cruche sur la desserte et versa une mesure de petit-lait dans un verre :

« Tenez ! Voilà du lait bourru. Je sais que vous aimez ça ! »

Elisabeth but une gorgée de liquide aigrelet et demanda :

« Il ne va pas la tuer, tout de même ?

— Eh ! Que voulez-vous, s'il n'y a pas moyen autrement ? soupira la vieille fille en détournant les yeux. Nous, on ne peut pas nourrir des chiens pour le plaisir. On l'aime bien, la Friquette, mais il faut aller avec la vie de chacun.

— C'est affreux ! balbutia Elisabeth. Elle est si douce, si affectueuse !...

— Oh ! elle sentira rien, dit Eléonore. On n'a jamais été pour faire souffrir les bêtes, nous autres. Mon frère lui tirera un coup de fusil... »

Elisabeth jeta un regard horrifié sur cette créature qui parlait tranquillement d'une entreprise si abominable.

« Quand ? Quand va-t-il faire ça ? demanda-t-elle.

— Quand il aura le temps. »

Sortant la tête de dessous la table, Friquette écoutait son arrêt de mort. Ses yeux brillaient, l'un dans un cercle de poils blancs, l'autre dans une large tache noire. Un rire innocent lui fendait la gueule.

« Écoutez, dit Elisabeth, ce n'est pas possible ! Je vais la prendre avec moi ! »

Elle avait parlé sans réfléchir. Les prunelles de la vieille fille se chargèrent d'une stupidité opaque.

« Alors, vous me la donnez ! dit Elisabeth.

— Je veux bien, dit Eléonore. Mais ce ne sera pas un beau cadeau que je vous ferai là !

— Si ! Si ! Un très beau cadeau ! dit Elisabeth. Je l'emmène tout de suite. Mettez-lui une laisse... enfin, une ficelle autour du cou... »

Revenue de sa surprise, Eléonore joignit les mains

et un sourire de gratitude plissa les commissures de sa bouche édentée :

« Ah ! On peut dire que vous avez l'âme bonne, mademoiselle, et je vous remercie bien. Ça nous aurait fait deuil de l'abattre, c'te pauvre bête qui n'a causé de mal à personne. Avec vous, elle sera heureuse. Hein, Friquette ! Regardez ça, si elle remue la queue ! On jurerait qu'elle a compris ! Je vais vite chercher un brin de corde pour l'attacher... Mais finissez donc votre lait bourru, mademoiselle !... Et il y en a d'autre si vous avez soif. Servez-vous seulement... »

Sur le chemin du retour, Elisabeth se demanda quelle serait la réaction de ses parents quand elle se présenterait devant eux avec Friquette. A plusieurs reprises déjà, malgré les remontrances de leur fille, ils lui avaient dit qu'ils ne voulaient pas d'un chien à l'hôtel. Mais, cette fois-ci, elle était décidée à leur tenir tête. Placés devant le fait accompli, ils seraient obligés de se soumettre, après les critiques et les recommandations d'usage. Inconsciente du problème que soulevait son adoption, Friquette trottait allégrement au bout de sa ficelle. « Elle est vraiment très sale, pensa Elisabeth. Il faut que je la baigne avant de la montrer. Si seulement je pouvais rentrer à l'hôtel sans être vue ! »

Par miracle, il en fut ainsi : personne dans le hall, personne dans le couloir, personne dans l'escalier... Le temps de prendre un savon, une brosse, des serviettes dans sa chambre, et Elisabeth s'enfermait avec Friquette dans la salle de bain du second étage.

Sans doute était-ce la première fois de sa vie que la chienne subissait une pareille épreuve. Surprise par le contact de l'eau tiède, elle s'affola, voulut s'enfuir, puis se ravisant, leva sur sa maîtresse un regard de confiance absolue et s'assit au fond de la baignoire. Les poils de ses pattes, de son ventre, étaient englués de boue. Des puces croisaient leurs trajectoires sur l'arête de son museau. Mais l'importance même du désastre excitait l'ardeur belliqueuse d'Elisabeth. Ses ongles poursuivaient les bestioles fugitives, leur coupaient la retraite et les écrasaient sans pitié. Entre ses doigts rapides, l'eau coulait, le savon moussait, des cadavres infimes partaient à la dérive. Le front humide, le rose aux joues, elle haletait :

« Encore un peu de patience, Friquette ! Tu verras comme tu seras belle quand j'aurai fini !... »

En effet, après le rinçage et le séchage, à la place du petit paquet de laine crasseuse, apparut une jolie chienne à la robe drue et blanche, tachetée de noir. Fière de sa métamorphose, Friquette dansait sur ses pattes grêles et éternuait de contentement. Elisabeth lui remit sa ficelle autour du cou et toutes deux, sortant de la salle de bain embuée, descendirent l'escalier pour affronter le jugement des parents.

Amélie et Pierre se trouvaient à la cuisine, devant une avalanche de fourchettes et de couteaux. A la vue de leur fille, tenant Friquette en laisse, ils se redressèrent et un même soupçon assombrit leur visage.

« Où as-tu ramassé ce chien ? demanda Amélie.

— Ce sont les Courtaz qui me l'ont donné », dit Elisabeth.

Pierre eut un rire sonore et grommela :

« Eh bien, nous voilà beaux avec ça ! Tu voudrais le garder ?

— Il n'en est pas question ! s'écria Amélie. Je t'ai répété cent fois, Elisabeth, qu'il nous était impossible de prendre un chien à l'hôtel...

— Mais pourquoi, maman ?

— Cela risque de déplaire à certains clients !

— Je ne pouvais tout de même pas laisser tuer cette pauvre bête ! répliqua Elisabeth.

— Qui voulait la tuer ? dit Pierre.

— Le frère Courtaz. On n'a pas le droit d'ôter la vie à un animal parce qu'il ne vous amuse plus, parce qu'il vous gêne... Regarde ces bons yeux, maman !...

— C'est vrai, concéda Amélie. Mais, s'il fallait recueillir tous les chiens qui ont des bons yeux...

— Ce n'est pas un chien, c'est une chienne, dit Elisabeth, comme si ce détail eût été de nature à modifier l'opinion de sa mère.

— Raison de plus, dit Amélie. On n'a que des ennuis avec les chiennes ! Elles font des tas de petits et on ne sait plus comment s'en débarrasser ! »

Pierre, lui, paraissait moins intransigeant. Il claqua des doigts pour attirer l'attention de la chienne, qui, instantanément, dressa les oreilles et montra un bout de langue rose.

« Oh ! maman, je t'en supplie ! soupira Elisabeth. Je l'aime tellement déjà ! C'est moi seule qui m'occuperai d'elle ! Vous ne remarquerez même pas qu'elle est dans la maison ! »

La chienne avait-elle deviné que son sort se jouait entre ces trois personnes qui discutaient bruyamment dans la cuisine ? Soudain, elle trotta vers Amélie, se haussa sur ses pattes de derrière et lui lécha la main.

« Elle est rigolote, dit Pierre.

— N'est-ce pas ? s'écria Elisabeth avec un élan d'espoir. Je crois même qu'elle est un peu racée.

— Là, tu exagères !...

— Mais non, papa. Elle a bien la tête d'un fox

à poils durs. En tout cas, c'est une ratière ! Elle nous rendra des services.

— Comment s'appelle-t-elle ? demanda Amélie.

— Friquette. »

Pierre et Amélie échangèrent un sourire. La partie était gagnée. Elisabeth sauta au cou de ses parents. Friquette aboya en remuant la virgule de poils qui lui servait de queue.

Il ne fallut pas trois jours à Friquette pour adopter les habitudes de la maison. Après une vie de mauvais traitements, elle découvrait avec délices les avantages du confort, de l'affection et de la sécurité. Fière d'être entrée dans une bonne famille, elle aimait se promener avec sa jeune maîtresse et grognait quand des chiens errants se hasardaient à les suivre. Ses instincts de vagabonde ne s'éveillaient qu'à la vue d'un dépôt d'ordures. Bien que nourrie de saine viande rouge, elle ne pouvait résister au fumet des vieilles épluchures, qui lui remémoraient sa faim et sa misère d'autrefois. Elisabeth devait la rappeler à l'ordre en tirant sur la laisse :

« Eh bien, Friquette ! Où vous croyez-vous ? Un peu de dignité, s'il vous plaît ! »

Elle avait obtenu de ses parents que la chienne couchât, la nuit, dans sa chambre, sur un coussin posé par terre. Mais, dès l'aube, Friquette grimpait sur le lit et s'installait aux pieds de la jeune fille. A peine Elisabeth ouvrait-elle les paupières, qu'une masse chaude rampait vers elle, se logeait dans ses bras et lui léchait le menton. Alors commençaient les caresses, les conversations, les jeux. Blottie avec sa chienne dans la tiédeur des draps, Elisabeth éprouvait un plaisir jaloux à se dire que cette bête lui appartenait entièrement et avait besoin de sa tendresse pour vivre.

III

Trois œillets et deux brins d'asparagus par vase : c'était la quantité réglementaire. Dans la salle à manger encore vide, Elisabeth se dépêchait de disposer les petits bouquets sur les tables. Friquette la suivait pas à pas. Du hall venait la rumeur des clients qui rentraient de leur promenade matinale.

« Vite, Léontine, il va être l'heure ! dit Elisabeth.

— Je fais ce que je peux, mademoiselle ! gémit Léontine, en trottant sur ses talons plats.

Les bras chargés de bouteilles entamées, elle lisait les numéros inscrits au crayon sur les étiquettes et distribuait les vins et les eaux minérales entre les groupes de couverts. Puis, elle passa aux médicaments. Quelques pensionnaires, soucieux de leur santé, avaient apporté leur lot de remèdes à prendre avant, pendant ou après les repas. La répartition des boîtes et des fioles terminée, il suffisait d'un coup d'œil pour savoir que Mme Voisin avait le cœur faible, M. Jaubourg des digestions difficiles et que les enfants de Mme Dupin accusaient des troubles de croissance justiciables de la Phitine Ciba.

« Voilà que je ne sais plus à qui c'est, le Charbon Belloc ! soupira Léontine.

— Vous ne l'avez pas marqué ? demanda Elisabeth.

— Eh ! non. C'est Emilienne qui a oublié encore !

— Mettez-le toujours à Mme de Belmont. Je crois me rappeler qu'elle en prenait l'année dernière !... »

Emilienne entra, tenant à la main les menus qu'Amélie avait rédigés en trois exemplaires :

Mercredi 27 décembre.

Déjeuner :
Hors-d'œuvres variés.
Merlans frits.
Gigot de pré-salé.
Laitue braisée.
Salade.
Fromages.
Fruits.

Elisabeth parcourut des yeux le carton et fit la moue.

« Ce n'est pas très excitant, tout ça ! »

Elle n'avait jamais faim aux heures des repas et eût préféré s'alimenter selon sa fantaisie, en grignotant, par-ci, par-là, tout au long du jour, de surprenantes friandises. La plupart des clients, en revanche, aimaient manger assis, lentement et copieusement. En cet instant même, il devait y avoir un rassemblement de sportifs, qui lorgnaient avec appétit le menu affiché dans le hall. Bien que personne, à l'hôtel, ne se plaignît de la nourriture, Amélie n'était pas contente du nouveau chef, qui faisait une cuisine dépourvue de finesse et d'invention. De plus, il était porté sur la boisson et se mettait en colère à la moindre contrariété. Au bruit des casseroles violemment remuées, on pouvait conclure qu'il était déjà de mauvaise humeur. Les raviers de hors-d'œuvre s'alignaient sur la desserte du passe-plats. Elisabeth embrassa du regard la salle où de maigres bouquets de fleurs piquaient leurs taches roses au-dessus du blanc cru des assiettes. Le caractère particulier des convives avait marqué chaque table. La plus grande affirmait la prospérité et le nombre de la tribu Grévy. Quelques familles de quatre chaises lui formaient un discret entourage. Les couples unis s'abritaient dans les coins. Une bande d'amis étirait son archipel de sièges devant la baie vitrée. Les isolés, les célibataires, étaient relégués près du bar. Elisabeth déjeunait en même temps que les clients, à un petit guéridon séparé. Pierre et Amélie lui succédaient après le service.

Ayant donné ses dernières instructions à Léontine, la jeune fille poussa la porte vitrée du hall, et le brouhaha des conversations l'engloutit comme une vague. Les fauteuils de cuir étaient occupés par des pensionnaires, qui bavardaient, fumaient, lisaient des journaux en attendant le moment de se mettre à table. Leurs visages heureux, rougis par le grand air, s'épanouissaient au-dessus de leurs épais tricots en laine multicolore. Femmes et hommes portaient le pantalon norvégien et les guêtres. Sur le parquet, reposaient des rangées de pieds aux souliers humides, lourds tels des pièces de bois. Des flaques noirâtres s'arrondissaient sous les semelles. Friquette les reniflait avec convoitise. Les gens âgés, ceux qui ne skiaient pas, devisaient entre eux à voix basse. Les autres, excités par l'effort de la matinée, haussaient le ton pour raconter leurs performances ou commenter la qualité de la neige. M. Jaubourg, dentiste à Lyon, expliquait sa technique personnelle du « christiania » à M. Voisin, qui avait passé l'hiver précédent dans l'Arlberg et se déclarait partisan de la méthode autrichienne, bien qu'il fût manifestement incapable de la pratiquer. Comme offensées par les éclats de cette discussion, deux jeunes filles, Cécile et Gloria Legrand, se figeaient sur leurs sièges, le regard horizontal et la bouche close. Elles étaient très belles, très blondes et incurablement distinguées. Excellentes skieuses, au demeurant, elles étaient venues à Megève pour deux mois, avec leur gouvernante, et, depuis leur arrivée, vivaient dédaigneusement à l'écart des autres clients. Elisabeth les salua d'un sourire et Gloria lui répondit par une brève inclination de tête. Les étudiants, qui logeaient sous l'annexe et prenaient leurs repas à l'hôtel, menaient grand bruit autour de trois verres d'apéritif qu'ils se partageaient à six, pour raison d'économie. L'un d'eux s'écria :

« On ne vous a pas vue sur la piste, ce matin, mademoiselle !

— Je n'ai pas pu sortir. J'aidais mes parents, dit Elisabeth.

— Dommage ! La neige était poudreuse ! Un poème ! »

Assise derrière son bureau, Amélie entendit la réflexion et proféra d'une voix musicale :

« Avec le beau temps qui s'annonce, vous aurez encore une plus belle neige cet après-midi !

— Si c'est maman qui vous promet le soleil, vous pouvez la croire, dit Elisabeth en riant. Elle sait tout avant le baromètre ! »

Jacques Grévy s'avança rapidement vers la jeune fille, comme pour s'interposer entre elle et le groupe des étudiants. Il était de taille moyenne, avec des traits fins, des cheveux châtain clair, aux ondulations soyeuses, et une douceur féminine dans le regard.

« Venez vous asseoir avec nous, Elisabeth », dit-il

en lui désignant un fauteuil libre dans le cercle de famille.

Elle accepta. Il y avait là, comme d'habitude, M. Grévy, grand et sec, industriel de son état, qui portait la moustache en brosse et skiait avec ivresse par tous les temps, sa femme Estelle, dolente, blonde et pâle, qui le suivait parfois, en tremblant, sur les pistes, sa mère, la vieille Mme Grévy, superbe, les cheveux blancs, le teint rose et l'œil bleu, sa belle-sœur, Mme Francine Dupin, qui était veuve et ne se déplaçait qu'avec un roman sous le bras, et les enfants de celle-ci, Paul et Sylvie, âgés respectivement de sept ans et cinq ans, bambins modèles, dont la sagesse attendrissait Amélie et agaçait Elisabeth.

« J'ai l'intention, cet après-midi, d'emmener les petits à Rochebrune, dit Mme Francine Dupin.

— Par le téléférique ? s'exclama la grand-mère effarouchée. Vous n'y pensez pas !

— Mais pourquoi, madame ? Ce n'est pas dangereux ! dit Elisabeth.

— Il y a quelques jours à peine qu'ils l'ont mis en service ! La mécanique est trop neuve pour avoir été suffisamment éprouvée. Il peut se produire une panne, une rupture de câble ! Ce fil tendu au-dessus du vide ! Ces bennes qui se balancent !...

— N'en dites pas de mal, surtout, mamy, répliqua Jacques. C'est une invention formidable. Songez que j'ai pu faire trois descentes en une matinée !

— Et ce n'est rien encore ! dit M. Grévy. Tu verras, l'année prochaine, quand ils auront installé un système analogue au mont d'Arbois ! Le monde entier viendra ici. Vous serez obligée d'agrandir votre hôtel, madame Mazalaigue.

— Je l'espère bien, dit Amélie. C'est notre fierté

de penser que Megève est la première station de France à posséder un téléférique.

— Si les Chamoniards t'entendaient, maman ! s'écria Elisabeth.

— Leur téléférique n'est pas fait pour les skieurs, dit Amélie. La capitale du ski, c'est incontestablement Megève... Nulle part il n'y a des pistes plus variées, plus ensoleillées !... »

Elisabeth s'amusait beaucoup à écouter sa mère célébrant les joies des sports d'hiver dans la région, bien qu'elle se fût toujours refusée à chausser des skis. Mais cette compétence, qu'elle tenait de sa fille, lui semblait indispensable à l'exercice du métier d'hôtelière en haute montagne. Vivant de la neige, elle devait, pensait-elle, rendre hommage à cet élément de sa réussite, même si, pour sa part, la seule vue d'une pente blanche lui donnait le vertige. Un bruit maladroit résonna du côté de l'entrée. Les planches croisées sur l'épaule, les bâtons à la main, quelqu'un se débattait furieusement dans le tambour de la porte. C'était un client, débarqué le matin même, qui essayait de pénétrer dans le hall avec son attirail. Amélie se précipita vers le nouveau venu :

« Laissez vos skis dehors, monsieur Laupique. Le portier s'en occupera. »

Il y eut un fracas de planches tombant par terre, et M. Laupique apparut, grimaçant de fatigue et de dépit, la joue égratignée, les vêtements encroûtés de neige. Amélie leva ses deux mains dans un geste de consternation :

« Mon Dieu ! Que vous est-il arrivé ?

— Oh ! rien, grommela M. Laupique. Je suis monté à la Corniche...

— A la Corniche ! s'écria Amélie. Mais c'est de la folie pour un début ! Antoine, venez vite avec votre balai !... Vous auriez dû aller derrière l'hôtel, monsieur Laupique, au-dessus de la route de Glaise. Il y a là des pentes très raisonnables. Ma fille se fera un plaisir de vous les montrer... »

Antoine accourut et brossa M. Laupique, qui se tenait courbé en avant, une main sur la hanche, dans une pose de douleur songeuse. La neige volait autour de lui. Il reprenait figure humaine.

« On passe à table ? demanda Jacques Grévy.

— Quand vous voudrez », dit Amélie.

Quelques clients se levèrent avec nonchalance. Les étudiants se consultaient :

« Il faudrait peut-être attendre Maxime ?

— M. Maxime Poitou est parti avec un repas froid, dit Amélie.

— Il aurait pu nous prévenir, le salaud !... »

Amélie tressaillit à ce gros mot, mais n'en continua pas moins à sourire. Puis, comme les Grévy se dirigeaient vers la porte vitrée, elle se rendit à l'office et prit son poste entre le passe-plats de la cuisine et celui du restaurant. Pierre n'était pas encore remonté de la cave : il avait du souci à cause de la chaudière qui tirait mal. Cependant, la salle s'emplissait lentement. Emilienne et Léontine circulaient entre les tables, notaient les commandes et les annonçaient par le guichet :

« Premier, sept... Premier, trois... »

Amélie répétait ces indications au chef. Habillé d'une veste immaculée à deux rangs de boutons, une serviette nouée autour du cou, la face cramoisie sous sa haute toque blanche, il répondait dans un aboiement :

« Ça marche ! »

Un grésillement furieux accompagnait ces paroles. Les merlans tombaient dans la friture.

« Rôti, deux !
— Combien ?
— Deux, je dis deux.
— Ça marche ! »

Quand un plat était prêt, Amélie en vérifiait la présentation, essuyait les éclaboussures de sauce au bord d'une assiette, ébouriffait la salade afin de lui donner plus de volume et plus de légèreté, réclamait encore une pincée de persil haché pour la garniture d'une pomme de terre à l'anglaise, hors menu, et disposait les mets agréés par elle sur la desserte, où la sommelière venait les prendre. Pierre, ayant fini de régler la chaudière, s'occupait de monter les vins et les eaux minérales.

« Deux beaujolais, un monbazillac, deux Evian, deux Perrier, une Badoit », disait-il, en tirant les bouteilles du panier.

Puis, son service terminé, il décida d'aller pelleter la neige devant le garage :

« Je suis là, derrière. Tu n'auras qu'à m'appeler si tu as besoin de moi... »

Amélie l'entendit à peine. A mesure que le nombre des convives augmentait, l'agitation, aux cuisines, devenait plus bruyante. Les casseroles tintaient comme des armes de guerre. L'odeur des sauces s'épaississait au-dessus du champ de bataille. Des reflets d'incendie bondissaient hors du fourneau. Le chef injuriait son aide, trop lent à le secourir :

« Qui est-ce qui t'a dit de saler, imbécile ? C'est un régime ! »

La pauvre Camille Bouchelotte, bossue de crainte, glissait comme une ombre à travers ce déploiement de vapeurs nutritives. Arrivant à la desserte les mains vides, elle en repartait chargée d'une pile d'assiettes sales, qui s'appuyaient dangereusement sur sa poitrine. L'aide-cuisinier la bousculait par inadvertance. Elle retenait son échafaudage avec le menton.

« Veux-tu foutre le camp de là ! » hurlait le chef.

Et Camille Bouchelotte fuyait vers le sombre domaine des eaux de vaisselle et des épluchures. La figure de Léontine surgissait dans l'encadrement du passe-plats : un contre-ordre. Amélie le transmettait au chef d'une voix ferme :

« Chef, le client a changé d'avis. Il prend le menu. Annulez l'omelette. »

Le visage suant et crispé, l'œil en bouchon de cristal, le chef déplaçait une rondelle de fonte sur le fourneau et jetait rageusement l'omelette dans les flammes. Une lueur d'autodafé éclairait la cuisine. Amélie ne bronchait pas : le gaspillage était de règle pendant les « coups de feu ».

« Ça fait combien, alors ? demandait le chef.

— Rôti : quatre, au lieu de trois, disait Amélie.

— Ça marche ! »

Au tour d'Emilienne, maintenant.

« Légume, quatre ! criait-elle.

— Parlez plus doucement, Emilienne, disait Amélie. Nous ne sommes pas dans une gargote. Légume, quatre.

— Ça marche ! »

Le chef se versait un gobelet de vin, l'avalait, s'en versait un autre. Un parterre de laitues grises mijotait tristement devant lui. « Il boit trop, pensait Amélie. S'il continue, il va devenir fou, dire des grossièretés... Celui de l'année dernière était tout de même plus sympathique et plus capable ! » Profitant d'une accalmie dans le service, elle regarda la salle par le passe-plats. Il y avait un contraste étrange entre la fièvre qui régnait aux cuisines et l'inconscience béate des clients qui mangeaient. La réverbération de la neige, entrant par les grandes fenêtres, baignait le restaurant d'une clarté fraîche et candide. Assemblés autour des tables, des cercles de visages se penchaient sur la nourriture avec appétit. Le bruit des fourchettes et des couteaux, le tintement des verres, le murmure des conversations croisées, réjouissaient Amélie comme une musique de louanges. Elle n'avait pas encore épuisé le plaisir de constater que tous ces gens, dont certains avaient une situation sociale très élevée, appréciaient le confort de sa maison, au point de l'avoir choisie pour leurs vacances.

Un remous agita le clan des Grévy. Emilienne leur présentait les fromages : tomme de Savoie ou reblochon. Mme Voisin lisait son journal en grignotant une biscotte. M. Laupique réclamait de la moutarde. Léontine ne l'entendait pas. Heureusement, Elisabeth, qui déjeunait seule dans un coin, arrêtait la sommelière et lui parlait à l'oreille. Deux secondes plus tard, le pot de moutarde était en possession de M. Laupique. Maintenant, Elisabeth bavardait avec les étudiants de la table voisine. Ils en étaient déjà aux fruits et Mme de Belmont attendait encore son entrecôte régime. Une fumée s'éleva. L'entrecôte parut, large et mince, quadrillée de brûlures par les barres du gril.

« Enlevez ! » cria le chef.

Le service tirait à sa fin. Quelques clients se dirigeaient, par groupes rassasiés, vers le hall. Emilienne et Léontine prenaient les commandes pour les cafés. Le chef, victorieux, s'essuyait le visage avec le coin de sa serviette. La tête d'Elisabeth s'encadra dans l'ouverture du passe-plats :

« Tu n'auras pas besoin de moi, cet après-midi, maman ?

— Non. Pourquoi ?

— Je voudrais monter à Rochebrune, avec les Grévy. Il fait si beau ! Je vais vite me préparer !... »

Elle rejoignit la famille Grévy dans le hall. Antoine avait vidé les cendriers et retapé les coussins des fauteuils.

« Alors ? murmura Jacques en s'approchant de la jeune fille.

— C'est entendu, dit-elle. Le temps que vous preniez votre café, je serai prête ! »

Il la regarda dans les yeux avec tant de joie, qu'elle se demanda, tout à coup, s'il n'était pas amoureux d'elle.

IV

Au passage du premier pylône, la cabine du téléférique eut un soubresaut et de petits cris féminins s'élevèrent parmi les voyageurs suspendus au-dessus du vide :

« Ça se décroche ! Ça va tomber !...

— Ne vous affolez pas, madame ! Il y a un câble de secours !

— Et puis, si on dégringole, j'arriverai avant vous, je serai là pour vous recevoir !... »

La caisse vitrée progressait lentement vers les hauteurs, avec son chargement de skieurs debout, agglutinés, qui parlaient fort et riaient pour un rien, dans une odeur de fart et de graisse à chaussures. Elisabeth avait réussi à se loger près d'une fenêtre au carreau terni. Jacques la serrait étroitement, par derrière, et respirait dans sa nuque. Refoulés vers le milieu de la benne, M. et Mme Grévy se cramponnaient au poteau vertical qui soutenait le toit. Ils étaient coiffés, tous deux, de bérets basques. Leur nez, enduit d'une pommade blanche protectrice, pointait hors de leur face rose vif, comme un appendice de carton. Elisabeth fut frappée de leur air vieux et raisonnable dans cette assemblée où dominaient les visages jeunes et bronzés. Sur les huit femmes que contenait la cabine, il y en avait deux, jolies et vêtues avec élégance, qui sans doute, ne montaient pas à Rochebrune pour skier mais pour se dorer au soleil. Non loin d'elles, se dressaient trois garçons athlétiques, aux figures de pirates. Le plus grand portait un costume de ski, noir, que rehaussait, au niveau du cou, la tache rouge d'un foulard de soie. Ses yeux, enfoncés sous une arcade sourcilière proéminente, avaient la transparence et la fixité de deux billes d'agate. Un sourire moqueur tirait ses lèvres sur une denture de chien.

Il contemplait Elisabeth avec insolence. Elle se rappelait l'avoir déjà rencontré, l'année précédente, dans les rues de Megève et sur les pistes, mais jamais encore il ne l'avait regardée de cette façon-là. Craignant de laisser paraître son embarras, elle se tourna vers Mme Grévy et dit précipitamment :

« Ça change de l'hiver dernier ! Vous vous souvenez du mal qu'on avait à grimper par là, pendant des heures, à peaux de phoque !

— Oui, dit Mme Grévy. Mais, tout compte fait, cela ne me déplaisait pas. Au moins, on voyait la nature. Maintenant, vous ne pensez qu'à faire de la vitesse...

— Quand tu sauras mieux skier, tu nous comprendras », dit M. Grévy.

Jacques se pencha en avant pour admirer le paysage, et Elisabeth se trouva plaquée contre la vitre. L'homme au foulard rouge disparut de son univers. En contrebas, s'ouvrait un gouffre blanc, où coulait la fourrure sombre des sapins. La vallée s'éloignait dans un glissement de rêve. Déjà, Megève n'était plus, au bout du long fil souple, qu'un amas de petites boîtes aux toits de sucre et aux fondements de chocolat. Le clocher bulbeux gardait un troupeau de maisons assises.

« Est-ce qu'on aperçoit l'hôtel, d'ici ? demanda Jacques.

— Oui. Regardez à gauche, loin du village, sur cette route qui s'en va...

— C'est vrai ! » dit Jacques d'une voix bizarrement émue.

Et, profitant d'une nouvelle secousse de la benne, il s'enhardit à poser la main sur l'épaule d'Elisabeth. Tout à coup, un éclat de rire strident, sauvage, ébranla les nerfs de la jeune fille : c'était l'homme au foulard rouge qui saluait une bonne plaisanterie de son voisin.

« On arrive ! » dit Jacques.

L'employé du téléférique, un paysan au front écrasé et à l'œil méfiant, se campa solidement devant la porte. Ses vêtements dégageaient une odeur d'étable :

« Poussez pas, donc ! grognait-il. Ça n'ira pas plus vite en poussant, hein ? Faut que chacun fasse son possible !... »

La cabine ralentit, vibra de toutes ses tôles et s'accroupit, dans un mouvement maladroit, au niveau de la plate-forme de débarquement. Par les portes ouvertes, la masse des passagers déboula violemment sur le quai. Les plus excités se ruèrent aussitôt sur le panier fixé à la paroi extérieure du wagon pour le transport des skis. Des mains impatientes cherchaient leur bien dans ce faisceau de planches aux spatules recourbées. L'employé du téléférique essayait de rétablir l'ordre en recommandant aux clients de ne pas se servir eux-mêmes :

« Je peux pas faire plus vite, hein ?... Vous allez tout m'embrouiller pour rien !... J'vas vous dire : y en a qui abusent !... »

Personne ne l'écoutait. Ayant enfin récupéré leurs

skis, Jacques, ses parents et Elisabeth sortirent de la station et se dirigèrent vers le point de départ des pistes. L'air vif dilatait les poumons. Le soleil tapait sur la neige comme sur un bouclier. Au loin, la chaîne du mont Blanc incrustait ses sommets de glace dans le ciel bleu.

« Votre mère avait raison, dit Mme Grévy. Le temps s'est dégagé. Quel panorama superbe ! C'est bien le mont Joly qui est en face de nous ? »

Elisabeth avait déjà récité la liste des montagnes à de nombreux clients. Elle tendit le bras vers l'horizon :

« Le mont Joly; derrière, le mont Blanc; à côté, le mont Blanc du Tacul, l'Aiguille du Goûter...

— Alors, on y va ? demanda Jacques.

— Attends une seconde ! dit Mme Grévy. C'est si beau que je ne me lasse pas de regarder !... »

En vérité, elle n'était pas pressée de se hasarder sur la piste. Autour d'elle, des enragés de la vitesse pliaient le genou pour ajuster leurs fixations avec des mains engourdies par le froid.

L'homme au foulard rouge passa devant Elisabeth. Leurs regards se croisèrent de nouveau. Il souriait, les paupières bridées, le menton osseux et luisant. Elle mit ses lunettes noires et s'efforça de ne penser à rien. Lui, cependant, enfilait ses moufles, glissait ses poignets dans les courroies des bâtons. Soudain il bondit et plongea derrière un talus farineux. Instinctivement, elle allongea le cou. Sur la neige, le foulard rouge filait, dansait comme une flamme. Dédaignant les pistes ordinaires, l'inconnu fonçait en direction de Mouillebiau. Ses compagnons partirent derrière lui. Ils avaient de la peine à le suivre. Elisabeth l'admira, par esprit sportif, mais se sentit soulagée quand elle ne le vit plus. D'autres skieurs, plus prudents, s'élançaient, sur la droite, vers le couloir de la piste A, ouvert entre deux rideaux de sapins. Lents ou rapides, ces points multicolores entrelaçaient leurs trajectoires, diminuaient de grosseur et allaient se fondre dans la blancheur environnante. Jacques avait déjà chaussé ses skis et les tapait à plat sur la neige damée, en sautant entre ses bâtons :

« Tu te dépêches, maman ?

— Je ne suis pas encore décidée », dit Mme Grévy d'une voix faible.

Elle regardait la rampe de départ et fléchissait légèrement les jarrets, inclinait le buste en arrière, pour résister à l'attraction du vide.

« Je vous assure, madame, que c'est très facile, une fois qu'on y est, dit Elisabeth.

— Mais oui, Estelle, dit M. Grévy, tu penses bien que nous n'allons pas filer « schuss » comme des champions. Tu vois ce monticule ? Tu te dirigeras de biais jusqu'à lui. Là, tu feras une conversion de pied ferme. Tu les réussis très bien !... Ensuite...

— Laisse-moi m'habituer, Marc, soupira Mme Grévy. Pour l'instant je me concentre, j'étudie le terrain...

— Dans quelques minutes, une nouvelle benne arrivera et nous serons pris dans la foule, dit Jacques.

— Eh bien, pars avec ton père et Elisabeth, dit Mme Grévy mélancoliquement. Au besoin, je descendrai par le téléférique.

— Non ! s'écria M. Grévy. Si tu renonces, tu n'apprendras jamais. Tu vas venir avec moi, en confiance. Nous mettrons le temps qu'il faudra. Jacques et Elisabeth n'auront qu'à prendre les devants... »

Elisabeth eut beau protester qu'elle pouvait très

bien rester avec Mme Grévy pour l'encourager dans les moments pénibles, M. Grévy refusa de partager cette responsabilité avec quiconque. Jacques se hâta d'approuver son père :

« Mais oui, c'est avec toi que maman se débrouillera le mieux ! »

Mme Grévy, confuse, baissait la tête. Elisabeth retira ses moufles et fit basculer les leviers de ses fixations.

« Je passe le premier », dit Jacques.

Elle le vit partir, les jambes raides, le dos rond, les coudes au corps, dans une attitude crispée, méfiante, dont les conseils des moniteurs n'avaient jamais pu le corriger. Il tomba dans un virage, se releva et continua sa descente plus lentement. Elisabeth était meilleure skieuse que lui. En deux saisons de sports d'hiver, elle avait acquis, grâce à un entraînement quotidien, assez d'aisance pour se jouer des difficultés de la piste. Jacques s'était arrêté au sommet d'une crête et reprenait le souffle, entre ses bâtons plantés. Elisabeth s'engagea dans le chemin poli et durci par des centaines de passages. Les skis parallèles, une spatule avancée par rapport à l'autre, elle avait l'impression que son mouvement n'était pas commandé par la pente qu'elle suivait, mais par sa volonté d'aller toujours plus vite. Le vent courait en double ruisseau sur ses joues. Les irrégularités du terrain se perdaient en frissons rapides dans ses jambes. Parfois, en abordant une bosse, elle décollait du sol, avec au cœur un pincement d'angoisse et de plaisir. Ses skis retrouvaient la neige dans un choc mat, allongé et coulant, qui la déséquilibrait une fraction de seconde, mais, aussitôt après, l'aidait à précipiter son allure. Plus loin, plus loin, elle volait, dans un infini d'ondulations molles et scintillantes. La neige était glauque derrière les verres fumés de ses lunettes. Arrivée devant Jacques elle freina son élan et vira sur le ski intérieur, dans un dur « christiania », qui souleva autour d'elle une gerbe de poudre blanche.

« C'est merveilleux, dit Jacques, vous avez encore fait des progrès depuis l'année dernière ! Moi, c'est à désespérer !... Vous avez vu le gadin que j'ai pris ?... Encore une faute de carres !... Je ne peux pas m'habituer aux carres !... Quand on amorce un virage, elles mordent trop dans la neige et on tombe...

— Oui, dit Elisabeth, mais, tout de même, pour le ski de piste, les carres, c'est épatant ! On a plus d'assurance, on se dirige mieux... »

Le visage de Jacques prit une expression inquiétante de tendresse et de gravité.

« On continue ? » demanda-t-elle.

Au lieu de répondre, il dit avec sentiment :

« Je voudrais pouvoir rester à Megève pendant toute la saison d'hiver.

— Vous repartez quand ?

— Vers la mi-janvier.

— C'est sûr ?

— Presque. Comme j'ai enfin passé mon second bac, en octobre, papa veut me prendre dans ses affaires. Et il est obligé d'être à Paris pour le 15... Alors...

— Au dernier moment, il vous accordera encore quelques jours de vacances ! Il a l'air si gentil !

— Quelques jours, ce n'est pas assez ! » soupira Jacques.

Il la considérait avec une insistance dramatique, n'osant en dire davantage, la suppliant de le comprendre à demi-mot. Elisabeth regretta qu'il ne fût pas plus âgé, ni plus séduisant. Dressant la tête, elle s'écria gaiement :

« On passe par là, et on rejoint la piste à l'entrée de la forêt ! D'accord ? »

Il balbutia :

« Si vous voulez !... »

Elle s'élança en décrivant une courbe dans la neige vierge et profonde. Jacques suivait sa trace. Elle se retourna :

« Vous voyez que ça va bien avec les carres !... »

A peine avait-elle fini de parler, qu'un bolide hurlant lui coupait le chemin, au risque de la faucher sur place. Elle reconnut, dans un éclair, Maxime Poitou, un étudiant en droit qui logeait à l'annexe. Il skiait mal, mais avec un tel mépris du danger qu'aucun obstacle ne pouvait, semblait-il, le détourner de son but. Quelques mètres plus bas, il dérapa, plia le genou pour amorcer un « télémark », boula, cul par-dessus tête, et alla éclater dans le décor, les skis croisés, les bâtons perdus. Elle crut qu'il s'était blessé dans sa chute et se porta rapidement à son secours. Cependant, il riait, tordu entre ses planches, les jambes emmêlées, la face mouillée de neige, des plaques blanches dans les cheveux.

« Je vous ai repérée de loin, dit-il en haletant. J'ai voulu vous rattraper. Mais j'avais pris trop de vitesse ! D'ailleurs, j'ai jamais pu essayer un « télémark » sans me casser la figure. Quelle pirouette ! Vous avez eu peur, hein, mademoiselle ?

— Bien sûr ! c'est idiot de faire ça ! Vous n'avez pas de mal ?

— Non, dit-il. J'ai même envie de recommencer !

— Ça vous amuse de tomber ?

— Devant vous, oui, dit-il en clignant de l'œil.

— Vous êtes bête ! »

Elle l'aida à tourner ses skis et à se relever. Il ne pouvait pas s'arrêter de rire. Elle se mit à rire elle-même en le regardant. Il était plus petit que Jacques, mais solidement planté, avec une face aux mâchoires carrées et des yeux francs. Les flocons de neige fondaient dans son col.

« Brr ! dit-il. Ça descend partout ! C'est bon ! »

Jacques les rejoignit, essoufflé et rageur.

« On repart ensemble ? » demanda Maxime Poitou.

Il n'y avait pas moyen de refuser. Elisabeth prit son élan, et, bientôt, sous ses skis minces et rapides, la neige compacte de la piste succéda à la neige meuble des champs. Maxime Poitou glissait dans le sillage de la jeune fille, en poussant, de temps à autre, des cris comiques :

« Pas si vite, mademoiselle ! Je vais encore tomber ! »

Loin derrière eux, venait Jacques, écartelé dans l'attitude circonspecte du chasse-neige. Ils pénétrèrent dans une forêt largement déboisée. A la lisière du passage, se dressaient des sapins noirs et graves comme des moines. Profitant d'un tournant faiblement incliné, Elisabeth s'immobilisa pour attendre ses compagnons. Des skieurs inconnus défilèrent devant elle, les uns vifs tels des oiseaux, d'autres collant au sol, l'arrière-train sorti, les bâtons frôlant la neige, un air d'inquiétude sur le visage. Maxime Poitou ralentit de son mieux et buta doucement contre la jeune fille.

« Excusez-moi, dit-il. Je crois que c'est encore le meilleur truc pour m'arrêter.

— Vous faites du ski depuis longtemps ? demanda-t-elle.

— Trois ans, mais jamais plus de deux semaines à la file. C'est insuffisant ! Tiens, vous avez des skis en frêne ?

— Oui, dit Elisabeth.

— Vous ne préférez pas l'hickory ?

— Je ne sais pas. Le frêne est plus léger... »

L'arrivée de Jacques interrompit leur conversation. Il les observa l'un et l'autre, d'un œil soupçonneux. Evidemment, la présence de Maxime Poitou lui gâchait sa promenade. « Serait-il jaloux ? » pensa Elisabeth. Cette supposition l'amusa. Elle se sentit très belle, très importante. Le soleil et la neige étaient son empire. La montagne entière l'aidait à ensorceler deux garçons. Poussant sur ses bâtons, elle s'échappa vers la blancheur irradiante. Les jeunes gens se lancèrent à sa poursuite. Elle les devinait, luttant d'adresse et d'audace pour la rattraper. Ayant gagné du terrain sur eux, elle fit halte au bord d'une combe. Ce fut encore Maxime Poitou qui parvint le premier jusqu'à elle. Il était épuisé et heureux. La sueur coulait sur son visage brûlé par le soleil. Quel âge pouvait-il avoir ? Vingt ans ? Vingt et un ans ?

« Bravo ! s'écria-t-elle. Vous avez vraiment des dispositions !

— Quand je suis seul, je skie moins bien, dit-il.

— Pourquoi ?

— Parce que je n'ai pas de but !

— Et maintenant, vous en avez un ?

— Oui.

— Lequel ?

— Vous rejoindre le plus vite possible. »

Elle avait entendu ce qu'elle voulait. Il ne fallait surtout pas que Maxime Poitou lui en dît davantage. En insistant, il romprait le charme de ces plaisanteries piquantes et inoffensives, qui permettaient à Elisabeth de mesurer son pouvoir sur les garçons sans rien leur offrir en échange.

« Vous devriez ôter vos lunettes, murmura-t-il.

— En voilà une idée !

— Je ne vois pas vos yeux... »

Elle agita la main pour saluer Jacques Grévy, qui, ayant un peu rectifié sa position, glissait vers elle, droit sur ses skis, selon la méthode suisse. Il avait noué sa veste autour de ses reins et déboutonné le col de sa chemise.

« Antoine a farté mes skis avec de la colle de menuisier, grogna-t-il en s'arrêtant. Quelle saloperie !

— Préférez-vous passer devant ? demanda-t-elle.

— Pour vous retarder encore ? Merci bien ! Non, allez donc comme ça !... Ne vous occupez de rien !... J'arriverai quand j'arriverai !... »

Ce manque de combativité déplut à Elisabeth. Elle haussa les épaules :

« Comme vous voulez ! »

Maxime Poitou, lui, était prêt à se rompre le cou pour la suivre. Ils partirent côte à côte, traînant, loin derrière eux, le fantôme chancelant de la réprobation. En bas, une foule agitée entourait la station du téléférique. L'escalier de bois tremblait sous les lourds godillots qui grimpaient à l'assaut du guichet. Une benne montait au ciel, chargée de bienheureux. Une autre descendait, portant, comme à regret, dans sa cage de verre, la silhouette honteuse d'un voyageur qui ne savait pas skier. Sur la piste glacée, des sportifs, jaillis du néant, piquaient vers le terre-plein et s'efforçaient d'exécuter leur plus beau « christiania » de l'après-midi devant un public de connaisseurs. Ailleurs, sur des pentes confortables, des moniteurs encourageaient les débuts d'un régiment de grosses mouches pattues et maladroites. Maxime Poitou proposa de retourner immédiatement à Rochebrune. Mais Jacques était fatigué. Il préférait attendre ses parents. L'amitié et la bienséance commandaient à la jeune fille de rester près de lui, mais la tentation d'une nouvelle course fut la plus forte. Elisabeth s'inséra avec Maxime Poitou dans la file de skieurs qui s'allongeait devant le portillon.

Ils firent deux descentes encore. Le coucher du soleil enflammait le ciel, quand, enfin, ils se décidèrent à rentrer. Un froid très vif leur saisissait la figure. Au bout de la piste, la station du téléférique n'attirait plus que de rares amateurs : Jacques avait disparu. A l'endroit où, naguère, piétinaient les élèves de l'école de ski, la neige nue se reposait, aérait ses blessures. Tout était calme. Les montagnes relevaient des couvertures d'ombre jusqu'à leur nez éclairé par un dernier rayon. Une cloche tinta. Le village rappelait son monde avant le crépuscule. Des femmes rieuses et frileuses s'entassaient dans un traîneau à la caisse de bois peinte en bleu. Le cocher étala une peau de bique sur leurs jambes. Un vieux cheval barbu soufflait des nuages de vapeur par les naseaux.

« Quelle belle balade ! dit Maxime Poitou. Et maintenant, qu'est-ce qu'on fait ?

— On retourne à l'hôtel, dit Elisabeth.

— Vous ne viendriez pas prendre une tasse de thé avec moi, au Mauvais-Pas ? On danserait... »

Elisabeth sourit, amusée et réticente :

« Je voudrais bien, mais c'est impossible. Mes parents m'attendent. Je suis déjà très en retard...

— Une autre fois, alors ?

— Peut-être. »

Ils descendirent jusqu'à l'hôtel sans déchausser leurs skis. Devant la porte, Elisabeth ouvrit ses fixations, tapa les deux planches de frêne l'une contre l'autre pour en faire tomber la neige et les appliqua contre le mur. Cependant, Maxime Poitou, qui avait hâte de se changer, continuait sa glissade vers l'annexe, située cinquante mètres plus bas, sur la route de Glaise.

En pénétrant dans le hall, la jeune fille reçut au visage la chaleur casanière de la maison. Un parfum de pain grillé caressa ses narines durcies et purifiées par le froid du dehors. Friquette se précipita sur elle en frétillant du croupion. Quelques clients, assis autour des tables rondes, prenaient le thé avec des toasts. La famille Grévy était là, au grand complet.

« Alors ? s'écria Mme Grévy. La voilà notre petite championne ! Vous êtes contente de votre après-midi ?

— La neige était merveilleuse ! dit Elisabeth. Et pour vous, madame, tout s'est bien passé ?

— Elle s'est très courageusement défendue ! dit M. Grévy avec une lueur de fierté conjugale dans le regard.

— Sauf dans la grande pente, après la forêt, où j'ai fait dix mètres sur mon derrière ! dit Mme Grévy.

— Ce n'est rien, ça ! » dit Elisabeth.

Elle était gênée. Jacques la considérait avec reproche. Elle pensa qu'il ressemblait à un mouton. Soudain, il fronça les sourcils et abaissa les yeux sur sa tasse. Allait-il pleurer dedans ?

« Je vais m'arranger un peu et je reviens », reprit Elisabeth sur un ton désinvolte.

Elle se dirigeait vers l'escalier, quand sa mère, sortant de l'office, l'arrêta au passage :

« C'est maintenant que tu arrives ?

— Mais oui, maman, dit Elisabeth.

— D'où viens-tu ?

— De Rochebrune.

— Les Grévy sont rentrés depuis une heure !

— J'ai voulu faire une descente en plus.
— Toute seule ?
— Non.
— Avec qui ?
— Avec M. Maxime Poitou.
— M. Maxime Poitou ! s'écria Amélie. Mes compliments ! De quoi avais-tu l'air, sur cette piste, avec un jeune homme que tu connais à peine ?
— Oh ! maman, c'est un client de l'hôtel !
— Un étudiant ! » dit Amélie d'une voix contenue.

Elles étaient seules dans le couloir, mais les domestiques pouvaient les surprendre.

« Qu'est-ce que ça change qu'il soit étudiant ? demanda Elisabeth.
— Je m'entends, dit Amélie.
— Si tu vas par là, Jacques aussi est un étudiant.
— Jacques est un garçon de bonne famille. Mais, ce Maxime Poitou, je ne sais même pas d'où il sort. Il a des manières qui me contrarient. Dorénavant, tu me feras le plaisir d'éviter ce genre de promenades à deux, avec le premier venu. Tu peux tout de même skier seule, ou en groupe. C'est plus convenable et aussi distrayant...
— Bien, maman », dit Elisabeth avec résignation.

Et elle laissa tomber mollement ses bras sur ses hanches. Sa mère était vraiment d'une époque révolue. Elle refusait de comprendre que les rapports entre garçons et filles n'étaient plus ceux qu'elle avait connus dans sa jeunesse. Pourtant, la vie joyeuse de Megève aurait dû la guérir de ces opinions désuètes. Sous le regard d'Elisabeth qui la jugeait en silence, Amélie redressa légèrement la taille et dit :

« Va te préparer, maintenant. Tu es peignée comme une sauvageonne ! »

Elisabeth s'élança dans l'escalier en faisant claquer ses gros souliers ferrés sur les marches. Friquette trottait derrière elle.

« Ne cours pas, Elisabeth ! » cria encore Amélie.

La jeune fille poursuivit son ascension sur la pointe des pieds et, arrivée au troisième étage, poussa une porte marquée du numéro 23. L'année précédente, elle était encore obligée de changer de chambre selon les fluctuations de la clientèle. A plusieurs reprises, même, pour ne pas refuser le monde, ses parents l'avaient fait coucher près d'eux, sur un lit pliant. Mais, depuis le début de la saison, elle avait enfin, comme disait Amélie, « son petit domaine bien à elle ». Chaque fois qu'elle s'y retrouvait, un sentiment d'indépendance allégeait son cœur. Tout, dans cette pièce mansardée, avait été choisi et disposé par ses soins : le lit-divan, les rideaux de cretonne, la lampe de chevet en forme de bougeoir, l'étagère avec quelques livres dépareillés, le secrétaire où dormaient des lettres et des photographies... En face de la fenêtre, vivait un vieux sapin noir, dont la cime s'inclinait un peu sur le côté, comme pour mieux voir ce qui se passait dans la chambre.

Elisabeth se déshabilla jusqu'à la ceinture et s'aspergea le haut du corps devant le lavabo. L'eau chaude coulait doucement sur sa figure, sur ses seins. Elle caressait leurs rondeurs charnues avec le gant de toilette, et les bouts se dressaient, roses et impertinents. Sa peau était mate, lisse, d'un tissu très serré. Un grain de beauté marquait son épaule gauche. Elle pouvait y appliquer les lèvres en tournant la tête. Quand elle eut terminé ses ablutions, elle se peigna, en s'efforçant de laisser à ses cheveux courts, bruns et soyeux, une allure indisciplinée. Elle avait constaté que, pour être à son avantage, il fallait qu'elle eût l'air décoiffée par un coup de vent. Pas de poudre. Un hâle discret colorait uniformément son visage. Juste une touche de carmin pour accuser le contour de la bouche. Assise sur son coussin, Friquette observait sa maîtresse avec adoration. Elisabeth l'empoigna, l'embrassa fougueusement derrière les oreilles et songea à l'invitation de Maxime Poitou. Avait-elle eu raison de refuser ? Le Mauvais-Pas exerçait sur elle une attraction magique. L'orchestre y était excellent, le public nombreux et jeune, l'ambiance « formidable ». Elle aimait tellement la danse, qu'elle eût volontiers passé toutes ses soirées dans cet endroit. Mais quel prétexte aurait-elle invoqué devant ses parents pour justifier sa sortie ? Tout compte fait, Maxime Poitou ne lui plaisait pas assez pour qu'elle assumât, en le suivant, le risque d'une réprimande supplémentaire. Ah ! s'il s'était agi d'André Lebreuil, son flirt de l'année précédente, elle se fût, sans doute, montrée moins sage ! Elle lui accorda un souvenir nostalgique, reposa Friquette sur son coussin et souleva le matelas pour prendre son beau pantalon bleu nuit, qui dormait, de tout son long, plat comme une feuille, le pli net, sur le sommier gris à raies blanches. Un bruit de pas et de voix traversa le couloir. Des clients regagnaient leurs chambres. Le vieux sapin pensif balançait sa tête dans le vent. Elisabeth se rhabilla, sourit à son reflet dans la glace, et décida que, ce soir, elle serait très aimable avec Jacques.

V

On ne pouvait rien refuser aux Grévy : le lendemain, en rentrant d'une promenade à ski avec Elisabeth, ils lui proposèrent d'aller prendre le thé à l'Isba ou au Mauvais-Pas, et Amélie, qui avait beaucoup de considération pour eux, s'empressa d'autoriser sa fille à les suivre. Ce fut dans un tourbillon de joie qu'Elisabeth se prépara, devant la glace de sa chambre. Son impatience était d'autant plus forte, qu'elle regrettait d'avoir renoncé, la veille, à cette même sortie avec Maxime Poitou. Allait-elle le rencontrer au bar ? Ce serait amusant ! Mais, de toute façon, elle danserait plutôt avec Jacques.

Dans le hall, elle fut accueillie par la famille Grévy, qui l'attendait pour partir. Tout en s'excusant de son léger retard, elle chercha les yeux de sa mère et y lut une lumière de fierté. Ce signe lui prouva qu'elle était vraiment belle, dans son pantalon bleu nuit et sa veste de daim rouge foncé, à grosses coutures.

« Où est papa ? demanda-t-elle.

— A la cuisine, je crois », dit Amélie.

Elisabeth se précipita dans la cuisine et y trouva son père en discussion avec le chef, devant la table où gisait un jambon entamé.

« Je sors, papa ! s'écria-t-elle. Je vais danser ! »

Elle tombait mal. Le chef était cramoisi de colère. Sans doute avait-il reçu, au sujet du jambon, quelque reproche qu'il ne pouvait tolérer. Pierre couvrit sa fille d'un regard amoureux et dit :

« Pour qui t'es-tu faite si jolie ?

— Pour personne, pour tout le monde !... Je suis si contente, papa ! »

Elle l'embrassa et vola rejoindre les Grévy, sur le perron. Dehors, une poussière scintillante tournoyait dans l'air sombre et froid. L'obscurité venait du ciel, et la clarté, de la terre. De hauts talus de blancheur glacée bordaient la route. Les chaussures grinçaient dans la neige. Elisabeth aurait volontiers entraîné Jacques à courir pour arriver plus vite au Mauvais-Pas. Mais ils devaient régler leur allure sur celle des parents, qui marchaient bras dessus, bras dessous, avec lenteur, par crainte des glissades. Les premières maisons du village apparurent, avec leurs petites fenêtres éclairées et leurs gros toits de duvet moelleux. Une auto passa, les roues chargées de chaînes cliquetantes. Il y avait beaucoup de monde dans les rues. Des visages rieurs se retournaient dans la lumière citron d'une vitrine. Sur la place de l'Eglise, le clocher, le prieuré, la mairie, le vieux donjon ventru étaient attablés autour d'une nappe blanche. La pharmacie ouvrait sa porte dans un rempart de neige, et un sentier de cendres coulait du seuil jusqu'au bourrelet du trottoir. Face à l'ancien cimetière, s'alignaient quelques traîneaux, aux caisses basses et profondes. Les cochers battaient la semelle en attendant le client. Parfois, un cheval engourdi remuait la tête et jetait dans la nuit le tintement pur de ses grelots. Plus loin, devant la porte de l'Isba, le nègre Bouboule, engoncé dans son uniforme rouge, salua Elisabeth d'un joyeux gloussement.

« Bonjour, Bouboule ! dit Elisabeth.

— Bonzou, madimoiselle ! Touzou d'aussi zolis zieux qui font mourî d'amoû les gâçonns !... Vous allez pas vini une minute avec ces missiés-dames ? Beaucoup de monde, ce soi' ! Beaucoup rigolo !... »

Elisabeth interrogea M. et Mme Grévy du regard. Mais ils avaient une préférence pour le Mauvais-Pas.

« Une autre fois, Bouboule », dit Elisabeth.

On se remit en marche. Le Mauvais-Pas était situé plus haut, sur la route du mont d'Arbois. La côte parut interminable à Elisabeth. Enfin, des bouffées de musique annoncèrent le paradis.

Avant d'entrer dans la salle, Mme Grévy se rendit avec Elisabeth aux lavabos, où toutes deux se recoiffèrent. Puis, elles rejoignirent les hommes, qui les attendaient dans le vestibule. Les clients étaient peu nombreux encore au Mauvais-Pas. Mais les tables vides portaient un carton avec la mention : *Réservé*. Le maître d'hôtel ne fit d'ailleurs aucune difficulté pour subtiliser l'un des écriteaux et installer les nouveaux venus aux meilleures places, dans la rotonde. L'orchestre, groupé sur une estrade, jouait un *slow* langoureux. Des couples pâmés piétinaient sur la piste, pantalon contre pantalon. Identiques par le bas, hommes et femmes n'avouaient leur sexe que par la figure. Il y avait là quelques très belles filles éclatantes, plus blondes ou plus brunes que nature, avec des lèvres de sang et des prunelles d'émail, et quelques grands garçons aux durs visages, qui fermaient à demi les yeux et respiraient avec gravité dans les cheveux de leur partenaire. M. Grévy commanda du thé et des toasts pour quatre. Jacques se tortillait sur sa chaise.

« On danse ? » demanda-t-il.

Elisabeth se leva.

« Quels enragés vous faites ! dit Mme Grévy en riant. Vous ne pouvez donc pas rester assis cinq minutes ! Elisabeth voudrait peut-être prendre un peu de thé d'abord.

— Oh ! non, madame ! s'écria-t-elle.

— Vous aimez beaucoup la danse ? reprit Mme Grévy.

— Oui, madame, j'adore ça ! »

Elle se soumit avec plaisir au rythme ondoyant de la mélodie. Une main chaude était plaquée sur son dos. Après quelques pas, elle sentit que l'étreinte se resserrait. Une voix enrouée chuchota à son oreille :

« C'est fou ce que j'aime danser avec vous, Elisabeth !

— Oui, dit-elle prudemment. L'orchestre est très bon.

— Ce qui est très bon, surtout, c'est d'être là, tous les deux, vous ne trouvez pas ?

— Si, bien sûr...

— Il y a du monde et on a l'impression d'être seuls. »

Ils passèrent devant M. et Mme Grévy qui regardaient ailleurs. Des gens entraient, jetaient un coup d'œil circulaire, écoutaient la musique en tiquant du genou, sortaient, revenaient, s'accoudaient au bar. Elisabeth avisa Maxime Poitou, qui se dirigeait vers une table, avec trois de ses camarades et deux jeunes filles. Elle lui sourit. Il fit un large salut de mousquetaire, une jambe en arrière et la main sur le cœur.

« Il ne manquait plus que celui-là ! grommela Jacques.

— Qu'est-ce que vous avez contre lui ?

— Je ne sais pas. Il m'agace. Il veut être spirituel et il est idiot. Idiot et prétentieux !

— Moi, je le trouve très gentil.

— Oh ! je m'en suis aperçu ! Au fond, avouez-le, vous avez un faible pour lui...

— Ça, alors, vous n'y êtes pas du tout, mon pauvre Jacques ! dit Elisabeth. Il est beaucoup trop jeune !

— Il a vingt et un ans !

— Justement ! »

Il relâcha la pression de son bras, comme blessé à vif par ces mots qui le répudiaient en même temps que son rival.

« Il vous faut des vieux, peut-être ? » demanda-t-il avec une triste insolence.

Sans daigner lui répondre, Elisabeth tourna la tête vers la porte et s'écria :

« Oh ! regardez ! »

Cinq athlètes blonds pénétraient lentement dans la salle. C'étaient les fameux Autrichiens, qui venaient d'arriver à Megève pour y enseigner la méthode de l'Arlberg. Ils étaient beaux et rudes. Ils ne parlaient presque pas le français. Toutes les femmes les dévisageaient avec convoitise.

« C'est vrai qu'ils sont formidables ! soupira Elisabeth.

— Si c'étaient des Français, vous ne les remarqueriez même pas », dit Jacques.

L'orchestre s'arrêta dans un sanglot; quelques clients applaudirent sans quitter la piste; le saxophoniste emboucha son instrument; et, dès les premières notes, les couples se reformèrent. Jacques enlaça de nouveau Elisabeth dans un mouvement d'ange protecteur. La musique était si douce, que ni elle, ni lui, n'avaient envie de parler. Après cette deuxième danse, ils regagnèrent leurs places à travers la cohue. Elisabeth avait très soif. Mais elle n'eut pas plus tôt avalé une gorgée de thé, que Maxime Poitou s'inclina devant elle. Avec un sourire d'excuse à l'adresse de M. et Mme Grévy, elle se leva et se faufila entre les tables. Jacques, l'œil vide, la bouche mauvaise, ruminait des projets de torture à petit feu.

Maxime Poitou empoigna fermement la jeune fille et lui tira le bras en l'air, comme pour la suspendre à un crochet. Elle le regarda avec surprise. Il n'avait aucun sens du rythme et se contentait de pousser sa partenaire devant lui, en se dandinant un peu et en pliant les genoux. La maladresse de ses gestes était telle que les couples s'écartaient de lui, par crainte des collisions. Ayant marché sur le pied d'Elisabeth, il s'écria joyeusement :

« N'est-ce pas que je danse mal, mademoiselle ?

— Très mal, dit-elle en riant.

— Je n'ai jamais pu apprendre, et pourtant j'aime ça !

— Faites ce que je vous dirai et ça ira mieux.

— Allez-y ! J'écoute.

— Le bras, d'abord ! Baissez votre bras ! Je vais avoir une crampe. Et puis, ne me serrez pas si fort !...

— Je n'y peux rien : c'est le sentiment !

— Ne pensez pas au sentiment, pensez à la musique... Une, deux... Vous entendez ?... Une, deux... C'est simple !... »

Elle le guidait. Mais il était lourd à remuer, comme un bahut. De temps à autre, il disait :

« Je sens que ça vient !... Je fais des progrès !... Vous êtes contente ?... »

Tout à coup, il décida de se déchausser pour avoir une démarche plus légère.

« Non ! Non ! Voulez-vous bien vous tenir ! » balbutia Elisabeth.

Elle fut prise d'un fou rire et dut s'arrêter au milieu de la piste. Des visages tournaient autour d'elle dans la fumée des cigarettes. Elle vit passer M. et Mme Grévy qui dansaient ensemble, un moniteur du pays, comprimant une inconnue dans ses bras, deux Autrichiens, nantis chacun d'une fille souple qui se collait contre leur ventre et rendait l'âme par la bouche et par les yeux.

« On continue ? » demanda Maxime Poitou.

Mais la musique se tut et Elisabeth profita de la trêve pour retourner à sa table.

« Je m'entraînerai ce soir dans ma chambre, dit Maxime Poitou en la quittant. La prochaine fois, vous ne me reconnaîtrez pas ! D'ailleurs, je viendrai en espadrilles ! »

Elle riait encore en se rasseyant. M. et Mme Grévy la rejoignirent. Jacques, entre-temps, avait commandé un cocktail et considérait son verre, avec une fixité hargneuse, en homme décidé à chercher dans l'alcool l'oubli de son malheur et la destruction de ses facultés mentales. Mais l'effet d'inquiétude qu'il désirait produire sur son entourage fut gâché par son père, qui dit avec entrain :

« C'est une bonne idée que tu as eue là, Jacques. Je vais prendre un petit cocktail, moi aussi ! »

La salle s'était remplie imperceptiblement. Toutes les tables étaient occupées. Il ne restait plus un seul tabouret disponible devant le bar. Les danseurs formaient une mêlée compacte, qui ondulait sur place, vaguement, tel un bouquet d'algues au pied enraciné et à la cime libre. Après le dernier *blues,* l'orchestre attaqua un tango. Un éclairage bleu inonda la piste. Les sentiments s'exaltaient au clair de lune. Jacques buvait du poison. M. Grévy avait une moustache et des yeux d'Espagnol. Son épouse, dépaysée, charmée, dodelinait de la tête en mesure. Soudain elle chuchota.

« Tiens ! On dirait les deux jeunes filles de l'hôtel ! »

Glissant entre les tables, Cécile et Gloria Legrand cherchaient désespérément une place vide. Le maître d'hôtel les suivait en répétant :

« Puisque je vous dis qu'il n'y a plus rien, mesdemoiselles !

— Quelle cohue ! Si nous avions su, nous serions venues plus tôt ! » dit Gloria en passant devant Elisabeth.

Elles allaient s'éloigner, quand Mme Grévy leur proposa de s'installer à côté d'elle, sur la banquette. Les deux sœurs la remercièrent, protestèrent qu'elles ne voulaient déranger personne et finirent par accepter. Elisabeth, qui les jugeait hautaines et maniérées, fut forcée de convenir qu'elles étaient beaucoup plus aimables en l'absence de leur gouvernante. Cécile, la cadette, paraissait même avoir un caractère très enjoué. Elle détaillait les gens du coin de l'œil et trouvait un mot drôle à dire sur chacun. Gloria, plus sérieuse, était souvent obligée de la rappeler à l'ordre. En présence des deux jeunes filles, Jacques renaissait lentement de ses cendres.

« Où étiez-vous, cet après-midi ? demanda-t-il.

— Au mont d'Arbois, dit Gloria.

— Je vous envie, dit Mme Grévy. Depuis qu'il y a le téléférique, tout le monde se rue à Rochebrune. Mais, pour le paysage, pour l'ensoleillement, je préfère le mont d'Arbois.

— Nous pourrions y aller demain, dit M. Grévy, si la montée à peaux de phoques ne vous effraie pas !

— Au contraire ! C'est très amusant ! dit Elisabeth. Il faudrait partir vers neuf heures du matin, emporter des repas froids... Toute une caravane : M. et Mme Grévy, Mlles Legrand, Jacques, moi, peut-être encore quelques clients de l'hôtel... On mangerait une soupe chez la Tante, puis on grimperait au sommet du mont Joux, de là, on ferait la descente... »

Elle était si excitée par ce projet, qu'elle fut surprise de voir Mme Grévy se pencher vers elle et lui toucher la main, pour l'inviter à se taire. Instinctivement, elle leva les yeux, et son cœur tomba, comme une pierre dans un puits. Un homme s'inclinait gravement devant elle. Il était vêtu de noir et portait un foulard de soie rouge autour du cou.

« Excusez-moi ! » dit-elle à M. et Mme Grévy avec un pâle sourire.

Elle se dirigea vers la piste en marchant sur des nuées. L'inconnu la prit dans ses bras. Il la serrait à peine, et, pourtant, elle avait l'impression que tout ce grand corps se moulait sur le sien dans un enlacement équivoque. Ce n'était plus un camarade qui la conduisait, mais un homme dont elle ne savait rien. Un homme qui l'avait choisie entre toutes. Elle lui donna vingt-huit ans, trente ans, et son trouble s'accentua. Il dansait admirablement. Ses moindres mouvements s'accordaient aux inflexions de la musique. Détachée de la terre, Elisabeth souhaitait que l'orchestre ne s'arrêtât jamais de jouer. Le foulard rouge la fascinait jusqu'au fond de l'âme. Soudain, l'inconnu ouvrit la bouche. Ses dents brillèrent. Il dit d'une voix basse :

« Vous êtes charmante. Je crois danser avec une petite fille. Quel âge avez-vous ? »

Un léger choc déplaça des couches de brume dans la tête d'Elisabeth. Vexée d'être prise pour une enfant, elle murmura :

« Dix-neuf ans. »

Il répéta d'un air pénétré :

« Dix-neuf ans!

— Oui, dit-elle.

— Et ce monsieur, cette dame, à la table, sont votre père et votre mère, sans doute ? Ce garçon est votre frère ?

— Non, ce sont des amis.

— Des amis très intimes ?

— Pas très...

— Vous êtes donc seule, ici, en vacances ?

— Je ne suis pas en vacances. J'habite Megève, avec mes parents.

— Toute l'année ?

— Presque.

— Ah ! oui ? Et que font-ils, vos parents ?

— Ils ont un hôtel : les Deux-Chamois. Vous connaissez ? »

Il hésitait.

« C'est en dehors du village, reprit-elle. Sur la route de Glaise.

— Parfaitement ! s'écria-t-il. J'y suis ! Il me semblait bien vous avoir déjà rencontrée, les années précédentes. Mais je craignais de me tromper. Vous faites beaucoup de ski ?

— Oui, dit-elle. Et vous aussi. Je vous ai aperçu hier, à Rochebrune...

— Peut-être, en effet... Comment vous appelez-vous ?

— Elisabeth Mazalaigue. »

Il s'écarta d'elle et la contempla en inclinant la tête sur le côté, comme pour voir si ce nom lui allait bien. Elle se sentit devenir un objet de vitrine. Le regard de l'acheteur se promenait sur elle, tranquillement.

« Elisabeth, dit-il enfin. C'est un prénom bien sérieux, un prénom de femme !

— Je n'y peux rien, dit-elle en haussant les épaules.

— Elisabeth ! Elisabeth ! Il faudra que je m'y habitue. Vous vous appelez Elisabeth, vous habitez Megève et vous avez dix-neuf ans ! Quand est-ce que je vous revois ? »

Il s'était rapproché d'elle. De nouveau, elle éprouva le chaud relief d'un corps étranger sur sa poitrine, sur son ventre. Elle était prisonnière. Et son plaisir venait de cet étouffement.

« Quand est-ce que je vous revois, Elisabeth ? reprit-il.

— Mais je ne sais pas, monsieur, balbutia-t-elle.

— Je m'appelle Christian », dit-il.

Elle répéta ce prénom en elle-même. Il lui semblait qu'en quelques secondes elle avait franchi une étape très importante dans sa vie, qu'elle n'avait plus rien de commun avec les garçons qui l'entouraient naguère, et que sa condition actuelle éclairait son esprit et embellissait son visage. La musique de *blues* devenait plaintive, confidentielle. Les cœurs se touchaient.

« Monterez-vous demain à Rochebrune ? demanda Christian.

— Non, je ne crois pas, dit-elle.

— Tant pis. Alors, après-demain ?

— Peut-être... »

Un souffle coula sur la joue d'Elisabeth. Des figures de gens heureux naviguaient dans la clarté orange du projecteur. L'air sentait la poudre de riz, le parfum, la fumée... Un Autrichien, qui dansait avec une blonde oxygénée, se pencha vers Christian et ils échangèrent quelques mots dans une langue incompréhensible. Elisabeth se demanda si Christian n'était pas d'origine allemande. Elle n'oserait jamais lui poser la question. Soudain, il éclata de rire. Elle tressaillit, désagréablement surprise, comme dans le téléférique, par cette cascade de sons gutturaux. L'Autrichien s'éloigna, avec la tête de sa danseuse couchée, comme un bouquet, sur sa poitrine. Christian riait encore, mais plus doucement. En levant les yeux, Elisabeth voyait l'intérieur de sa bouche, sa langue rouge, qui tremblait entre deux rangées de dents blanches. L'orchestre se tut, et elle crut qu'elle allait perdre l'équilibre dans le silence. Elle s'apprêtait déjà à quitter la piste, mais Christian lui saisit le poignet :

« Voulez-vous bien rester ici !

— Mais la danse est finie ! dit-elle.

— Elle va recommencer. »

Il claqua dans ses mains. Rien ne lui résistait : les musiciens attaquèrent les premières mesures de *Stormy Weather*. Elisabeth affectionnait particulièrement cet air lent et nostalgique. N'était-ce pas un miracle que Christian la reprît dans ses bras et l'emportât aux sons de sa mélodie préférée ? L'orchestre complice ne jouait plus que pour elle. Au bout d'un long moment, Christian s'arrêta de danser et dit :

« Venez avec moi, nous allons marcher dans la neige.

— Quand ?

— Tout de suite. On respire mal, ici. La nuit doit être si froide, si belle !...

— Vous n'y pensez pas ! dit-elle. Je suis avec des amis.

— Les amis, ça se quitte !

— Non, non, c'est impossible ! »

Il se remit à rire. Sa langue reparut entre ses dents. Des paillettes de feu ponctuaient ses prunelles.

« Impossible ! impossible ! répéta-t-il. Croyez-vous ? »

Puis, il l'enlaça de nouveau et chuchota à son oreille :

« Petite fille ! Petite fille sage et douce !... »

La danse continua. Elisabeth n'avait plus de genoux. Ses pieds avançaient, reculaient, tournaient, sans qu'elle eût conscience de leur mouvement. Christian ne parlait pas. Elle le devinait attentif, charmé, et elle en était fière. Une année s'écoula ainsi. Subitement, un coup de cymbale la tira de son rêve. C'était fini.

« Au revoir, Elisabeth, dit Christian. A bientôt !

— A bientôt », dit-elle.

Il la raccompagna à sa table, s'inclina devant les Grévy et disparut.

« Déjà huit heures ! dit Mme Grévy. Nous allons être en retard pour le dîner. Demande vite l'addition, Marc. »

Elisabeth considérait ces visages familiers comme si elle les eût retrouvés après une longue absence. Près d'elle, M. Grévy ouvrait son portefeuille, Mme Grévy se repoudrait, Jacques et les demoiselles Legrand discutaient d'une promenade au mont d'Arbois pour le lendemain. Mais ces propos ne la concernaient plus. Elle marchait à côté d'un homme, dans la neige.

VI

Elisabeth entra dans la chambre de ses parents et entendit sa mère qui disait :

« Je t'assure, Pierre, que ce chef est impossible ! »

Elle était assise dans son grand lit d'acajou foncé, les épaules couvertes d'une liseuse de laine tricotée rose, un livre de comptes ouvert sur les genoux. Veillant tard, elle ne se levait jamais avant dix heures du matin, alors que son mari, qui se couchait tôt, était debout à sept heures, pour diriger le personnel et s'occuper de la réception.

« Bonjour, papa, bonjour, maman », dit Elisabeth avec entrain.

Elle embrassa sa mère, dont le visage resta impassible, puis son père, qui se tenait, immobile et grave, au pied du lit.

« Vraiment, nous sommes tombés sur un incapable ! reprit Amélie. Sorti de ses merlans frits et de ses profiterolles au chocolat, il ne sait pas faire grand-chose ! »

Pierre écarta les bras. Au bout de sa main, pendait un lambeau de nappe en papier gaufré, sur lequel le chef avait griffonné les projets de menus pour la journée.

« Tu n'es pas de mon avis ? dit Amélie.

— Si, dit-il, mais nous ne pouvons tout de même pas le renvoyer en pleine saison. Où trouverais-tu un remplaçant ?

— Et si nous écrivions à celui de l'année dernière ? dit Amélie.

— Tu penses bien qu'à cette époque il est déjà casé. D'ailleurs, il ne valait guère mieux !

— Au moins, il ne buvait pas. Celui-ci, quand il a bu, il me fait peur. Cette façon qu'il a d'aiguiser ses couteaux en vous regardant avec insolence !...

— Il va peut-être se calmer après le savon que je lui ai encore passé tout à l'heure !

— Espérons-le », soupira Amélie.

Soudain, comme se rappelant la présence de sa fille, elle la regarda des pieds à la tête, vit le costume de ski, le foulard, les moufles, les grosses chaussures et demanda :

« Où vas-tu ?

— A Rochebrune, dit Elisabeth.

— Avec ce brouillard ? dit Pierre. On n'y voit pas à cinq mètres !

— Pour le ski de piste, ce n'est pas gênant, papa. Et puis, moi, ça m'amuse ! Mais avoue que nous n'avons pas de chance ! Nous avions tout organisé avec les Grévy et les demoiselles Legrand pour aller en caravane au mont d'Arbois, ce matin. Et, à cause du mauvais temps, c'est fichu !

— Ce sera pour une autre fois, dit Amélie. Avec qui vas-tu à Rochebrune ?

— Avec les demoiselles Legrand. Je les attends. Elles ne sont pas encore prêtes. »

Le visage d'Amélie se détendit. Elle était contente qu'Elisabeth fût en relations amicales avec des jeunes filles si bien élevées.

« Et les Grévy ? demanda-t-elle.

— Mme Grévy doit être comme toi, au fond de son lit, dit Elisabeth. Quant à M. Grévy et à Jacques, ils n'ont pas perdu leur temps, ils sont déjà sur les pistes ! Tu sais, maman, Cécile et Gloria sont très gentilles ! Cela me plairait bien de faire une ou deux descentes avec elles... Mais, si tu as besoin de moi, je peux leur dire de partir seules...

— Non, non, dit Amélie, je suis très heureuse que tu t'occupes un peu de ces jeunes filles. »

Léontine frappa à la porte : les demoiselles Legrand attendaient Elisabeth dans le hall.

Elle courut les rejoindre et toutes trois allèrent chercher leurs skis dans le réduit obscur où Antoine conservait l'attirail sportif de la clientèle. Penché sur son établi, le portier faisait fondre, au fer chaud, un morceau de fart, dont l'odeur âcre et poisseuse imprégnait l'air. Autour de lui, des skis de hauteur différente s'appuyaient, deux par deux, contre le mur.

« Tout est prêt pour vous, mesdemoiselles, dit-il. J'ai farté légèrement. »

Elles le remercièrent et sortirent, leurs planches sur l'épaule, leurs bâtons à la main. La route qui menait au téléférique était prise dans le brouillard. Les jeunes filles entendaient des voix, devant elles, et ne voyaient personne.

« Si c'est comme ça là-haut, nous ne trouverons même pas le départ de la piste, dit Gloria.

— N'ayez pas peur, dit Elisabeth. Je suis sûre qu'à Rochebrune tout est bien dégagé. D'ailleurs, le parcours est si facile que, même en fermant les yeux, nous arriverions en bas !

— Oui, les quatre fers en l'air ! » dit Cécile en riant.

Une benne était au départ, quand le contrôleur,

placé à l'entrée du quai, ferma la porte vitrée devant le nez d'Elisabeth.

« Pas de veine ! » grommela-t-elle.

Et elle colla son visage au carreau. De l'autre côté, un groupe de skieurs guettait, sur la plate-forme, l'apparition de la benne suivante. Elisabeth tressaillit. Christian était là, séparé d'elle par une mince plaque de verre. Le foulard rouge, les dents blanches, un serre-tête de laine noire sur les oreilles. Il parlait à son voisin. Puis, il tourna les yeux, reconnut la jeune fille et pointa un doigt vers le haut. Voulait-il dire par là qu'il l'attendait au sommet de Rochebrune ? Elle l'espéra avec un peu de crainte. Une nacelle étincelante descendit lentement jusqu'à lui. Il s'y engouffra, dans un grand tumulte.

« Ouf ! dit Cécile. Maintenant, ça va être à nous ! »

Les minutes étaient des heures. Enfin, les trois jeunes filles s'installèrent dans une cabine pleine à craquer. Une sonnerie d'avertissement retentit, et l'engin s'éleva pesamment dans les airs. Les câbles du téléférique se perdaient dans le brouillard. La benne glissait, sans support, au milieu d'un infini cotonneux, vers un but imaginaire. Peu à peu, cependant, la brume s'effilochait, des masses compactes sortaient du néant, une gare de mirage s'avançait vers les voyageurs. A Rochebrune, un pâle soleil éclairait la neige.

« Vous voyez que j'avais raison ! » dit Elisabeth.

Les passagers empoignaient leurs skis, leurs bâtons, et s'éloignaient, chacun portant sa croix sur l'épaule. Elisabeth aperçut Christian, debout sur un talus, parmi d'autres skieurs. Il l'avait attendue. Il la regardait. Il lui souriait. Allait-il venir à elle ? Subitement, elle se rappela qu'elle n'était pas seule, et son impatience tourna en confusion. Cet homme avait des manières si étranges ! Elle redoutait qu'il ne se montrât trop familier avec elle en présence de Cécile et de Gloria Legrand. Elle l'observa encore, à la dérobée. Il ne bougeait pas. Alors, elle s'accroupit pour fermer ses fixations. Malgré ses efforts, le levier de gauche se coinçait bêtement. Enfin, il bascula, laissant sur les doigts d'Elisabeth une sensation de morsure glacée. Elle releva la tête. Il n'y avait plus personne sur le talus blanc et bombé. Christian avait disparu, comme arraché par un coup de vent.

« Vous êtes prête ? » demanda Gloria.

Elisabeth, engloutie dans ses pensées, accompagna les deux jeunes filles jusqu'à l'endroit où commençait la pente. Cécile et Gloria partirent les premières. Leurs silhouettes diminuèrent rapidement, puis, traversant la nappe de brouillard, y moururent, étouffées. A son tour, Elisabeth s'élança. Des rideaux de gaze accouraient à sa rencontre. Le relief s'effaçait. Soudain, il n'y eut plus rien de solide dans le monde. La neige même n'était qu'une couche de brume, plus épaisse que les autres. Seuls points de repère : les spatules, glissant dans le lait, comme deux museaux pointus.

« Hô-ô ! » cria-t-elle.

Dans la nébuleuse, une voix incertaine répondit :

« Nous sommes ici, Elisabeth ! »

Elle se dirigea vers le son. Des tâches d'ombre se groupèrent, entourées d'une phosphorescence diffuse. De l'abîme blanc, se détachèrent deux sentinelles noires : Gloria et Cécile. Elisabeth s'arrêta.

« C'est follement amusant ! dit Cécile. On n'a même pas le temps d'avoir peur parce qu'on ne voit pas les obstacles ! Vite ! Vite ! Si nous nous pressons, nous pourrons faire encore une descente avant le déjeuner ! »

Elle se précipita, tête basse, dans le brouillard. Sa sœur la suivit. Elisabeth les laissa disparaître et poussa sur les bâtons pour prendre de l'élan. Mais un peu plus loin, elle s'immobilisa en un bref dérapage. Quelqu'un l'appelait dans la brume :

« Elisabeth ! Eli-sa-beth !... »

Elle reconnut la voix de Christian. Un spectre s'agitait, en contrebas. Peu à peu, sa forme se précisait, émergeait d'un bain de nuées louches. Il montait durement, les skis en ciseaux, vers le cercle d'air transparent qui entourait la jeune fille. Bientôt, il fut devant elle, avec son visage maigre et brun, ses yeux de pierre verte, sa bouche qui soufflait une buée blanche dans le froid.

« Vous voilà, enfin ! dit-il. Je vous ai attendue au passage pour vous voir skier. Mais, avec ce brouillard, on ne distingue rien. Maintenant, montrez-moi ce que vous savez faire !

— Oh ! je ne suis pas très calée, dit-elle. Et puis, vous m'intimidez !... Vous êtes là comme un professeur !...

— Pas d'excuses ! Allez-y ! »

Il la poussa doucement aux épaules. Elle voulut l'étonner par l'élégance de son style et chercha la ligne de plus grande pente pour prendre de la vitesse. Dans son dos, une voix joyeuse hurlait :

« Bravo !... C'est merveilleux !... »

Elle avait beau accélérer, il était dans son sillage, comme un rapace pourchassant sa proie. Sans même se retourner, elle savait qu'il gagnait du terrain sur elle.

« N'approchez pas trop ! cria-t-elle. Vous me faites peur !

— Ne vous occupez pas de moi ! Allez !... »

Elle cligna des yeux. Des piquants de givre lui

sautaient au visage. Devant elle, tout était sourd, opaque, gris et blanc. Si elle avait été seule, elle eût freiné son allure afin d'avancer au jugé dans le brouillard. Mais elle était suivie de trop près pour se permettre de ralentir. Au bout d'un moment, elle décida pourtant d'amorcer un chasse-neige, mit en coin les pointes de ses skis, porta son poids lentement d'un côté à l'autre. Et, soudain, le sol se déroba sous ses pieds. Le temps d'un éclair, elle comprit qu'elle avait dérapé sur une corniche. Le vide. Un choc amorti. Une explosion d'étincelles. Elisabeth était écrasée dans la neige, envahie de neige, clouée à la neige par ses planches et par ses bâtons. Pas de mal. Mais sa tête était pleine d'oubli. Elle haletait, reniflait, les paupières collées, un beignet de froid dans la bouche. Christian contourna le monticule, glissa vers la jeune fille, l'enjamba, et s'arrêta au-dessus d'elle, un ski à droite, l'autre à gauche. Appuyée sur un coude, elle le voyait de bas en haut, comme un arbre : la fourche noire du pantalon, un torse raccourci, une face rieuse. Il paraissait immense. Elle essaya de se relever et retomba en arrière.

« Laissez-moi faire », dit-il.

Il retira ses moufles, ses gants de laine. Elle crut qu'il allait lui tendre la main pour l'aider à se relever, mais il recula un peu, passa ses deux skis du même côté, les tourna perpendiculairement à la pente et fléchit les jarrets avec souplesse. Assis près d'Elisabeth, il lui caressait le visage pour essuyer la neige qui poudrait ses yeux, ses sourcils, ses oreilles.

« Là ! Là ! » répétait-il.

Les doigts chauds et légers effleuraient la peau de la jeune fille comme pour lui modeler une figure neuve. C'était bon. Elle s'absentait d'elle-même. Rien de ce qui lui arrivait, ici dans le brouillard n'était vrai. Le regard de l'homme pénétrait en elle, toujours plus loin. Il murmura :

« Quels beaux yeux vous avez, Elisabeth ! »

Elle se taisait, oppressée, le cœur battant vite. Alors, il se pencha sur elle et reprit d'une voix plus douce :

« Elisabeth, embrassez-moi. »

Elle n'était pas étonnée. Tout devait se passer ainsi. Lentement, elle tourna la tête, leva le menton et se prépara à un baiser furtif et tendre. Mais la bouche qu'elle rencontra lui ouvrit les dents avec violence, lui vola son souffle, chercha sa langue, habita ses joues d'un mouvement de bête prisonnière. D'abord elle se débattit, voulut crier, puis elle s'abandonna aux exigences de ce visage d'homme, qui écrasait et mangeait le sien. Elle frissonnait de plaisir et gémissait faiblement. Un bras musclé s'était refermé sur elle. Impossible de fuir. D'ailleurs, elle n'en avait pas envie. Les lèvres de Christian avaient changé de direction. Elisabeth les sentait courir sur son front, sur ses tempes, sur le lobe de son oreille. Elle lui répondait par de petits baisers malhabiles, qui tombaient tantôt dans le vide, tantôt sur un coin de peau dure où elle retrouvait le goût de la neige. Une voix retentit, de l'autre côté de la terre.

« Hô-ô ! »

Elisabeth se rappela Cécile et Gloria Legrand.

« Il faut que vous partiez, chuchota-t-elle. Je suis avec des amies. Elles doivent être inquiètes de ne pas me voir... »

Il s'écarta d'elle et sourit, les dents serrées, les yeux verts. Son visage se détachait avec une netteté irréelle sur l'écran incolore de la brume.

« Aidez-moi à me relever, reprit-elle.

— Vous voulez vraiment que je m'en aille ? demanda-t-il.

— Oui, je vous en prie. »

Il se redressa, dégagea les skis d'Elisabeth, qui étaient enfoncés de biais dans la neige, la tira par les bras pour la remettre d'aplomb et lui brossa ses vêtements, à petits tapes, sur le dos et sur les épaules. Quand il eut fini, elle le remercia. Debout à côté de lui, elle attendait qu'il parlât encore, mais il s'obstinait à garder le silence et enfilait ses moufles, avec une lenteur calculée. Sa figure était impénétrable. Etait-il fâché, distrait ? Ce n'était pourtant pas à elle de dire : « Quand vous reverrai-je ? » Il empoigna ses bâtons et grommela :

« Eh bien ! au revoir, Elisabeth.

— Vous partez ?

— Ne me l'avez-vous pas demandé ? »

Elle s'étonna, voulut le retenir, mais il glissa devant elle, avec la légèreté d'un songe qui passe, décrivit une large courbe et s'effaça dans le brouillard. De nouveau, des voix chantantes appelèrent :

« Hô-ô ! Hô-ô ! »

Elisabeth répondit :

« Hô-ô ! J'arrive !... »

Et elle se porta de tout son poids en avant. L'aventure qu'elle venait de vivre lui paraissait à la fois providentielle et inquiétante. Elle se rappelait avec émotion les paroles, les baisers de cet homme, et ne comprenait pas qu'il l'eût quittée d'une façon si abrupte. Sans doute le retrouverait-elle en bas.

Elle rejoignit les demoiselles Legrand et s'excusa avec une volubilité inutile : était-ce bête ? elle avait perdu un ski en tombant et était allée le chercher très loin, entre les sapins, dans la neige molle. Comment ne pas la croire ? Les trois jeunes filles restèrent groupées pour finir la descente. En arrivant à la station inférieure du téléférique, Elisabeth fouilla du regard les pentes d'alentour, grimpa l'escalier, se faufila dans la salle d'attente, parmi la foule : il n'était pas là. Avait-il déjà repris la benne pour monter à Rochebrune ? C'était probable. Elle se consola de ce contretemps en pensant que, même sans être convenue d'un rendez-vous avec Christian, elle ne tarderait pas à le rencontrer au village ou sur les pistes.

« Vous cherchez quelqu'un ? demanda Cécile.

— Non, non, dit Elisabeth. Je croyais avoir aperçu les Grévy. Mais je me suis trompée. »

Le brouillard s'épaississait. Gloria proposa de revenir directement à l'hôtel.

Quand elles rentrèrent dans le hall, Amélie était en train de fixer le menu du jour dans son cadre, avec des punaises. Quelques clients l'entouraient.

« Bonne promenade ? dit-elle en se tournant vers les jeunes filles.

— Oh ! oui, madame, dit Cécile. On n'y voyait rien, mais ce n'en était que plus drôle ! »

Puis, lisant le menu, elle s'écria :

« Chic, alors ! Il y a des profiterolles au chocolat !

— Et des merlans frits ! » dit Elisabeth.

Amélie lui jeta un regard sévère et, s'adressant aux demoiselles Legrand, demanda :

« Vous aimez les profiterolles au chocolat ?

— Beaucoup, madame, dit Gloria.

— Eh bien, dit Amélie, je vais prier le chef de nous en faire souvent. »

VII

Chaque fois qu'Elisabeth mettait le nez dehors, c'était avec l'espoir de rencontrer Christian. Qu'elle fût avec les Grévy ou les demoiselles Legrand, dans les rues du village ou sur les pistes de Rochebrune, une même pensée inspirait sa conduite. Mais les heures s'écoulaient et Christian demeurait introuvable. Il s'était évanoui avec le brouillard. Elisabeth ne comprenait pas encore comment elle avait pu se laisser embrasser par un homme dont elle ignorait le nom de famille. Qui était-il au juste ? Où habitait-il ? D'où venait-il ? Que faisait-il dans la vie ? Combien de temps resterait-il à Megève ? Elle connaissait le goût de ses lèvres et était incapable de répondre à aucune de ces questions. Il y avait dans cette conjoncture quelque chose de scandaleux qui la troublait et l'excitait à la rêverie. Par moments, elle se disait que Christian avait quitté le pays. Alors, une angoisse l'étreignait. Mais, aussitôt, elle convenait que cette supposition était improbable. Après ce qui s'était passé entre eux, il ne pouvait partir sans l'avoir revue. Bientôt, le malentendu se dissiperait et elle sourirait de ses craintes. En attendant ce bonheur, les demoiselles Legrand l'aidaient à supporter son incertitude dans les meilleures conditions. Elles étaient si charmantes, si vives, si promptes aux confidences, qu'Elisabeth regrettait de ne pouvoir leur avouer, en échange, son propre tourment. Ce fut avec gratitude qu'elle apprit mille traits passionnants sur leur existence. Leurs parents s'étaient installés, pour trois mois, à Madagascar, où ils possédaient une vaste exploitation agricole, et les avaient laissées à la surveillance d'une gouvernante, la sèche, grise et sentencieuse Mlle Pieulevain. Celle-ci d'ailleurs, ne se souciait guère de les accompagner dans leurs sorties. Elle était très frileuse, détestait la neige, recherchait obstinément le voisinage d'un radiateur pour ses maigres épaules, couvertes d'une cape en tricot aubergine, et consacrait le meilleur de son temps à déchiffrer des mots croisés ou à jouer au bridge avec des clients de l'hôtel. « On l'a choisie sur mesure ! disait Cécile. Même si nous voulions faire les quatre cents coups, elle ne remarquerait rien ! » Pour l'instant du reste, ni Cécile, ni Gloria, n'avaient l'intention de faire les « quatre cents coups » : Cécile parce qu'elle en était encore à se demander, malgré ses dix-huit ans, si un garçon pourrait vraiment la séduire, et Gloria parce qu'elle était officiellement fiancée avec un futur médecin qui accomplissait son service militaire à Nancy. Chaque matin, elle recevait une lettre de lui, et, après le déjeuner, elle se retirait gravement dans le petit salon pour lui répondre. D'après Cécile, ils s'écrivaient si abondamment qu'une fois mariés ils n'auraient plus rien à se dire. Elisabeth enviait Gloria d'accepter avec tant de sagesse une longue séparation avec l'être aimé, alors qu'elle-même se désolait parce qu'elle n'avait pas revu Christian depuis deux jours.

Tout s'expliqua, le matin de la Saint-Sylvestre,

comme elle venait chercher les deux sœurs dans leur chambre, pour une promenade. Sur la table de nuit de l'aînée, trônait dans un cadre en cuir vert, la photographie du soupirant : pâlot, la joue creuse et le nez pointu, il n'était pas fait certainement pour inspirer une passion dévorante. Elisabeth n'en dit pas moins, par politesse, qu'elle lui trouvait un air mystérieux et intelligent. Mais, dans son souvenir, Christian apparut, par contraste, encore plus beau que naguère.

Le 31 décembre fut marqué, aux Deux-Chamois, par un menu exceptionnel, une grande colère du chef, quelques bouteilles de champagne, et six fleurs au lieu de trois, par table. La plupart des gens se réjouissaient de commencer une année nouvelle. Mais, pour Elisabeth, le 1er janvier n'apporta, dans sa lumière blanche et froide, aucune raison d'être plus heureuse que la veille. Après les fêtes, il y eut de nombreux départs : Maxime Poitou, trois de ses camarades, Mme de Belmont, M. Jaubourg, la vieille Mme Grévy, Mme Francine Dupin et ses enfants... C'était Pierre qui se chargeait de conduire les clients à la station des autocars. Sa voiture, une antique Renault, aux vitres givrées, grondait et trépidait pour se réchauffer, devant l'hôtel. Antoine traversait le hall, en boitillant, dans sa tenue verte, flottante. Couvert de bagages et de petits paquets, il était un arbre de Noël en marche. La dernière note réglée, Amélie accompagnait les voyageurs jusqu'au perron avec une amabilité empreinte de mélancolie :

« J'espère que vous avez été satisfaits de votre séjour !... Quel dommage que vous ne puissiez pas rester plus longtemps !... La vraie saison commence à peine !... »

Chacun, en la quittant, devait se dire qu'il était son client préféré. Cependant, là-haut, Emilienne et Berthe préparaient déjà les chambres pour un prochain arrivage de citadins aux trais tirés et au teint pâle. Les nouveaux éveillaient toujours la curiosité des anciens. La voiture de Pierre transporta successivement de la gare des autocars à l'hôtel un jeune homme sérieux et sa mère, une femme enceinte et son mari, malingre et fautif, un gros monsieur à l'accent alsacien et Mme Lauriston, qui était déjà venue l'année précédente et dont il était impossible d'ignorer les malheurs conjugaux, car elle avait l'œil humide, le soupir fréquent et la confidence facile. A peine installée aux Deux-Chamois, elle prit Amélie à part pour lui avouer que, cette année encore, son époux l'avait expédiée pour deux mois à Megève, afin de mener lui-même, à Paris, la vie joyeuse du célibataire. Coureur de jupons, tombeur de femmes, forceur d'alcôves, il eût mérité que Mme Lauriston se détournât de lui. Mais elle l'aimait. Elle était sa chose. Ces paroles qu'Elisabeth surprit en passant dans le petit salon, la laissèrent perplexe. Au lieu de rire, comme autrefois, des airs navrés qu'affectait cette victime de quarante ans, rondouillarde, myope et fadasse, elle la plaignait d'être réduite au désespoir par la faute d'un homme.

« Je suis sûre que vous vous faites des idées, madame Lauriston, disait Amélie. S'il vous a envoyée ici, c'est qu'il le jugeait utile pour votre santé.

— Oh ! ma santé, il s'en moque bien ! » disait Mme Lauriston, le regard au plafond, le nez dans un petit mouchoir.

Elisabeth eut le pressentiment que, cet après-midi, sans faute, elle verrait Christian sur les pistes de Rochebrune. Mais, comme toujours, son attente fut déçue. Elle était si découragée en rentrant de promenade, qu'elle refusa de prendre le thé dans le hall, malgré l'insistance des demoiselles Legrand, et monta, avec Friquette, dans sa chambre. Sa mère la croisa dans l'escalier, et, l'ayant enveloppée d'un regard soupçonneux, demanda :

« As-tu enfin adressé tes lettres de bons vœux à grand-père et à tonton Denis ?

— Pas encore, maman, dit Elisabeth.

— Comment, pas encore ? Nous sommes déjà le 9 janvier !... Si ces lettres ne sont pas parties demain !... »

Elisabeth effleura d'un baiser la joue de sa mère et dit :

« Ne te fâches pas ! J'allais justement là-haut pour les écrire ! »

Ce mensonge fut proféré d'un ton si naturel, qu'Amélie en fut désarmée.

« Il est bien temps ! » murmura-t-elle.

Elisabeth continua à gravir les marches en songeant à la disproportion qu'il y avait entre les petits soucis de sa mère et son grand souci personnel. Une fois dans sa chambre, elle prit du papier, une plume, s'installa devant sa table, et s'imagina, tout à coup, qu'elle allait écrire à Christian. Une vague de chaleur lui monta au visage. Elle regarda, par la fenêtre, le sapin noir, penché, et s'envola dans un rêve. On frappa à la porte.

« Qu'est-ce que c'est ? » demanda Elisabeth.

Personne ne répondit, mais la poignée tourna et le battant se décolla lentement du chambranle. Jacques parut sur le seuil, la figure tragique, et dit faiblement :

« C'est moi, Elisabeth.

— Je le vois bien », dit-elle.

Il referma la porte derrière lui, toussota et esquissa un sourire mou :

« Vous ne voulez pas venir faire un tour, avec moi, au village ?

— Pas maintenant, dit-elle. Je suis en train d'écrire.

— A qui ? »

Elle se mit à rire, flattée qu'il la soupçonnât d'entretenir une correspondance inavouable :

« Cela ne vous regarde pas ! »

Il se renfrogna :

« Oh ! ça va, ça va ! Vous n'êtes vraiment pas chic, Elisabeth ! Vous êtes toujours d'accord pour sortir avec les autres, et jamais avec moi. C'est parce que Maxime Poitou est parti que vous êtes de mauvaise humeur ?

— Je ne suis pas de mauvaise humeur, s'écria-t-elle, et je me fiche de Maxime Poitou !

— On dit ça, grogna-t-il.

— Parfaitement, Jacques. On le dit et on le pense.

— Alors, pourquoi me faites-vous la tête ? Vous avez quelque chose contre moi ?

— Je n'ai rien contre vous. Je vous trouve même très gentil. Mais, pour l'instant je suis occupée. Voilà !

— C'est vrai que vous me trouvez gentil ? demanda-t-il en s'avançant dans la chambre.

— Evidemment !

— Moi aussi, je vous trouve gentille, reprit-il d'une voix caverneuse. Gentille et jolie surtout ! »

Sans bouger de sa chaise, elle considérait avec surprise ce garçon trop bien coiffé, aux yeux bleus implorants et au nez rougi, pelé par un coup de soleil. Il fit encore un pas. Le plancher craqua sous ses grosses chaussures.

« Elisabeth ! dit-il.

— Quoi ? »

Au lieu de répondre, il se pencha sur elle et l'embrassa maladroitement dans le cou. D'un bond, elle fut sur ses jambes :

« Qu'est-ce qui vous prend ? »

Mais il l'avait déjà saisie dans ses bras. Elle sentit la pression d'une bouche chaude sur ses lèvres, frémit de répulsion et se dégagea. Le souvenir de Christian lui traversa l'esprit avec la rapidité d'une flèche. Elle leva la main. Le bruit sec du soufflet l'étonna elle-même. Jacques était devant elle, blême de colère, la bouche ouverte, la prunelle bleue et saillante. « J'ai giflé un client ! » pensa Elisabeth, affolée. Des coups sourds ébranlaient sa poitrine. Sa paume droite cuisait.

« Ça alors ! » gronda Jacques.

De nouveau, il se jeta sur elle. Friquette aboyait, sautait sur place et menaçait de ses crocs le pantalon de l'intrus. La taille prise, Elisabeth balança la tête de droite à gauche et dit d'une voix sourde :

« Jacques, si vous ne me lâchez pas immédiatement, je vous jure que je crie ! »

Il se détacha d'elle, la face déviée par un mauvais sourire :

« Ne criez pas, j'ai compris !... Je fous le camp !... »

Il y avait de la haine dans ses yeux.

« Oui, allez-vous-en ! » dit Elisabeth.

Il sortit sans se presser, en se dandinant, comme pour défier la jeune fille par l'aisance princière de sa retraite. Elisabeth était très ennuyée de cet incident. Elle espéra qu'après un accès de dépit Jacques se calmerait et redeviendrait pour elle un camarade. Mais, au cours du dîner qui suivit, il ne regarda pas une seule fois de son côté. Elle le voyait de profil.

Il avait la nuque raide, mangeait peu et buvait beaucoup.

Après le dessert, quand les clients refluèrent dans le hall, il s'isola ostensiblement pour lire *Le Petit Dauphinois.* D'ailleurs, la plupart des hommes avaient, ce soir-là, un journal en main. D'un groupe à l'autre, les conversations roulaient sur le même sujet : un escroc international, nommé Stavisky, venait de se suicider dans une villa de Chamonix. Tous les pensionnaires étaient d'accord pour dire que les appuis politiques dont cet individu avait bénéficié dans son entreprise révélaient la pourriture du régime. Des noms, toujours les mêmes, volaient de bouche en bouche : Garat, Tissier, Dalimier... Mais, d'après M. Grévy, ce n'étaient là que des comparses. Il se demandait si le gouvernement aurait le courage de dénoncer les vrais responsables. Elisabeth, que cette affaire n'intéressait pas, fut surprise d'entendre son père, si réservé d'habitude, intervenir dans le débat avec véhémence :

« Vous avez parfaitement raison, monsieur Grévy ! Nos parlementaires ont transformé la République en tripot ! Il faudrait pouvoir balayer toute cette racaille !...

— Oui, nous vivons une drôle d'époque, dit le gros monsieur alsacien. De l'autre côté du Rhin, c'est Hitler qui met tout son peuple au pas de l'oie, et ici, chez nous, qu'est-ce qui se passe ? On se passionne pour les sales histoires de Violette Nozière, on raconte comment Oscar Dufrenne — un conseiller municipal, s'il vous plaît ! — a été assassiné par un petit marin qui était son compagnon de plaisir, on découvre que des ministres ont eu partie liée avec des voleurs... Ah ! vraiment, où va la France ?

— A l'abîme, monsieur, à l'abîme ! » dit Pierre.

Amélie était inquiète de voir son mari encourager le pessimisme des clients au lieu de les inciter à profiter heureusement de leurs vacances. Comme il s'obstinait dans cette attitude anticommerciale, elle murmura avec un gracieux sourire :

« Tu viens, Pierre ? Nous sommes servis. »

Et elle l'entraîna vers la salle à manger, où ils dînaient toujours, en tête-à-tête, après leurs pensionnaires. Quand ils furent partis, Mme Lauriston s'approcha d'Elisabeth et chuchota, rouge de confusion :

« Je voudrais téléphoner à Paris. Maillot : 12-15. »

Il n'y avait pas de cabine téléphonique à l'hôtel. L'unique appareil de l'établissement se trouvait sur le bureau de réception, dans le hall. Elisabeth tourna la manivelle, demanda le numéro et annonça :

« Vingt minutes d'attente, madame. »

Le visage de Mme Lauriston se prépara pour l'éternité. Mais, dix minutes plus tard, une sonnerie d'alerte la dressait, galvanisée, sur ses guêtres blanches.

« Ne vous dérangez pas, mademoiselle ! cria-t-elle à Elisabeth. C'est sûrement pour moi ! »

Elle se précipita vers le téléphone et appliqua l'écouteur contre son oreille. Son sourire, d'abord très large, se rétrécit dans une moue de couturière suçant des épingles. Elle reposa le combiné sur sa fourche et dit : « Ça ne répond pas. » Les conversations, qui s'étaient apaisées pendant qu'elle tenait l'appareil en main, reprirent un ton plus haut. Mme Lauriston fit un hochement de tête à la ronde, murmura : « Bonsoir » et monta dans sa chambre pour cacher son chagrin. Elisabeth rejoignit le groupe des demoiselles Legrand.

« Elle en faisait un nez ! dit Cécile. A qui téléphonait-elle ?

— A son mari, sans doute, dit Elisabeth.

— Oui, dit Mlle Pieulevain. J'ai bavardé avec elle, cet après-midi. Je crois qu'elle n'est pas très heureuse en ménage.

— Pourquoi ? demanda Cécile. Il la trompe ?

— Cela ne vous regarde pas, mon enfant. »

Cécile pouffa de rire, et Elisabeth l'observa avec reproche. Pouvait-on être espiègle et insouciante à ce point ? Elle-même, tout à coup, éprouvait le besoin de fuir le monde, les lumières, et d'aller s'enfouir dans son lit, veillée par le grand sapin noir. Mais les clients ne semblaient pas pressés de regagner leurs chambres. Et la politesse hôtelière exigeait qu'Elisabeth restât parmi eux jusqu'au retour de ses parents.

*

A son réveil, elle fut frappée par la profondeur du silence qui entourait la maison. Une truffe froide s'appliqua contre sa joue. Un coup de langue lui mouilla le menton. Friquette venait chercher sa ration de caresses. Elisabeth s'amusa un instant avec sa chienne, lui chatouilla le ventre et le revers des oreilles, tira doucement sur les touffes de poils qui lui ombrageaient les yeux, puis, bondissant hors du lit, courut à la fenêtre et ouvrit les volets. Les branches noires du grand sapin ployaient sous des draperies blanches. Il neigeait lourdement sur la campagne. Pas question de skier, ce matin ! Elisabeth sonna Léontine, qui lui apporta son petit déjeuner sur un plateau. Friquette mendia son morceau de sucre, et, l'ayant reçu, alla le croquer, jalousement, sur son coussin. Le parfum du café au lait se répandit dans la chambre. La jeune fille mordait dans un toast et regardait, mélancoliquement, derrière le carreau, la chute lente et régulière des flocons. Comme elle n'était pas pressée de sortir, elle accorda plus de soins que d'habitude à sa toilette. Ensuite, elle rédigea, d'une traite, ses lettres de bons vœux : quinze lignes pour son grand-père, quinze lignes pour tonton Denis et pour Clémentine.

En pénétrant dans le hall, elle trouva un groupe de clients désœuvrés. Que faire par ce temps ? Les uns lisaient, d'autres écrivaient des cartes postales, ou jouaient au bridge. Devant l'hôtel, Pierre et Antoine pelletaient la neige. Cécile et Gloria rejoignirent Elisabeth sur le perron et lui proposèrent d'aller au village pour se dégourdir les jambes.

« Antoine, cria Elisabeth, nous prendrons le courrier à la poste, en passant !

— Merci, mademoiselle, dit-il en redressant la taille. Justement ça m'arrange bien, avec tout l'ouvrage qu'il y a à faire par ici ! Qu'est-ce qu'il est tombé cette nuit, on n'a pas idée ! »

Pierre, cependant, fichait sa pelle dans la neige, en soulevait un gros bloc, et le jetait au loin, sur la droite. Il avait un visage rouge, haletant et heureux. Elisabeth l'embrassa :

« Tu ne te fatigues pas trop, papa ?

— Penses-tu ! Je n'ai jamais été plus en forme ! »

Le chasse-neige n'avait pas encore déblayé la route de Glaise. Les jeunes filles marchaient sur une couche de poudre immaculée, où les chaussures s'enfonçaient, en crissant, à chaque pas. Des papillons de froid volaient à leur rencontre. Elles riaient, aveuglées, caressées, par ce tournoiement de molécules insaisissables. Friquette trottait derrières elles, en levant haut les pattes et en jappant de joie. C'était jour de marché au village. Devant l'église, des auvents de toile, tendus sur des piquets, protégeaient les étalages. Le blanc sale des tentes contrastait avec le blanc pur de la nouvelle neige. Robes de cotonnade, gilets tricotés en laine de Megève, vestes et pantalons en drap de Bonneval, casseroles, cafetières, chaussures, caleçons, gelaient en plein air, tandis que marchands et acheteurs battaient la semelle et discutaient les prix en patois. Les regards d'Elisabeth couraient de tous côtés, dans l'espoir improbable de découvrir Christian. Cependant, Gloria, qui songeait à sa lettre quotidienne, était impatiente de prendre le courrier. Un gros corniau noir vint renifler l'arrière-train de Friquette, mais elle abaissa son bout de queue avec indignation, arrondit un œil furieux et laissa filtrer un grognement de menace sous sa babine retroussée de biais. Le malappris s'éloigna, ruminant sa honte, et la chienne entra à la poste avec les jeunes filles qui la complimentaient de sa bonne conduite.

Dans la salle grise, poussiéreuse et chauffée, quelques personnes attendaient leur tour devant les guichets. Le plancher était maculé d'une neige brune, fondue, que les chaussures avaient apportée de l'extérieur. Sur le mur, s'alignaient les petites portes métalliques, perforées et numérotées, des casiers à lettres. Elisabeth ouvrit, avec sa clef, la boîte de l'hôtel, en tira un paquet d'enveloppes et les tria en les glissant d'une main dans l'autre :

« Monsieur Fleck..., Monsieur Jacques Grévy..., Madame Voisin... Monsieur Voisin... Ah ! voici pour vous, Gloria... »

Gloria se saisit de sa lettre, la décacheta immédiatement et commença à la lire avec avidité. Il y avait également, dans le tas, une lettre de Madagascar adressée aux demoiselles Legrand. Cécile la soupesa et dit :

« Six pages de recommandations de maman et trois lignes en post-scriptum de papa. C'est la ration habituelle. Vous permettez ? »

Elle ouvrit l'enveloppe. Elisabeth continua d'inspecter le courrier et tomba en arrêt devant l'écriture de son oncle Denis : « M. et Mme Mazalaigue. *Hôtel des Deux-Chamois...* »

« Zut ! » s'écria-t-elle.

Elle avait oublié ses missives de bons vœux dans sa chambre. Aller les chercher maintenant ? Dressant le menton avec dépit, elle regarda du côté de la porte, et, soudain, son cœur se dilata, sauta, rompant toutes ses amarres. Une joie tumultueuse l'envahit. Non loin d'elle, un homme était accoudé devant un guichet et parlait à l'employée des postes à travers le grillage : Christian ! Quand était-il entré ? Elle le voyait de dos. Ses épaules dures tendaient un pull-over à col roulé, en grosse laine grise. Pour une fois, il avait renoncé au foulard rouge. Un bonnet rond lui coiffait le crâne. Sans réfléchir, elle s'avança rapidement vers lui et posa la main sur son bras. Il tourna la tête. Le soleil revint sur la terre.

« Vous ? s'écria-t-il. Depuis le temps que je vous cherche !

— Vous me cherchez ? balbutia-t-elle avec un grand effort pour paraître calme et enjouée.

— Mais oui ! A Rochebrune, au village, partout ! Je pensais déjà que vous étiez malade ! Je voulais aller aux Deux-Chamois pour prendre de vos nouvelles ! »

Ce qu'il disait était si étrange, qu'elle se demanda s'il n'était pas en train de lui mentir. Friquette s'était rapprochée de sa maîtresse, et, le museau levé, écoutait la conversation avec méfiance.

« C'est à vous, ce chien ? reprit Christian.

— Oui.

— Il est amusant, avec ce coquard sur l'œil et ces plumeaux en guise de sourcils. Qu'avez-vous fait depuis que je ne vous ai vue ?

— Rien de spécial... J'ai skié avec des amis...

— A Rochebrune ?

— Oui.

— Eh bien nous nous sommes manqués ! Ce n'est pas de chance !... »

Une employée grincheuse s'impatientait dans sa cage :

« Alors, vous vous décidez, monsieur ? »

Christian tendit un mandat à encaisser. A côté de lui, sur la tablette, reposait une lettre non décachetée. Elisabeth lut l'adresse, furtivement : « M. Christian Walter — Poste restante — Megève. » Enfin, elle savait son nom de famille.

— Trois cent cinquante francs, dit l'employée. Vous avez une pièce d'identité ? »

Christian montra ses papiers, donna une signature, empocha l'argent, la lettre, et dit avec un grand rire :

« Maintenant que je vous ai retrouvée, Elisabeth, je ne vous lâcherai plus !

— C'est que... je dois rentrer immédiatement », dit-elle avec un coup d'œil oblique à ses amies.

Cécile l'observait tout en souriant, tandis que Gloria, plongée dans l'épître de son fiancé, se désintéressait du reste de l'univers.

« Vous allez rentrer, bien sûr, dit Christian, mais, après le déjeuner, vous ressortirez et vous viendrez me voir.

— Où ?

— Chez moi.

— Vous êtes fou ! chuchota-t-elle.

— Je n'ai jamais été plus raisonnable. On ne peut pas se parler sur les pistes, au bureau de poste, dans la rue... Et j'ai tant de choses à vous dire ! J'habite à deux pas d'ici : derrière le prieuré. Vous connaissez la petite boucherie, sur la droite ?

— Oui, dit-elle.

— Mon appartement — et quel appartement ! — se trouve juste au-dessus du magasin. Vous entrez par la porte qui est sur le côté, vous montez l'escalier quatre à quatre, et, au premier étage, vous découvrez mon domaine. Je suis logé comme un prince et je prépare le thé mieux que personne ! »

Elle savait qu'elle n'irait pas le rejoindre, mais cette invitation flattait son amour-propre et excitait sa curiosité.

« D'accord ? demanda-t-il.

— Non, dit-elle, je ne pourrai pas... »

Il éclata de ce rire fort, qui niait tout, qui arrachait tout sur son passage. Des gens se retournèrent. Elisabeth rougit.

« Mais si, vous pourrez, dit-il. Je ne bougerai pas de chez moi, cet après-midi. Je vous attendrai... »

Il plissa les lèvres dans un sourire et ajouta :

« A tout à l'heure, Elisabeth.

— Non, pas à tout à l'heure, dit-elle vivement. Vous ne préférez pas que nous nous voyions demain, au téléférique ?... »

Il secoua la tête en signe de négation et sortit. Elisabeth demeura un moment dans un creux de houle, étourdie, aveuglée. Puis, une nouvelle vague d'allégresse la souleva sur sa crête. Elle avait maintenant la certitude que Christian était attaché à elle. Même si elle ne lui rendait pas visite cet après-midi, elle saurait toujours où le retrouver. Soulagée, elle revint auprès des deux jeunes filles et dit :

« Vous m'excusez... Je vous ai retardées !...

— Pas du tout ! dit Cécile. Gloria n'a pas encore fini d'apprendre sa lettre par cœur. »

Gloria haussa les épaules sans interrompre sa lecture.

« C'est qu'il est bien, cet homme à qui vous avez parlé ! reprit Cécile. Il me semble l'avoir déjà vu à Rochebrune.

— Oui, dit Elisabeth avec désinvolture. C'est Christian Walter. Un camarade...

— En tout cas, vous ne lui êtes pas indifférente !

— Pensez-vous !

— Si, si ! Il vous dévorait du regard. Il a d'ailleurs de très beaux yeux. Et de très belles dents. Quant à son petit bonnet, c'est bien simple, j'en voudrais un comme ça, moi aussi !

— Que vous êtes taquine ! dit Elisabeth en riant.

— Non, c'est la vérité. N'est-ce pas qu'il était amour, le petit bonnet du monsieur, Gloria ? »

Gloria ne répondit pas : elle n'avait rien vu.

« Je suis sûre que, si nous partons sur la pointe des pieds, elle ne remarquera même pas qu'on la laisse seule, chuchota Cécile. Vous venez, Elisabeth ? »

Elles sortirent, suivies de Gloria, qui continuait à lire sa lettre en marchant, comme un curé son bréviaire. Friquette leur faussa compagnie pour s'engouffrer dans une petite rue où elle avait des amis à saluer. Cinq minutes plus tard, elle retrouva les jeunes filles près de la boutique du pharmacien. Un attroupement s'était formé devant le baromètre. Cécile se rappela qu'elle avait quelques emplettes à faire : Crème Nivéa, coton hydrophile, rimmel... Elles pénétrèrent, avec une nonchalance étudiée, dans le magasin. Gloria, ayant relu sa lettre pour la troisième fois, devint brusquement raisonnable :

« Dépêchez-vous ! Il y a des gens qui attendent leur courrier, à l'hôtel ! »

Elles rentrèrent aux Deux-Chamois en devisant gaiement, sous la neige qui tombait, drue, légère et silencieuse. Dans le hall, Elisabeth aperçut sa mère et se jeta à son cou.

« Elisabeth ! s'écria Amélie. Tu m'étouffes ! Que se passe-t-il ?

— Rien, maman !... Tu as vu cette neige ? C'est magnifique !... »

Jacques était assis, un livre à la main, près de la grande baie. Il gratifia les jeunes filles d'une sèche inclination de tête. Les pensées d'Elisabeth étaient si loin de lui, qu'elle fut surprise d'abord par la bizarrerie de son attitude; puis, le souvenir de leur dispute lui revint à l'esprit, mais comme un incident très ancien et dénué d'importance. Autour d'elle, des gens parlaient de l'affaire Stavisky. Le fumet des cuisines s'insinuait dans le hall. Quelques clients se levèrent pour passer à table. Elisabeth se retrouva devant une assiette où gisaient deux sardines. Le déjeuner lui parut interminable. Elle mangea du bout des dents, l'estomac serré. Après le repas, Mme Lauriston la pria de redemander Maillot 12-15. Cette fois-ci, la tentative fut couronnée de succès. L'appareil téléphonique collé en travers de la joue, l'œil enamouré, la lèvre luisante, Mme Lauriston susurrait :

« C'est toi, Gaston ?... Oui, bonjour... C'est moi... Colette... J'ai essayé de t'avoir hier soir... Ah ! tu n'étais pas là, tu dînais au restaurant... Est-ce que Josianne se débrouille bien ?... Que t'a-t-elle fait pour le déjeuner ?... Pourquoi des escalopes de veau ?... J'avais dit... Enfin... bon... Si tu aimes ça !... Allô, ne coupez pas !... Allô !... Oui, quel temps fait-il à Paris ?... Ici, il neige... Oh ! non, je suis très prudente... Mais toi ?... Je dis : Mais toi ?... »

Affalés dans leurs fauteuils de cuir. tous les clients se taisaient et feignaient de ne pas écouter la conversation. Elisabeth suivait avec attendrissement la mimique de cette épouse qu'un fil magique reliait à un mari trop lointain et trop séduisant. Son propre bonheur se renforçait du bonheur qu'elle lisait sur la figure d'une autre.

« Tu as beaucoup de travail au bureau ?... Ah ! mon pauvre !... Si seulement tu pouvais venir me rejoindre !... C'est impossible ?... Bien sûr !... Allô ! Allô !... Ne coupez pas !... »

Elle répéta trois fois : « Ne coupez pas », avec l'accent d'une victime implorant son bourreau, puis reposa l'appareil et dit rêveusement :

« Ça y est ! On a coupé ! »

Tout le monde respira. Un bourdonnement de voix libérées monta autour des tables. Léontine servit les premiers cafés filtres. Gloria, Cécile, et Mlle Pieulevain sortirent de la salle à manger.

« Vous avez vu, Elisabeth ? s'écria Cécile. La neige s'est arrêtée de tomber !

— Non ? dit Elisabeth.

— Mais si, regardez ! »

Elles s'approchèrent de la fenêtre. Le voile de brume s'était déchiré. L'air était pur de tout flocon. Dans le blanc compact du paysage, il n'y avait de noir que les peignes des palissades, les balais hirsutes des arbres, et de rares cheminées qui fumaient.

« Si nous montions à Rochebrune, maintenant qu'il ne neige plus? dit Gloria.

— En voilà une idée ! dit Mlle Pieulevain. La neige doit être trop fraîche pour pouvoir skier.

Vous feriez mieux d'employer cet après-midi à lire ou à écrire quelques lettres...

— Oh ! non, mademoiselle, laissez-nous y aller ! dit Cécile. Nous aurons bien le temps de lire et d'écrire à Paris ! Maman a recommandé que nous soyons le plus possible au grand air !

— Vous ne pensez qu'à l'amusement ! » soupira Mlle Pieulevain en étalant sur la table un journal ouvert à la page des mots croisés.

VIII

Sur le chemin qui menait au téléférique de Rochebrune, Elisabeth ne cessa de réfléchir à l'invitation de Christian. L'idée d'aller le rejoindre dans son appartement lui paraissait de plus en plus insensée, et, cependant, elle avait de moins en moins envie d'accompagner Cécile et Gloria sur les pistes. En arrivant à la station, elle était résignée et se plaça avec ses amies, dans la file qui s'allongeait devant le guichet. Un remous agita les skieurs et Gloria s'avança d'un rang. Cécile s'apprêtait à la suivre, mais Elisabeth la retint. Pourquoi ? Elle ne le savait pas elle-même. Des gens qui se trouvaient derrière les deux jeunes filles profitèrent de leur hésitation pour les dépasser. Une résolution soudaine ébranla Elisabeth. Penchée vers sa voisine, elle chuchota :

« Cécile, écoutez-moi : j'ai une course très importante à faire au village.

— Ah oui ? dit Cécile avec un sourire narquois.

— Oui. Je ne pourrai donc pas monter avec vous à Rochebrune. Mais je ne veux pas, non plus, rentrer sans vous à l'hôtel. Maman ne comprendrait pas... »

Le sourire de Cécile s'accentua entre deux fossettes.

« Je vois, murmura-t-elle. C'est avec le monsieur aux belles dents que vous avez rendez-vous ? »

Elisabeth la regarda droit dans les yeux et dit :

« Oui. »

Cette franchise étonna Cécile. De simple camarade, elle devenait confidente, complice. Ses prunelles se chargèrent d'une ombre de gravité.

« Qu'est-ce que nous allons faire ? demanda-t-elle.

— Il faut que nous nous retrouvions quelque part, à cinq heures, répondit Elisabeth. A la pâtisserie, par exemple...

— Très bien, dit Cécile. Comptez sur moi.

— Vous ne m'en voulez pas trop ?

— Mais non. C'est bien naturel...

— Et Gloria ?

— Je me débrouillerai avec elle. Ne vous tracassez pas pour si peu...

— Je vous remercie, dit Elisabeth. Vous me rendez un tel service !... »

Gloria se tourna vers les deux jeunes filles et cria :

« Je prends les billets pour tout le monde ?

— Non, répliqua Cécile. Pour nous deux seulement. Elisabeth ne peut pas venir. Je t'expliquerai... »

Et, poussant Elisabeth par les épaules, elle ajouta :

« Dépêchez-vous !... A bientôt !... »

Elles échangèrent un sourire de confiance. Elisabeth sortit de la petite gare, chaussa rapidement ses planches et glissa dans la neige fraîche vers Megève. Tout s'était bien passé avec les demoiselles Legrand. Pour le reste, elle ne voulait pas y penser encore. Son goût de l'imprévu était si vif, qu'elle préférait ne pas déflorer ses plaisirs et ses peines en les imaginant par avance. Etait-ce à l'expérience du ski qu'elle devait de ne considérer un obstacle qu'à l'instant précis où il surgissait devant elle ? Comme si la vie n'eût été qu'un jeu comparable à celui qu'elle pratiquait sur les pentes neigeuses, en toute circonstance elle comptait sur l'inspiration du moment pour se tirer d'un mauvais pas ou s'accorder une joie supplémentaire.

Vite, le rejoindre ! Les bâtons coincés sous les bras, elle filait sur le chemin sinueux, duveteux, dont les bosses étaient à peine sensibles. En contrebas, loin des maisons, le chasse-neige municipal, attelé de seize chevaux, déblayait un tronçon de route. Les grelots tintaient. Un nuage de vapeur entourait les bêtes. Le triangle de bois s'enfonçait dans la masse blanche et refoulait, de part et d'autre, de lourdes vagues d'amidon. Une fraction de seconde, et le tableau disparut, sur la gauche. La pente s'adoucissait. Elisabeth s'aida de ses bâtons pour avancer dans les rues du village. L'horloge de l'église marquait trois heures. Des forains repliaient leurs tentes. Elle traversa la place, tourna dans une petite rue et s'arrêta, essoufflée, devant la boutique peinte en rouge. Des quartiers de viande pendaient à des crocs, derrière la vitre. A droite de la boucherie, s'ouvrait une porte à heurtoir.

Elisabeth retira ses skis, les posa contre le mur de l'entrée, et, tenant ses bâtons à la main, s'engagea dans un étroit escalier, aux marches de bois vermoulu. Un palier court. Une porte basse. Elle frappa au vantail, et ce fut son cœur qui résonna. Un silence suivit. Puis, des pas se rapprochèrent. Elle n'eut pas le temps de regretter son audace. Le battant pivota sur ses gonds. Christian était debout devant elle. Il portait une robe de chambre havane, serrée à la taille par une cordelière. Son cou et sa poitrine étaient nus entre les revers du vêtement.

« Oh ! mais c'est Elisabeth ! s'écria-t-il. Je ne vous attendais pas si tôt ! Entrez donc. Posez vos bâtons là dans le coin. Je m'habille et je suis à vous. »

Elle franchit un vestibule, grand comme un placard, et pénétra dans une chambre carrée, très claire, tapissée d'un papier jaune à raies blanches. Un petit poêle de fonte, haut sur pattes et ventru, répandait autour de lui une chaleur amicale. Sur son couvercle, une bouilloire sifflait. Le tuyau noir, plissé au coude, et suspendu par des fils de fer, s'implantait dans l'angle du plafond.

« Asseyez-vous », dit Christian avec un geste élégant vers un fauteuil crapaud, recouvert de tissu bouton d'or.

Lui-même se réfugia dans un renfoncement de la chambre où se trouvait le cabinet de toilette, et tira le rideau de séparation. Elisabeth continua d'inspecter les lieux. Un parfum de cigarette blonde imprégnait l'air. Le divan, large et bas, était drapé d'une couverture en peaux de marmotte. Des livres, des journaux, des dossiers s'amoncelaient sur un bureau. D'autres livres étaient serrés à craquer sur les rayons d'une étagère. Deux chaises rustiques en paille flanquaient une superbe table ronde d'acajou, à dessus de marbre gris. Elisabeth remarqua un coffre ancien à ferrures, une carpette usée jusqu'à la corde, quelques estampes aux murs. Elle était tellement intriguée par ce décor masculin, que sa curiosité suffisait à la distraire de ses craintes. Enfin, elle allait le connaître ! Même s'il se montrait avare de confidences, ces meubles, ces bibelots parleraient pour lui. Déjà, elle récapitulait ses premières observations : « Il vit seul. Il fume. Il aime lire. » Le rideau s'envola. Christian reparut, le torse moulé dans un pull-over noir aux manches retroussées, les jambes prises dans un pantalon de ski, des chaussons souples aux pieds.

« Je suis tellement content de vous voir chez moi ! » dit-il en serrant les deux mains de la jeune fille.

Elle fut sur le point de s'abandonner contre sa poitrine, mais se raidit et murmura :

« Oh ! je ne fais que passer ! Dans un quart d'heure, il faut que je sois partie ! »

Christian lui lâcha les mains et dit avec un sourire :

« Je ne vous retiendrai pas. Nous sommes bien d'accord ? Dans un quart d'heure ?

— Oui, balbutia-t-elle, comme à regret.

— Voici la montre. »

Il prit une pendulette gainée de cuir fauve et la plaça en évidence sur la table ronde.

« C'est charmant, chez vous ! dit-elle.

— Oui, c'est rigolo. Mais je suis au centre du village, et je n'aime pas ça. Depuis quelques mois, j'ai autre chose en vue. Une chambre indépendante, dans une grande ferme, en pleine terre, en pleine neige, sur le chemin de Lady. Si je décide les paysans à me la louer, je serai le plus heureux des hommes !

— Ils ne veulent pas ?

— Pas encore ! Ils sont têtus, vous savez, têtus et exigeants... Vous fumez ? »

Un paquet de cigarettes se tendait vers elle. La main qui le tenait était brune, nerveuse, légèrement velue sur le dos.

« Non merci », dit-elle.

Elle crut qu'il allait insister, mais il alluma une cigarette, rejeta la fumée par les narines et se dirigea vers le vestibule. Là, se trouvait une petite armoire en bois blanc, aux portes grillagées, qui servait de garde-manger. Il en tira trois œufs, un pot de beurre et un volumineux jambon du pays à l'entaille rose vif.

« Qu'est-ce que vous faites ? demanda-t-elle pendant qu'il transportait ces victuailles dans la chambre.

— Vous n'avez pas faim ? »

Elle éclata de rire :

« Faim ? Mais non ! Il n'y a pas si longtemps que je suis sortie de table !

— Moi, je n'ai pas encore déjeuné.

— Mais il est plus de trois heures !

— Et alors ? Quelle drôle d'idée de prendre ses repas à heure fixe, comme une médecine ! J'attends toujours, pour manger, d'en avoir envie. Puisque mon menu ne vous dit rien, vous allez me regarder bien sagement.

— Je vais surtout vous aider à faire la cuisine !

— Non ! Non ! Restez assise. Vous êtes si jolie dans ce fauteuil ! »

Il mit le couvert sur la table à dessus de marbre, coupa deux tranches de jambon, jeta un morceau de beurre dans une poêle... Ces préparatifs amusaient Elisabeth. Une assurance féminine, à la fois ironique et attendrie, lui venait en face de cet homme penché sur des travaux ménagers. Moins il s'occupait d'elle, plus elle se sentait à l'aise pour pénétrer dans sa vie intime. Elle observait à la dérobée le mouvement de ses mains, la forme de sa nuque. Il tisonna le fourneau, déplaça la rondelle du couvercle, porta la poêle sur le feu et coucha deux tranches de jambon sur le beurre fondu, qui protesta dans une grésillante effusion de bulles. Deux œufs, cassés avec adresse, laissèrent couler leur jaune rond et leur bave translucide au centre du tableau. Sel et poivre tombèrent sur eux en ultime bénédiction. Elisabeth huma le parfum robuste, campagnard, qui se répandait dans la chambre.

« Le jambon, les œufs, le beurre, j'achète tout dans une ferme, dit Christian.

— Mais qui fait votre ménage ?

— Une brave vieille, un peu sourde. Elle vient chaque matin... »

Quand ses œufs au jambon furent cuits, il les fit glisser de la poêle sur une assiette, s'assit devant la table et se mit à manger.

« C'est bon ? demanda Elisabeth.

— Excellent ! répondit-il, avec la bouche pleine.

Des osselets bougeaient sous la peau de ses joues. Il savourait la nourriture sans hâte, avec réflexion. Plus tard, il se versa un verre de vin. Tandis qu'il buvait, sa pomme d'Adam montait et descendait sur son cou, avec des tressaillements de petite bête. Elisabeth murmura :

« Qui êtes-vous, Christian ?

— C'est vrai, dit-il en reposant son verre. Vous ne savez même pas mon nom de famille ! Je m'appelle Christian Walter.

— Vous êtes Français ?

— Bien sûr !

— Un moment, j'ai cru que vous étiez Allemand !

— Pourquoi ?

— Parce que je vous ai entendu parler allemand au Mauvais-Pas.

— Cela ne signifie rien ! Ma famille est originaire d'Alsace. Plus exactement, la famille de mon père. Ma mère, elle, était Autrichienne. J'ai passé toute mon enfance en Autriche, dans le Tyrol. Puis, ma mère est morte, mon père est revenu avec moi en France et s'est remarié. Il aurait voulu que je devienne architecte, comme lui. Mais les études étaient trop longues pour mon goût. J'aime suffisamment la vie pour ne pas la sacrifier au travail. Dès que j'ai pu, je me suis installé à Megève. C'est le seul pays où je me sente véritablement à l'aise : le soleil, la neige, le calme de la campagne... Et encore, vous n'avez pas connu ce village avant l'arrivée massive des touristes ! Imaginez quelques maisons groupées autour du clocher, des pentes blanches et vierges, un troupeau de rennes apprivoisés...

— Mais que faites-vous à Megève ? demanda Elisabeth.

— Je suis professeur d'allemand au collège privé du Hameau. Cela m'occupe quelques heures, le matin, et me rapporte un peu d'argent...

— Vous êtes professeur ? dit Elisabeth. Oh ! que c'est drôle !

— Pourquoi ?

— Pour rien... »

Elle pensait à son oncle Julien, instituteur à La Jeyzelou, qui était un personnage si digne, avec un col cassé, de la craie au bout des doigts et une moustache nette, comme un trait d'encre sous un mot important.

« Vous n'avez vraiment pas l'air d'un professeur ! reprit-elle.

— Je le suis occasionnellement, dit-il. Mais ça me plaît. Certains de mes élèves sont des gamins très attachants. J'étudie leur caractère. Je les suis dans leur évolution...

— Vous parlez comme un vieux monsieur !

— Je ne suis pas si jeune !

— Quel âge avez-vous ?

— Vingt-huit ans. »

Elle ne s'était pas trompée : c'était vraiment un homme d'expérience.

Il trempa un morceau de pain dans le jaune d'œuf et le porta à sa bouche. Sa manière de manger était si appétissante, qu'Elisabeth sentit, tout à coup, la salive humecter sa langue et son estomac se creuser. Elle n'avait presque pas touché au repas de l'hôtel.

« Vous me donnez faim ! dit-elle en riant.

— Bravo ! s'écria-t-il. Servez-vous. Il reste encore un œuf. Je vous coupe une tranche de jambon... »

Elle fit cuire son œuf sur le plat et le mangea dans la poêle. Jamais une saveur plus exquise n'avait effleuré son palais. Christian avait repoussé son assiette vide et fumait, les yeux mi-clos en la regardant.

« Et vous, dit-il soudain, qui êtes-vous au juste, Elisabeth ? Une Savoyarde pur sang ?

— Non, dit-elle.

— Une Parisienne, alors ?

— Si on veut. J'ai vécu une grande partie de mon enfance à Paris...

— Mais vos parents ?

— Ils sont de la Corrèze. J'ai encore mon grand-père là-bas.

— Et vous ne regrettez pas Paris ?

— Oh ! non, alors ! D'ailleurs, nous y allons souvent entre saisons...

— Pourquoi vos parents se sont-ils fixés à Megève ?

— A cause de la santé de papa.

— Votre père est malade ?

— Il a été blessé à la tête, en 1916.

— Et votre mère, comment est-elle ? Aussi jolie que vous ? »

Les yeux d'Elisabeth s'allumèrent :

« Ah ! là là ! Beaucoup plus jolie que moi ! Elle est même franchement belle ! Si vous la voyiez !...

— J'espère beaucoup que je la verrai, dit Christian avec un léger sourire.

— Évidemment, elle n'est plus très jeune !

— Quel âge a-t-elle ?

— Pas tout à fait quarante ans !

— C'est un moment merveilleux pour la beauté d'une femme.

— Vous trouvez ?

— Mais oui, dit-il. Elle s'épanouit avant de se faner. »

Sa main fit le geste de soutenir une corolle délicate. Elisabeth essuya la poêle avec un quignon de pain et soupira :

« Peut-être, je ne me rends pas compte...

— Ainsi, vous avez vécu, enfant, à Paris, reprit-il. Quelle tristesse ! Et que faisaient vos parents ?

— Ce que vous êtes curieux !

— Oui, je suis très curieux, dit-il avec une force pénétrante dans le regard.

— Ils tenaient un commerce.

— C'est vague ! Quel commerce ?

— Un café, boulevard Rochechouart.

— Ah ! Laissez-moi imaginer le décor. Un café, le comptoir luisant, les lumières, le bruit de la rue, les clients qui entrent, qui sortent, les habitués de la belote, dans un coin, et vous, petite gamine en tablier, perdue parmi les grandes personnes, regardant tout, écoutant tout... C'est bien ça ?

— Exactement.

— Vous aviez des amies ?

— Des camarades d'école. Mais j'étais presque toujours avec la bonne. Plus tard, quand on m'a envoyée en pension...

— On vous a envoyée en pension ? A quel âge ? Où ?... »

Il posait ces questions avec tant d'insistance, qu'elle s'écria :

« Je ne vais quand même pas vous raconter toute ma vie !

— Mais si, dit-il. C'est indispensable. Toute votre vie de petite fille.

— Et elle finit quand, d'après vous, ma vie de petite fille ?

— Elle n'est pas encore finie, Elisabeth. Alors, cette pension ?

— C'était à Sainte-Colombe, dans le Lot, dit-elle. La directrice était une femme extraordinaire !...

— Je vois ça d'ici. Une vieille guenon, sèche et hargneuse...

— Pas du tout, Mlle Quercy était belle, pâle, avec une taille mince. Elle s'habillait toujours en noir. Elle était très pieuse...

— Et vous, Elisabeth, vous êtes très pieuse ?

— Je l'ai été quand j'avais dix ans, onze ans... Maintenant, non... Enfin, je ne crois pas... Je ne vais plus à l'église... Mais, à Sainte-Colombe, nous nous réunissions trois fois, quatre fois par jour, à la chapelle... C'est si loin !... Voilà ! vous savez tout ! »

Il vint s'asseoir en face d'elle, sur le divan, et dit :

« Non, je ne sais pas tout, Elisabeth. Continuez. »

Elle n'aurait jamais cru que quelqu'un pût s'intéresser à ses pauvres souvenirs d'enfance. D'abord amusée par les questions de Christian, elle en était émue, à présent, comme par le plus délicat des hommages. Les images anciennes qui remontaient à la surface de sa mémoire se paraient d'une grâce nouvelle parce qu'il désirait les connaître.

« Que puis-je vous dire encore ? murmura-t-elle. Après Sainte-Colombe, mes parents m'ont envoyée chez des cousins instituteurs, en Corrèze. Puis, dans une pension, à Clamart...

— Quel genre de fillette étiez-vous ? demanda-t-il.

— Je crois que j'étais très paresseuse dans mes études, très indisciplinée, très sauvage... C'est triste, quand on est petite, d'être toujours loin de ses parents !... Mais ils ne pouvaient pas me garder près d'eux, à cause du commerce...

— Et dans cette école, en Corrèze, étiez-vous heureuse ?

— Ça, oui !... Je m'y trouvais bien !... »

Encouragée par lui, elle évoqua sa cousine Geneviève, sage et blonde dans sa robe rose, l'oncle Julien, qui parlait de grammaire et d'arithmétique même pendant les repas, la tante Thérèse, tremblant d'admiration devant son mari, pépitou, si comique sous son bonnet de nuit en coton, ménou, ses crises d'asthme, ses gâteaux et son indulgence souriante, les gamins de l'école, Martin Baysse, le rouquin, qui avait volé la collection minéralogique dans l'armoire vitrée de la classe... Elle s'excitait à son propre récit, et Christian la contemplait, l'écoutait, avec une attention émerveillée, comme si elle lui eût conté la naissance du monde. Une pénombre bleutée envahissait la chambre. Elisabeth se pencha vers la pendulette, dont les chiffres étaient à peine lisibles :

« Cinq heures moins dix ! Il faut que je parte... »

Il se leva en même temps qu'elle et dit :

« Non. Restez encore un peu, Elisabeth !

— C'est impossible, Christian !... Impossible !...

Elle répétait ce mot, et ses prunelles s'agrandissaient, une palpitation montait dans sa poitrine. Tout son champ visuel était occupé par le visage de Christian. Un appel d'une douceur terrible venait à elle de cet homme immobile et silencieux, au regard vert. Soudain, elle se jeta dans ses bras et poussa un gémissement de délivrance :

« Je vous aime, Chistian ! »

Leurs lèvres s'unirent, et Elisabeth ferma les paupières sous la chaleur profonde du baiser. Les mains de Christian caressaient les épaules, les hanches de la jeune fille, la tournaient un peu, s'appliquaient en conque frémissante sur la masse de ses seins. Elle se sentait parcourue par des ondes noires, qui roulaient de son ventre à sa tête. Enfin, elle se détacha de lui, essoufflée, la bouche humide :

« Laissez-moi partir, Christian ! »

Il l'embrassa encore du bout des lèvres, sur le front, et chuchota :

« Vous reviendrez demain ?

— Où ? Ici ?

— Bien sûr ! »

Prête à céder elle se contracta comme devant un piège :

« Non, Christian... Je ne pourrai pas... »

Les dents de Christian brillèrent dans sa face hâlée. Au moment où Elisabeth s'y attendait le moins, il éclata de rire. Elle tressaillit, les nerfs heurtés par un coup de cymbale.

« Vous ne pourrez pas ? dit-il. Eh bien, alors n'en parlons plus !

Elle recula, étonnée. Il remarqua son trouble et continua d'une voix plus tendre :

« Rendez-vous demain, au téléférique de Rochebrune, à trois heures. Nous ferons du ski ensemble. Cela, vous ne me le refuserez pas, Elisabeth !

— Et si je ne suis pas seule ?

— Vous vous arrangerez pour semer vos amis.

— Oui », dit-elle.

Il lui prit les mains, les examina comme des objets précieux, les baisa longuement, et la reconduisit, éblouie, jusqu'à la porte.

Dehors, l'ombre et le froid très vif la dégrisèrent. Des étoiles scintillaient au ciel. La neige était bleue sur les toits, jaune d'or devant les fenêtres allumées. Elisabeth traversa le village en portant ses skis sur l'épaule. Les vitres de la pâtisserie étaient embuées. Impossible de voir ce qui se passait à l'intérieur. La jeune fille secoua ses cheveux, posa ses planches contre le mur, et, sortant de la nuit glacée, entra dans la chaleur, l'odeur de la frangipane et le bruit des petites cuillères et des conversations. Cécile était installée, seule, à une table ronde.

« Vous m'attendez depuis longtemps ? demanda Elisabeth.

— Oh ! non, nous venons juste d'arriver », dit Cécile.

Et elle ajouta, avec un sourire entendu :

« Nous avons fait des courses, nous aussi. »

Des journaux illustrés gisaient sur une chaise, à côté d'elle.

« Où est Gloria ? dit Elisabeth.

— Elle se recompose une beauté aux toilettes.

C'était merveilleux, là-haut ! Nous vous avons regrettée... »

Gloria émergea des lavabos avec une démarche de reine, s'assit, appela la serveuse et commanda trois thés avec du citron.

« Il faut nous dépêcher, dit Elisabeth. Sinon, ma mère sera inquiète.

— Mlle Pieulevain aussi sera inquiète, dit Gloria d'un air soucieux.

— On leur téléphonera tout à l'heure, trancha Cécile. Moi, je suis bien ici.

— En tout cas, tu devrais aller te recoiffer, dit Gloria. Si tu te voyais !... »

Sans l'écouter, Cécile tira Elisabeth par la manche et chuchota :

« Regardez derrière vous !

— Qu'y a-t-il derrière moi ?

— Ce garçon sérieux qui vient d'arriver à l'hôtel avec sa mère ! Mlle Pieulevain m'a dit son nom : Patrice Monastier.

— Je le sais, dit Elisabeth.

— Oui, mais, ce que vous ne savez pas, c'est qu'il est pianiste.

— Ah oui ?

— Pianiste de grand talent ! Évidemment, il n'est pas encore connu, mais il a déjà donné des concerts. Mlle Pieulevain prétend qu'il est à Megève pour se reposer après une maladie. Un point pulmonaire, ou quelque chose comme ça... Moi, je le trouve formidable ! »

Elisabeth tourna la tête et vit, à une table voisine, un garçon pâle et brun, au regard fiévreux, aux oreilles légèrement décollées. Sa mère, sèche, menue, les cheveux blonds décolorés et la bouche peinte, lui parlait à mi-voix en écrasant un millefeuille poudreux avec sa fourchette. Tous deux, en apercevant Elisabeth, lui adressèrent un sourire de politesse. Elle leur répondit et murmura en se penchant vers Cécile :

« Je ne comprends pas ce que vous lui trouvez de formidable !

— Moi non plus, dit Gloria.

— Alors, vous ne l'avez pas bien observé, dit Cécile. Il a des yeux...des yeux de braise !... Et son front ! Ça c'est un front ! Si haut, si dégagé !...

— Tellement dégagé que, bientôt, il n'aura plus de cheveux, dit Gloria.

— Tu peux parler ! s'écria Cécile. Ton fiancé, je ne lui donne pas trois ans pour qu'il ait une calvitie ! »

Gloria rougit, piquée au vif, et balbutia :

« Je t'en prie, Cécile ! Tu ne vas pas comparer Pascal à ce malheureux ! »

Elisabeth n'arrivait pas à se passionner pour ce bavardage. Le bonheur gonflait sa poitrine à la rompre. Elle revivait sa rencontre avec Christian, elle l'imaginait seul dans sa chambre, elle se demandait ce qu'il pensait d'elle, maintenant qu'elle l'avait quitté. Isolée dans sa méditation, elle ne vit pas la serveuse qui s'approchait avec son plateau chargé de tasses. Cécile bondit sur ses pieds et annonça :

« Je vais chercher des gâteaux !

— J'aimerais tellement connaître votre fiancé, Gloria ! dit Elisabeth, avec un effort pour paraître sincère. Ne le verrons-nous pas un jour, à Megève ?

— Si. Il espère beaucoup pouvoir passer quarante-huit heures avec nous, au mois de février. Mais, de lettre en lettre, il retarde la date probable de sa permission. Ce service militaire est absurde, ne trouvez-vous pas ? »

Cécile revint, portant un assortiment de tartes, de puits d'amour et de babas au rhum sur une assiette.

« Les babas sont pour vous, Elisabeth, dit-elle. Je sais que vous aimez ça ! »

Elisabeth regardait avec consternation les deux petites éponges de pâte blonde, imbibées de sirop et coiffées d'une cerise confite. Dans sa mémoire, un œuf sur le plat grésillait encore sur le fond noir d'une poêle. Elle sourit avec gratitude à ce souvenir et dit :

« Je vous remercie. Je n'ai pas faim. »

IX

Elisabeth dévala l'escalier sur ses grosses chaussures, faillit manquer une marche à cause de Friquette qui trottait dans ses jambes, se précipita dans le hall, et, voyant ses parents assis derrière le bureau de réception, demanda :

« Cécile et Gloria sont déjà parties ?

— Oui, répondit Amélie. Avec les Grévy. Ils t'ont attendue et ils sont partis. Ils ont dit que tu les retrouverais à Rochebrune. »

C'était précisément ce qu'Elisabeth avait souhaité.

« Que c'est embêtant ! soupira-t-elle. Il faut que je me dépêche, si je veux ne pas les manquer là-haut !

— Pourquoi as-tu tellement lambiné ?

— J'avais des boutons à recoudre à mon pantalon de ski !

— Eh bien, puisqu'il est si tard, tu n'iras pas skier cet après-midi, et voilà tout ! grommela Pierre. On dirait vraiment que tu ne peux pas vivre autrement qu'avec des planches aux pieds !

— Que veux-tu qu'elle fasse, à l'hôtel ? dit Amélie. Je préfère qu'elle soit avec les clients sur les pistes.

— Déjà trois heures moins vingt ! s'écria Elisabeth. Il va y avoir une de ces cohues pour prendre la benne ! Au revoir, papa, au revoir, maman... »

Elle les embrassa, courut chercher ses skis dans le réduit d'Antoine, et s'achemina, d'un cœur léger, vers la station du téléférique.

Tandis que la cabine, pleine de voyageurs, montait lentement à Rochebrune, Elisabeth se répétait avec un immense espoir : « Pourvu qu'il soit au rendez-vous, comme il me l'a promis hier ! Pourvu que Cécile, Gloria et les Grévy aient déjà pris la piste ! » En arrivant au sommet, le premier visage qu'elle aperçut fut celui de Christian.

« Je suis en retard, balbutia-t-elle. Mais il a fallu que je me débrouille pour venir seule.

— Oui, dit-il. J'ai vu vos amis qui débarquaient tout à l'heure.

— Ils sont partis ?

— Il y a dix minutes.

— Ouf ! dit-elle. Je suis plus tranquille ! »

La neige était à eux.

« Savez-vous à quoi j'ai pensé, Elisabeth ? reprit-il. Au lieu de suivre tout bêtement la piste, nous irons au Pas de Sion et nous descendrons par le Dos de Chèvre.

— C'est une bonne idée, dit-elle. Mais ça monte par là, et je n'ai pas mes peaux de phoque.

— J'ai tout prévu, dit-il. Donnez-moi vos skis.

— Vous avez des peaux de phoque pour moi ?

— Non, les miennes vous seraient trop grandes. Mais j'ai apporté une paire de cordes. »

Il prit les skis d'Elisabeth, attacha dessus une résille de cordes et fixa des peaux de phoque à ses skis personnels :

« Voilà qui est fait. En route, Elisabeth ! »

Ils dépassèrent le chalet de Schwarz, enfoui dans

la neige, et qui devait être bourré de clients, à en juger par le nombre de lattes plantées droit, devant la porte. Une courte descente, puis une montée raisonnable. Les cordes, emprisonnant la partie postérieure des skis, les empêchaient de filer en arrière. Gênée par cet appareillage, Elisabeth grimpait d'une démarche saccadée dans la trace de Christian, qui, lui, glissait avec aisance sur ses peaux de phoque. Un dos large et noir se balançait devant elle. Le soleil froid lui cuisait la figure. A chaque pas, ses bâtons laissaient dans la neige une marque de roue dentelée. De petits sapins pointaient le nez à droite, à gauche, hors de la terre blanche. Ils se ressemblaient tous comme les bêtes d'un même troupeau. Elisabeth souriait de joie. Il y avait un accord merveilleux entre la cadence de ses coulées, la beauté immaculée du paysage qui la cernait de toutes parts et son amour pour Christian. Il ne se retournait pas, il ne parlait pas, attentif, lui aussi, sans doute, à la qualité exceptionnelle de ces instants, vécus à deux, loin du monde des hommes. La côte était de plus en plus dure. Des chiffres alternés frappaient l'esprit d'Elisabeth : une, deux, une, deux... Ses regards, baissés vers le sol, découvraient un royaume de cristaux blancs. Elle avait si chaud, qu'en arrivant au sommet de l'Alpette elle retira sa veste et la noua autour de ses reins. Immédiatement, l'air de la montagne lui glaça la peau sous sa blouse. Arrêté à côté d'elle, Christian la contemplait avec des prunelles étranges, que le reflet de la neige éclairait d'une lumière vert émeraude.

Au-delà de l'Alpette, une descente facile conduisait au Pas de Sion. Ils déchaussèrent leurs skis et les débarrassèrent des cordes et des peaux de phoque devenues inutiles. Christian enroula cet attirail autour de ses hanches. Ses jambes enfonçaient dans la neige jusqu'à mi-mollet. Il alluma une cigarette, en goûta quelques bouffées et la jeta. Son regard se tourna vers l'horizon. Il buvait l'espace par les yeux, par la bouche, par les narines. Sa poitrine se soulevait, s'abaissait au rythme d'une respiration tranquille.

« Que c'est beau ! murmura-t-il. La neige a tout nivelé, tout purifié. Le monde recommence à zéro. Et vous êtes avec moi pour voir ça, Elisabeth ! »

Elle se blottit contre lui et reçut son baiser. Cramponnés l'un à l'autre, ils titubaient dans la neige haute, sans décoller leurs lèvres. Enfin, Christian se redressa. Le désir donnait un air de méchanceté à son visage. Ses mains se crispaient sur les épaules de la jeune fille. Il la secoua doucement, d'avant en arrière, comme pour la tirer d'un songe, et grommela, les dents serrées :

« Elisabeth, est-ce que tu m'aimes vraiment ?

— Oui, Christian, chuchota-t-elle.

— Alors, qu'est-ce que nous faisons ici ? Viens chez moi. Tout de suite !... »

Ce tutoiement la charmait. Tout son être acquiesçait aujourd'hui à ce qu'elle avait refusé la veille. Elle inclina la tête. Ils chaussèrent leurs planches. Christian partit le premier. Elle s'élança dans son sillage. Jamais elle ne s'était sentie plus légère sur une pente. Sa vitesse augmentait sans qu'elle en éprouvât la moindre frayeur. Des bosses blanches s'écartaient précipitamment pour lui livrer passage. Les sapins fuyaient en horde affolée à son approche. Devant elle, une silhouette noire glissait, dansait, volait dans un poudroiement de neige écorchée. Elisabeth essayait de prévoir ce qui l'attendait en bas, dans la chambre. Mais son cerveau était vide, comme ébranlé par le silence qui suit un coup de canon. Le versant mollissait. D'autres rayures de skis croisaient la double ligne tracée par Christian. Le village du Tour apparut.

Elisabeth rejoignit Christian devant les premières fermes. Les maisons n'avaient de propre que le toit. Cheminées avares, fenêtres méfiantes, portes basses, elles se recroquevillaient dans le froid, entre leurs piles de bûches et leurs tas de fumier. Autour de ces îlots habités, la neige était piétinée, salie de cendre et de crottin. Un chien fou aboyait en remuant la queue. Des vaches meuglaient dans leurs étables. Après le hameau, l'itinéraire continuait en terrain plat. Il fallut traverser un petit ruisseau, dont l'eau noire coulait entre de grosses coupoles d'albâtre. Maintenant, Christian marchait à côté d'Elisabeth. Elle l'observait et l'impatience qu'elle lisait dans ses yeux la confirmait à la fois dans son espoir et dans son inquiétude. Enfin, ils abordèrent la descente douce qui conduisait à Megève.

Elisabeth parcourut cette dernière partie du chemin dans une inconscience absolue et ne s'éveilla qu'en apercevant l'étal de la boucherie. Ils ôtèrent leurs skis. L'escalier s'ouvrit devant eux. Une clef tourna dans une serrure. De tout l'univers écroulé, avec ses montagnes, ses neiges, ses maisons, il ne subsistait qu'une chambre au papier jaune à raies blanches. Un coup de pied referma la porte. Deux bras soulevèrent Elisabeth.

Elle se retrouva étendue sur le divan. Christian, agenouillé près d'elle, lui baisait les paupières, les joues, le menton. Mais elle tressaillit à peine au contact de ses lèvres. Elle n'était pas encore arrivée. La peau de sa figure était morte de froid. Christian la quitta pour allumer le poêle. Une odeur de fumée envahit la pièce. Couchée sur le dos, Elisabeth palpait d'une main faible la couverture de marmotte qui s'étalait largement autour d'elle. Une chaleur agréable se répandait dans son corps. Elle sentait revivre ses pieds, son ventre, ses oreilles. Soudain, elle n'eut plus devant les yeux qu'un immense visage. Avec décision, elle se porta à sa rencontre. Elle enlaçait le cou de Christian, s'écrasait contre sa poitrine, bougeait la tête, doucement, pour varier et accroître son propre bonheur dans l'étreinte. L'ayant embrassée, il commença à la dévêtir. Le souffle contenu, un battement sourd dans le cœur, elle se laissa faire. Ses chaussures, délacées, tombèrent l'une après l'autre. Sa blouse s'ouvrit, offrant les seins peureux à des lèvres qui en effleuraient les pointes avec dévotion. Elisabeth frémit et serra les dents. Un plaisir aigu, presque insupportable, irradiait les deux bourgeons de chair tendre qui se développaient dans une silencieuse exigence. Elle protesta humblement quand dix doigts s'accrochèrent à la ceinture de son pantalon pour le déboutonner et le baisser sur ses hanches. Mais, en même temps, elle creusait les reins afin d'aider Christian dans sa besogne. Un air tiède lui coula sur les cuisses. Elle eut conscience enfin qu'elle était nue, livrée pour la première fois aux regards d'un homme. Des baisers de velours s'éparpillaient à la surface de son corps. Et elle n'avait pas honte. Elle aurait voulu que Christian la tutoyât encore. Mais il se taisait, occupé à la caresser, à la contempler. Puis, il rabattit sur elle, délicatement, les pans de la couverture en fourrure.

« Repose-toi, réchauffe-toi, ma petite fille, dit-il d'une voix rauque. Je reviens bientôt. »

Il passa dans le réduit, tira le rideau. Et elle l'entendit qui se déshabillait.

*

Six heures vingt à l'horloge de l'église. La nuit s'appuyait, noire, sur les oreillers blanc des toitures. Toutes les fenêtres de Megève étaient allumées. Elisabeth avait mis ses skis aux pieds pour aller plus vite. Elle marchait à longues enjambées glissantes, au rythme alterné de ses épaules poussant sur les bâtons. L'air glacé pénétrait profondément dans sa gorge. Un point d'essoufflement lui coupait le ventre. Ses parents devaient être fous d'inquiétude parce qu'elle n'était pas encore rentrée. Sans doute avaient-ils déjà interrogé les Grévy, les demoiselles Legrand, tous les skieurs de l'hôtel, pour savoir s'ils ne l'avaient pas vue sur les pistes. Et, comme personne n'avait pu les renseigner, ils s'imaginaient qu'elle avait eu un accident, qu'elle gisait, blessée, seule, dans la neige. Que leur dirait-elle pour justifier son retour à une heure si avancée ? Elle cherchait fiévreusement une excuse et n'en trouvait pas. Tant pis ! Quand elle serait devant sa mère, elle se fierait à son inspiration pour lui répondre. Des gens la croisaient, un bonnet sur les oreilles, le nez dans un foulard. Quelqu'un la salua. C'était Courtaz, l'ancien maître de Friquette.

« Bonjour, mademoiselle. La santé va bien ? »

Un traîneau passa, ivre du tintement allègre de ses grelots. Elisabeth escalada une petite pente et s'arrêta, hors d'haleine. Une minute de plus, une minute de moins, ce n'était pas grave ! Rien ne comptait devant l'événement incroyable qui avait bouleversé son existence. Il suffisait qu'elle évoquât le poids et le mouvement de ce corps d'homme sur le sien pour éprouver de nouveau dans sa chair la répercussion amortie de la douleur et du plaisir qu'il lui avait donnés. Sous ses vêtements, toute la peau était encore alanguie de caresses. Elle marchait, couverte de baisers. De quel air victorieux et tendre Christian l'avait contemplée en se relevant, après l'avoir possédée pour la première fois ! Elle s'était souvent amusée à deviner ce que pouvait être la jouissance de l'amour, mais ce qu'elle avait imaginé naguère était loin de la révélation qu'elle avait reçue aujourd'hui. Cette pénétration sauvage et douce. Cette défaillance éblouissante au sommet de la joie. Et les mots qu'il lui chuchotait à l'oreille, dans l'ombre, entre deux étreintes. Et sa chaleur, son odeur d'animal heureux ! Elle ouvrait les narines pour respirer le parfum de la chambre, du lit défait, et le froid de la nuit entrait dans sa tête. Il fallait repartir. Elle poussa sur ses bâtons. La vapeur dansait en sortant de sa bouche. Une dénivellation de terrain l'aida à prendre de la vitesse. Des ornières croûteuses firent vibrer ses spatules. La route de Glaise. Après le grand tournant, l'hôtel des Deux-Chamois. Le cœur d'Elisabeth se serra d'angoisse. Coiffée de neige, chaussée de neige, la maison avait un éclairage d'alerte. Chaque fenêtre était un regard. Les parents d'Elisabeth la guettaient depuis une heure entourés de tous les clients. Elle abandonna ses skis devant la porte et s'avança, le front haut, vers la catastrophe.

Un calme déconcertant régnait dans le hall. Ni les Grévy, ni les demoiselles Legrand n'étaient là. Des gens amollis de bien-être lisaient des journaux ou jouaient au bridge en attendant le dîner. Quelques têtes se dressèrent à l'entrée de la jeune fille, mais elle ne vit aucune surprise dans les regards. Souriant dans le vague, elle porta ses yeux, lentement, vers le bureau de réception : personne. Sans doute, Amélie et Pierre étaient-ils occupés à l'office. La voie était libre. Jaillie des profondeurs de la maison, Friquette courut vers sa maîtresse et se tortilla, les pattes de devant aplaties, l'arrière-train levé.

« Oui, oui, tu es belle ! » chuchota Elisabeth en la caressant.

Suivie de la chienne, elle traversa rapidement le hall et s'engagea dans l'escalier, en marchant, contrairement à son habitude, sur la pointe de ses chaussures. Elle était impatiente de se contempler dans une glace. Certes, elle s'était déjà vue dans le miroir de Christian, au moment de se rhabiller, mais il lui semblait que seul son miroir personnel pourrait la renseigner fidèlement sur elle-même. Des voix bourdonnaient derrière les portes. Un rire. Un cri d'enfant. Elle entra dans sa chambre, alluma la lampe et découvrit, au-dessus du lavabo, le reflet de sa tête, coupée au ras du col. Non, elle n'avait pas changé ! Du moins, cela ne se remarquait pas au premier coup d'œil. Et pourtant, ce rayonnement noir de la prunelle, cette ombre mauve sous la paupière, cette rougeur des lèvres meurtries par les baisers !... Elle s'étudia de près et reconnut qu'elle était plus belle en femme qu'en jeune fille. Le sapin noir surveillait ses moindres mouvements, par la fenêtre. Elle lui tourna le dos pour se laver la figure et passer un peigne dans ses cheveux. La conviction d'être physiquement à son avantage lui donnait de l'assurance pour affronter ses parents. Aucun reproche ne saurait entamer son bonheur. Elle avait même hâte que l'orage se déchaînât pour pouvoir, ensuite, ne plus songer qu'à Christian.

« Tu viens, Friquette ? »

Après un dernier regard à la glace, elle quitta sa chambre et descendit l'escalier, d'un air très naturel, en faisant sonner ses talons cloutés sur les marches. Comme elle arrivait au rez-de-chaussée, sa mère sortit de la cuisine et s'avança vers elle promptement. Le visage d'Amélie était crispé et pâle, avec deux plaques roses au bas des joues, ce qui était toujours, chez elle, le signe d'une grave contrariété. « Allons-y ! » pensa Elisabeth. Ses idées se rangèrent en ordre de bataille. Elle attendit le choc.

« Te voilà, s'écria Amélie. Tu arrives bien ! Je suis hors de moi ! Ah ! l'affreux bonhomme ! Le sale individu !

— De qui parles-tu, maman ? demanda Elisabeth d'une voix mal timbrée.

— Du chef ! » dit Amélie.

Elisabeth ressentit un brusque soulagement, mais n'osa se réjouir encore.

« Ah ! oui ? murmura-t-elle.

— Il est allé faire un tour au village, reprit Amélie, et, à cinq heures, il est revenu ivre mort. Je ne trouve pas d'autre expression : ivre mort ! Il hurlait. Il brandissait son couteau. Ton père lui a tenu tête... »

Cette fois, Elisabeth comprit qu'elle était sauvée. Toute à sa colère contre le chef, Amélie n'avait même pas remarqué que sa fille était rentrée à une heure tardive.

« Et alors, maman, qu'avez-vous fait ? demanda-t-elle.

— Que veux-tu que nous fassions ? Nous l'avons immédiatement renvoyé ! Mais il refusait de partir. Nous avons dû le menacer d'aller chercher les gendarmes. Alors seulement, il s'est décidé !...

— Il n'est plus là ?

— Heureusement ! Nous lui avons réglé ses gages et il a débarrassé le plancher, il y a une heure à peine ! Mais il a emmené son aide. Encore un drôle de coco, celui-là ! A eux deux, ils faisaient la paire ! Enfin, j'aime mieux ne plus les voir. Mais nous voici sans personne à la cuisine. En pleine saison ! Tu te rends compte ?

— Et les clients ? Ils vous ont entendus vous disputer ?

— Non, répondit Amélie. Grâce au Ciel, tout s'est passé à l'office. Nul n'est au courant. Ç'aurait été d'un effet désastreux ! Nous expliquerons que le chef est tombé brusquement malade et qu'il a préféré rentrer chez lui pour se soigner. Il suffit que je repense à ce scandale pour en avoir le sang à la tête. Si tu avais vu ton père devant ce forcené qui puait le vin !... Ils ont échangé des mots... des mots de caserne, je ne peux pas mieux dire !...

— C'est épouvantable ! balbutia Elisabeth, et elle serra ses mains sur sa poitrine pour étouffer les battements joyeux de son cœur.

— Maintenant, il faut nous organiser, reprit Amélie. Je vais faire la cuisine et ton père m'aidera. Tu me remplaceras au passe-plats pendant le service. Et, dès demain, j'écrirai pour essayer de trouver un autre chef. Mais, à cette époque de l'année ce sera difficile !

— Ne t'inquiète pas, maman. Je suis sûre que tout s'arrangera très bien ! » dit Elisabeth en frottant sa joue, d'un mouvement câlin, contre la joue de sa mère.

Amélie soupira, pria sa fille d'aller tenir compagnie aux clients, dans le hall, et retourna, enfiévrée, à la cuisine.

Le dîner fut servi à huit heures, comme d'habitude. Elisabeth était au passe-plats. Ses nouvelles fonctions l'amusaient beaucoup. Emilienne et Léontine venaient lui annoncer les commandes :

« Premier, trois... Premier, quatre... »

Elle les répétait à l'intention de sa mère, qui répondait d'une voix aiguë :

« Ça marche ! »

La cuisine était un enfer de vapeur et de bruit. Amélie, l'œil sévère, le front luisant, un tablier autour des reins, portait, à bout de bras, une énorme marmite de cuivre sur le feu. Pierre sortait du bain-marie un régiment d'œufs-cocotte, assis dans leurs petits pots blancs.

« Arrose-les vite ! disait Amélie.

— Où est la crème ? demandait Pierre.

— Tu devrais l'avoir à portée de ta main ! Dieu ! que tu t'organises mal ! Camille, donnez la crème à monsieur. Elle est là, sur la table !... »

Encore affolée par la dispute de ses patrons avec le chef, Camille Bouchelotte reniflait ses larmes et courait de droite et de gauche, en geignant :

« Ah ! là ! là ! Seigneur ! Manquait plus que ça ! On va jamais pouvoir y faire !... »

Pierre versait la crème. Une cuillerée par œuf. « Dire qu'il y a trois heures à peine, j'étais nue, dans les bras d'un homme », pensait Elisabeth avec ivresse.

« Enlevez ! » disait Amélie sur un ton comminatoire.

Elisabeth prenait le plat, garni d'une famille d'œufs-cocotte, et le posait sur la desserte. Le plat partait entre les mains d'Emilienne. Les ordres se succédaient :

« Rôti, deux... Légume, trois... »

Pierre coupait des tranches, fines et juteuses, dans un volumineux rôti à la croûte calcinée. Amélie retournait des pommes de terre rissolées dans une poêle. « Est-il possible qu'elle ait été amoureuse de papa comme je le suis de Christian ? » se demandait Elisabeth. Plus elle réfléchissait à cette supposition, plus elle la jugeait improbable. Ses parents étaient si occupés par leur commerce, si habitués l'un à l'autre, si discrets dans leurs rapports quotidiens, que leur mariage avait dû être la conséquence d'une inclination raisonnable et non d'une passion juvénile et sauvage.

« Combien de rôtis, Elisabeth ? Je n'ai pas entendu !

— Trois, maman », dit-elle sans sortir de son rêve.

Elle se revoyait au lit, avec Christian, et éprouvait de la gêne à l'idée que sa mère et son père avaient échangé, jadis, les mêmes caresses. Ses regards se tournèrent vers la salle, pleine de clients qui mangeaient, et, là, aussi, les couples lui apparurent sous un jour nouveau. Obsédée par sa récente expérience, elle essayait d'imaginer tous ces maris et toutes ces femmes dans le plaisir : M. et Mme Grévy, M. et Mme Laupique, la pauvre Mme Lauriston, affligée d'un époux absent, l'opulente Mme Vaivre et son conjoint exsangue et maigrichon... Pour la plupart d'entre eux, la chose était pratiquement inconcevable. Elisabeth planait au-dessus de ces êtres attelés deux par deux et tristement marqués par l'âge, l'accoutumance ou la disgrâce physique. Il n'y avait qu'un bel amour au monde : le sien. « Je le reverrai demain, à la même heure. Tout recommencera. Il m'aime, il m'aime, il m'aime !... » Elle avait envie de crier sa fierté à la face du monde et essuyait des traces de sauce, au bord d'un plat, devant Léontine qui chuchotait :

« Dépêchez-vous, mademoiselle. Les Grévy attendent... »

Après le service, elle dîna avec ses parents. A table, il fut encore question du chef. A qui allait-on écrire pour le remplacer ? Pierre se rappela qu'au début de la saison ils avaient reçu les propositions d'un cuisinier russe, qui voulait venir travailler à Megève, pour raisons de santé :

« Tu as son adresse dans ton dossier, Amélie. Je crois même qu'il avait de très bonnes références...

— Oui, dit Amélie, mais ça m'ennuie un peu qu'il soit Russe.

— Pourquoi, maman ? demanda Elisabeth.

— Une idée ! Je n'aime pas avoir affaire à des étrangers dans le service. Et puis, s'il est Russe, il n'est peut-être pas au courant de la cuisine française.

— En tout cas, il nous indiquait plusieurs grands hôtels où il avait travaillé, à Paris et à Lyon », dit Pierre.

Mais Amélie hochait la tête, d'un air sceptique. La tranche de rôti refroidissait dans son assiette.

« Tu ne manges pas, maman ? dit Elisabeth.

— Je n'ai pas faim, soupira Amélie. Cette histoire m'a trop énervée ! »

Pierre lui entoura les épaules de son bras :

« Force-toi un peu !... Ça ne te plaît pas ?... Tu veux qu'on te prépare autre chose ?... »

Elisabeth observa ces deux visages rapprochés. « Ils sont tout de même très gentils à voir ensemble », pensa-t-elle.

« Non, non, laisse-moi, Pierre, dit Amélie. Je songe à un autre chef. Celui dont on nous avait parlé au syndicat des hôteliers...

— Il était Italien ! dit Pierre.

— Et alors ? » demanda Amélie.

Elisabeth se mit à rire :

« Tu ne veux pas d'un étranger et tu nous proposes un Italien !

— C'est plus près de nous qu'un Russe ! dit Amélie. Enfin, si vous y tenez, j'écrirai aux deux. »

En sortant de table, Pierre et Amélie retournèrent dans la cuisine, où Camille Bouchelotte, toujours dépassée par les événements, invectivait les assiettes sales et pleurait dans son eau de vaisselle. Pendant que ses parents réconfortaient la plongeuse et discutaient le menu du lendemain, Elisabeth se rendit dans le hall. Cécile, Gloria et la gouvernante levèrent le nez de leurs journaux.

« Alors ? Que s'est-il passé ? On vous a attendue à Rochebrune ! dit Gloria.

— Je m'excuse, murmura Elisabeth. J'ai été retenue. »

Cécile la menaça du doigt :

« Et, ce soir, vous n'avez pas dîné avec nous, lâcheuse !

— Eh ! non, dit Elisabeth. J'étais de service au passe-plats. »

Le moment était venu d'annoncer la maladie du chef : un coup de sang. L'explication ne surprit personne. La France entière traversait une époque trouble. Mlle Pieulevain parla du scandale Stavisky et des interpellations à la chambre. Elle était outrée. Il fallait changer de gouvernement. D'autres clients se joignirent à la conversation. Les Grévy rapprochèrent leurs fauteuils. Jacques s'assit à côté d'Elisabeth. Il ne la fuyait plus, mais tout, dans son comportement, prouvait qu'il avait cessé de soupirer pour elle. Maintenant, il lorgnait Cécile avec insistance. Sous son regard, la jeune fille paraissait plus rose, plus agitée, plus jolie que d'habitude. Elisabeth observait la scène avec une satisfaction magnanime de grande sœur. « Je le lui donne bien volontiers », se dit-elle. Et, une fois de plus, elle mesura la distance qui la séparait de ces pauvres coquetteries. Passée dans le clan des femmes, elle s'étonnait même d'avoir été, naguère, semblable à cette enfant, qui s'essayait au jeu de l'amour sans en connaître l'étrange et merveilleux dénouement. Mme Lauriston appela Maillot 12-15. On fit silence pour lui permettre de demander à son mari s'il ne manquait de rien, s'il n'avait pas trop de travail au bureau et s'il dînait souvent dehors. En raccrochant l'appareil, elle avait un regard embué de tristesse : elle avait flairé le mensonge derrière les paroles lénitives de son époux. Tandis que les clients reprenaient leurs discussions, une musique douce entra furtivement dans le hall. Quelqu'un jouait, avec une sûreté extraordinaire, sur le piano du petit salon.

« Pourrais-je avoir un tilleul-menthe bien chaud ? dit Mme Lauriston d'une voix mourante.

— Mais oui, madame, dit Elisabeth. Je vais vous le commander tout de suite. »

Elle sortit du hall et s'arrêta dans le couloir, charmée. Comment s'appelait cet air, qu'elle avait déjà entendu autrefois ? La pension de Sainte-Colombe. Les leçons de piano dans le parloir glacé. Les mains fines de Mlle Quercy dansant sur les touches jaunies... La mélodie était d'une telle tendresse, qu'en l'écoutant Elisabeth croyait surprendre la confidence même de son amour. D'un accord à l'autre, son émotion grandissait, montait vers le sublime, s'épanouissait dans la gratitude et l'espoir. Elle était si heureuse, qu'elle avait envie de pleurer.

Marchant sur la pointe des pieds, elle s'approcha de la porte entrouverte. Assis sur un tabouret, Patrice Monastier laissait courir sur le clavier ses doigts agiles et maigres. Une mèche de cheveux lui barrait le front. Paupières closes, lèvres serrées, il balançait la tête en mesure, comme pour protester contre le tourment qu'une force supérieure l'obligeait à exprimer en musique. Près de lui, dans un fauteuil, sa mère tricotait.

DEUXIÈME PARTIE

I

Le départ du chef compliqua la vie d'Elisabeth. Obligée d'aider ses parents, elle ne pouvait plus sortir, dans l'après-midi, qu'en invoquant le prétexte d'une course urgente à faire au village. Comme elle ne savait jamais à quel moment il lui serait possible de s'échapper, Christian lui avait confié la clef de sa chambre. Ainsi, même en son absence, elle n'eût pas risqué de se heurter à une porte close. Cette précaution se révéla d'ailleurs inutile. A chacune de ses visites, Elisabeth trouva Christian chez lui. Malheureusement, elle disposait de si peu de temps pour le voir, qu'il ne cherchait plus à la déshabiller et à l'aimer comme la première fois. Ce plaisir était trop précieux, disait-il, pour être goûté en hâte, à la sauvette. Sans doute avait-il raison, mais elle regrettait qu'il résistât au désir de la jeter sur son lit, alors qu'elle-même en brûlait d'envie. Il la prenait dans ses bras, lui couvrait le visage de baisers, la caressait à travers ses vêtements, la renvoyait enfin, affolée, énervée. Elle se dépêchait de rentrer à l'hôtel, et sa mère lui disait : « Tu as été bien longue ! » Pendant quatre jours consécutifs, elle s'indigna qu'une stupide histoire de cuisine lui interdît d'être heureuse à satiété. Quand viendrait-il, ce chef libérateur ? L'Italien se récusa. Le Russe, lui, fut tenté par la proposition, mais demanda des gages très élevés. Il ne voulait pas d'aide auprès de lui car il avait l'habitude louable de travailler avec sa femme. Sa lettre était signée Vladimir Balaganoff. Amélie et Pierre tinrent conseil. Elisabeth les pria d'accepter les conditions de leur correspondant, qui, malgré son nom à consonance étrangère, écrivait un français correct et produisait de solides références. Elle fut écoutée. Un matin, Antoine partit pour chercher le couple à la station des autocars. En descendant de sa chambre avec Friquette, Elisabeth tomba sur sa mère, qui s'était levée plus tôt que de coutume. Pierre siégeait avec elle, derrière le bureau de réception. Tous deux avaient des visages de fête.

« Ils sont là ? chuchota Elisabeth.

— Oui, dit Amélie. Ils viennent d'arriver. En ce moment, ils déballent leurs valises dans leur chambre. Au premier abord ils m'ont fait une excellente impression.

— Tout à fait excellente, dit Pierre. Lui est un ancien cosaque du Don. Un combattant de 14. Il me l'a annoncé tout de suite. Cela m'a fait plaisir. Et sa femme est française !

— Elle est même du Centre, dit Amélie. C'est une bonne chose.

— Est-ce qu'il parle bien le français ? demanda Elisabeth.

— Evidemment ! Depuis le temps qu'il est en France ! Mais il a un accent terrible ! »

Devisant à voix basse, ils se dirigèrent tous trois vers la cuisine, où Camille Bouchelotte attendait, en tremblant, son nouveau maître.

« Ne vous mettez pas dans des états pareils ! dit Amélie. Je suis sûre qu'il est très gentil.

— L'autre aussi, on disait qu'il était très gentil, et il nous aurait tous tués avec son couteau ! » gémit la plongeuse.

Soudain, la porte s'ouvrit, et, sur le seuil, apparut un homme sec et droit, coiffé d'une haute toque blanche. Il avait des pommettes proéminentes, un nez retroussé, une moustache blonde et des yeux bleus à fleur de tête. Claquant des talons, il leva la main à son bonnet dans un salut militaire irréprochable et annonça, d'une voix qui roulait les « r » comme des fragments de granit :

« Vladimir Afanassiévitch Balaganoff. Déjà prêt à vous servir ! »

Puis, posant sur la table son assortiment de couteaux personnels, il tendit le bras en arrière dans un geste de présentation. Alors seulement Elisabeth découvrit, sur le pas de la porte, une petite personne rose et ronde de partout qui ressemblait à une pivoine.

« Ma femme Rrrenée, et moi aussi, reprit-il, nous nous réjouissons de travailler sous votre toit. On dit chez nous, en Russie : l'isba n'est pas tellement belle par ses murs que par ses gâteaux. Qu'est-ce que nous faisons pour déjeuner, monsieur, madame et charmante mademoiselle votre fille sans doute ? Mes hommages ! Qu'est-ce que nous faisons ? C'est trop tard pour une *koulibiak,* mais peut-être des *bitkis* à la crème ? »

Amélie eut un sourire contraint et murmura :

« Sans doute est-ce un plat de chez vous ?

— Parfaitement, madame, répondit le chef en claquant à nouveau des talons. Une merveille, si vous n'avez pas encore goûté...

— Oui, oui, dit Amélie. Mais notre clientèle est habituée à tout autre chose. Voici ce que j'avais prévu pour aujourd'hui. »

Elle lui tendit le projet de menu, qu'elle venait d'écrire sur un carton. Vladimir Balaganoff fronça les sourcils et lut avec lenteur :

Hors-d'œuvre variés
Colin meunière.
Rosbif.
Epinards en branche.
Fromages.
Fruits.

Sa lèvre s'avança dans une moue dédaigneuse. Il soupira :

« Tristesse !

— Mais non, Vladimir, ce sera parfait ! chuchota sa femme.

— Alors, si tout le monde veut, moi aussi je veux, dit-il. Premier jour, pas discours. Plus tard, nous donnerons de grandes choses. Cuisine française, cuisine russe, Vladimir Afanassiévitch Balaganoff sait tout faire ! »

Camille Bouchelotte le considérait d'un œil hébété et tortillait le bord d'un torchon entre ses doigts.

« Madame est plongeuse, sans doute ? » reprit Vladimir Balaganoff.

Et il s'inclina profondément devant elle. Elisabeth se retint pour ne pas éclater de rire.

« Oui, dit Amélie. C'est une brave fille, qui nous rend de grands services. Je vous laisse prendre possession de la cuisine, chef. Mon mari vous indiquera tout ce dont vous avez besoin. Tu viens, Elisabeth ? »

Elles sortirent ensemble. Dans le couloir, Amélie demanda :

« Comment le trouves-tu ?

— Il est épatant ! » s'écria Elisabeth.

Et elle pensa : « Tout de suite après le déjeuner,

j'irai voir Christian. Pourvu qu'il soit chez lui quand j'arriverai ! Nous aurons trois heures à passer ensemble !... »

Le déjeuner fut excellent. Amélie reçut les compliments de ses pensionnaires avec une rayonnante modestie. Après le café, Elisabeth quitta l'hôtel avec un groupe de clients et les laissa monter à la station du téléférique, pendant qu'elle-même se rendait au village.

Quand elle frappa à la porte de Christian, un silence de mort lui répondit. Sans doute était-il sorti pour quelques minutes. En revenant il la trouverait installée chez lui. Quelle surprise ! Elle fouilla dans la sacoche fixée à sa ceinture : un bâton de rouge à lèvres, un peigne, un mouchoir, de la menue monnaie et, parmi ce bric-à-brac, la clef. Elle la prit en main et se sentit brusquement maîtresse d'un logis, maîtresse d'une vie. La serrure lui obéit. Elle entra et referma la porte à clef derrière elle. Les skis de Christian étaient dressés à leur place habituelle, dans le vestibule : il n'avait pas dû aller loin. La chambre était vide. Le poêle ronchonnait. Les meubles la regardèrent d'abord comme une intruse, puis, la reconnaissant, s'apprivoisèrent. Elle toucha du bout des doigts un cendrier de cristal, un coupe-papier en écaille blonde, le dossier du fauteuil, la couverture en peaux de marmotte. Tout était à elle. Sur la table de marbre, des anémones s'épanouissaient dans un vase de verre bleu. Comment Christian avait-il deviné que, de toutes les fleurs, c'était l'anémone qu'elle préférait ? Plus tard, elle en aurait toujours un bouquet dans sa maison.

Des voix dans la rue. Elle s'approcha de la croisée. Ce n'était pas lui. Qu'était-il allé faire dehors : acheter des cigarettes, des journaux ? Elle avisa, sur l'appui intérieur de la fenêtre, un petit panier plein de pommes rouges, en saisit une, la lustra sur sa manche, la croqua. La chair du fruit était ferme et juteuse. Son acidité tirait les gencives. « Il aime tout ce que j'aime, pensa Elisabeth. C'est merveilleux ! » Puis, son regard tomba sur les livres qui encombraient le bureau de Christian. Elle en prit un et le rejeta aussitôt : il était écrit en allemand. Un autre l'intrigua par son titre : *De l'Amour*. L'auteur en était Stendhal. Elle tourna quelques pages et lut, au hasard : « Ne pas aimer quand on a reçu du Ciel une âme faite pour l'amour, c'est se priver, soi et autrui, d'un grand bonheur... Une âme faite pour l'amour ne peut goûter avec transport un autre bonheur... ». Elle referma le volume et le posa sur la chaise, avec l'intention de l'emporter. Un gros bouquin à couverture verte attira ensuite son attention : Schopenhauer. Le texte était imprimé très fin. Dans les marges, des traits de crayon. Etait-ce Christian qui avait marqué ces paragraphes ? « Toute passion, quelque apparence éthérée qu'elle se donne, a sa racine dans l'instinct sexuel... » « L'homme le plus homme cherchera la femme la plus femme, et inversement... »

Encore des voix dans la rue. Deux moniteurs autrichiens passaient, leurs skis sur l'épaule. « Si Christian était allé acheter des cigarettes, ou des journaux, il serait déjà de retour. Il doit être à la poste. Il ne sait pas que je l'attends. Pourvu qu'il ne s'attarde pas à bavarder avec des amis sur la place ! Déjà trois heures et demie ! Que de temps gâché ! » Elle tourna sans but, dans la chambre, pénétra dans le cabinet de toilette et découvrit, à côté du lavabo, un pyjama en popeline bleu-nuit, pendu à une patère. Sa main caressa l'étoffe soyeuse. Avec une brusque résolution, elle décrocha le vêtement et le respira. Une odeur masculine, amère et douce, monta à ses narines. Elle surprenait l'intimité de Christian, elle se substituait à Christian, elle devenait Christian. Une envie irrésistible la saisit de se déshabiller et d'enfiler le pyjama sur sa peau. « Vite ! Avant qu'il n'arrive ! » Elle se dévêtit, passa la veste, le pantalon, et frissonna, nue, sous le tissu léger qui flottait autour d'elle. Comme il était grand ! Comme elle était petite ! L'idée de cette disproportion lui parut excitante. Elle se regarda dans une glace fixée au mur et décida qu'elle était comique et charmante dans son travesti. Perdue dans les plis du pyjama, elle n'avait plus de pieds, ni de mains. Le fond du pantalon bouffait entre ses cuisses. Elle retroussa ses manches jusqu'aux coudes, ferma les rideaux, rejeta la couverture en peaux de marmotte et se glissa entre les draps frais. C'était la première fois qu'elle entrait dans le lit de Christian. Ici, chaque nuit, reposait, de tout son poids, le corps de l'homme qu'elle aimait. Elle était couchée sur son empreinte. La chambre, autour d'elle, était exactement telle qu'il la voyait avant de s'endormir. « Quand nous serons mariés, songea-t-elle, nous ne pourrons pas vivre dans une seule pièce. Nous prendrons un appartement, à Megève. Je l'arrangerai à ma façon. Quels meubles emporterons-nous d'ici ? La table de marbre, le fauteuil jaune... Ces rideaux feront très bien dans notre chambre à coucher ! Le papier des murs sera vert pâle. J'aurai une coiffeuse. Christian continuera son travail au collège du Hameau. J'aiderai mes parents, à l'hôtel. Je suis sûre que maman sera folle de Christian quand elle le connaîtra !... Toutes les nuits avec lui... Dormir dans les bras l'un de l'autre... » Elle se leva pour garnir et tisonner le feu qui mourait.

Une flamme vive lui sauta à la figure. Dans le foyer, des bûches de cendre étincelante s'écroulèrent sans bruit. Le jour baissait. Une pendulette amplifiait son tic-tac au centre du silence. Quatre heures vingt. « Il faut qu'il vienne maintenant. Sinon, ce sera comme hier, comme avant-hier, nous n'aurons pas le temps de nous aimer. » Toute sa chair fourmillait d'impatience. Ne sentait-il pas à distance qu'elle était là, qu'elle l'attendait ? Avoir un enfant de lui. Cette idée la pénétrait, lui ouvrait le cœur. « Un garçon... Et, plus tard, une fille... »

Elle écarta les rideaux. Des gamins couraient dans la rue, tirant une luge chargée de paquets. Un crépuscule fumeux dominait le village. Les premières lumières aux fenêtres. « Et s'il était parti pour la journée ? » Comme elle formait cette pensée terrible, un pas s'engagea dans l'escalier. C'était lui ! Dans un bondissement joyeux, ele se précipita vers le divan et s'enfouit sous la couverture. « Il va en faire une tête lorsqu'il me verra au lit, dans son pyjama ! » Elle se préparait à pouffer de rire, quand trois coups secs retentirent contre la porte. Une visite ? Elisabeth retint son souffle. Encore trois coups. Puis, un silence. Figée dans l'angoisse, elle ne quittait pas des yeux le battant de bois brun. Heureusement qu'elle avait refermé la porte à clef, en entrant ! La poignée pivota, une fois, deux fois. Des pieds bêtes hésitèrent sur le palier. Glissée sous le vantail, un petit papier avança son museau sur le plancher luisant du vestibule. Les marches résonnèrent sous le martèlement des chaussures qui s'éloignaient. Qui était-ce ? Elle se porta rapidement vers la fenêtre. Une femme en pantalon de ski et veste de fourrure sortait de la maison. Impossible de distinguer si elle était jeune ou vieille. Elisabeth traversa la chambre et ramassa par terre une page de calepin pliée en deux. Quelques lignes au crayon :

Cher monsieur,

Ne vous ayant pas trouvé chez vous, je passe ce petit mot sous votre porte pour vous confirmer que mon fils prendra sa leçon particulière avec vous demain, à six heures, au lieu de ce soir. Croyez, monsieur, à mon bien sympathique souvenir.

Mme Louis Saulnier.

Elisabeth posa la lettre sur la table de marbre, près de la pendulette. Bientôt cinq heures. La chambre était obscure. Elle alluma la lampe. La vue du lit défait lui serra le cœur. Tout ce qu'elle avait espéré !... A présent, il était trop tard. Elle enleva le pyjama et se rhabilla machinalement. La déception pesait sur son cœur comme un lourd repas. Ranger le désordre avant de partir. Elle tira le drap, retapa le traversin, rabattit la couverture en peaux de marmotte. Puis, elle prit une feuille de papier et un stylomine sur le bureau, réfléchit longuement à ce qu'il fallait écrire, et traça ces simples mots : « Je suis venue. » Où placer ce billet pour qu'il le vît du premier coup d'œil ? Elle l'appuya contre le bouquet d'anémones. Il était cinq heures vingt. Elle attendit encore dix minutes et s'en alla.

La rue principale du village était très animée. Elisabeth marchait vite et tournait la tête, de temps à autre, dans l'espoir de découvrir Christian. Elle arriva ainsi jusqu'à la pâtisserie. Bien qu'elle n'eût pas fixé de rendez-vous à Cécile et Gloria, elle ouvrit la porte et jeta un coup d'œil à l'intérieur. Rien que des visages inconnus. Elle continua son chemin. « Peut-être vient-il de rentrer, à l'instant ? Il lit mon billet, il est furieux de m'avoir manquée, il court dans la rue pour me rattraper... » Elle s'arrêta, regarda encore en arrière. Personne ne courait. Tête basse, elle s'engagea sur la route de Glaise.

A l'hôtel, c'était l'heure du thé, des journaux et des cartes. Les sons d'un piano venaient du petit salon. M. Grévy téléphonait à Paris. Jacques montrait des photographies à Cécile. Deux clients commentaient le menu qu'Amélie avait affiché dans le hall. Sur le carton, les mots : *Potage Julienne* étaient barrés d'un trait net. Au-dessus, on lisait : *Koulibiak à la russe.*

II

Couchée, nue, contre l'épaule de Christian, Elisabeth observait, entre ses cils rapprochés, ce torse d'homme, large, pâle et musclé, avec une courte toison noire au creux de la poitrine. La tête et les mains, brunies par le grand air, étaient comme séparées du corps. N'importe qui pouvait les voir dans la journée. Le reste était à elle seule. Du coin de l'œil elle prenait possession de cette étendue de chair, qui se reposait après l'amour. Les rideaux tirés isolaient la chambre de la clarté extérieure. Bourré à bloc, le poêle dégageait une chaleur puissante. « Hier, à la même heure, j'étais si triste ! » pensa-t-elle. En quelques mots, il lui avait donné l'explication de son absence : des amis, qui venaient d'arriver à Megève, l'avaient invité à déjeuner, et il était resté avec eux pour les aider à installer leur chalet. Le plaisir d'aujourd'hui réparait la désillusion de la veille. Comme il l'avait rendue heureuse ! Plus encore que la première fois. La tête renversée, elle éprouvait encore, dans ses entrailles, ce mouvement de flux et de reflux qui succédait au vertige de la jouissance. Elle lui avait volé sa force et continuait à s'en nourrir, à s'en délecter, tandis qu'il gisait, inerte, à côté d'elle, dans sa fausse victoire d'homme. Pourquoi ne lui parlait-il pas ? Il avait allumé une cigarette et suivait du regard les volutes de fumée qui s'élevaient au plafond. Elle posa sa main petite et potelée sur la grande main sèche et sombre de Christian, compara la longueur des doigts, la largeur des paumes, et eut envie de rire. Vraiment, ces deux mains n'étaient pas de la même race ! Et les pieds, donc, les jambes, les genoux, ces pectoraux carrés, ce sexe endormi dans sa fourrure bouclée... Elle s'arrêta, étourdie par l'audace de ses réflexions, et demanda timidement :

« A quoi penses-tu, Christian ?

— A ton visage, dit-il en tournant la tête vers elle.

— Qu'est-ce qu'il a, mon visage ?

— Tu as un profil d'une finesse extraordinaire. Comment des lignes si légères peuvent-elles supporter de si grands yeux ? Si j'étais peintre, je reproduirais tes traits à la mine de plomb, sans appuyer sur le papier, et je mettrais deux grosses taches d'encre de Chine dans tes prunelles. Si j'étais sculpteur... »

Il sourit, écrasa sa cigarette dans le cendrier qui se trouvait par terre, à côté du divan, et reprit d'un ton plus bas :

« Mais, au fait, je suis sculpteur. Laisse-moi travailler ! »

Son doigt glissa sur le nez d'Elisabeth, contourna ses sourcils, coula sur sa joue, effleura ses lèvres. Enveloppée d'un chatouillement précis, elle tendait le menton pour l'aider dans son simulacre de modelage.

« L'attache du cou, maintenant, dit-il. Les épaules... »

Il s'était dressé sur un coude. Elle flaira le parfum d'une aisselle chaude.

« Les épaules... Des épaules de petite fille !...

— Tu m'agaces à toujours me traiter de petite fille, murmura-t-elle sans conviction.

— Ah ! oui ? Pourtant, tu n'es qu'une petite fille. Ce mot que tu m'as laissé, hier : « Je suis venue. » Un point, c'est tout ! Une petite fille n'aurait pas écrit autre chose.

— Je n'allais tout de même pas te faire une longue lettre !...

— Non, non !... C'était parfait ainsi... Attends, je te respire... Qu'est-ce que tu sens ?... Le chèvrefeuille ?... La bergamote ?... Je ne sais pas au juste, mais je reconnaîtrais ton odeur entre mille... »

Elle s'émut, à la fois gêné et ravie de cet appétit qu'il montrait devant elle. Une bouche en forme de corolle s'appliqua sur la pointe de son sein gauche. Puis, ce fut son sein droit qui se trouva circonvenu, aspiré. Elle haletait de plaisir. Il allait la reprendre. Déjà, elle tournait le buste, déplaçait les jambes pour se préparer à la rencontre de ce corps étrangement armé. Les baisers de Christian remontèrent jusqu'aux lèvres d'Elisabeth. Quand elle n'eut plus rien dans sa tête qu'un éclatement d'étincelles blanches, il se détacha d'elle, lentement, plissa les yeux comme un blessé qui souffre, et chuchota :

« Maintenant, il faut être sage, Elisabeth.

— Pourquoi ? s'écria-t-elle.

— Tu as vu l'heure ?

— Eh bien ?

— Je dois aller donner ma leçon particulière. »

Elle le considérait avec surprise.

« Tu sais bien, reprit-il, cette dame qui est venue hier et a passé une lettre sous la porte !

— Oui, oui », balbutia-t-elle.

Son désir retombait. Elle se sentait inutile. Christian se leva. La couverture en peaux de marmotte avait glissé du lit. Elisabeth la tira violemment à deux mains pour cacher sa poitrine.

« Reste comme ça », dit-il.

Elle ne voulait plus qu'il la vît nue, puisqu'il avait décidé de partir. La fourrure collée au menton, elle le regarda se mouvoir, dans la pénombre, entre la chambre et le cabinet de toilette. Ce grand corps lisse et impudique la fascinait. Christian était parfaitement à l'aise, marchant, tournant, se baissant, se redressant, devant la femme couchée qui guettait ses moindres gestes avec une avidité sourcilleuse. Il alluma la lampe de chevet pour se rhabiller. Peu à peu, le dépit d'Elisabeth se calmait, son exigence devenait supportable. Elle sourit. Elle était au spectacle. Christian passa son pantalon de ski, boutonna sa braguette et plia légèrement les genoux pour déplacer la couture de l'entrejambes. Ce mouvement masculin amusa Elisabeth.

« Toi aussi, tu devrais te rhabiller, dit-il négligemment. Il est tard !...

— Ça m'est égal, dit-elle. Je raconterai n'importe quoi à la maison. Tu lui donnes combien de leçons par semaine, à ce petit garçon ?

— Trois, dit-il en enfilant sa chemise. Mais ce n'est pas un petit garçon ! Il a seize ans. Et il est très beau... Très beau et très blond !... Il a l'air d'une fille... Des traits presque aussi fins que les tiens !... »

Sa tête disparut dans le pull-over noir. Elisabeth éprouva comme le passage d'une ombre sur sa joie.

« C'est le seul élève que tu aies en dehors du collège ? » demanda-t-elle.

Le visage de Christian émergea des ténèbres :

« Non. Encore deux gamines de quatorze et quinze ans.

— Jolies ?

— Laides comme des poux, les pauvres ! »

Il s'assit au bord du lit pour mettre ses chaussures. Son dos courbé. Sa nuque. Ses grandes mains tirant sur les lacets.

« Et demain, demanda Elisabeth, tu auras un cours ?

— Non, dit-il, mais je ne serai pas libre.

— Pourquoi ?

— Je vais faire le mont d'Arbois avec Georges et Françoise Renard, ces amis dont je t'ai parlé. Nous en aurons pour toute la journée...

— C'est trop bête ! s'écria-t-elle. Tu aurais pu t'arranger pour les décommander ! »

Il s'étira et dit simplement :

« Mais je ne veux pas les décommander, Elisabeth. Ce sont de très bons amis.

— Et moi ?

— Je te reverrai après-demain.

— C'est trop loin !

— Veux-tu bien être raisonnable ! »

Elle le défia du regard :

« Je n'ai pas à être raisonnable. Je t'aime. J'ai besoin de venir ici tous les jours...

— Si tu venais ici tous les jours, tes parents finiraient par avoir des soupçons !...

— Et après ? Je n'ai pas peur de mes parents ! Quand je t'aurai présenté à eux, ils comprendront, ils accepteront...

— Qu'est-ce qu'ils accepteront ? Que tu sois ma maîtresse ? »

Elle tressaillit à la consonance inhabituelle de ce mot :

« Mais... Christian..., je ne suis pas ta maîtresse... »

Il éclata d'un rire bref. Ses dents brillèrent entre deux rides. Son menton s'avança.

« Qu'es-tu donc, alors, ma petite fille ?

— Je ne sais pas », dit-elle.

Elle hésita une seconde et ajouta faiblement.

« Ta femme...

— Ma femme ? Bien sûr ! Mais nous ne sommes pas mariés...

— Nous le serons un jour, Christian. »

Il respira profondément. Son regard s'assombrit.

« Non, Elisabeth, dit-il. Nous ne nous marierons jamais. »

Cette phrase, prononcée doucement, ébranla Elisabeth comme un choc au ventre. Quelque chose venait de se briser en elle. Ses yeux se voilèrent. Le visage de Christian était celui d'un inconnu.

« Comment ça ? murmura-t-elle. Mais c'est impossible ! Je ne pourrais pas vivre sans toi !

— Qui te parle de vivre sans moi, ma chérie ? dit-il. Nous continuerons à nous voir, comme maintenant.

— En cachette ?

— Oui. N'est-ce pas merveilleux ? »

Elle haussa la tête :

« Cela te suffit peut-être, Christian, mais pas à moi ! Je veux t'aimer pour toujours et que tout le monde le sache ! Je veux avoir un enfant de toi !

— Tu n'auras pas d'enfant de moi, Elisabeth, dit-il.

— Pourquoi ?

— Parce que tu es trop belle pour que je t'abîme.

— Tu es fou ?

— C'est toi qui es folle ! Tu vis dans un rêve de petite fille. As-tu pensé à l'habitude, Elisabeth ? Le mariage est un crime contre l'amour. Imagine deux êtres condamnés l'un à l'autre, jour et nuit. Il n'y a de vraie jouissance que dans la liberté. A partir du moment où je saurais que je suis lié à toi par autre chose que par le désir — oui, par une signature sur un registre, par des enfants, par des intérêts d'argent, par une maison, par des meubles, — à partir de ce moment, Elisabeth, je me détournerais de toi, je me détournerais de toi que j'aime tant ! »

Il tendit la main pour dénuder la poitrine de la jeune fille. Elle eut un mouvement de recul et chuchota :

« Ne me touche pas, Christian !

— Quoi ? »

Il pencha la tête sur le côté, comme un chien qui écoute. Un sourire découvrit ses dents.

« J'ai dit : ne me touche pas ! » répéta-t-elle.

Toujours souriant, il s'appuya d'un genou au bord du lit, enlaça les épaules d'Elisabeth et chercha sa bouche. Elle voulut se défendre, mais, déjà, ses lèvres étaient prises, et elle faiblissait.

« Je t'attends après-demain », murmura-t-il en se relevant.

Elle fixa sur lui des yeux noirs de reproche et dit :

« Je ne viendrai pas. »

Il lui effleura la joue, du bout des doigts :

« Mais si, Elisabeth, tu viendras. »

Puis, il noua un foulard rouge autour de son cou, jeta une veste imperméable sur ses épaules et sortit.

III

Le surlendemain, elle n'alla pas retrouver Christian et monta à Rochebrune avec Cécile, Gloria et les Grévy. En rentrant à l'hôtel, le soir, elle était si triste, que la perspective de paraître à table, de parler, de sourire aux clients l'épuisait par avance. Jacques tournait autour de Cécile avec des yeux de loup. Les hommes mûrs discutaient politique. Mme Lauriston, qui avait reçu un coup de téléphone de Paris, minaudait devant Amélie, avec des airs de jeune épouse exubérante et licencieuse : obligé de se rendre à Grenoble pour ses affaires, son mari lui avait annoncé qu'il passerait la voir à Megève. « Il sera là demain matin ! Pour un seul jour, hélas ! Enfin, je veux dire : pour un jour et une nuit. Mais j'essaierai de le retenir ! » Elle avait couru chez le coiffeur, dans l'après-midi, et un casque de bouclettes couronnait son visage mou et poudré. Déjà, Gloria et Cécile jouaient aux pronostics : M. Lauriston était-il brun ou blond ? Portait-t-il une moustache ? Avait-il une allure de sportif ou d'intellectuel ? Il n'était pas si loin le temps où Elisabeth eût été comme elles, impatiente de connaître le visiteur prestigieux, mais, maintenant, la gravité de son tourment personnel l'empêchait de se passionner pour les histoires sentimentales des autres. Après le dîner, elle prétexta des maux de tête pour se réfugier plus tôt que d'habitude dans sa chambre.

Elle dormit mal et s'éveilla avec l'impression qu'une grande journée vide s'étendait devant elle. Naguère, dès qu'elle ouvrait les yeux, elle pensait : « Je vais revoir Christian. » Et cet espoir suffisait à illuminer son existence. A présent, elle n'avait plus envie de le rencontrer. L'idée de subir à nouveau ses propos, ses caresses, son rire, lui était même odieuse. « Nous ne nous marierons jamais. » Il avait tout gâché, tout sali en quelques mots. Par sa faute, non seulement elle ne l'aimait plus, mais encore elle ne trouvait rien d'aimable dans le monde. Elle caressa distraitement Friquette, prit son petit déjeuner au lit, s'attarda sous les couvertures et descendit dans le hall au moment où Amélie s'élançait vers la porte à tambour en disant :

« C'est monsieur Lauriston qui arrive ! Ton père et Mme Lauriston sont allés le chercher à la gare ! »

Sur le seuil, parut Mme Lauriston, rayonnante comme l'aurore, un béret de chasseur alpin sur l'oreille, le pantalon bouffant, et trois touches de tricot rouge vif aux chevilles, aux mains et autour du cou. Elle donnait le bras à un petit monsieur bedonnant et moustachu, qui tenait une grosse serviette de cuir fauve à la main. Il ôta son chapeau et découvrit une calvitie d'ivoire. Etait-ce là le séducteur dont Mme Lauriston redoutait les fredaines ?

« Je vous présente mon mari », dit-elle avec fierté.

Le doute n'était plus possible. Antoine se rua sur les bagages. Tandis que le couple heureux grimpait vers sa chambre, Elisabeth rejoignit Cécile et Gloria dans un coin du hall. Elles s'amusèrent un moment à parler du nouveau venu, qui cachait une âme de ruffian derrière un honnête visage de comptable. Puis comme il était trop tard pour monter à Rochebrune, Cécile proposa d'aller à la patinoire municipale. Jacques surgit à point pour les escorter.

Le ciel était gris. Des badauds entouraient le vaste rond de glace, où évoluaient des silhouettes multicolores. Une musique assourdissante encourageait débutants et champions. Le haut-parleur hurlait : « Je me sens dans tes bras si petite !... » Et Elisabeth glissait, le cœur lourd de chagrin, entre des patineurs aux figures joyeuses. Ce fut elle, qui, vers midi, donna le signal du départ. A leur retour, les jeunes gens trouvèrent le hall de l'hôtel plein de monde. Mme Lauriston caquetait dans un groupe de clients, pendant que son mari, silencieux et sombre, regardait les femmes, en dessous, avec insistance. Amélie, assise au bureau de réception, vérifiait une addition dans son livre de comptes. Mlle Pieulevain se désespérait parce qu'il lui manquait « une verticale » pour compléter la grille d'un mot croisé très difficile. Elisabeth et Cécile s'installèrent auprès d'elle pour l'aider. La lettre de son fiancé en main, Gloria avait quitté la terre. Tout à coup, il y eut un mouvement du côté de la porte. Elisabeth dressa la tête et perdit la respiration. Christian venait d'entrer dans la salle. Il était accompagné d'un homme digne, pesant et grisonnant, qui portait des lunettes d'écaille, et d'une femme de trente-cinq ans, grande et belle, dont les cheveux oxygénés brillaient comme des copeaux de métal. Amélie leva le nez de son registre et dit :

« Elisabeth, veux-tu t'occuper de ces personnes ?

— Vous désirez, monsieur ? » demanda Elisabeth en marchant vers Christian sur des jambes de cire molle.

Il lui planta dans les yeux un regard moqueur et dit :

« Pouvons-nous déjeuner ici, mademoiselle ?

— Je ne sais pas », balbutia-t-elle en pâlissant. Elle n'avait plus une goutte de sang dans ses veines.

« Et je ne suis même pas coiffée ! » se dit-elle. Friquette, piétée devant Christian, poussa quelques aboiements de bienvenue. Amélie intervint :

« Vous voulez déjeuner, monsieur ? C'est bien facile ! Trois personnes ?

— Oui.

— Prenez place, je vous prie, en attendant... »

Elle glissa vers la cuisine et revint, portant un menu, qu'elle présenta d'abord à Christian. Le monsieur grisonnant et la dame aux cheveux oxygénés se penchèrent sur le carton.

« Du *chachlik !* dit Christian. C'est une spécialité russe, si je ne m'abuse ?

— Caucasienne, rectifia Amélie d'un air compétent.

— Moi, j'adore ça ! dit la femme en faisant scintiller l'énorme diamant qui chargeait son doigt.

— Eh bien, va pour le *chachlik*, dit l'homme. Et vous nous servirez, pour commencer, trois cocktails.

— Volontiers, monsieur. Quels cocktails désirez-vous ? »

Blottie dans un coin du hall, Elisabeth souffrait de voir sa mère tournée avec sollicitude vers ces trois clients inespérés. Si elle avait su que l'un d'eux était l'amant de sa fille !...

Pourquoi Christian était-il venu la relancer à l'hôtel ? Pour la narguer, pour l'humilier, pour l'effrayer par son insolence ? Elle regretta de ne pouvoir le démasquer devant tout le monde. Après de longues hésitations, le monsieur à lunettes d'écaille passa la commande : un rosé, un Martini et un Alexandra.

« Vous avez raison de prendre un Alexandra, dit Amélie, c'est un peu la spécialité de la maison...

— Comme le *chachlick !* dit Christian dans un éclat de rire.

— Voilà ! » dit Amélie en riant à son tour.

Les nerfs d'Elisabeth se crispèrent. « Il lui fait du charme, pensa-t-elle. C'est ignoble ! D'ailleurs, pourquoi maman lui a-t-elle dit que l'Alexandra était la spécialité de la maison ? C'est papa qui prépare les cocktails et ils ont tous le même goût ! » Cinq minutes plus tard, sans quitter sa place, elle entendit des glaçons tinter dans un shaker. Son père, derrière le bar de la salle à manger, s'appliquait à composer une boisson savoureuse pour l'homme qu'il aurait dû refuser de recevoir sous son toit. Léontine apporta les trois cocktails sur un plateau. Christian dégusta l'Alexandra. Amélie guettait sa réaction du coin de l'œil.

« Fameux ! » dit-il en inclinant la tête.

Et Amélie s'épanouit, comme s'il lui eût lancé un bouquet de fleurs. Ne pouvant supporter plus longtemps ce spectacle, Elisabeth pivota sur ses talons, ostensiblement, et se rendit à l'office. Sa mère la rejoignit devant le passe-plats. La salle à manger recevait les premiers convives.

« Tu ne te mets pas à table ? demanda Amélie.

— Je préférerais déjeuner avec vous, après les clients, dit Elisabeth.

— En voilà une idée ! Non, non, je veux que tu sois dans la salle pour surveiller le service, comme d'habitude. D'autant plus qu'aujourd'hui nous avons des gens de l'extérieur. Ce n'est pas pour rien qu'ils sont venus ! On doit commencer à savoir, dans le pays, que nous avons un nouveau chef !

— Oui, maman, soupira Elisabeth.

— Si ces deux messieurs et cette dame sont contents du repas, ils le diront autour d'eux, reprit Amélie, et, peu à peu, notre hôtel deviendra un endroit recherché pour sa cuisine, une sorte de relais gastronomique... C'est précisément ce que j'avais toujours espéré...

— Premier, trois », dit Léontine en se penchant vers le passe-plats.

Amélie répéta cette indication, d'une voix chantante.

« Ça marrrche ! » hurla le chef, comme s'il eût commandé à un escadron.

Et il ajouta :

« Charmante mademoiselle, je vous ai vue sur les skis. Une vraie petite fée de l'hiver. Nous, les Russes, nous aimons la neige. Je dis de vous, à ma femme, c'est *Snégourotchka*. Ça signifie, en français, Blanche-Neige... Et vraiment vous êtes... Premier, trois... Enlevez !... »

La cuisine avait changé d'aspect depuis que le chef russe y régnait en maître. Le dallage et les casseroles luisaient de propreté. Les victuailles étaient rangées en ordre sur l'étal. Par un raffinement de coquetterie, Renée portait un tablier du même tissu blanc, à carreaux bleus, que le pantalon de son mari. Camille Bouchelotte avait le sourire aux lèvres.

« Madame plongeuse, prenez assiettes ! » criait le chef.

Et elle se précipitait, heureuse de servir. Pierre émergea de la cave, traînant deux paniers pleins de bouteilles. La table des nouveaux venus réclamait de la vodka. Il n'en restait plus qu'un flacon.

« Je vous ai dit acheter plus, patron, grommela

le chef. Avec Vladimir Afanassiévitch Balaganoff, tous les clients demanderont bientôt vodka.

— Qu'est-ce que tu attends, Elisabeth ? dit Amélie. Tu vois bien que tu nous gênes ! »

Elisabeth partit à contrecœur et se réfugia dans la chambre de sa mère pour se coiffer et se mettre du rouge aux lèvres. Tout en peignant ses cheveux, d'un geste machinal, elle recensait les motifs de sa colère. Quand le miroir lui eut renvoyé une image insatisfaisante d'elle-même, elle se dirigea, résolument, vers la salle à manger. Assise seule, devant son assiette, elle ne pouvait lever la tête sans apercevoir Christian, installé en face d'elle, à une table ronde. Il la dévisageait avec insistance en parlant à ses amis. Sa désinvolture était stupéfiante. Chaque fois qu'Elisabeth rencontrait ses yeux, elle éprouvait une petite secousse désagréable dans la poitrine. Cécile suivait leurs échanges de regards à la dérobée. Elisabeth grignota une nourriture indéfinissable, but un verre de vin qui lui jeta le sang aux joues, dédaigna le dessert et se dépêcha de retourner dans le hall. Là, elle s'isola derrière le rempart du bureau de réception. Déjà, quelques clients rassasiés passaient la porte vitrée, se plongeaient dans les fauteuils, allongeaient leurs jambes et commandaient des cafés filtres à Léontine. Christian et ses amis rentrèrent à leur tour et prirent place près de la baie. Amélie vint leur demander s'ils étaient satisfaits du repas, écouta leurs compliments avec le sourire et dit :

« Je me permets de vous remettre la carte de l'hôtel. Aujourd'hui, vous avez eu notre menu courant. Mais, si vous nous prévenez par téléphone, nous nous ferons un plaisir de vous préparer un repas spécial, à votre choix.

— Mais oui, dit Christian, nous reviendrons ! »

Amélie se retira, savourant sa victoire. Pierre l'attendait pour passer à table. Le monsieur important exigea deux cognacs et une chartreuse, avec les cafés. Cécile s'approcha d'Elisabeth et chuchota :

« Il est venu ! C'est formidable !

— Oui, dit Elisabeth en rougissant.

— Ça vous embête ?

— Un peu.

— En tout cas, votre maman ne se doute de rien ! Ce qu'il est beau, quand même ! Je le regardais tout à l'heure et... »

Elle changea de figure et ajouta :

« Je vous laisse... »

Elisabeth rentra légèrement la tête dans les épaules. Christian s'avançait, à pas lents, vers le bureau. Séparée de lui par la largeur de la table, elle durcit son regard et demanda dans un souffle :

« Qu'est-ce que vous voulez ?

— Je veux savoir pourquoi tu n'es pas venue, hier, prononça-t-il à voix basse.

— Je n'avais pas à venir... Je ne viendrai plus, balbutia-t-elle.

— Plus jamais ?

— Plus jamais. »

Il inclina le front. Ses yeux se chargèrent d'une tendresse mélancolique.

« Tu as tort, soupira-t-il. Tu n'as rien compris, ma petite fille. Je t'ai attendue avec tant d'impatience !...

— Si c'était pour me répéter ce que tu m'as dit, l'autre jour... »

Elle s'aperçut, trop tard, qu'elle l'avait de nouveau tutoyé.

« C'était pour te prendre dans mes bras, Elisabeth, dit-il, pour t'aimer... Cet après-midi, je t'attendrai encore...

— Ce n'est pas la peine », répliqua-t-elle vivement.

Il appuya ses deux mains au bord de la table :

« Je serai chez moi à partir de trois heures.

— Que voulez-vous que ça me fasse ? Partez !

— Je m'en irai si tu me promets de venir. »

Elle lui décocha un regard haineux :

« Si je venais, ce serait uniquement pour vous dire ce que je pense de vous !

— Eh bien, c'est ça ! murmura-t-il. Je n'en demande pas plus. A tout à l'heure, Elisabeth. »

Il souriait. Elle le vit s'éloigner, avec un soulagement.

*

« Qui est là ? demanda-t-il.

— C'est moi, Elisabeth. »

La porte s'ouvrit. Christian était en robe de chambre, le cou nu, des chaussons aux pieds.

« Tu m'excuses, dit-il, je viens de prendre mon tub. »

Il n'avait pas l'air étonné de la revoir chez lui. Sans doute même était-ce pour mieux la séduire qu'il se présentait à elle si légèrement vêtu. D'un rapide coup d'œil, elle parcourut cette chambre où elle avait été heureuse : le petit poêle ventru, la couverture de fourrure, les piles de livres sur la table. Sa gorge se contracta.

« Elisabeth, dit-il, ma chérie, enfin je te retrouve !... »

Il lui avait saisi les poignets et l'attirait contre

sa poitrine. Elle fut émue par le parfum de sa peau fraîchement lavée.

« Non ! » cria-t-elle.

Et elle le repoussa des deux mains. Christian s'assit sur le bras du fauteuil, les coudes aux genoux, les jambes écartées, la robe de chambre largement ouverte.

« Je ne serai jamais ta maîtresse ! reprit-elle d'une voix entrecoupée.

— Mais oui, mais oui, tu me l'as déjà dit », grommela-t-il.

Elle haussa le ton :

« Tu m'as prise pour ce que je n'étais pas ! Des filles faciles, il y en a des centaines, à Megève ! Si c'est ça qui t'intéresse ?...

— Non, justement celles-là ne m'intéressent pas », dit-il.

Le calme de cet homme était exaspérant. Plus elle le sentait sûr de lui, plus elle le détestait. Il était affreusement beau dans son arrogance. « S'il sourit, s'il me montre ses dents, je le gifle », pensa-t-elle. Et, reprenant sa respiration, elle ajouta :

« Tu es là !... Tu fais du charme !... Tu me défies !... Et tu ne te rends pas compte que tu as tout gâché !...

— Mais, Elisabeth...

— Laisse-moi parler ! »

Il se tut, l'œil interrogateur. Sa lèvre inférieure luisait. Elle ne savait plus ce qu'elle devait dire. Puis, tout à coup, les mots affluèrent dans sa bouche :

« Moi, Christian, je voulais être ta femme, passer toute mon existence avec toi, comme ma mère avec mon père !... Mais tu es incapable de... d'apprécier ces sentiments ! Tu n'es qu'un monstre d'égoïsme !... Tu ne penses qu'à ton plaisir !... Pour toi, il n'y a qu'une chose qui compte dans l'amour : ça ! »

Et, d'un geste théâtral, elle désigna le divan. Il fronça les sourcils. Son regard, glissant sous les pieds d'Elisabeth, la soulevait, la soupesait à distance.

« *Ça ?* dit-il enfin. C'est très important, *ça !* On peut construire une vie sur *ça*, pour *ça !...*

— Non, Christian !

— Si, Elisabeth. Je ne le dirais pas à n'importe qui. Mais, à toi je peux l'affirmer, parce que, toi, tu es faite pour me comprendre.

— Ce n'est pas vrai !

— Allons donc ! Je t'ai bien étudiée. Nous sommes de la même race. Respirer la neige, toucher la fourrure, mordre dans un fruit, caresser une peau nue, chacune de ces voluptés a pour nous une valeur qu'elle n'a pas pour les autres. Tu es exactement la femme qu'il me faut. Je suis exactement l'homme qu'il te faut. Nos corps trouvent ensemble une satisfaction sans commune mesure avec celle des couples mariés dont le sort te paraît enviable. Quand on est comme toi, comme moi, on doit savoir se moquer des petites conventions bourgeoises et ne vivre que pour le contentement des sens. Je t'apprendrai... Tu verras... »

Elle secoua la tête pour refuser ce qu'elle venait d'entendre. Son trouble était si profond, son horreur si grande, qu'elle n'avait pas la force de parler. « C'est le diable ! » pensa-t-elle. Les yeux de Christian brillèrent, s'éteignirent.

« Rassure-toi, reprit-il. Je n'essaierai plus de t'embrasser aujourd'hui. Mais réfléchis bien à ce que je t'ai dit. »

Il se leva, resserra la cordelière de sa robe de

chambre et murmura avec une étrange douceur :

« Va-t'en ! »

Elle restait sur place, le regard perdu, comme une sourde. Il répéta :

« Va-t'en, Elisabeth. »

Soudain, elle se retrouva dans la rue, sur la neige, ses skis en travers de l'épaule, ses bâtons à la main. Que s'était-il passé ? Comment était-elle sortie ? Pourquoi avait-elle envie de pleurer ? Le ciel était encore clair. Elle reprit le chemin de la maison.

IV

« QU'AS-TU, Elisabeth ? demanda Amélie.

— Rien, maman !

— Voilà trois jours que les demoiselles Legrand te proposent d'aller à Rochebrune avec elles, et trois jours que tu refuses. Ce n'est pas très aimable de ta part. Tout à l'heure, j'ai observé ces jeunes filles dans le hall : elles avaient l'air navrées de partir sans toi.

— Penses-tu ! Elles vont retrouver les Grévy ! Que je les accompagne ou non, elles feront leur descente comme d'habitude...

— Et toi, que feras-tu ?

— Je veux ranger ma chambre, laver mes pullover, mes chaussettes...

— Tu n'es pas fatiguée ? Tu n'es pas malade ?

— Mais non, maman ! Simplement, j'ai moins envie de skier, ces derniers temps... »

Elisabeth embrassa sa mère et monta en courant dans sa chambre. Depuis le déjeuner, elle attendait l'occasion d'être seule pour n'avoir plus à surveiller son visage. La porte fermée, elle remarqua que Friquette s'était glissée derrière elle, sans bruit.

« Couché ! dit-elle. Sois sage. »

Puis elle retroussa ses manches et prépara sa lessive dans le lavabo. Tandis que ses mains pétrissaient un gilet de laine dans l'eau savonneuse, son esprit s'acharnait à poursuivre les dernières images qu'elle avait gardées de Christian. Avant-hier, elle l'avait surpris, sortant de la poste, avec un jeune homme blond et mince qu'il tenait par l'épaule; en apercevant Elisabeth, il lui avait souri de loin, comme à une banale connaissance, et avait entraîné son compagnon dans la direction de la patinoire. Était-ce là cet élève si séduisant, le fils de Mme Saulnier ? Pourquoi Christian prenait-il auprès de ce garçon une attitude de grand frère affectueux ? Elle se le demandait avec rancune, avec méfiance. Hier, elle les avait encore croisés sur le chemin du téléférique; ils descendaient vers le village sur leurs skis; arrivé à la hauteur de la jeune fille, Christian lui avait crié : « Bonjour ! » en levant un bâton, mais sans s'arrêter. Ce matin enfin, comme elle se rendait à la pharmacie, elle l'avait rencontré, discutant sur la place, avec des amis. Il avait détourné la tête pour éviter de la voir. La leçon était claire : puisque Elisabeth refusait d'être sa maîtresse, il ne voulait plus perdre son temps avec elle. Comme elle le détestait ! Comme elle se délivrait de lui dans le mépris, dans la haine ! Tout, en lui, n'était que mensonge et avidité. « Et j'ai pu aimer cet homme-là, me coucher, nue, contre son corps, souhaiter devenir sa femme. Maintenant, s'il me demandait en mariage, ce serait moi qui répondrais non ! » Des injures montaient à sa bouche. « Une bête, une bête malfaisante, voilà ce qu'il est ! » Elle aurait voulu le tenir à sa merci, tel ce paquet de linge au fond de la cuvette. Ses doigts s'enfonçaient dans le tricot gorgé d'eau chaude comme dans la chair d'un ennemi. Elle se heurta à son propre regard dans la glace. Un regard fixe et sombre de meurtrière. Le tuer ! Ou plutôt, non, le défigurer, le défigurer pour la vie !... Elle essaya de se représenter les traits de Christian. Longtemps, des lignes confuses chevauchèrent dans sa mémoire. Et, tout à coup, il apparut devant elle, avec une netteté dont elle resta saisie. Les yeux verts, profondément logés dans l'orbite, les lèvres charnues, la denture éblouissante, le petit pli vertical du menton... C'étaient les détails mêmes qui la séduisaient naguère, dans ce visage, qu'elle exécrait le plus aujourd'hui. Ah ! briser ces dents blanches, régulières, écrabouiller cette bouche goulue, étouffer ce rire, dont les éclats la poursuivaient encore ! L'ivresse de la destruction bouillonnait dans ses veines. Elle tordait le pull-over, l'eau s'égouttait avec un bruit cristallin. « Pardon, Elisabeth ! » Il était à genoux, laid, malheureux, misérable. Et elle lui tournait le dos. Ou bien, elle apprenait qu'il était très malade, qu'il l'appelait dans son délire, et elle allait le voir, se plantait devant son lit et lui crachait à la face. Une affreuse satisfaction lui venait à l'idée de ces impossibles vengeances. Son orgueil se calmait, ses nerfs se détendaient, le tricot descendait mollement dans l'onde claire du rinçage.

Ayant essoré le vêtement, elle l'étala à plat sur la table et passa au lavage des chaussettes. Des bulles de mousse crevaient entre ses doigts. Bientôt, elle ne penserait plus à Christian, elle guérirait de lui, elle deviendrait aussi insouciante qu'elle l'était avant de le connaître. Papa, maman, la routine de l'hôtel, les promenades à ski, le thé à la pâtisserie, une soirée au Mauvais-Pas, un flirt avec quelque garçon qu'elle ne reverrait plus la saison suivante... Friquette somnolait sur son coussin. Derrière la fenêtre, le vieux sapin noir regardait Elisabeth, lavant ses lainages, ruminant sa peine... Elle regretta de n'avoir pas accompagné Cécile et Gloria à Rochebrune. Définitivement résolue à oublier Christian, elle ne craignait plus de l'apercevoir, de temps à autre, sur les pistes. Chaque nouvelle rencontre augmenterait la répulsion qu'elle avait pour lui. L'eau roucoulait en fuyant par le trou de vidange. Des chaussettes de noyé pendaient sur la berge du lavabo. Dans la glace, une jeune fille aux joues brunes, aux grands yeux fatigués, se laissait fasciner par le vide absolu de sa chambre, de son cœur, de sa vie. Elisabeth releva une mèche de cheveux sur son front et chercha le bâton de rouge à lèvres dans la sacoche de sa ceinture. Ses doigts touchèrent un petit objet métallique et froid : la clef de Christian. Elle tressaillit, ses yeux s'emplirent de larmes. « Qu'est-ce que j'ai ? » Le sapin bougeait ses branches. Du rez-de-chaussée, montèrent les sons assourdis d'un piano.

*

Les jours suivants, Elisabeth s'appliqua à vivre dans l'ignorance de son tourment. Dès qu'elle ne pensait plus à Christian, il se produisait en elle comme un grand creux d'attente, une suspension de la douleur et de la joie. Elle avançait en automate dans un décor de carton, parmi des personnages sans âme. A plusieurs reprises, sa mère s'inquiéta de sa mauvaise mine et de son air distrait.

« Mais non, maman, je vais très bien », disait-elle.

Et, par crainte de paraître trop affligée, elle devenait trop exubérante. Cécile et Gloria l'entraînèrent de nouveau dans leurs promenades. Elle skiait mieux que jamais, prenait des risques effrayants, et, arrivée au bas de la pente, s'arrêtait avec l'impression d'avoir parcouru la piste dans un état de demi-sommeil. Par moments, elle souhaitait qu'un cataclysme s'abattît sur Megève, dispersât tous les clients des Deux-Chamois et l'éveillât elle-même de sa torpeur.

Mais l'existence, à l'hôtel, se poursuivait avec une régularité implacable. Après le départ de M. Lauriston, son épouse était retombée dans une tristesse soupçonneuse, que les conversations téléphoniques n'apaisaient qu'à moitié. Amélie ne savait plus que faire pour éviter ses confidences. Autant la conversation de Mme Lauriston lui était pénible, autant elle se plaisait dans la compagnie de Mme Monastier, la mère du pianiste. Souvent, le soir, toutes deux s'installaient dans le petit salon pour bavarder à voix basse. Patrice Monastier se mettait au piano. Attirée par les sons de la musique, Elisabeth entrait sur la pointe des pieds, s'asseyait, écoutait, ravie. Patrice Monastier la regardait, par intervalles, en jouant. Puis, il s'arrêtait, tout à coup, et appuyait son menton sur sa poitrine. Il paraissait très faible. Ses mains étaient longues, transparentes.

« Tu ne devrais pas te fatiguer ainsi, disait sa mère. Le médecin t'a bien recommandé de ne reprendre ton travail que progressivement. »

Il souriait en remuant ses doigts sur ses genoux :

« C'est quand je ne fais pas de musique, maman, que je me fatigue le plus. J'aime tellement cet impromptu de Schubert ! J'avais envie de l'entendre, ce soir... »

Un jour, Elisabeth lui dit :

« Plus tard, je vous demanderai de jouer quelque chose pour moi.

— Que voulez-vous que je vous joue ?

— Je ne sais pas... du Chopin...

— Vous aimez Chopin ?

— Oh ! je suis très ignorante... mais, oui, j'aime Chopin... Et Mozart aussi...

— Alors, écoutez. Voici, de Chopin, l'étude en ut dièze mineur... »

L'air était trop rapide, trop perlé, trop nerveux, au goût d'Elisabeth. Dans sa situation, elle eût préféré une mélodie plus nostalgique. Mais elle n'osa pas le dire à Patrice Monastier. D'ailleurs, il interprétait ce morceau avec une virtuosité aérienne. Quand il eut plaqué le dernier accord, Amélie se répandit en compliments. Il y en avait pour le fils et pour la mère. Elisabeth, elle, restait silencieuse, mais son regard exprimait une admiration si vive, que le jeune pianiste baissa les paupières et inclina la tête comme pour la remercier de l'avoir compris.

En quittant le petit salon, Amélie prit sa fille par le bras et murmura :

« Quel talent ! Quelle distinction ! Si tous les pensionnaires étaient comme eux, notre métier serait un enchantement ! Hélas ! nous en sommes loin ! »

Elisabeth devina que cette allusion s'adressait à une nouvelle cliente, Mme Régina Salvati, dont Amélie ne pouvait supporter les manières libres et l'habillement excentrique. Ses cinq valises en peau mordorée, sans une éraflure, sans une tache, étaient d'une personne vivant au-dessus de ses moyens. Un parfum capiteux traversait la porte de sa chambre et baignait le couloir. Elle sortait tous les soirs et rentrait à des heures indues. Le matin, elle ouvrait sa fenêtre, et, vêtue d'un maillot noir collant, faisait sa gymnastique sur le balcon. Les passants s'arrêtaient sur la route de Glaise pour la voir sautiller, jeter les bras en l'air, se plier, s'accroupir, marcher en crabe et virer sur ses hanches. Grande, svelte, jolie, le cheveu acajou, l'œil vert émeraude, la bouche large et rouge, elle était certainement venue aux sports d'hiver pour troubler la paix des familles. Au restaurant, elle reluquait effrontément M. Voisin, qui se rengorgeait, enflait la narine, mangeait de profil et n'écoutait plus ce que disait sa femme. Tout le monde, dans la salle, avait remarqué leur manège. Mme Voisin, se jugeant offensée, raidissait le buste et perdait l'appétit. Ses assiettes retournaient, pleines, à l'office. Amélie, outrée par le drame conjugal qui mûrissait, de repas en repas, dans sa maison, intervint avec fermeté et diplomatie. Sous prétexte d'une meilleure répartition des tables, Mme Salvati fut exilée contre le mur du fond. Ainsi placée, elle n'apercevait plus que le dos de M. Voisin. L'épouse humiliée retrouva son sourire. Quant à la femme fatale, elle se consola en découvrant, dans son champ visuel, le visage mâle et sec de M. Grévy. Amélie craignit une nouvelle alerte de ce côté-là. Mais M. Grévy opposa une indifférence de seigneur aux œillades éhontées de la malheureuse. Alors, du père elle passa au fils. Et le fils fut digne du père. Si Jacques se détournait parfois de ses parents, c'était pour regarder, dans l'angle opposé de la salle, la table où Cécile, Gloria et Mlle Pieulevain se nourrissaient délicatement devant trois œillets anémiques.

Les Grévy avaient fixé leur départ au 25 janvier. Le 24, Jacques se foula douloureusement la cheville sur la piste des Mandarines. Il fallut le descendre en civière. Tandis que le médecin, mandé d'urgence, examinait le malade dans sa chambre, Amélie se désolait, devant Elisabeth et les demoiselles Legrand, comme si cet accident eût jeté le discrédit sur sa réputation commerciale. Elle avait un tel désir d'assurer un séjour agréable à tous ses clients, que sa responsabilité lui paraissait engagée dans les mésaventures qui leur arrivaient à ski. Mme Grévy, plus courageuse, lui affirma que, d'après le docteur, l'entorse de Jacques était sans gravité. Toutefois, le ménisque du genou gauche ayant été endommagé dans la chute, une longue période d'immobilité serait nécessaire.

« Je comprends, je comprends ! » gémit Amélie.

Et faisant appel à ses connaissances sportives, elle ajouta en pliant un peu les jarrets :

« Il a voulu exécuter un « christiania », et, au dernier moment, il a commis une faute de carres ! Combien de temps resterez-vous encore à Megève ?

— Une quinzaine de jours, au moins », dit Mme Grévy.

Cette nouvelle réjouit Cécile, qui se préparait déjà à la séparation. Elle confia à Elisabeth que Jacques lui plaisait beaucoup. M. Grévy, tenu par ses affaires, partit seul pour Paris. Le lendemain, les journaux publièrent le récit des émeutes qui bouleversaient la capitale. Trente mille manifestants réclamaient la démission du cabinet Chautemps. Bagarres avec la police, bris de vitres, menace de révolution. Tous les clients étaient affolés. Certains parlaient même d'abréger leurs vacances. Mme Grévy téléphona à son mari. Il la rassura. Le Cabinet était démissionnaire. M. Daladier, pressenti pour former un autre gouvernement, allait sûrement accepter. On put de nouveau penser à la neige. Le soir, comme Jacques s'ennuyait dans sa chambre, Elisabeth lui monta des journaux. En frappant à la porte, elle fut surprise d'entendre des chuchotements, une agitation étouffée et hâtive.

« Qui est là ? demanda la voix de Jacques.

— C'est moi, Elisabeth.

— Ah bon ! Entrez... »

Jacques était assis, pâle, sur ses oreillers. Le col de son pyjama était ouvert. Une armature de cerceaux soulevait la couverture autour de sa jambe malade. Au chevet du lit, se tenait Cécile, décoiffée, la bouche molle et rose, le regard distrait.

« Vous avez eu la même idée que moi ! » dit-elle à Elisabeth en désignant un numéro de *Match* sur la table de nuit.

Elisabeth la considéra d'un œil sévère : « Elle s'est faufilée dans la chambre de Jacques au risque de se faire prendre ! Tout ça pour l'embrasser ! Vraiment elle a perdu la tête ! » Elle-même se sentait très froide, très raisonnable, grandie par l'expérience amère du renoncement.

« Alors, je remporte mes journaux ? dit-elle.

— Restez un moment avec nous, dit Jacques sans entrain. Nous bavardions... »

Elle eut un sourire de femme avertie. « Comme il ment mal ! Tous les mêmes ! Et Cécile qui se figure avoir découvert l'amour dans ce garçon qui m'a fait la cour avant elle ! »

« Non, dit-elle, je descends. Gloria nous attend pour le thé, dans le hall. »

On ne la retint pas.

Après le dîner, Cécile l'entraîna dans le petit salon pour lui parler de Jacques :

— Il est si courageux ! Il souffre et il ne dit rien ! Vous ne trouvez pas que ça lui va bien d'être un peu malade ?

— Vous êtes vraiment amoureuse de lui, Cécile ? » demanda Elisabeth.

La jeune fille encensa de la tête et avoua dans un souffle :

« Oui, follement !

— Alors, je vous plains.

— Pourquoi ?

— Où ce flirt vous mènera-t-il ? Vous vous attacherez à Jacques. Dans quelques jours, il partira. Et ce sera fini...

— Pas du tout ! Nous nous reverrons à Paris. C'est déjà entendu entre nous ! Mais ne dites rien à ma sœur. Elle se figurerait Dieu sait quoi !

— Elle n'aurait peut-être pas tort !

— Voulez-vous bien vous taire ! C'est aujourd'hui qu'il m'a embrassée pour la première fois. Au fond, il est très timide, vous savez ? Ce n'est pas comme votre beau soupirant au foulard rouge... Celui-là, alors, il a un de ces toupets !... Quand il est venu à l'hôtel, l'autre jour, j'ai failli en avaler ma langue... Il va bien ?

— Très bien, dit Elisabeth.

— Qu'est-ce qu'il y a ? Vous avez l'air fâché !... »

Elisabeth mit un doigt sur sa bouche. Des pas se rapprochaient du petit salon. C'était Patrice Monestier. Cécile lui demanda s'il savait jouer autre chose que la musique classique. Il pianota, pour les deux jeunes filles, le début du *Saint-Louis blues*. Elisabeth pensa à Christian, qu'elle n'avait pas vu depuis si longtemps et son cœur s'emplit de tristesse : « Pourquoi ne veut-il pas être heureux simplement, comme les autres ? Il s'imagine que je suis faite pour le comprendre, mais c'est faux ! c'est faux ! Je ne suis pas de sa race... Je le déteste !... » Les sons du piano coulaient sur sa peine, qui devenait un objet d'art.

Pour le dimanche suivant, 4 février, Amélie avait accepté qu'un prestidigitateur ambulant vînt présenter ses tours à l'hôtel, après le dîner. Cette exhibition lui paraissait de nature à distraire les clients de leurs soucis politiques. En effet, les premières décisions prises par le nouveau gouvernement Daladier ne satisfaisaient personne. Dans le hall, les hommes parlaient avec colère, en attendant l'heure du spectacle. Mme Salvati avait mis une robe très décolletée et des bagues scintillaient à ses doigts.

Le prestidigitateur escamota des pièces de monnaie, cueillit des œufs dans l'espace, transforma un as de pique en as de carreau, trouva une houpette à poudre dans la poche de M. Voisin, un harmonica dans les cheveux de Mme Lauriston, fit la quête et se retira sous les applaudissements. Pour prolonger la soirée, Elisabeth pria Patrice Monastier de jouer quelques airs de jazz au piano. Friquette, qui n'aimait pas la musique, se réfugia, maussade, sous le bureau de réception. Deux jeunes gens de l'annexe invitèrent Cécile et Gloria à danser. Un autre s'approcha d'Elisabeth. Elle ne pouvait pas refuser, et, pourtant, elle eût préféré rester derrière Patrice Monastier à regarder les longues mains blanches courir et sauter sur les touches. Profitant d'une courte absence de sa femme, M. Voisin entraîna Mme Salvati dans un *slow fox*. L'œil velouté, la hanche amoureuse, elle s'appliquait contre son cavalier avec la mollesse adhérente d'une limace. Amélie, qui surveillait son monde, chuchota en se penchant vers Pierre :

« Cette personne !... Vraiment !... Elle passe les bornes !... »

M. Voisin avait un visage congestionné. Respirant sa partenaire de tout près, il lui broyait la taille et imaginait d'improbables délices. Quand Mme Voisin reparut, la danse était finie et Mme Salvati, froissée par l'étreinte d'un bras vigoureux, se repoudrait devant la glace. Patrice Monastier attaqua les premières mesures de *Stormy Weather*. Elisabeth ferma à demi les yeux : elle avait dansé sur cet air, au Mauvais-Pas, avec Christian. Maintenant, un garçon dont elle ne savait rien, et qui avait les mains moites, la guidait maladroitement aux sons de la même musique. Elle en éprouva de la gêne, un obscur sentiment de sacrilège et, tout à coup, s'arrêta en murmurant :

« Excusez-moi. Je suis un peu fatiguée... »

Cependant, M. Voisin mettait le comble à sa perfidie en s'inclinant avec galanterie devant son épouse. Elle prit, sur la poitrine de son mari, la place, chaude encore, de sa rivale. Celle-ci la dévisagea un moment avec une commisération dédaigneuse, effaça une épaule et monta dans sa chambre. Cinq minutes plus tard, un hurlement de détresse immobilisa les danseurs. Léontine accourut, la figure décomposée, et annonça :

« C'est Mme Salvati ! Elle a perdu sa plus belle bague !

— Où ? Quand ? demanda Amélie en fronçant les sourcils.

— Tout de suite ! En se lavant les mains ! la

bague a filé par le trou du lavabo et a dû partir dans l'égout ! On ne l'aura plus jamais ! »

« Que d'histoires pour une bague ! » pensa Elisabeth avec ennui.

Pierre affronta les événements, de sang-froid.

« La bague n'a pu partir dans l'égout, dit-il. Elle est certainement restée dans le siphon. Je prends ma clef anglaise et je monte voir ça.... »

Quelques clients le suivirent. Amélie et Elisabeth fermaient la marche. Dans la chambre, où flottaient de suaves effluves, Mme Salvati se tordait les mains. Sur le lit, gisait un déshabillé en tulle rose, très transparent.

« Cela s'est passé si vite ! gémissait Mme Salvati. Un éclair, et plus rien !...

— Pensez seulement ! Une bague de ce prix ! soupirait Léontine. Quelle horreur ! »

Pierre s'agenouilla sur le plancher et glissa une cuvette sous le lavabo. On fit cercle autour de lui. Mme Salvati observait ses moindres gestes avec une attention haletante. L'écrou du siphon était collé par la peinture. Poussant de toutes ses forces sur la clef anglaise, Pierre grognait :

« Oh ! ça va venir !... Ça va venir !... »

Enfin, l'écrou consentit à tourner. Pierre dévissa le bouchon de dégorgement. Une barbe de poils gluants, savonneux, se détacha de la tubulure béante. Quelque chose de dur tomba dans la cuvette. Avec une dextérité qui ne le cédait en rien à celle de l'illusionniste, Pierre se redressa, tenant entre ses doigts le bijou.

« Ma bague ! glapit Mme Salvati. Oh ! merci, monsieur ! Sans vous, je ne sais pas ce que je serais devenue ! »

Modeste artisan d'une grande réussite, Pierre

avait de la peine à cacher sa propre satisfaction. Amélie le jugea ridicule, debout, les bras ballants, un sourire timide aux lèvres, devant cette femme qui l'étourdissait de ses compliments. Ayant nettoyé le culot du siphon, il le remit en place. Mme Salvati lava sa bague et en fit miroiter, aux yeux de tous, le saphir entouré de petits diamants !

« Tu viens, Pierre ? » dit Amélie.

Le lendemain, Mme Salvati demanda à Pierre de réparer l'espagnolette de sa fenêtre, qui fermait mal. Le surlendemain, vers quatre heures de l'après-midi, comme Amélie cherchait son mari, Léontine lui indiqua que monsieur travaillait au premier étage :

« Il purge un radiateur, madame.

— Où ?

— Chez Mme Salvati.

— Ah ? » dit Amélie.

Et une pointe d'acier lui piqua le cœur. Quand Pierre descendit l'escalier, il trouva sa femme qui l'attendait, pâle et froide, dans le couloir.

« Alors ? chuchota-t-elle. Tu l'as bien purgé, ce radiateur ?

— Oui, dit Pierre, il en avait besoin. Il n'y avait plus que trois éléments sur six qui chauffaient.

— Et maintenant, ils chauffent tous ?

— Oui.

— Mme Salvati est contente ?

— Je pense.

— Sans doute, demain, aura-t-elle remarqué que son commutateur fonctionne mal, ou que sa serrure est faussée, ou qu'un pied de son lit menace de se rompre. C'est extraordinaire tout ce qu'il y a de défectueux dans la chambre de cette personne ! Heureusement que tu es là pour remettre les choses en état ! »

Il la regarda, étonné, amusé, et dit :

« Je suis bien forcé...

— Crois-tu qu'Antoine n'aurait pas su purger un radiateur, même un radiateur appartenant à Mme Salvati ?

— Il est bête comme ses pieds, Antoine !

— Et toi, tu es très intelligent ! Mais tu ne te rends pas compte que tu te couvres de ridicule en obéissant aux lubies de cette créature. Il suffit qu'elle t'appelle, et tu accours ! Sans te soucier de ce que je peux penser, de ce que peut penser le personnel ! Ah ! tu as l'air malin, je t'assure ! Si tu avais plus d'égards pour ta femme... »

Elle s'arrêta pour sourire à un client qui rentrait d'une promenade à ski, la démarche fatiguée, la face cuite par le soleil :

« Déjà de retour, monsieur Réaux ? La neige était bonne ?

— Un peu lourde », dit le client.

Et il s'engagea dans l'escalier. Pierre attendit que le bruit des pas eût atteint le premier étage et balbutia :

« Je ne comprends pas ce que tu me reproches, Amélie. Mme Salvati est une cliente comme les autres...

— Non, Pierre, et tu le sais très bien !

— Je ne sais rien du tout ! Ce n'est pas une raison parce qu'elle est jolie pour que je refuse de lui rendre service !

— Ah ! tu la trouves jolie ? dit Amélie d'une voix sifflante. Bravo, Pierre ! Au moins, tu ne caches pas ton jeu...

— Quel jeu ?... Explique-toi... »

Il voulut lui prendre les mains. Elle recula d'un pas et murmura, la joue marbrée de plaques roses, le regard foudroyant :

« Laisse-moi. »

Puis, elle entra dans sa chambre et ferma la porte à clef.

En revenant de Rochebrune avec Cécile et Gloria, Elisabeth trouva son père, assis, tête basse, derrière le bureau de réception.

« Où est maman ? dit-elle.

— Dans sa chambre, grogna-t-il.

— Qu'est-ce qu'elle fait dans sa chambre ?

— Eh bien, va le lui demander ! »

Et il se remit à lire un journal. Intriguée par son air bourru, Elisabeth passa dans le couloir et frappa à la porte d'Amélie :

« C'est moi, maman.

— Attends, je vais t'ouvrir. »

La clef tourna dans la serrure.

« Pourquoi t'es-tu enfermée ? demanda Elisabeth en franchissant le seuil.

— Pour rien, dit Amélie sèchement.

— Mais si, maman, il y a bien une raison ! Que s'est-il passé ? »

Amélie haussa les épaules. Ses mains pétrissaient un mouchoir, le transformaient en souris blanche.

« C'est à cause de ton père, dit-elle enfin. On lui ferait perdre la tête avec un sourire... D'ailleurs, cette personne est capable de tout... C'est son plaisir, oui, son plaisir ! de semer la zizanie dans les ménages... D'abord, elle s'est attaquée à M. Voisin. Ensuite, à M. Grévy, mais il a su la remettre en place ! Maintenant, c'est sur ton père qu'elle a jeté son dévolu !...

— Qu'est-ce que tu racontes, maman ? Ce n'est pas possible ! dit Elisabeth.

— Je l'ai cru comme toi, mon enfant, mais les faits sont là !

— Quels faits ?

— Depuis trois jours, il passe son temps à réparer ce qui ne va pas dans la chambre de Mme Salvati !

— Et c'est tout ? » dit Elisabeth en se retenant de rire.

Amélie s'avança vers la porte pour la refermer : elle avait entendu son mari dans le couloir.

« Enfin, maman, laisse entrer papa ! dit Elisabeth. C'est absurde ! »

Amélie lâcha la poignée. Pierre pénétra dans la chambre, le regard fixe, la bouche mauvaise, passa entre sa femme et sa fille, et se dirigea d'un pas décidé vers la penderie pour décrocher son manteau.

« Je vais au garage, dit-il sur un ton hargneux, alors que personne ne lui demandait rien.

— Tu es libre d'aller où tu veux », répliqua Amélie d'une voix pincée.

Il sortit et claqua la porte.

« Et voilà ! reprit Amélie en tressaillant au bruit. C'est lui qui est fautif, et c'est lui qui joue les offensés ! Tu avoueras qu'il exagère !

— Vous exagérez tous les deux ! dit Elisabeth. On n'a pas idée de se disputer pour des bêtises pareilles ! Expliquez-vous une bonne fois, embrassez-vous, et ce sera fini !

— Non », dit Amélie.

Après le dîner des clients, quand Amélie et Pierre se retrouvèrent à table, Elisabeth entrouvrit la porte de la salle à manger pour les surprendre. Assis l'un en face de l'autre, dans la grande pièce vide, ils ne se parlaient pas, ils se regardaient à peine. L'obligation de se nourrir en commun ne les aidait pas à oublier leur querelle. Elisabeth essayait en vain de les comprendre. Un accès de jalousie ? A l'âge de ses parents ? Et après vingt ans de mariage ? C'était inconcevable ! « Maman est trop susceptible, pensa-t-elle, et papa est trop bon. » Elle s'approcha d'eux, sur la pointe des pieds, et dit :

« Vous savez, vous n'êtes pas beaux à voir, comme ça !... »

Ni l'un ni l'autre des deux adversaires ne daigna lui sourire. Elisabeth les quitta en espérant que la nuit leur porterait conseil.

Le matin, au réveil, Pierre et Amélie n'étaient pas encore réconciliés, mais leur mésentente disparut à la lecture des journaux. Devant la gravité des événements qui se déroulaient à Paris, les soucis intimes de chacun passaient au second plan. Des articles très détaillés, des photographies hallucinantes, évoquaient l'horreur de l'émeute qui, la veille, le 6 février, avait ensanglanté la capitale. Fusillades place de la Concorde, charges de gardes mobiles sur le Cours-la-Reine, cafés transformés en ambulances : des dizaines de morts et de blessés... Pierre prétendait que le carnage aurait pu être évité si Daladier avait maintenu Chiappe à la préfecture de police. Les Croix de Feu, les Jeunesses patriotes, les Anciens Combattants, les groupements d'Action française, même, avaient raison, disait-il, contre les radicaux-socialistes et les francs-maçons, qui entraînaient le pays dans le déshonneur. La plupart des clients étaient de son avis, mais craignaient que le parti communiste ne profitât des troubles de la rue pour accaparer le pouvoir. Quelques jeunes gens exaltés, lecteurs assidus de *Gringoire,* regrettaient de n'avoir pas été mêlés à ces justes combats. Gloria était persuadée que les troupes seraient consignées en raison des désordres, ce qui retarderait encore l'arrivée de son fiancé en permission. De l'hôtel, des épouses inquiètes téléphonaient à leurs maris. L'attente de la communication était très longue, les conversations souvent interrompues. Le 7 février, malgré la démission du ministère Daladier, les manifestations continuèrent autour des édifices publics. Les pensionnaires des Deux-Chamois s'assemblaient dans le hall, devant le poste de radio, pour écouter les nouvelles. Quand enfin, le 9 février, M. Gaston Doumergue, sortant de sa retraite à l'appel du président Lebrun, accepta de former un gouvernement de « salut national », un souffle d'espoir rafraîchit toutes les têtes. Elisabeth elle-même, bien que très ignorante des choses de la politique, se sentit soulagée. Le lendemain, elle partit avec Gloria et Cécile pour le mont d'Arbois. Elles avaient emporté des repas froids et comptaient déjeuner au chalet de la Tante.

*

La montée, à peaux de phoque, était longue et rude, sous le ciel bleu. Veste nouée autour des reins, blouse ouverte sur la poitrine, les jeunes filles progressaient lentement, dans la réverbération aveuglante de la neige. Les verres fumés des lunettes ne suffisaient pas à protéger leurs yeux contre ce déluge de lumière. Elles s'arrêtèrent à proximité d'une ferme pour remettre de la crème sur leur figure brûlante et sucer des oranges et des citrons. C'était le lieu habituellement choisi par les skieurs pour leur première halte. La pente blanche était semée de rondes épluchures, qui brillaient au soleil comme des coupelles d'or. Une caravane de jeunes gens grimpait, non loin de là, suivant une voie parallèle. Leurs silhouettes se détachaient à contre-jour sur l'espace en feu. Bras et jambes avançaient du même mouvement dans la file. Ils avaient tous le torse nu. De grosses lunettes noires leur faisaient des têtes d'insectes. Plus haut, d'autres caravanes s'étiraient, en pointillés, dans le désert. Reposée, désaltérée, Elisabeth reprit sa marche. Cécile et Gloria s'engagèrent dans la trace de ses skis. Elle entendait, derrière elle, des crissements réguliers, des respirations haletantes. Un souvenir tenace l'accompagnait dans son effort. Il n'y avait pas si longtemps, sur une autre pente neigeuse, un dos d'homme, large et sombre, se balançait devant ses yeux; elle était heureuse, alors, elle avait foi en l'avenir... Un rideau de sapins. Des sillons entrecroisés. Et, là-bas, sur une plate-forme, luisante comme un lac d'argent, le chalet de la Tante, avec ses murs de planches jaunes vif, son toit de neige et ses haies de skis plantés devant la porte.

« Enfin ! cria Cécile. Je commençais à croire qu'on avait déplacé la bicoque ! »

En franchissant le seuil de la maison, les jeunes filles, encore éblouies par la clarté de la montagne, tombèrent dans une pénombre fumeuse de cave. De tous côtés, bougeaient des visages bruns, aux yeux blancs. Assis devant de longues tables, des gens mangeaient voracement, dans un désordre de sacs ouverts, de papiers chiffonnés, de litres, de bidons et de gamelles. L'odeur puissante de la cuisine était à elle seule une nourriture. Des voix hurlaient, entre deux tintements de vaisselle :

« Alors, ce pain, il arrive ?

— Eh ! Delachat, ici trois potages !...

— Tu te grouilles, Emile, ou on part sans toi ?

— Bonjour, la tante ! dit Elisabeth.

— Bonjour, mademoiselle !... Il y a longtemps qu'on ne vous avait vue !... C'est le téléphérique de Rochebrune qui nous vole nos clients !... Ça va toujours ? »

Celle qu'on surnommait « la tante » était une personne bien en chair, aux joues roses et rebondies, et au crâne couronné d'un maigre chignon blondasse.

« Y aura tout de suite de la place dans la salle du fond, reprit-elle. Allez vite ! Vous prenez la soupe ?

— Bien sûr, dit Cécile. Et une bouteille de vin rouge. Il est si bon ! »

Un table entière déménageait dans un grand bruit de chaussures à clous. Les jeunes filles s'écroulèrent sur le banc de bois encore chaud.

« Ouf ! je suis éreintée ! soupira Gloria.

— Moi, ça peut aller, dit Cécile. Mais qu'est-ce que je vais avoir comme coup de soleil sur la nuque ! »

Ce fut « le neveu », Delachat, qui apporta la soupière pansue et emplit les assiettes à ras bord. Cécile et Gloria étaient ravies :

« C'est follement sport comme endroit ! »

Après la soupe, elles dévorèrent les repas froids dont elles s'étaient munies à l'hôtel : deux œufs durs, deux tranches de rosbif, un sachet de sel, un morceau de tomme de Savoie, du chocolat et une orange par personne. Le neveu revint, tenant sous son bras un volumineux cahier à la couverture entoilée : le livre d'or de la maison.

« Vous avez déjà signé dedans ? demanda-t-il.

— Non, dit Gloria. Montrez-le-nous. »

Le neveu balaya les miettes de la table, ouvrit solennellement le registre devant les jeunes filles et dit :

« Je vous laisse. Prenez votre temps... »

Elles s'amusèrent à déchiffrer les appréciations ironiques, poétiques ou vulgaires, qui s'étageaient, parmi des dessins, sur les belles feuilles de papier glacé. En arrivant à la dernière page, Elisabeth réprima un mouvement de surprise. Au milieu d'un cadre, ces quelques mots : « Une journée inoubliable d'amitié, de fatigue et de joie. — Georges et Françoise RENARD. » Au-dessous, on lisait : Christian WALTER », et la date : « 9 février 1934. » Hier, il se trouvait là, avec des amis, content de la neige et du soleil. Son rire avait résonné entre ces murs sombres. Il avait appuyé sa main au bas de ce livre, pour signer. Pouvait-il se douter que, vingt-quatre heures plus tard, Elisabeth découvrirait cette trace de son passage ? Non, il ne pensait plus à elle, il n'avait plus besoin d'elle pour vivre une « journée inoubliable » !

« Alors qu'est-ce qu'on met ? » demanda Cécile.

Elles cherchèrent toutes trois une formule originale. Mais Elisabeth avait de la peine à suivre la discussion. Enfin Gloria tira un petit stylo de sa sacoche et écrivit : « Au sommet de notre bonheur, il y a la Tante, sa soupe, sa neige et son sourire. » Elles signèrent à tour de rôle.

En sortant du chalet, elles débouchèrent sur une apothéose d'azur et de blancheur. La perfection même de ce paysage aggravait la tristesse d'Elisabeth. A quoi bon tant de beauté puisque nul être cher ne se trouvait auprès d'elle pour contempler le spectacle ? Des skieurs se doraient au soleil, sur la terrasse. D'autres chaussaient leurs planches et attaquaient la pente, de biais. Après s'être concertées, les jeunes filles décidèrent de rejoindre la piste des Mandarines. La descente, entre les sapins, puis en terrain découvert, leur parut facile. En arrivant dans la vallée, elles contournèrent l'hôtel du Mont-d'Arbois et suivirent le chemin du Calvaire. De petites chapelles jalonnaient cet itinéraire sinueux. Derrière leurs grilles, des statues de bois, à la peinture écaillée, regardaient fixement la neige. Elisabeth passa en trombe devant un grand Christ crucifié, des soldats armés d'étrivières, des apôtres raidis de froid, une crèche ouverte à tous vents, une Sainte Vierge en larmes... Bientôt la musique de la patinoire municipale annonça l'approche de Megève.

Le ciel pâlissait quand elles enlevèrent leurs skis devant l'hôtel des Deux-Chamois. Hébétées de fatigue et de grand air, Cécile et Gloria montèrent directement dans leur chambre. Elisabeth alla boire un verre d'eau à l'office. Amélie, qui aidait Léontine à préparer des plateaux pour le thé, se tourna vers sa fille et s'écria :

« Eh bien, on peut dire que tu auras pris du soleil, aujourd'hui ! Tu as l'air de sortir du four ! Cette promenade s'est bien passée ?

— Très bien, maman. Tu n'as pas besoin de moi ?

— Non, pas pour l'instant.

— Alors, je vais me reposer un peu. Je suis fourbue !... Tu viens, Friquette ? »

Une fois dans sa chambre, elle se dévêtit et se lava des pieds à la tête avec volupté. Sa figure cuisait. Elle l'enduisit de crème. Puis, elle s'allongea sur le lit, prit Friquette dans ses bras, et ses muscles se détendirent. Le regard fixé au plafond, elle essayait de rester l'esprit vide. Mais des ombres sournoises rôdaient aux frontières de son attention. Elle ne pouvait les tenir indéfiniment à distance. Tout compte fait, il était plus dangereux de nier un pareil chagrin que de le subir. Arriverait-il un jour où elle penserait à Christian avec indifférence ? La chambre s'obscurcissait lentement. L'escalier tremblait sur le pas des clients qui descendaient dans le hall. Elisabeth alluma une lampe et s'habilla pour le dîner. Tandis qu'elle se peignait devant la glace, il lui sembla qu'elle atteignait la limite extrême du désespoir. Sans doute aurait-elle l'occasion de souffrir encore, mais jamais plus profondément qu'aujourd'hui. Ce n'était pas ses idées qui étaient tristes, mais son sang, ses os, la chair de ses seins, de son ventre... Elle avait besoin d'une chaleur d'homme contre sa peau. Et il n'y avait plus personne dans sa vie.

Elle acheva de nettoyer son visage et se contempla dans la glace avec une sévérité redoublée. Incontestablement, elle était jolie. Elle voulut l'être davantage encore, pour reprendre confiance en son pouvoir de séduction. Quelques touches de maquillage suffirent à éclairer sa figure. Souriant à son reflet dans le miroir, elle songea qu'elle s'était faite belle pour passer une soirée très solitaire et très morne.

Le dîner commença par un *borsch* et des *pirojkis* à la viande. La rumeur joyeuse de la salle à manger témoignait du succès que la cuisine du chef russe remportait auprès de la clientèle. De sa table, Elisabeth observait tous ces gens affamés, dont l'existence était certainement exempte de soucis. Les demoiselles Legrand avaient des faces cramoisies sous leurs cheveux blonds. Cécile se toucha la joue avec le revers de la main et secoua les doigts comme si elle s'était brûlée. Puis, elle battit des paupières pour montrer qu'elle avait sommeil. Elisabeth allait lui répondre de même, quand, tout à coup, un vide se creusa autour d'elle. La porte de la salle à manger s'était ouverte. Léontine s'effaçait pour introduire deux clients : Christian et un moniteur autrichien.

Amélie se pencha dans l'embrasure du passe-plats, aperçut les nouveaux arrivants et quitta son service pour les recevoir. On leur installa une table près du bar. « Il est revenu ! pensa Elisabeth. C'est donc qu'il m'aime ! » Et un immense espoir l'étourdit. Elle n'osait regarder du côté de Christian et découpait machinalement des bribes de nourriture dans son assiette. Sa mère était déjà retournée à l'office. Berthe et Léontine évoluaient rapidement entre les convives. Cette agitation futile augmentait encore l'impression d'isolement qu'Elisabeth éprouvait au centre du monde. Que se passerait-il après le dîner ? Christian viendrait-il lui parler, comme l'autre fois ? Et ce repas qui traînait en longueur ! Poulet. Croûte aux champignons. Fromage... Enfin, le dessert ! Elle avala deux cuillères de crème au caramel, se tamponna les lèvres avec sa serviette et se dirigea vers le hall, en ayant soin de marcher avec lenteur et distinction.

Après dix minutes d'attente, elle vit les premiers groupes de pensionnaires qui sortaient de la salle à manger et gagnaient leurs fauteuils habituels. Christian et son ami se montrèrent en dernier. Amélie leur demanda s'ils étaient satisfaits du menu, échangea quelques mots aimables avec d'autres clients et disparut pour rejoindre son mari à table.

C'était le moment tant souhaité, tant redouté ! Blottie derrière le bureau de réception, Elisabeth revivait une scène dont les moindres détails étaient inscrits dans sa mémoire. Comme jadis, Christian se dressa sur ses longues jambes et traversa le hall, à pas comptés. Elle eut de nouveau, devant ses yeux, ce visage qu'elle avait cru à jamais effacé de son existence. La fusion de leurs regards fut étonnamment douce et profonde. Il dit à voix basse :

« C'est stupide, Elisabeth ! Je ne peux pas me passer de toi ! Il faut que je te voie seule, ce soir !... »

Elle n'eut pas une seconde l'idée de le repousser et murmura :

« Mais je ne pourrai pas sortir !

— Ce n'est pas toi qui sortiras, c'est moi qui reviendrai, dit-il.

— Comment ?

— Quand tout le monde sera endormi, tu m'ouvriras la porte. Je monterai dans ta chambre. Nous passerons la nuit ensemble. Je partirai, à l'aube... »

Elle balbutia :

« C'est de la folie ! »

Mais, déjà, elle courait au-devant de cette aventure : une nuit avec Christian ! Les griefs qu'elle avait contre lui s'envolaient à l'annonce d'une pareille promesse. Elle comptait pour rien le risque qu'elle prendrait en le recevant dans sa chambre. Ce que son esprit refusait d'admettre, son corps l'exigeait avec une insistance mystérieuse, qui ne s'apaiserait qu'au moment où satisfaction lui serait donnée.

« Alors ? dit Christian. Tu veux bien ? »

Avec le sentiment de jouer sa vie sur un instant de bonheur elle répondit :

« Oui. Mais pas avant deux heures. Je t'ouvrirai la petite porte qui est derrière l'hôtel, sur le jardin... »

Il alla rejoindre son compagnon. Léontine leur servit deux cafés filtres. Ayant vidé leurs tasses, ils payèrent l'addition et sortirent.

La soirée fut interminable. Comme pour narguer l'impatience d'Elisabeth, les clients s'attardaient à lire des journaux, à bavarder, à jouer aux cartes. Cécile ouvrit la radio pour écouter un concert de jazz. Amélie et Pierre prirent la place de leur fille derrière le bureau : ils recherchaient une erreur de dix-sept francs dans leurs comptes. Puis, Cécile arrêta la radio et Patrice Monastier interpréta au piano un air très brillant dont il était l'auteur. Pour la première fois, Elisabeth fut agacée par cet intermède musical. La lenteur du temps épuisait sa résistance nerveuse. Elle avait envie de crier : « Allez-vous-en ! » à tous ces gens qui n'avaient pas sommeil. Vers onze heures, enfin, il y eut quelques bâillements discrets dans l'assistance. Cécile, Gloria et Mlle Pieulevain se retirèrent, suivies de près par Mme Grévy, Mme Monastier, son fils, et le ménage Voisin. Ce mouvement entraîna d'autres pensionnaires vers les étages. Un carré de bridgeurs résista une demi-heure encore. Mme Salvati, qui avait dîné dehors ne rentra qu'à minuit un quart : un monsieur l'avait raccompagnée en voiture. Elle tenait un bouquet de roses dans ses bras. Avec elle la maison était au complet. Amélie verrouilla les portes, éteignit les lumières, et souhaita une bonne nuit à sa fille. Pierre était déjà couché depuis longtemps. Elisabeth monta dans sa chambre, se déshabilla, enfila un peignoir sur sa chemise de nuit, et continua d'attendre. Friquette, roulée en boule au creux de son coussin, surveillait sa maîtresse du coin de l'œil.

*

Elle descendit l'escalier à tâtons, dans l'ombre. La rampe glissait lentement sous sa main. Les marches ne s'éveillaient même pas au contact de ses pieds nus. En arrivant au premier étage, elle entendit un grave ronflement. Ce devait être M. Voisin. Un rayon de lune, passant par la fenêtre du corridor, éclairait un régiment de grosses chaussures, rangées deux par deux, devant les portes. Un robinet mal vissé pleurait dans la salle de bain. Quelqu'un toussa, du côté des numéros pairs. Elisabeth pressa le pas. Elle allait comme dans un rêve, pénétrée d'une joie anxieuse, qui l'eût soutenue au-dessus d'un abîme. La conscience du danger imminent augmentait encore le plaisir qu'elle se promettait de cette rencontre. Etaient-ce la nuit, le silence, qui développaient en elle l'envie d'être heureuse à tout prix ? Elle ne se reconnaissait pas dans cette femme en marche vers un amant détesté et indispensable. « Si mes parents se réveillent, s'ils me questionnent, je dirai que je suis descendue boire un verre de lait. » Elle traversa le couloir du rez-de-chaussée, l'office, et se jeta dans la cuisine, où des casseroles de cuivre, pendues par ordre de grandeur, imposaient dans l'obscurité leur vague rayonnement de planètes. Il était deux heures cinq. Christian se trouvait-il déjà dans le jardin ? A la fois résolue et terrifiée, elle s'avança vers la porte de service, tourna la clef dans la serrure et tira le battant.

La neige luisait. Une silhouette se détacha de

la masse noire du garage. Elisabeth vit venir à elle cet inconnu, ce voleur. Il franchit le seuil.

« Enlève tes chaussures », chuchota-t-elle en refermant la porte.

Il obéit. Elle le guida dans le couloir. Le tintement d'une pendule les fit sursauter. Elisabeth mit un doigt sur sa bouche et passa rapidement devant la chambre de ses parents. « Ils sont là, derrière cette porte, songea-t-elle, si confiants, si tranquilles dans leur sommeil ! » Son cœur faiblit. Elle serra la main de Christian, comme pour demander son aide contre l'angoisse qui la tourmentait. L'escalier était devant eux. Ils montèrent. Une marche gémit, puis une autre, et une autre encore. Chaque fois, Elisabeth s'arrêtait et touchait le bras de Christian pour lui commander de rester un instant immobile.

Au troisième étage, tout était calme. La chambre d'Elisabeth était située au fond du couloir, à côté de la lingerie. L'absence de voisins immédiats était rassurante. Encore quelques pas. Le plancher craqua sous le linoléum. Mais cela n'avait plus d'importance. On arrivait. Elisabeth ouvrit la porte avec précaution. Un homme chez elle ! En pleine nuit ! Elle ne comprenait pas comment elle avait eu le courage de l'amener jusqu'ici. Une lampe brûlait sur la table de chevet. Des ombres s'appuyaient au mur. Friquette se dressa sur son coussin et considéra avec étonnement cet étranger qui venait troubler sa quiétude. Un grognement de protestation roula sous ses babines.

« Chut, Friquette ! murmura Elisabeth. Couché ! »

Friquette se ramassa sur elle-même, aplatit ses oreilles et continua de manifester sa réprobation en ronflant à petits coups.

Epuisée par cette succession de minutes effrayantes, Elisabeth soupira :

« Oh ! Christian ! Christian, mon amour !... »

Et elle se jeta contre lui, avec une allégresse nerveuse, un désir dévorant d'être dominée, protégée, caressée, comme s'ils eussent échappé tous deux, par miracle, à une catastrophe. Bouches unies, souffles confondus, ils tombèrent sur le divan.

« Serre-moi fort ! balbutiait-elle. Plus fort !... Encore plus fort!... Je t'aime !... »

Puis, perdant la respiration, elle se dégagea, secoua ses cheveux et ouvrit son peignoir avec des doigts tremblants.

*

La maison dormait encore quand ils sortirent de la chambre. Christian tenait ses chaussures à la main. Ils descendirent l'escalier sombre, passèrent devant la pendule du couloir, qui marquait cinq heures vingt, et se faufilèrent dans la cuisine. Là, Christian remit ses souliers et boutonna sa veste.

« A cet après-midi, ma chérie, dit-il. Trois heures. Tu viendras sûrement ?

— Sûrement ! Va vite ! » dit-elle en croisant les pans du peignoir sur sa poitrine.

Ils s'embrassèrent encore. Elle lui ouvrit la porte. Il disparut dans une bouffée d'air noir et froid.

Lorsqu'elle rentra chez elle, Friquette était couchée à la même place. Le museau allongé sur les pattes de devant, les yeux écarquillés sous deux touffes de poils, elle boudait sa maîtresse. « Elle a tout vu ! » pensa Elisabeth. Cette idée la gêna. Elle se pencha sur sa chienne et lui caressa le dos, sans obtenir un coup de langue en remerciement.

« Bon ! bon ! dit-elle. Tu fais la tête ? Tu es jalouse ?... »

Friquette poussa un gros soupir et détourna les yeux.

« Bonne nuit, sale bête ! » dit Élisabeth en lui tiraillant la barbiche.

Puis, elle rejeta son peignoir, aéra la chambre, se glissa dans son lit et comprit qu'elle ne pourrait pas dormir.

V

Elle n'avait plus qu'un souci : inventer chaque jour un prétexte pour s'évader de l'hôtel et aller retrouver Christian. Le désir qu'elle avait de lui était si vif, qu'elle ne souffrait pas de mentir devant ses parents, devant les clients, devant l'univers entier. Sa fierté était de se dire qu'elle s'adonnait à l'amour comme à une religion secrète. D'une rencontre à l'autre, son corps apprenait à mieux s'épanouir dans la jouissance. Aucune caresse ne la gênait par son audace ou son étrangeté. Elle se sentait même d'autant plus pure, que son extase, dans les bras de Christian, était plus complète. « Il ne se rend pas compte encore à quel point il m'est attaché, pensait-elle. Mais tôt ou tard, il le comprendra. Alors la seule idée de vivre une journée loin de moi lui deviendra intolérable. Et nous ne nous quitterons plus. Et tout sera comme je veux. »

Au retour de ces fêtes exaltantes, Elisabeth s'étonnait de voir l'hôtel debout, à la même place, avec son père, sa mère, les clients, le personnel et Friquette qui n'avaient pas changé. Mais la force de l'habitude était si grande, qu'elle retrouvait, tout naturellement, dans ce décor familier, sa condition de jeune fille. Christian était en elle pour toujours, et elle parlait aimablement avec Mme Monastier, avec Mme Grévy, riait d'un rien avec les demoiselles Legrand, accourait en enfant docile dès que sa mère l'appelait. Elle éprouvait même une sorte de bien-être physique à baigner dans cette atmosphère paisible et quotidienne, après l'émerveillement brutal de la possession. Tout, ici, concourait à la détente de ses nerfs, au repos de son âme. Les multiples incidents de la vie hôtelière lui semblaient à la fois plus anodins et plus divertissants depuis qu'elle les considérait du haut de son amour.

Trois jours de suite, le fleuriste de Megève livra des bouquets de roses rouges pour Mme Salvati, et Amélie, ravalant son indignation, dut les faire monter par Antoine chez la cliente. Le quatrième jour, celle-ci réclama sa note et demanda qu'on lui réexpédiât son courrier à l'hôtel du Mont-d'Arbois, où elle comptait poursuivre ses vacances. Une voiture avec chauffeur vint la chercher, elle, ses skis trop neufs et ses valises trop blondes. Le ferment du scandale était enfin exclu de la maison. On aéra sa chambre exagérément parfumée. Une honnête mère de famille s'installa à sa place avec une fillette de quatorze ans. Le lendemain, la fillette se foula une cheville. Puis, ce fut le tour d'un étudiant de l'annexe. « C'est la série noire ! » gémissait Amélie. Par bonheur, entre-temps, Jacques avait reçu la permission de se lever. Il marchait, appuyé sur une canne, le regard songeur et le pied gauche énorme, ballant dans une chaussette. Cécile l'accompagnait, avec des prévenances d'infirmière. On les retrouvait chaque soir, bavardant à voix basse, dans le salon ou dans un coin du hall. Mlle Pieulevain suivait cette idylle d'un œil indulgent, par-dessus la grille de ses mots croisés. Quant à Mme Grévy, elle était visiblement fière du succès de son fils auprès de la jeune fille et retardait la date du départ, bien que son mari lui eût écrit par deux fois de rentrer.

Alors que rien ne laissait prévoir une pareille décision, ce fut Mme Lauriston, qui, soudain, libéra sa chambre. L'époux volage ne répondait plus ni à ses lettres, ni à ses coups de téléphone. Etait-il seulement à Paris ? Elle voulait en avoir le cœur net. Les yeux rougis par l'insomnie, elle prit congé de tout le monde avec le vaillant sourire d'une veuve, secoua longtemps les mains d'Amélie dans les siennes, renifla ses larmes et monta dans la voiture de Pierre, qui avait promis de l'amener directement à la gare de Sallanches. A son retour, il apprit de sa femme une nouvelle qui le stupéfia : le chef russe était du dernier bien avec Léontine. Amélie l'avait vu, à l'office, pinçant la taille de la sommelière, qui ricanait et remuait les épaules au lieu de se défendre.

« J'ai fait semblant de ne m'être aperçue de rien pour éviter un scandale, dit Amélie. Mais, cette situation ne peut pas durer !... »

Elisabeth, qui assistait à la conversation dans la chambre de ses parents, intervint pour calmer les inquiétudes de sa mère :

« Il a peut-être voulu plaisanter avec Léontine, et c'est tout !...

— Ne parle pas de choses que tu ignores, dit Amélie. Il y a certaines privautés qu'une femme ne tolère que si elle est prête à céder sur le reste. Maintenant, je vais les avoir à l'œil, ces deux-là ! »

Pendant le déjeuner, Elisabeth s'amusa à observer la manœuvre de sa mère. En approchant du passe-plats, Léontine se baissait pour voir le chef, devant son fourneau. Aussitôt, Amélie se dressait en écran devant elle et disait d'une voix brève :

« Annoncez !

— Légume, deux », disait Léontine en inclinant la tête sur le côté pour trouver une ouverture entre le chambranle et l'épaule de la patronne.

Mais Amélie se déplaçait en même temps que la sommelière, de façon à intercepter son regard. Puis, ayant répété la commande, elle grondait :

« Eh bien, qu'attendez-vous, Léontine ? Vous voyez bien que Mme Grévy vous appelle ! »

Ce jeu de cache-cache se prolongea pendant tout le repas, à la surprise d'Elisabeth. « Que maman est donc naïve ! songeait-elle. Comment ne comprend-elle pas que, s'ils veulent se voir et se parler, ils ne s'en priveront pas, derrière son dos, après le travail ? »

Pourtant, la leçon d'Amélie avait dû produire son effet, car Léontine servit le café, dans le hall, avec une figure pâle de mécontentement. Friquette fit le tour des pensionnaires pour réclamer du sucre. Son insolence était telle, qu'Elisabeth le lui reprocha devant tout le monde, en la vouvoyant. Alors, la chienne demanda la porte et s'assit dramatiquement sur le perron. Déjà, quelques clients se préparaient à partir pour Rochebrune. Gloria se joignit à eux. Cécile préféra se rendre avec Jacques à la patinoire. Mais ne souffrirait-il pas trop pour marcher jusque-là ? Il sortit en boitant, appuyé d'une main sur un bâton de ski et, de l'autre, sur l'épaule de la jeune fille. Elisabeth les regarda s'éloigner sur la route de Glaise et se sentit désœuvrée : Christian lui avait dit qu'il ne pourrait pas la revoir cet après-midi, parce qu'il avait une leçon particulière à quatre heures.

Elle décida, cependant, d'aller le surprendre, à trois heures, et de passer un moment avec lui, en attendant l'arrivée de son élève.

« Tu n'as besoin de rien, maman ? dit-elle à Amélie. Je vais faire des courses au village.

— Quelles courses ?

— Il me faut des chaussettes de ski. Les miennes sont tout usées. Il paraît que Lydie en a de formidables à son magasin ! Après, j'irai rejoindre Cécile et Jacques à la patinoire...

— Ne rentre pas trop tard.

— Non, maman. »

Trois heures sonnaient quand elle frappa à la porte de Christian. Il la reçut dans le vestibule : son élève était déjà là.

« Je croyais qu'il ne venait qu'à quatre heures, balbutia Elisabeth, désappointée.

— Moi aussi, dit Christian. Mais, tu vois, il est venu plus tôt. Entre donc, je vais te le présenter. C'est un garçon charmant !

— Non, non, dit-elle précipitamment. Je ne tiens pas du tout à le rencontrer... »

Elle avança la tête, et, par l'entrebâillement de la porte, aperçut le beau jeune homme blond, assis sur le divan. Le col de sa chemise était ouvert. Une cigarette fumait entre ses doigts. Il feuilletait un livre.

« Il restera jusqu'à quelle heure ? demanda-t-elle.

— Jusqu'à cinq heures, cinq heures et demie. Ce sera trop tard pour toi ?

— Oui...

— Alors, nous nous verrons demain, comme convenu. Je t'aime, tu sais ? Je pense à toi ! Je m'impatiente !... »

Il l'embrassa légèrement sur la joue et la reconduisit au bas de l'escalier. Quand il fut remonté dans sa chambre, elle hésita un peu, revint sur ses pas, gravit quatre marches et tendit l'oreille. Derrière la porte fermée, deux hommes riaient. Troublée, elle retourna dans la rue. Friquette l'attendait, assise devant la boucherie.

« Qu'est-ce que tu fais là, Friquette ? s'écria-t-elle. Je t'avais défendu de me suivre ! »

La chienne, heureuse, haletait en tirant la langue. Il y avait tant de douceur dans ses yeux, qu'Elisabeth en fut désarmée.

« Eh bien, viens, reprit-elle, nous allons acheter des chaussettes chez Lydie. »

Le magasin de Lydie craquait sous la poussée des marchandises les plus attrayantes : pull-over aux dessins géométriques, en laine de Megève, chaussures de ski, moufles, vestes imperméables, ceintures. Devant le comptoir, trois jeunes femmes, très élégantes, plongeaient leurs griffes dans un carton plein de foulards :

« Et celui-ci, combien vaut-il, Lydie ?

— Lydie, vous me faites un prix pour ce bleu pervenche un peu déteint ?

— Ne le prends pas ! Gilberte Cohen a le même, n'est-ce pas, Lydie ? »

Dédaignant les clientes de passage, Lydie se porta vers Elisabeth et lui présenta ses derniers modèles de chaussettes, à grosses bandes parallèles, de couleurs vives. Mais la jeune fille pensait à Christian, au garçon blond, à ce rire derrière la porte, et ne se décidait pas à choisir. En quittant la boutique, elle eût été incapable de dire, au juste, ce qu'elle avait acheté. Sans entrain, elle se dirigea vers la patinoire.

Jacques était assis, en plein soleil, au bord de la terrasse. Sa jambe malade reposait sur une chaise.

Devant lui, Cécile exécutait de vacillantes arabesques sur une glace grise rayée de paraphes blancs. Elisabeth recommanda à Friquette de ne pas bouger, alla prendre des patins dans son casier personnel et se lança, à son tour, sur la piste. Mais la musique du haut-parleur lui cassait la tête. Les patineurs étaient trop nombreux. Elle revint auprès de Jacques et s'accouda à la balustrade. Immédiatement, Cécile se rapprocha d'eux, dans un glissement d'ange annonciateur. « Bon, se dit Elisabeth. Elle ne veut pas me laisser seule avec lui. Je les dérange ! »

« J'ai fait des progrès, n'est-ce pas, Jacques ? susurra la jeune fille en s'avançant d'une démarche cahoteuse sur le plancher de la terrasse.

— Vous êtes extraordinaire ! dit-il. Quand ma guibolle sera rétablie, nous formerons un couple de champions ! »

Cécile s'affala à côté de lui sur un tabouret et ils échangèrent encore quelques mots, à voix basse. Ils se souriaient, ils se tenaient par la main. Elisabeth s'ennuyait. Soudain, elle eut la sensation d'une présence contre son épaule. Elle tourna la tête et reconnut Patrice Monastier.

« Je me promenais, dit-il, je vous ai vue de la route... Vous ne patinez plus ?

— Non, dit-elle. Il y a vraiment trop de monde !

— Et maintenant, qu'est-ce que vous allez faire ?

— Je ne sais pas : rentrer à l'hôtel, sans doute.

— Vous ne voulez pas venir prendre le thé avec moi, au Mauvais-Pas ?

Elle était si parfaitement inoccupée, que cette proposition l'amusa.

« Je veux bien », dit-elle.

Et, s'adressant à Cécile et à Jacques, elle demanda :

« Vous venez avec nous ?

— Peut-être, dit Jacques. Un peu plus tard... »

Elle retira ses patins, les remit dans le placard et suivit Patrice Monastier. Friquette prétendit entrer, elle aussi, au Mauvais-Pas. Sa maîtresse dut se fâcher :

« Pour qui vous prenez-vous, Friquette ? Retournez immédiatement à la maison ! »

Friquette hésitait.

« A la maison ! A la maison ! » répéta Elisabeth d'une voix sévère, en pointant son index vers le bas de la côte.

Et Friquette s'en alla, les oreilles pendantes, renvoyée à sa vie de chienne.

La salle du Mauvais-Pas baignait dans une douce clarté abricot. L'orchestre jouait en sourdine pour quelques couples de somnambules. Elisabeth et Patrice Monastier s'installèrent à une petite table, dans la rotonde, et commandèrent du thé avec des toasts.

« Vous venez souvent dans cet endroit ? demanda-t-il.

— Non, dit-elle. Mais je l'aime bien. Ils ont un très bon orchestre, vous ne trouvez pas ?

— Excellent. Quand je l'écoute, je regrette de ne pas savoir danser !

— Ça s'apprend ! » dit-elle en riant.

Il hocha la tête :

« Je ne sais pas danser, je ne sais pas skier, je ne sais pas patiner... Vous devez vous demander ce que je suis venu faire à Megève !

— Vous êtes venu vous reposer ! Votre mère m'a dit que vous aviez été très malade...

— Oui, une pleurésie. Maintenant, ça va mieux. Je reprends goût à la vie, à la musique...

— Vous allez de nouveau donner des concerts ?

— Non. Je n'ai rien de ce qu'il faut pour devenir un virtuose. Ni la volonté, ni la patience, ni le sens de la publicité...Ma grand-mère et ma mère, qui ont de l'ambition pour quatre, m'avaient mis entre les mains d'un impresario. Deux tournées lamentables dans des villes d'eaux de seconde importance. J'en suis revenu écœuré, malade... Je ne recommencerai plus...

— Vous voulez abandonner le piano ?

— Je n'abandonnerai pas le piano, mais je ne jouerai plus en public. Mon vieux maître Schultz, qui m'a enseigné la composition et l'harmonie, m'a répété cent fois que j'étais fait pour écrire, pour créer, et non pour exécuter... Depuis sa mort, j'ai essayé de suivre son conseil... Mais c'est bien mauvais... J'imite, tour à tour, les anciens, les modernes... Rien d'original n'est encore sorti de ma tête... Je vous ennuie en vous parlant de mes soucis !

— Pas du tout ! s'écria-t-elle. Mais je ne comprends pas que vous soyez si tourmenté, alors que vous avez tant de talent !

— Du talent ? moi ?

— Parfaitement ! Je vous ai entendu !

— Je jouais la musique des autres...

— Une fois, vous nous avez joué une œuvre de vous. C'était très beau.

— Une honnête variation sur un thème de Liszt. Non, Elisabeth — vous permettez que je vous appelle Elisabeth ? — un jour, peut-être, écrirai-je vraiment quelque chose de grand, de neuf, d'incomparable...

— Et, ce jour-là, vous ne serez pas plus sûr de vous que maintenant !

— Pourquoi ?

— Parce que vous vous demanderez si vous n'auriez pas pu faire mieux encore, avec plus de temps, plus de travail, plus de chance...

— Vous avez raison, murmura-t-il en souriant. Les artistes sont des gens impossibles !

— Je n'ai pas voulu dire ça ! »

Il fixait sur elle de beaux yeux sombres, pleins d'une tendresse inquiète. Elle fut flattée de la confiance qu'il lui témoignait, mais s'interdit de l'encourager par le moindre effet de coquetterie. Une amitié loyale devait continuer à inspirer leurs rapports. La salle s'était emplie peu à peu. L'orchestre jouait un tango. Un projecteur bleu inonda la piste. Visages d'argent, lèvres de velours noir. Elisabeth but une gorgée de thé et demanda :

« Vous avez assez de tranquillité, à Paris, pour travailler ?

— Nous n'habitons pas à Paris, mais à Saint-Germain-en-Laye, dans une vieille maison qui appartient à ma grand-mère. Mes parents sont venus s'y réfugier quand j'étais tout petit. Puis mon père est mort. J'ai grandi là, entre deux femmes qui m'adorent, qui me couvrent de soins...

— En somme, vous êtes un enfant gâté ! dit-elle.

— Peut-être ! Mais vous aussi, Elisabeth, vous êtes une enfant gâtée. Et, quand je vous vois, je trouve que c'est charmant ! »

Leurs genoux se frôlaient sous la table. Elle s'éloigna de lui, mais sans cesser de le regarder au visage. Il avait une bouche sinueuse, un front haut et bosselé, avec une petite cicatrice au-dessus du sourcil gauche. Ses oreilles s'écartaient un peu de son crâne. Sans doute était-il épuisé par tout ce qu'il éprouvait et n'exprimait pas.

« Elisabeth, dit-il encore d'une voix sourde, je

suis heureux d'être ici, avec vous. A l'hôtel, vous êtes toujours si entourée !... »

« Attention ! pensa-t-elle. Il va me faire une déclaration et je ne saurai comment lui répondre. » Il lui avait pris la main. Elle se libéra doucement et chuchota :

« Ecoutez ! Ils jouent un arrangement de *Nuit de Chine*. C'est un air que j'aimais beaucoup quand j'avais dix ans. Maintenant il me paraît si démodé, si... »

La fin de la phrase mourut sur ses lèvres. Deux hommes entraient dans la salle et contournaient le groupe des danseurs : Christian et son élève. Ils passèrent devant Elisabeth. Christian leva les sourcils d'un air étonné, esquissa un mince sourire et entraîna son compagnon vers le bar. Ils se juchèrent, côte à côte, sur des tabourets. Un bouillonnement furieux monta dans la tête de la jeune fille. « Qu'est-ce qu'il fait ici ? Evidemment, il est trop occupé pour me voir, mais il trouve le temps de sortir avec un gamin !... » Au bout d'un moment, elle se ressaisit et feignit de s'intéresser à ce que lui disait Patrice Monastier. Tout en l'écoutant, tout en lui répondant, un peu au hasard, elle observait ces deux silhouettes masculines, dont les épaules se touchaient. Elle aurait voulu capter l'expression de leur visage, entendre leurs propos, s'insinuer dans leur cervelle. Christian descendit de son tabouret et traversa la rotonde d'un pas nonchalant. Elisabeth crut qu'il se dirigeait vers le vestiaire. Mais non, c'était à elle qu'il venait.

« Je m'excuse, monsieur », dit-il en s'inclinant devant Patrice Monastier.

Puis, tourné vers la jeune fille, il ajouta d'une voix nettement timbrée :

« Tu viens danser, Elisabeth ? »

Elle eut un haut-le-corps. Le sang affluait à ses joues. Pourquoi la tutoyait-il devant un étranger ? Sur le point de laisser éclater sa colère, elle se ravisa et dit, avec un effort pour paraître calme :

« Attends ! Il faut que je te présente... Monsieur Patrice Monastier, monsieur Christian Walter. Veux-tu t'asseoir avec nous, Christian ?

— Non », dit-il, en la regardant froidement dans les yeux.

Et il répéta :

« Tu viens danser ?

— Ne vous gênez pas pour moi, Elisabeth, je vous prie », dit Patrice Monastier.

Elle était décidée à refuser. Et pourtant, elle se leva, les jambes faibles.

Dès qu'ils furent sur la piste, il l'enlaça et lui dit à l'oreille :

« Avec qui es-tu ?

— Avec un client de l'hôtel.

— Il te fait la cour ?

— Pas du tout.

— Allons donc ! Il te couve des yeux, il défaille en te parlant !

— Tu es ridicule ! Il n'y a absolument rien entre ce garçon et moi.

— Je l'espère bien ! dit-il en riant. D'ailleurs, il a une tête de petit crevé. »

Il appuya sa joue contre la joue d'Elisabeth et la pressa sur son corps, d'une manière si indécente, qu'elle en fut contrariée, à cause de Patrice Monastier qui pouvait les voir. Légèrement renversée en arrière, elle demanda :

« Et toi ? Pourquoi es-tu venu ici avec ce jeune homme ?

— C'est défendu ?

— Non..., mais tu n'as pas une minute à m'accorder dans l'après-midi et tu sors avec lui !

— Je le lui avais promis depuis longtemps, dit-il. Ça m'amuse de le dégourdir un peu, de le faire boire, de lui montrer de jolies filles... D'ailleurs, ce sont plutôt les garçons qui l'intéressent !

— Les garçons ? répéta Elisabeth interloquée.

— Oui, c'est un délicieux petit inverti qui s'ignore. Je ne lui donne pas un an pour découvrir sa vocation.

— Oh ! c'est ignoble ! balbutia Elisabeth.

— Pourquoi ? Tu sais ce que c'est qu'un inverti ?

— Oui, dit-elle, je crois... C'est un homme qui aime les hommes...

— A peu de chose près. Et que vois-tu d'ignoble en cela ?...

— C'est... c'est contre la nature... »

La musique était lente, sentimentale. Christian fit tourner Elisabeth en lui serrant la jambe entre ses cuisses dures, l'obligea à reculer de trois pas et dit :

« Rien de ce qui procure la joie n'est « contre « la nature ». Si nous avons un corps, c'est pour en tirer le plus de plaisir possible. Que ce soit d'une manière ou d'une autre, qu'est-ce que cela change ?... »

Des couples les emmuraient de toutes parts. Elisabeth, indignée, chuchota :

« Alors, tu approuves ce garçon d'avoir des goûts pareils ?

— Evidemment ! Je l'encourage même à les mettre en pratique.

— En lui donnant des leçons d'allemand ?

— Entre deux exercices de grammaire, nous parlons de nos affaires personnelles, de la vie...

— Et il te suit, il t'admire ?

— Je crois qu'il m'aime beaucoup. Il ne tiendrait qu'à moi de lui faire perdre la tête... »

Ils glissaient maintenant au bord de la piste. Elle leva les yeux sur lui et dit dans un souffle :

« Tu pourrais ?

— Certainement, mais je n'en ai pas envie.

— Tu as... tu as déjà essayé... enfin avec d'autres ?...

— Qui n'a pas essayé ? Il faut tout connaître.

— Tu me dégoûtes », dit-elle entre ses dents.

Il éclata d'un rire métallique :

« Quelle enfant tu fais ! Puisque je te répète que ce gamin ne m'intéresse que comme sujet d'expérience. Je le regarde vivre, je l'analyse, je le guide... Un peu comme s'il était mon jeune frère. Vraiment, tu n'as pas à être jalouse...

— Je ne suis pas jalouse ! dit-elle.

— Si tu voyais tes yeux ! Ils lancent des flammes ! Cela te rend d'ailleurs bien jolie ! »

Ils firent encore quelques pas sans échanger un mot. Elisabeth s'étonnait de ne plus retrouver les causes de sa colère. Soudain, elle dit :

« Pourquoi t'es-tu permis de me tutoyer, tout à l'heure, devant ce garçon ?... »

Il l'attira plus fortement contre sa poitrine, comme pour la contraindre à se taire :

« Et pourquoi ne t'aurais-je pas tutoyée ? Tu es à moi, Elisabeth.

— Il va se figurer...

— Je me moque de ce qu'il va se figurer. C'est ce que tu te figures, toi, qui me préoccupe. Et, toi, tu ne peux pas m'en vouloir de t'avoir invitée à danser, quand tu étais avec un autre homme. Tu ne peux m'en vouloir de rien, parce que tu m'aimes et que je t'aime, et que le reste du monde ne compte pas pour nous. En ce moment, tu t'inquiètes, tu essayes de te défendre. Mais, demain, lorsque tu seras dans mes bras, tu verras comme tout te paraîtra simple, nécessaire, merveilleux !... A quelle heure viendras-tu ? »

Elle ne pouvait plus assembler deux idées. Son corps se tendait dans la soif insensée d'être heureuse.

« A trois heures, sans doute », dit-elle.

Il lui effleura l'oreille d'un baiser et chuchota :

« Je te remercie d'avance pour le plaisir que tu me donneras, ma petite fille ! »

La musique se tut. Des gens applaudirent. Elisabeth demeurait immobile, absente. Son cœur était lourd. Elle avait envie d'air pur, de lumière, d'eau fraîche.

« Je vais te rendre à ton soupirant » dit Christian.

Il la raccompagna jusqu'à sa table, s'inclina encore devant Patrice Monastier et retourna au bar, où son compagnon l'attendait en pompant le contenu d'un verre à travers une paille.

« Excusez-moi », dit-elle en se rasseyant.

Patrice Monastier la regarda tristement et dit :

« Vous êtes tout excusée, Elisabeth. Voulez-vous rester encore un peu ou rentrer à l'hôtel ?

— Quelle heure est-il ?

— Il va être six heures.

— Alors, je crois que nous devrions partir, dit-elle. Je n'ai pas prévenu maman que je m'absenterais plus longtemps.

— Et vos amis, Cécile et Jacques ? Nous ne les attendons pas ?

— Oh ! ils ne viendront plus. Je les connais... »

Elle s'efforçait d'être aimable avec ce garçon qu'elle avait involontairement déçu.

« Patrice, je suis contente d'avoir pu bavarder un peu avec vous, reprit-elle. Vous me parlerez encore de vos projets, n'est-ce pas ?

— Mais oui, dit-il. Et vous me parlerez des vôtres ! »
Etait-ce un sous-entendu ? Il fixait sur elle de grands yeux pleins de prière. Puis, comme elle ne répondait pas, il appela le maître d'hôtel et régla l'addition.

VI

Depuis le temps que Gloria espérait l'arrivée de son fiancé en permisssion, personne, à l'hôtel, ne croyait plus à la réalisation de son rêve. Un matin, pourtant, après la distribution du courrier, elle vint trouver Amélie et lui demanda, les joues roses et le regard fier, de réserver une chambre, pour le samedi suivant, au nom de M. Pascal Japy. Il resterait trois jours à Megève. La nouvelle se répandit rapidement de la clientèle à l'office. Tout le monde se réjouissait de voir apparaître enfin celui qui avait eu la chance de captiver une si charmante jeune fille. Malgré son souci de retenue et de distinction, Gloria se montrait, tour à tour, volubile, distraite, souriant dans le vague ou rougissant hors de propos. L'allégresse éclatait dans ses yeux. Tout son visage en était éclairé. Celui de sa sœur, en revanche, s'éteignait, comme obscurci par un nuage : Jacques et sa mère devaient partir le soir même pour Paris.

La séparation fut cruelle. Il y avait trop de pensionnaires désœuvrés dans le hall pour que les amoureux pussent échanger en paix leurs derniers serments. Tandis que Pierre et Amélie recevaient les remerciements de Mme Grévy pour l'excellent séjour qu'elle avait passé, avec son fils, aux Deux-Chamois,

Elisabeth observait les jeunes gens à la dérobée. Ils se dévisageaient avec désespoir, en silence, elle, l'œil humide, la lèvre molle, lui, les mâchoires serrées à craquer, en homme qui se laisse dévorer vivant par la douleur. Antoine entassait les bagages sur la galerie de la voiture. Enfin, ce fut l'heure du départ. Cécile demeura longtemps sur le perron à regarder s'éloigner la vieille Renault, dont les chaînes cliquetaient dans la neige.

Quand elle rentra dans le hall, sa sœur lui prit le bras et l'entraîna tendrement vers le petit salon. Elisabeth les rejoignit. Cécile soupirait en promenant son doigt sur le dossier d'un fauteuil. A dater de ce jour, elle aussi attendit l'heure du courrier avec impatience. Lorsqu'elle reçut la première lettre de Jacques, elle monta la lire dans sa chambre, s'y attarda longtemps, et redescendit, allégée, radieuse. Ce fut le lendemain matin que Pascal Japy débarqua à Megève, dans un triomphal déploiement de neige et de soleil.

Pierre avait emmené les demoiselles Legrand dans sa voiture pour accueillir le voyageur à la station des autocars. Ils revinrent bientôt avec un jeune homme chétif et blême en uniforme de sous-lieutenant. Malheureusement pour lui, il ressemblait à sa photographie. Gloria, pendue au bras de son militaire à lunettes, paraissait encore plus belle, plus saine et plus blonde que d'habitude. Elisabeth estimait, à part soi, que la jeune fille aurait pu mieux choisir. Mais Amélie était d'un avis différent. Etait-ce l'uniforme qui lui en imposait ? Elle trouvait que Pascal Japy avait un aspect pondéré, intelligent et doux. Lorsqu'il entra dans la salle à manger, avec Gloria, Cécile et Mlle Pieulevain, tous les regards se tournèrent vers lui. Mlle Pieulevain arborait, pour la circonstance, une blouse brodée, à boutons de nacre. La présence d'un homme à sa table lui mettait l'âme en fête. Touchée par le rayonnement de cet amour juvénile, elle parlait avec fièvre, buvait en levant le petit doigt et riait d'un rire de clochette. D'ailleurs, la plupart des femmes mûres considéraient le couple d'un air attendri. Grâce à Gloria, elles étaient toutes de nouveau fiancées.

Après le déjeuner, les amoureux allèrent se promener à pied dans la neige, car Pascal Japy ne savait pas skier. Cécile proposa à Elisabeth de l'accompagner à Rochebrune. Elisabeth accepta devant sa mère, en se réservant de changer d'avis sur le chemin du téléférique : elle avait rendez-vous avec Christian.

« Alors, donnez-moi cinq minutes. Je finis d'écrire une lettre et je reviens », dit Cécile.

Elisabeth entra dans le petit salon et y trouva Patrice Monastier. Assis devant le piano, il ne jouait pas mais jetait des notes, au crayon, sur un cahier de papier à musique.

« Je vous dérange ? » dit-elle.

Patrice Monastier pivota sur son tabouret et regarda la jeune fille en face. Ils ne s'étaient guère parlé depuis leur entrevue au Mauvais-Pas.

« Vous ne me dérangez jamais, dit-il. Qu'allez-vous faire cet après-midi ?

— Je vais skier à Rochebrune. Et vous ?

— Je voudrais essayer de travailler un peu. Mais je ne suis pas content.

— Qu'est-ce que vous écrivez là ?

— Ça vous intéresse ?

— Mais oui, dit-elle. Beaucoup ! »

Il eut un sourire enfantin :

« Vraiment ? Alors, dès que je serai un peu plus

avancé dans mon idée, je vous jouerai un passage. Il s'agit d'un concerto. C'est une entreprise très ambitieuse. Peut-être trop ambitieuse pour moi...

— Je suis sûre que non », dit-elle avec une conviction qui la surprit elle-même.

C'était étrange : elle recherchait l'estime de ce garçon. Parce qu'il lui parlait gravement, parce qu'il attachait de l'importance à son opinion, elle avait le sentiment de pouvoir retenir l'attention d'un homme autrement que par sa jeunesse, son charme, ou son aptitude aux jeux de l'amour. Il plaqua un accord sur le piano et murmura :

« J'espère que vous aimerez ce thème, dont j'ai eu la révélation ici, à Megève, en regardant la neige... »

Cécile apparut sur le seuil de la porte :

« Voilà, je suis prête !

— A ce soir, Elisabeth ! dit Patrice Monastier.

— A ce soir, Patrice ! »

Elisabeth se dépêcha de partir. Il était déjà trois heures moins dix. Les deux jeunes filles sortirent ensemble et se séparèrent à l'endroit où la route de Glaise coupait le chemin du téléférique. Pendant que Cécile gravissait la côte, ses skis sur l'épaule, Elisabeth marchait à grands pas vers le village. La hâte d'arriver au but précipitait le battement de son sang dans ses veines. Au centre du monde, il y avait cette chambre aux volets clos, où Christian l'attendait.

Quand elle regagna l'hôtel, à six heures du soir, Cécile venait à peine de rentrer elle-même, avec des étudiants de l'annexe qu'elle avait rencontrés sur la piste. Gloria et son fiancé, assis dans un coin du hall, parlaient à voix basse en consultant un catalogue de grand magasin. Ils préparaient leur vie future. Le cœur d'Elisabeth se serra. Pour réagir contre cette tristesse, elle se rappela que Christian lui avait dit, alors qu'elle reposait, alanguie, contre son flanc : « Peu de femmes sont aussi bien faites que toi pour l'amour. Tu as un corps qui, des pieds à la tête, est construit pour ça. Te rends-tu compte de ta chance ? » Elle se répéta que, certainement, elle avait de la chance, mais n'en fut pas plus heureuse.

Pour le dîner, Gloria avait commandé au chef un menu spécial, mi-russe, mi-français. Pierre monta de la cave une bouteille de son champagne le plus précieux. Les autres tables, avec leur petit bordeaux, leur mâcon léger et leurs fades eaux minérales faisaient pauvre figure auprès de ce guéridon de luxe où se consommait le vin pétillant de la joie. Après le soufflé au chocolat, le chef se présenta pour recueillir les compliments que méritait son œuvre. Mlle Pieulevain, un peu grise, minaudait :

« Vous nous avez gâtés, chef !

— Heureux de servir la jeunesse militaire et la beauté féminine française », dit-il d'une voix de tonnerre.

Il claqua des talons et sa toque blanche, empesée, oscilla mollement sur sa tête. Léontine, debout, les bras ballants, à quelques pas de lui, le mangeait du regard. Quand il se fut retiré, elle resta un long moment pétrifiée, et il fallut que M. Fleck l'appelât à deux reprises pour qu'elle s'éveillât de son hébétude et lui apportât le pain qu'il réclamait. Amélie, qui avait observé la scène par le passe-plats sentit renaître ses soupçons.

Le jour suivant, vers cinq heures et demie, comme les clients prenaient leur thé dans le hall, elle entra dans la salle à manger et fut surprise de constater que le couvert était déjà mis pour le dîner. D'habitude, la sommelière ne préparait jamais les tables avant six heures. Avisant Berthe, qui passait dans le couloir, Amélie demanda :

« Où est Léontine ? »

Les joues de Berthe s'empourprèrent. Elle balbutia :

« Je ne sais pas, madame. Dans la lingerie, je pense, ou dans sa chambre... »

Présumant le pire, Amélie se rendit à la cuisine, où la rose et ronde Mme Renée épluchait des carottes en compagnie de Camille Bouchelotte.

« Le chef n'est pas encore là, madame Renée ? demanda-t-elle.

— Non, dit Mme Renée, il fait sa sieste, comme d'ordinaire. Mais, quelle heure est-il donc ?

— Bientôt six heures.

— Oh ! Vladimir exagère ! Il faut que j'aille le chercher. Le temps de finir ces quelques carottes... vous permettez, madame ? »

Amélie s'apprêtait à répondre, quand Pierre la rejoignit et déclara d'une voix faussement enjouée :

« Non, non... Laissez-le... Qu'il se repose !...

— Mais voyons, Pierre, dit Amélie, s'il ne descend pas maintenant, le dîner ne sera pas prêt pour huit heures !...

— La belle affaire !... Un petit retard ce n'est pas grave !... »

Tout en parlant, il regardait Amélie d'une manière si étrange, qu'elle se troubla. Sans doute était-il porteur d'un secret qu'il ne pouvait divulguer devant les employés.

« Tu viens, Amélie ? » dit-il.

Elle le suivit dans le couloir, et, au pied de l'escalier, demanda :

« Pourquoi ne veux-tu pas que Mme Renée aille réveiller son mari ?

— Parce qu'il n'est pas seul ! chuchota Pierre.

— Quoi ?

— Tout à l'heure, en allant à la lingerie, je suis passé devant la chambre de Léontine. J'ai entendu. Il est avec elle !

— Non ? s'écria Amélie, et l'indignation lui bloqua la poitrine.

— Puisque je te le dis !

— Il faut immédiatement monter les surprendre, les confondre !...

— Surtout pas ! grommela Pierre. Tu te rends compte du scandale ? Et sa pauvre femme !... »

Sur ces mots, Mme Renée sortit de la cuisine en s'essuyant les mains à son tablier.

« Je vais le secouer, annonça-t-elle. Il en prend vraiment trop à son aise !... »

Débordée par les événements, Amélie ne trouvait rien à dire. Ce fut Pierre qui intervint :

« Attendez encore un peu !

— Non, non ! C'est mauvais pour lui de dormir trop longtemps l'après-midi. D'ailleurs, si je n'allais pas le chercher, ce serait lui qui m'en voudrait ! Il me dirait : « A quoi tu penses de me laisser ron-« fler si tard ? »

Elle avait prononcé cette phrase avec l'accent russe du chef, et, contente de son imitation, pouffa d'un rire clairet. Pierre se contraignit à rire, lui aussi. Amélie en fut incapable.

« Vous m'excusez, messieurs-dames », dit Mme Renée.

Elle mit la main sur la rampe. A ce moment, un pas lourd fit craquer les marches. Au tournant du palier, surgit le chef, les cuisses serrées dans son pantalon à carreaux bleus et blancs, la face réjouie, l'œil frais, la toque posée de biais sur le crâne.

« Tu sais l'heure qu'il est, Vladimir ? lui demanda Mme Renée.

— Oui, dit-il majestueusement. Mon réveil n'a pas sonné. Mais, ce qu'il faut, c'est qu'il n'y ait pas de retard dans le service, et, avec moi, il n'y a jamais... Les carottes sont prêtes ? »

Il s'engouffra dans la cuisine sur les talons de sa femme.

« Le monstre ! gronda Amélie.

— Et maintenant, que vas-tu faire ? chuchota Pierre.

— Attendre Léontine.

— Tu n'y songes pas ?

— Si, Pierre. Laisse-moi seule. »

Il partit à regret. A peine se fut-il éloigné, que Léontine apparut au sommet des marches. En apercevant la patronne, elle marqua un temps d'hésitation, puis, dressant le menton au-dessus de son petit col empesé, continua de descendre l'escalier avec une légèreté de danseuse. Devant la désinvolture de cette fille, qui sortait, souriante, des bras d'un homme marié, Amélie se raffermit dans la colère.

« Venez avec moi, Léontine, dit-elle. J'ai à vous parler. »

La sommelière la suivit dans sa chambre. Amélie ferma la porte, cambra la taille, et ses yeux brillèrent tels des éclats de jais.

« Léontine, reprit-elle, faites vos valises : vous êtes renvoyée. »

La figure de Léontine mollit sous le choc. Elle bredouilla :

« Mais, pourquoi, madame ?

— Vous le savez très bien.

— Non ! dit-elle en relevant le nez avec effronterie.

— Si vous ne le savez pas, c'est que vous êtes encore plus à blâmer que je ne le suppose. Votre conduite, depuis quelques jours, est tout simplement scandaleuse. Je ne veux pas avoir à mon service une personne d'aussi basse moralité que vous ! Avez-vous compris, maintenant ? »

Rougissant sous l'insulte, Léontine fit un œil petit et méchant :

« C'est bien, madame. Quand devrai-je partir ?

— Demain matin, à la première heure.

— Je n'ai pas d'autre place en vue...

— Pour le genre de place que vous cherchez, vous n'aurez que l'embarras du choix. Si vous n'en trouvez pas dans les bonnes maisons, vous en trouverez dans les rues mal fréquentées.

— Mais, madame...

— Sortez ! » dit Amélie.

Et elle lui désigna la porte d'un geste si vif, que la couture de sa manche craqua. Puis, apaisée par cette mesure de justice, elle alla raconter l'événement à Pierre et à Elisabeth; au lieu de s'en réjouir, ils en parurent consternés.

A l'heure du dîner, Léontine servit les clients avec un visage d'empoisonneuse, mais l'adresse de ses mouvements était telle, qu'Amélie ne put s'empêcher de l'admirer dans son travail.

Le lendemain matin, ce fut Camille Bouchelotte qui apporta le petit déjeuner de madame dans sa chambre. Amélie, qui venait de se réveiller, prit le plateau sur ses genoux et ses yeux tombèrent sur une enveloppe appuyée au pot de confiture.

« Qu'est-ce que c'est, Camille ? » demanda-t-elle.

La plongeuse cligna des paupières, comme par crainte d'entendre une détonation, et bafouilla humblement :

« Ils disent que c'est une pétition, madame.

— Quoi ? s'écria Amélie.

— Voui, madame. Si madame veut lire. »

Amélie décacheta l'enveloppe, en tira une lettre et lut : « Les employés de l'hôtel des Deux-Chamois, considérant que le renvoi de Mlle Léontine Bonnot n'est justifié par aucune faute professionnelle, s'élèvent contre cette mesure illégale et préviennent la direction qu'ils sont solidaires de Mlle Bonnot et qu'ils quitteront tous leur service si elle est obligée de partir. » Des signatures maladroites s'alignaient au-dessous du texte : Berthe, Léontine, Emilienne, Mme Renée, Antoine... Au bas de la page, il y avait même un gribouillage honteux, qu'Amélie déchiffra avec surprise : Camille Bouchelotte.

« Je voulais pas signer ! gémit Camille Bouchelotte. C'est Emilienne qui m'a forcée. Elle m'a dit que sans ça j'étais contre eux, que j'avais pas le droit. Mais, moi, je veux pas partir, madame. Qu'est-ce que je deviendrai, si je pars ?

— Qui a rédigé cette lettre ? demanda Amélie.

— Mme Renée.

— C'est un comble ! »

Elle parcourut le papier une seconde fois, et dit :

« Je ne vois pas la signature du chef. Il n'est donc pas d'accord avec vous ?

— Si, madame. Il a dit qu'il partirait si tout le monde partait, mais qu'il ne pouvait pas mettre son nom sur la pétition. Je sais pas pourquoi !

— Moi, je le sais ! grommela Amélie. Un bel hypocrite que votre chef ! Mais je n'ai pas dit mon dernier mot ! Il verra, il verra... »

Elle était hors d'haleine sans avoir fait un mouvement.

« Allez immédiatement chercher monsieur », reprit-elle.

Camille Bouchelotte, terrorisée, disparut sans demander son reste. Cinq minutes plus tard, Pierre et Elisabeth arrivaient dans la chambre.

« Lisez ! » leur dit Amélie.

Ils se saisirent du papier et le lurent ensemble. Pierre, le premier, releva la tête :

« Eh bien, nous voilà frais !

— C'est une mutinerie, ni plus, ni moins ! dit Amélie en refermant sa liseuse rose sur sa poitrine.

— Le fait est qu'ils sont vraiment capables de déguerpir tous, si tu t'obstines, dit Pierre. Je t'avais pourtant prévenue de ne pas te mêler de leurs histoires !...

— Si je m'en mêle, répliqua Amélie, c'est qu'il m'est impossible de tolérer certaines saletés dans ma maison.

— Oui, mais tu vois le résultat, maman ! dit Elisabeth. Tu es allée trop loin.

— Et eux, ils ne sont pas allés trop loin ? Ah ! ils prétendent que je n'ai aucun motif pour renvoyer Léontine ? Eh bien, je leur dirai en face, moi, pourquoi je la mets à la porte, je le dirai devant le chef, devant sa femme, devant tous... »

Adossée à ses oreillers, elle défiait d'un regard royal les troupes invisibles de la révolte.

« Tu ne peux pas leur dire ça, maman, murmura Elisabeth.

— Tu crois que je me gênerais ? Ils ne se sont pas gênés, eux, pour nous écrire cette lettre insolente !

— Bon, reprit Elisabeth, admettons qu'ils aient

eu tort. Mais, si tu leur racontes tout, qu'est-ce qui va se passer ? Le chef deviendra fou furieux parce que tu auras appris la vérité à sa femme. Sa femme sera vexée parce que, grâce à toi, tout le monde saura que son mari n'est pas quelqu'un de sérieux. Ils partiront. Léontine, que tu as déjà congédiée, s'en ira elle aussi, de son côté. Berthe la suivra, parce qu'elles se placent toujours ensemble. Et nous resterons avec qui ? Avec Emilienne, Antoine et Camille Bouchelotte ? Tu n'auras plus qu'à fermer l'hôtel.

— Elisabeth a raison, dit Pierre.

— Je ne fermerai pas l'hôtel, dit Amélie. Nous travaillerons tous les trois, s'il le faut, en attendant d'avoir trouvé des remplaçants. »

On frappa à la porte.

« Qu'est-ce que c'est ? demanda Amélie d'une voix cinglante.

— C'est moi, Camille ! Madame, il y a des clients qui réclament après leurs repas froids. Et rien n'est prêt !

— Allons, bon ! dit Amélie. Pierre, va voir... Toi, Elisabeth, fais patienter les clients... Je me lève... »

Elle finissait de s'habiller, quand Pierre rentra dans la chambre, l'air paisible et victorieux.

« J'ai parlé au chef, annonça-t-il. Tout est arrangé pour les repas froids. Mais je voudrais qu'il te répète ce qu'il m'a expliqué pour le reste.

— Parfait ! dit Amélie. J'avais justement l'intention de l'interroger avant les autres, celui-là ! Où est-il ?

— Dans le couloir.

— Nous allons l'entendre tout de suite ! »

Elle entraîna son mari dans le petit salon, convoqua le chef et le toisa d'un regard glacé, tandis qu'il claquait des talons devant elle.

« Madame, dit-il, avec tout mon respect, j'ai déjà fait savoir à monsieur que j'étais contre la pétition et contre le renvoi de Léontine.

— Comme c'est commode ! dit Amélie en s'appuyant d'une main au piano.

— Ce n'est pas commode du tout, reprit le chef. Je suis contre la pétition, parce que je suis soldat de l'armée impériale russe, que je me suis beaucoup battu contre les bolcheviks, et que les pétitions, les comités, les grèves, tout ça c'est ce qu'ont fait chez nous les bolcheviks...

— En effet, dit Amélie. Et pourquoi êtes-vous contre le renvoi de Léontine ?

— Parce qu'elle ne mérite pas ! dit-il dans un roulement de tonnerre.

— Ah ! vous trouvez ?

— Oui, madame. Elle ne mérite pas. Moi seul, s'il vous plaît, je suis le coupable. »

Il poussa un soupir, baissa la tête et ajouta modestement :

« C'est ma faiblesse de faire la cour un peu aux jolies femmes.

— Vous appelez cela faire la cour un peu ! s'écria Amélie. Hier soir, à six heures, vous étiez dans la chambre de Léontine !

— Je ne nierai pas, dit-il. J'étais. Le démon lubrique m'a piqué. Mais Léontine, elle a été avec moi pure comme une sainte.

— Vraiment ?

— Je vous jure, madame ! Sur la tête de pauvre Renée, qui devine tout et ferme les yeux. Léontine m'a reçu, c'est vrai, mais pour raisonner, pour repousser... Je l'ai écoutée, comme la voix de ma conscience, et je suis parti, dans la tristesse et la chasteté.

— Tu vois, Amélie ! dit Pierre. Tout cela n'est pas si grave !

— Maintenant, reprit le chef, je suis guéri dans la chair et dans l'âme.

— Jusqu'au jour où .se présentera une nouvelle occasion ! » dit Amélie.

Le chef se frappa le cœur d'un poing lourd comme une pierre :

« Il n'y aura pas de nouvelle occasion, madame. Je suis cosaque. Un cosaque n'a qu'une parole. Et, cette parole, je vous la donne. »

Amélie restait perplexe. Devait-elle croire cet homme qui se condamnait avec tant de sévérité et promettait avec tant d'éloquence de ne pas retomber dans l'erreur ? Elle se rappela cet Espagnol, M. Villarubia, qui, jadis, à Paris, lui avait manqué de respect et s'était excusé de son geste avec la même véhémence. Décidément, les étrangers étaient incompréhensibles ! Pierre murmura :

« Alors, qu'est-ce qu'on décide ? »

Elle tressaillit, dérangée dans ses souvenirs. Le chef se tenait devant elle, compact et blanc, comme un bloc de neige. Il attendait le verdict.

« C'est bien, dit-elle. Je garderai Léontine. Mais, si je remarque le moindre relâchement dans vos rapports avec elle...

— Soyez tranquille, madame, dit le chef. Et que Dieu vous bénisse. Léontine viendra vous remercier.

— C'est inutile.

— C'est indispensable, madame. Est-ce que je peux disposer ?

— Oui », dit Amélie.

Il sortit, et Pierre se laissa tomber sur une chaise :

« Ouf ! Quelle histoire ! »

Amélie était à la fois mécontente d'avoir cédé et soulagée d'avoir pu régler cette affaire à l'amiable.

« J'espère que nous n'aurons pas à nous repentir de nous être montrés si conciliants ! dit-elle.

— Mais non ! dit Pierre. Lui est un brave type. Et Léontine n'est pas méchante, bien qu'elle ait un sale caractère. »

A midi, Léontine se présenta devant ses patrons, protesta de son innocence, maudit la pétition et affirma, en pleurant, son attachement à une maison où elle avait été toujours si bien traitée. Amélie se calma. L'ordre était rétabli à l'hôtel, après une alerte dont aucun client n'avait soupçonné l'importance.

Le lendemain, Pascal Japy, esclave du devoir, fut obligé de partir pour rejoindre sa formation dans l'Est. Pierre lui avait proposé de le conduire en voiture jusqu'à Sallanches. Gloria et Cécile montèrent avec lui dans l'auto. En revenant de la gare, Gloria était muette, concentrée et stoïque. Cécile attira Elisabeth dans le petit salon, vérifia que nul ne pouvait les entendre et chuchota mystérieusement :

« Vous savez qui j'ai vu, sur le quai ?

— Non.

— Ce garçon, Christian Walter. Il accompagnait des amis, qui prenaient le train. Oh ! vous les connaissez ! Ils sont venus déjeuner un jour, à l'hôtel : un monsieur à cheveux gris et une femme très élégante...

— Ah ! oui ! » dit Elisabeth.

Et, vite, elle changea de conversation. Mais, l'après-midi même, en retrouvant Christian dans sa chambre, elle lui demanda :

« Tu as été à Sallanches, ce matin ?

— Qui est-ce qui t'a dit ça ?

— Personne. Je devine tout sans qu'on me dise rien, moi ! »

Il se mit à rire :

« C'est exact. J'ai raccompagné mes amis Georges et Françoise Renard...

— Leurs vacances sont finies ?

— Pas précisément. Georges est toujours par monts et par vaux, à cause de ses affaires. Mais Françoise, elle, restera encore un mois à Megève, dans son chalet.

— Alors, il est parti seul ?

— Oui.

— Et tu es remonté avec cette femme, à Megève ?

— Evidemment !

— Par l'autocar ?

— Non. Dans leur voiture.

— Qui conduisait ?

— Moi. Mais pourquoi me poses-tu tant de questions ?

— Parce que je veux savoir tout ce que tu fais loin de moi ! Je te vois si peu ! Les trois quarts du temps, tu appartiens aux autres ! Ce n'est pas juste ! »

Elle se ramassa, chaude et nue, dans les bras de Christian. Ils vivaient une trêve fraternelle entre deux caresses. Après un long silence, il dit, sans bouger la tête :

« Elisabeth, j'ai une grande nouvelle à t'annoncer.

— Quoi ?

— Je déménage. »

Elle s'assit, frappée par une inquiétude subite. Tout chancelait. Elle marmonna :

« Tu déménages ? Pour aller où ?

— Tu te rappelles cette chambre dont je t'avais parlé ?...

— Quelle chambre ?

— Mais si ! Une chambre dans une vieille ferme savoyarde, près du chemin de Lady !

— Ah ! oui !

— Eh bien, ça y est ! Je vais l'avoir ! »

Soulagée, elle porta les deux mains à son cœur et s'écria :

« C'est magnifique !

— N'est-ce pas ? Il y a si longtemps que j'en rêve ! Les paysans hésitaient. Ce matin, en revenant de Sallanches, je suis monté les voir. J'ai discuté. J'ai versé un acompte. Et voilà ! Tout est réglé ! A moi, les petites fenêtres étroites, les solives du plafond, la cheminée et sa hotte profonde !... Je suis sûr que ça te plaira. Tu m'aideras à tout installer !

— Oh ! oui ! murmura-t-elle. Ce sera notre maison ! Christian ! Christian chéri, je suis si heureuse ! »

Elle se jeta à son cou et l'embrassa fougueusement, comme s'il lui eût fait un cadeau. Enfin, elle allait pouvoir construire quelque chose avec lui, un intérieur, un foyer, une vie...

« Ce sera beaucoup moins gênant pour toi de venir me voir là-haut, reprit-il. Pas de danger qu'on te remarque !... En descendant de Rochebrune, tu quitteras la piste, et, cent mètres plus bas, tu déchausseras tes skis devant ma porte. Il y a une entrée indépendante. Nous nous aimerons loin de tous, dans le désert... »

Tandis qu'il parlait, une tristesse qu'elle connaissait bien refluait en elle, se mêlait à ses idées les plus claires, les plus courageuses. Ses lèvres entrouvertes ne cherchaient plus les lèvres de Christian.

« Il n'a pas encore compris, songeait-elle, mais, un jour, j'arriverai à lui faire entendre raison. »

« Qu'as-tu ? » demanda-t-il.

Elle réagit contre son malaise, voulut être joyeuse, indubitablement, et balbutia en se rapprochant de lui :

« Rien, rien... Quand iras-tu habiter là-bas ?

— Dans une semaine. Le temps de nettoyer et d'aménager la chambre. J'ai d'ailleurs racheté quelques meubles à ces braves gens, pour une bouchée de pain. Des meubles savoyards splendides, dont ils ne connaissent pas la valeur : une armoire, une huche à pain, une pendule, une table, toutes sortes de bricoles... Tu verras... Je t'amènerai à la ferme demain après-midi, si tu veux...

— Et tous les autres jours, dit-elle. Nous aurons tant de travail à faire ! »

Dressé sur un coude, au-dessus d'elle, il inclina la tête et elle se perdit dans ses yeux. Maintenant, elle refusait de penser à la maison, aux meubles, à l'avenir. Son corps devenait attentif, comme la terre avant la pluie. Des mains se posaient sur elle, la caressaient, la préparaient. Elle ferma à demi les paupières et les premières vagues de son plaisir furent si douces, qu'un goût de larmes lui monta dans la bouche.

VII

Elisabeth descendit de son escabeau pour admirer les petits rideaux de cretonne qu'elle venait d'accrocher aux fenêtres. Les embrasures étaient si profondes, que la lueur du jour entrait dans la chambre comme par les meurtrières d'une forteresse. Sur les murs, blanchis à la chaux, le bahut, la huche à pain, l'armoire aux panneaux sculptés, la longue table et ses deux bancs se détachaient en masses noires. Des flammes dansaient sous la hotte de la cheminée, et leur reflet, sautant jusqu'au plafond, léchait le ventre rugueux des solives. Debout sur une chaise, Christian se préparait à planter un clou.

« Regarde, dit-il. Ça te paraît bien comme hauteur ?

— Non, répondit Elisabeth. Un peu plus bas... Là !... Ne bouge plus !... »

Il tapa avec son marteau sur la tête du clou.

« Tu veux vraiment pendre ces gravures au-dessus de ton lit ? demanda-t-elle.

— Bien sûr ! Elles ne te plaisent pas ?

— Si, mais je trouve bizarre que tu aies des images pieuses dans ta chambre. Ce n'est pas ton genre... Je ne sais pas comment t'expliquer... »

Il éclata de rire :

« En voilà des idées ! Il n'est pas nécessaire d'être croyant pour aimer ces enluminures. Passe-moi la plus grande. Nous la mettrons au milieu. »

C'était une représentation de la Sainte Vierge, montée sous verre, avec deux bandeaux de cheveux blonds naturels autour de son front blanc, piqueté par la moisissure. Christian prit le cadre à deux mains, l'éloigna de ses yeux, le rapprocha et murmura encore :

« Elle est charmante. Affreusement laide et charmante ! Songe, Elisabeth, au brave type, inconnu de tous, qui a consacré tant de veillées, en hiver, au coin du feu, à composer ce chef-d'œuvre de naïveté et de maladresse ! Et maintenant, c'est au-dessus de mon sommeil que Notre-Dame va sourire, un peu de travers, avec bienveillance... »

Il accrocha le cadre, le redressa, et planta deux clous supplémentaires pour des images plus petites, figurant, l'une un saint Joseph, la varlope à la main, l'autre, un Jésus, sur son âne, passant à travers une forêt d'herbes et de fleurs alpestres séchées.

« Je vais tâcher de m'en procurer encore quelques-unes, dit-il. On doit dénicher des merveilles en fouillant les fermes de la région. »

Elisabeth l'aida à pousser le lit contre le mur. Au-dessus de la couverture en peaux de marmotte, se penchaient trois visages aux regards morts et aux auréoles de papier doré. Christian leur tourna le dos et fit quelques pas dans la chambre en jetant les yeux, de part et d'autre, d'un air satisfait :

« Ces rideaux sont ravissants ! Exactement ce qu'il fallait ! Sur le bahut, je poserai le gros chaudron en cuivre que le père Roubilliau a fini par me vendre en gémissant... »

Au passage, il touchait les meubles, attentivement, du bout des doigts. Quand il caressait un objet, avec préméditation, avec amour, Elisabeth avait l'impression qu'il ne pensait plus à elle. Soudain, elle se dit qu'elle était pour lui un prétexte de joie au même titre que ce bahut, ou cette armoire.

« Je n'aurais jamais cru que nous pourrions tout installer en cinq jours, reprit-il. D'ailleurs, sans toi, je n'y serais pas arrivé ! Tu as été merveilleuse, Elisabeth ! »

Il lui enlaça la taille et l'embrassa dans le cou, si doucement, qu'elle remonta son épaule pour arrêter le frisson, qui, de ce point, se répandait sur toute l'étendue de sa peau. Mais il insistait, le visage fureteur, autour de ce coin de chair nue. Agacée, chatouillée, un rire nerveux dans la poitrine, elle ouvrit la bouche afin de goûter un plaisir plus profond. Trois coups retentirent sur le bois de la porte. Christian s'écarta d'Elisabeth et dit :

« Qui est là ?

— C'est moi, monsieur Walter », répondit une voix empâtée.

Sur le seuil, apparut le père Roubilliau, un vieux, grand et sec, aux épaules étroites. Un feutre noir, pisseux, le coiffait jusqu'aux sourcils. Des poils roux sortaient de ses longues oreilles. Il portait un chargement de bûches, dans une hotte sur son dos.

« V'là du bois, comme vous avez demandé, dit-il en déversant son fardeau, avec fracas, devant la cheminée.

— Merci, père Roubilliau, dit Christian.

— Vous voulez que je le range ?

— Non. Je le ferai moi-même. »

Cependant, le père Roubilliau hésitait à rentrer chez lui. Il regardait le feu en se grattant la nuque, si fortement, qu'on entendait crisser ses ongles sur sa peau dure comme du cuir.

« Alors, comme ça, dit-il, quand c'est que vous viendrez habiter ici ?

— Demain soir, dit Christian.

— Bon ! bon ! Si vous avez besoin de quelque chose...

— Je vous ferai signe.

— Eh ! oui. On est à côté. Ça ne dérange pas. »

Il poussa un soupir, se détourna de la cheminée et inspecta, d'un coup d'œil rapide, les meubles qu'il avait vendus. Sans doute, à les voir nettoyés, astiqués et présentés à leur avantage, regrettait-il de n'en avoir pas exigé un meilleur prix.

« Ça vous plaît ? » demanda Christian.

Le père Roubilliau remua ses gros sourcils jaunes et grogna :

« Vous allez être bien ici, c'est sûr. Alors, justement, je voulais vous dire, monsieur Walter, pour le reste, vous ne nous oubliez pas ?...

— Non, non, j'y pense, dit Christian. Soyez tranquille.

— Il y a le loyer. Et puis les meubles. Le chaudron et les images sont en plus...

— Tout est noté, père Roubilliau, répliqua Christian sur un ton alerte. Avec moi, vous n'avez pas de craintes à avoir !

— C'est pas qu'on ait des craintes, monsieur Walter, mais les jours passent et la vie est chère. Ça nous arrangerait, la femme et moi, si vous n'attendiez pas trop pour nous payer. On a compté sur cette somme, n'est-ce pas ? On ne réclame rien d'autre... »

Christian posa sa main sur l'épaule du père Roubilliau et le poussa lentement vers la porte :

« Laissez-moi le temps de souffler et vous serez réglé jusqu'au dernier centime. Au revoir, père Roubilliau. A demain... »

Le père Roubilliau sortit, perplexe, avec cette promesse dans sa hotte.

« Ces paysans sont impossibles ! grommela Christian. Moins ils sont disposés à vendre, plus ils sont pressés de toucher leur argent. Ils mériteraient que je leur rende les meubles. Alors, le même père Roubilliau me supplierait de reprendre tout à moitié prix ! »

Il fit sonner haut son rire, s'assit sur un coin de la table et attira Elisabeth entre ses genoux. Elle se laissait regarder.

« Voilà ! dit-il au bout d'un moment. J'en étais sûr ! Tu es encore plus jolie dans cette ferme que dans ma petite chambre de Megève ! »

De nouveau, quelqu'un frappa au vantail.

« Encore ! chuchota Elisabeth. Tu devrais défendre à Roubilliau de venir te déranger à tout bout de champ ! »

Christian se leva en silence et ouvrit la porte. Dans l'encadrement du chambranle, au lieu du père Roubilliau, se dressa une femme en costume de ski, très blonde, très mince, avec un sourire rouge sur son visage hâlé. De petites rides entouraient ses paupières. Elisabeth la reconnut au premier coup d'œil : elle avait déjeuné avec son mari et Christian, aux Deux-Chamois.

« Françoise ! s'écria Christian. Quelle bonne surprise ! Entre donc ! »

Il la tutoyait ! Elisabeth en éprouva une vive contrariété et se mit instinctivement sur la défensive. La visiteuse pénétra dans la chambre, feignit d'hésiter en apercevant la jeune fille et murmura d'un air confus :

« Je ne te dérange pas, j'espère ?

— Mais pas du tout ! dit Christian.

— C'est follement pratique de venir chez toi en descendant la piste de Rochebrune !... »

Christian la guida vers Elisabeth :

« Je te présente une de mes amies : mademoiselle Elisabeth Mazalaigue, madame Françoise Renard... »

Elles se serrèrent la main. Françoise souriait. Elisabeth avait la bouche close, le menton dur.

« Je vous ai déjà vue, mademoiselle, dit Françoise. Mais où donc ? Ah ! oui, dans cette petite pension de famille où Christian nous a entraînés un jour...

— A l'hôtel des Deux-Chamois, dit Elisabeth froidement.

— C'est exact ! Nous y avons merveilleusement déjeuné à la russe ! »

Elle tourna sur elle-même, avec une lenteur ondoyante, promena ses regards sur tous les murs, et susurra en clignant des paupières :

« Que de changements en trois jours ! La dernière fois que je suis venue, je me demandais avec inquiétude ce qui sortirait de ce bric-à-brac ! Et voilà ! Tu as travaillé comme un ange, Christian !

— N'est-ce pas que c'est bien ? » dit-il d'un ton joyeux qui exaspéra Elisabeth.

Françoise fronça les sourcils et secoua mollement la tête, comme épuisée par la violence de son sentiment artistique :

« C'est mieux que bien, mon chou ! Je suis littéralement emballée ! Ce bahut, je le regarde, et il me raconte son histoire. Et ces bondieuseries savoyardes au-dessus de ton lit ! Il n'y avait que toi pour avoir une idée pareille ! Tout, ici, sent la campagne et la vertu !

— Enfin quelqu'un qui me comprend ! » dit Christian avec un rire qui lui remonta les pommettes.

Françoise s'assit au bord du lit, bomba la poitrine et exhala un précieux soupir :

« Ah ! mon petit chalet neuf va me sembler bien insipide, à présent ! Si j'avais pu prévoir, j'aurais plutôt acheté une vieille ferme dans le genre de celle-ci, et tu l'aurais aménagée à ta manière.

— Je te l'avais proposé, dit Christian.

— Tu te rappelles bien que Georges ne voulait pas. Il tient trop à son confort. Mais on meurt d'ennui dans le confort, vous n'êtes pas de mon avis, mademoiselle ? »

Elisabeth ne sut que répondre. En présence de cette femme élégante, elle perdait son reste d'assurance et redevenait une très jeune fille, timide, hostile et maladroite. Elle aurait voulu que Christian reconduisît l'intruse à la porte, mais il paraissait enchanté de la recevoir chez lui.

« Et cette pendaison de crémaillère, reprit Françoise, quand l'organises-tu ?

— Vendredi prochain ! dit Christian.

— Bravo ! Nous ferons un petit souper aux chandelles ! Ce sera adorable ! J'espère que vous serez libre, ce soir-là, mademoiselle !

— Non, dit Elisabeth.

— Quel dommage ! s'écria Françoise. Tu entends ce qu'elle dit, Christian ? A toi de la convaincre, mon cher.

— Mais oui, mais oui, grommela-t-il en prenant

la main d'Elisabeth. Elle s'arrangera pour venir un moment... »

Elisabeth se dégagea et dit :

« Tu sais bien que c'est impossible.

— Qui inviteras-tu ? reprit Françoise.

— Eh bien, mais... toute la clique ! » dit Christian.

Françoise affecta une mine effarouchée :

« Tu es fou ! Cela ferait trop de monde ! Nous serons tellement plus à l'aise entre intimes ! Attends un peu... »

Elle se pinça délicatement la racine du nez entre deux doigts, comme pour mieux concentrer sa pensée, et annonça d'une voix chantante :

« Suzy, Madeleine et Bob, évidemment !

— Evidemment ! dit Christian.

— Le petit Saulnier...

— Oui.

— Guy et Jean-Marc...

— Si tu veux...

— Oh ! et puis les deux filles ravissantes qui sont descendues au Mont-d'Arbois. Comment les appelles-tu ?

— Colette Fabre et Evelyne Delamure...

— C'est ça !... Si mon mari était là, je te demanderais d'inviter pour lui cette blonde évaporée qui lui coupe la respiration dès qu'il la voit !...

— Il revient quand, Georges ?

— Comment veux-tu que je sache ? Pas avant une quinzaine de jours, je suppose...

— Alors, nous annulons la blonde évaporée ?

— Nous l'annulons, dit Françoise avec un rire argentin.

— Côté homme, faut-il que j'invite à ton intention ce bel Autrichien, dont je ne prononcerai pas le nom pour ne pas te compromettre ? »

Les yeux de Françoise pétillèrent. Elle avança une lèvre gourmande :

« Tu ferais ça pour moi, Christian ?

— Sans hésiter !

— Eh bien, j'accepte », dit-elle en appliquant une tape sur le coin du divan.

Ces propos témoignaient d'une telle familiarité entre les deux interlocuteurs, qu'Elisabeth en fut désorientée. Des noms inconnus se croisaient au-dessus de sa tête. Exclue de la conversation, elle s'étonnait du nombre de gens qui encombraient la vie de Christian, alors qu'elle croyait y tenir une place prépondérante. Soudain, elle eut la sensation qu'elle était de trop dans la chambre. Pourtant, elle ne voulait pas s'en aller. C'était à cette femme de partir la première. En effet, après avoir discuté les derniers détails de la fête, Françoise s'émut du temps qui passait, secoua les mèches brillantes de sa chevelure, ramassa ses moufles, et se leva en disant :

« Il faut que je file, mon chou. J'ai rendez-vous à l'Isba avec Pauline.

— Elle est encore à Megève, celle-là ?

— Oui, son mari s'est cassé le péroné en descendant de traîneau, avant-hier. C'est tout un roman ! Je te raconterai plus tard. Au revoir, mademoiselle. »

Elisabeth regarda s'éloigner, avec soulagement, cette messagère d'un monde où elle n'entrerait jamais. Christian raccompagna Françoise jusqu'à la porte. Sur le seuil, elle s'arrêta et dit encore d'une voix confidentielle :

« Au fait, Christian, tu n'as pas trop d'ennuis avec tes paysans ?

— Penses-tu ! répondit-il. Le père Roubilliau se

plaint un peu, pour la forme. Mais je saurai bien le faire patienter.

— En tout cas, si tu es gêné en ce moment, préviens-moi. On s'arrangera toujours...

— Tu es un amour ! » dit-il en lui baisant la main.

Quand elle fut partie, il se tourna vers Elisabeth avec un visage insouciant. N'avait-il pas remarqué qu'elle était choquée par l'accueil trop aimable qu'il avait réservé à Françoise ? Il voulut reprendre la jeune fille dans ses bras, mais elle recula d'un mouvement si vif, que son coude heurta le coin du bahut. Cette souffrance stupide augmenta sa colère.

« Qu'as-tu ? demanda-t-il.

— Rien.

— Mais si ! Je n'ai qu'à t'observer pour savoir que tu es furieuse.

— Je n'aime pas cette femme, Christian », dit-elle.

Il renversa la tête, et ses yeux, ses dents, étincelèrent :

« Françoise ? Ça, par exemple ! Serais-tu jalouse d'elle ? »

Adossée au mur, elle lui décocha un regard de feu et répondit :

« Oui, Christian.

— C'est trop drôle ! s'écria-t-il. Mais voyons, Elisabeth, c'est plutôt elle qui devrait être jalouse de toi !

— Pourquoi ?

— Parce que Françoise et moi nous nous connaissons depuis huit ans, parce qu'elle est ma meilleure amie et parce que, maintenant que je t'ai rencontrée, je la néglige de plus en plus.

— Tu ne m'as pas dit qu'elle était déjà venue dans cette chambre !

— Je n'y ai même pas pensé !

— Comment l'as-tu connue ?

— Par des amis communs.

— A Megève ?

— Non, à Cannes. Georges et Françoise ont une propriété magnifique, dans le Midi. J'y suis allé une première fois pour un cocktail, avec un camarade. Puis, j'y suis revenu seul, invité par eux.

— Souvent ?

— Très souvent. Ce sont des gens charmants. Nulle part ailleurs, je n'ai trouvé une hospitalité aussi large, aussi délicate...

— Et tu vas y retourner cette année ?

— A Pâques, probablement. »

Elle s'affola :

« Comment... à Pâques ?

— Eh oui ! Mon collège fermera pour quinze jours. Toi-même, la saison d'hiver terminée, tu partiras pour Paris, avec tes parents. Que veux-tu que je fasse seul, à Megève, dans la boue du dégel ?

— C'est vrai », murmura-t-elle en baissant la tête.

L'idée de cette séparation l'accablait. Soudain, elle releva le front et dit, avec un accent de détresse :

« Oh ! Christian, tu tiens vraiment à organiser cette réception, vendredi ?

— Bien sûr ! Pourquoi pas ?

— Tous ces gens qui vont venir ici, chez nous... »

Il lui emprisonna les tempes entre ses deux mains :

« Elisabeth, ma petite fille, comme tu es sauvage ! Il faut que tu sois là, vendredi. J'irai t'attendre, à partir de minuit, derrière l'hôtel. Tu sortiras par la petite porte. Nous recevrons mes amis ensemble. Ensuite, je te ramènerai chez toi, à l'heure que tu voudras... »

Les doigts de Christian couraient dans les cheveux d'Elisabeth, les soulevaient, les ébouriffaient par jeu, et elle continuait à le regarder avec une obstination douloureuse :

« Non, Christian, je ne viendrai pas.

— Tu as tort, Elisabeth. Par ton entêtement, tu compliques tout. Tu ne seras jamais heureuse avec un caractère pareil ! Laisse-moi t'apprendre à vivre simplement dans la joie... »

Deux bras se refermèrent sur elle. Epuisée de tristesse, elle soupira :

« Tu as sans doute raison, mais je n'y peux rien. Je veux être sûre que tu es à moi seule...

— Mais je suis à toi seule, ma chérie, dit-il en se penchant sur elle pour l'embrasser. A toi seule, et j'en suis tout surpris moi-même. Sais-tu que cela m'arrive pour la première fois ? »

Quand il la sentit trembler et fondre sous son baiser, il se redresssa et demanda encore :

« Alors, Elisabeth, c'est décidé ? Tu viendras ?

— Non », dit-elle.

Et, de nouveau, elle lui tendit ses lèvres.

VIII

Tout à coup, un grand vide se creusa dans la maison : Cécile, Gloria et Mlle Pieulevain prenaient le train du soir pour Paris. Elisabeth accompagna ses amies, en voiture, à la gare de Sallanches, échangea avec elles des promesses de s'écrire, de se revoir, et revint à l'hôtel, attristée par le spectacle d'une file de wagons aux fenêtres allumées, qui s'enfonçaient bruyamment dans la nuit. D'autres pensionnaires, de moindre importance, avaient libéré leurs chambres la veille. La saison tirait à sa fin. Le calendrier des manifestations sportives s'était clos, le 2 mars, sur une « course de vétérans ». Au bas des pentes, la croûte blanche se piquait, mollissait au soleil, démasquant des îlots d'herbe drue. Sur les pistes même, par endroits, les paysans répandaient de larges traînées de cendre, pour hâter la fonte de la neige qui recouvrait leurs terres. Les rues du village étaient des chemins de boue jaune, où quelques traîneaux s'aventuraient encore en raclant le sol de leurs patins. Bientôt, débarrassés de leurs parures de clochettes, les mêmes chevaux, qui avaient servi au transport d'une clientèle élégante, attendraient, dans leur écurie, le moment de charrier du fumier vers les champs. Toutes les gouttières pleuraient sous un ciel d'azur inexorable. Parfois, une plaque de neige glissait d'un toit et s'effrondrait sur la chaussée avec un bruit mat. Cependant, le téléférique accueillait encore des charges de voyageurs, qui, du printemps précoce de la vallée, montaient à l'hiver finissant des sommets. Sur les hauteurs de Rochebrune, des sportifs, ivres de lumière, exécutaient, la chemise ouverte, les ultimes descentes de leurs vacances. Elisabeth pensa les rejoindre, vendredi, après le déjeuner, mais sa mère lui demanda de rester à l'hôtel pendant qu'elle-même irait prendre le thé avec Mme Monastier, à Megève. Le temps avait renforcé leur sympathie réciproque et cette sortie paraissait les amuser beaucoup l'une et l'autre. Quant à Elisabeth, elle avait, en vérité, si peu envie de skier ce jour-là, qu'après avoir décidé d'aller à Rochebrune, elle était presque heureuse de ne pouvoir s'y rendre. Dans l'état d'esprit où elle se trouvait, il valait mieux ne pas chercher à se distraire. Une idée la dominait : c'était ce soir qu'on pendait la crémaillère, à la ferme. Ayant refusé catégoriquement d'assister à la fête, elle ne voulait pas, non plus, aider Christian dans ses préparatifs. Elle le verrait demain, quand tout serait terminé, quand il serait, de nouveau, entièrement à elle. D'ici là, il y aurait une période morte dans leur existence à tous deux. « C'est si bête, mon Dieu ! Pourquoi n'a-t-il pas décommandé cette réception ? Ne m'aime-t-il pas assez pour envoyer tous ces gens au diable ? »

Le hall était à demi vide. Friquette somnolait, pelotonnée sous le bureau. A quatre heures, Amélie et Mme Monastier quittèrent l'hôtel. Elisabeth s'avança sur le perron pour les regarder partir, marchant d'un pas alerte, dans la boue, vers la fade promesse d'une tasse de thé. Que leurs plaisirs étaient modestes auprès de ceux qu'elle exigeait elle-même de la vie ! Fallait-il envier les personnes mûres pour leur sagesse, ou les plaindre pour la futilité de leurs soucis et de leurs joies ? Elisabeth rêva un moment, face à la route. Des gouttes d'eau tombaient du bord de l'auvent sur ses cheveux. Elle rentra dans le hall, rectifia la position d'un fauteuil, poussa la porte du petit salon et découvrit Patrice Monastier qui, assis près de la fenêtre, lisait un livre. Immédiatement, il leva les yeux et une expression de bonheur se répandit sur son visage. Sans doute croyait-il qu'elle venait le voir, qu'elle recherchait sa compagnie. Mais elle avait surtout besoin de solitude, et, après quelques propos anodins, se dépêcha de grimper dans sa chambre. Friquette escalada les marches derrière elle et se coucha en rond, au pied du lit.

Le sapin noir se dressait à contre-jour, sur le ciel bleu. Tout le reste du monde était plein de lumière, mais l'arbre gardait une provision de ténèbres dans ses branches lourdes et obliques. Sa vieillesse, sa science étaient extraordinaires. Devant lui, Elisabeth retrouvait mystérieusement la notion d'elle-même, de sa singularité, de sa fierté, de sa tristesse. Plus elle l'observait, plus elle comprenait que sa place n'était pas là-haut, parmi ces inconnus que Christian avait conviés chez lui avec tant de légèreté ! Les premiers invités n'arriveraient probablement que vers dix heures. Et la fête s'achèverait quand ? Au petit jour, peut-être ? Elle appuya son front au chambranle de la croisée. Le rayonnement du soleil fatiguait ses yeux. Mais elle ne bougeait pas, ne fermait pas les paupières, essayant d'anéantir les minutes par sa volonté de demeurer immobile.

*

Impossible de dormir. Elle allongea le bras et ralluma sa lampe de chevet. Dans la clarté revenue, les mêmes idées continuèrent leur chemin à travers son cerveau. Christian n'avait-il pas eu raison de lui reprocher sa sauvagerie ? Pouvait-elle lui en vouloir d'avoir invité quelques amis pour leur montrer sa nouvelle installation ? N'eût-elle pas été plus heureuse parmi eux, ce soir, que seule, dans son lit, à évoquer une fête dont elle s'était résolument exclue ? Une heure du matin. La grande pièce était pleine de monde. On riait, on buvait, on dansait. Le sourire de Françoise Renard ensorcelait son entourage. D'un bond, Elisabeth s'assit sur son oreiller : « Qu'est-ce que je fais ici ? Je suis stupide ! Il faut aller là-bas ! Etre plus belle, plus gaie, plus attrayante que toutes les autres ! Dès qu'ils m'auront aperçue, les amis de Christian comprendront que je suis celle qu'il aime. Peut-être me présentera-t-il à eux comme sa fiancée ? » Cette supposition l'éblouit. Elle se demanda comment elle avait pu tarder à se convaincre qu'il était indispensable pour elle d'assister à cette réception. Des réflexes de jeune fille farouche l'embarrassaient encore dans son existence de femme. C'était contre eux qu'elle devait lutter pour accéder au vrai bonheur. « Elisabeth, laisse-moi t'apprendre à vivre simplement dans la joie ! » Elle pensa à la surprise de Christian quand il la verrait paraître, et une explosion d'allégresse ébranla son cœur. Sautant à bas du lit, elle se lava la figure à l'eau froide, se coiffa et commença de se maquiller. Friquette dressa la tête au-dessus de son coussin et observa sa maîtresse avec méfiance. Que se passait-il encore ?

« Tu ne peux pas comprendre ! » chuchota Elisabeth en lui tripotant l'échine.

Elle tira son plus beau pantalon de ski de dessous le matelas, et, l'ayant enfilé, admira dans la glace la minceur de sa taille. Un pull-over rouge, à dessins norvégiens, récemment acheté chez Lydie, vint mouler sa poitrine et éclairer son visage. Mettrait-elle son foulard de soie, qui était d'un ton un peu plus soutenu que le tricot ? Oui ? Non ? Elle le noua négligemment autour du cou et prit ses chaussures à la main pour descendre l'escalier.

Dès les premiers pas, elle retrouva l'angoisse qu'elle avait connue, quand elle était allée, en pleine nuit, ouvrir la porte à Christian. Comme autrefois, elle marchait d'un pied léger sur le sommeil de la clientèle. Tous les souliers de l'hôtel la regardaient passer. Lacets déliés, bouches béantes, ils étaient prêts à aboyer en chœur. Et, si, vraiment, quelqu'un donnait l'alerte ? Elle vit ses parents dressés devant elle, en robe de chambre. Elle entendit leurs questions terribles. Son cœur se pinça douloureusement. « Ne pas penser à cela. Sinon, je n'aurai jamais la force de continuer. Plus que dix marches. Le couloir. La vieille pendule. De toute façon, je reviendrai dans deux heures, au plus tard ! » Arrivée dans la cuisine, elle leva les yeux au plafond. Rien ne bougeait. Trois étages de rêves étaient suspendus au-dessus de sa tête. Elle mit ses chaussures et sortit dans le jardin.

Le ciel était clair, semé d'étoiles. Elisabeth marchait rapidement sur la route de Glaise, dont les ornières de boue neigeuse s'étaient durcies au froid de la nuit. Soudain, elle se retourna. Le grand sapin noir la suivait des yeux. Elle prit un raccourci pour laisser de côté le village et gagner au plus vite le chemin de Lady. A mesure qu'elle montait, la neige devenait plus compacte et plus dure. Une sourde luminescence émanait de cette nappe livide, vallonnée jusqu'à l'infini. Chaque bosse du sol s'appuyait à une cuvette d'azur sombre. Entre le ciel constellé et la terre blanche, il y avait un accord si paisible, qu'Elisabeth se sentit soutenue dans sa joie par l'approbation muette de toute la nature. Au loin, sur sa droite, elle vit la masse obscure du téléférique. Un fil d'argent s'enfonçait dans le vide. Les bennes étaient couchées, une en haut, l'autre en bas. Jamais elles ne pourraient se rejoindre. La ferme était au bout du monde. Dans sa hâte d'arriver au but, Elisabeth allongeait le pas, soufflait, évitait une courbe du sentier en coupant droit à travers la neige molle. Parfois, elle levait le front et recevait toute la poussière du firmament dans les yeux. Depuis combien de temps marchait-elle ainsi ? Dix minutes ? Une demi-heure ? Dans ce paysage lactescent, son escapade était comme le prolongement d'un songe. Elle hésitait à croire qu'une vraie maison surgirait bientôt dans le désert. Tout à coup, un toit pentu, lustré, glacé par plaques, s'érigea au-dessus d'un talus en poudre de diamant. Des fenêtres faiblement éclairées se découpèrent dans le tissu de la nuit. Elisabeth s'arrêta, déconcertée : « Maintenant, ça y est ! Je ne peux plus reculer. Il faut que je frappe à la porte, que j'entre dans cette lumière, que je me présente devant tous ces gens ! » Une appréhension maladive lui engourdissait les jambes. Elle se força pour avancer encore. La musique d'un phonographe traversait les murs. Un air de danse, au piano, très lent, très lent... Près de la porte, des bouteilles de champagne étaient plantées dans la neige. Leurs bouchons ronds brillaient comme des lingots d'or.

Marchant sur la pointe des chaussures, Elisabeth s'approcha d'une croisée pour jeter un coup d'œil à l'intérieur. Le carreau de verre était embué sur les bords et limpide au milieu, à hauteur de regard. Un monde confus s'agitait derrière la vitre. Çà et là, brûlaient des bougies. Mais l'éclairage principal venait de la cheminée, où flambait un gros feu de bois. Les ombres des invités se cassaient la tête au plafond. Des bouteilles vides traînaient par terre, entre des coupes et des assiettes souillées. Elisabeth reconnut Françoise Renard, dansant sur place, la croupe lascive, la lèvre prometteuse, avec un athlète blond, qui devait être ce moniteur autrichien spécialement convoqué pour elle. Un monsieur chauve tournait au son de la musique, avec, dans ses bras, une créature rieuse, échevelée, à la blouse ouverte jusqu'au nombril. Sur le divan, se vautraient deux corps sans visage, aux jambes emmêlées : les quatre chaussures formaient un bouquet noir sur la couverture en peaux de marmotte. Dans le creux d'un fauteuil, un homme à lunettes tenant une femme sur ses genoux, l'embrassait sur la bouche sans reprendre haleine. Des rires nerveux fusaient du fond de la pièce, où une fille, en costume de ski et pieds nus, se dandinait devant un garçon visiblement ivre, qui, à intervalles réguliers, lui touchait la poitrine avec son doigt. Christian circulait, une bouteille à la main, entre les couples. Il paraissait content de lui et de ses hôtes, souriait à droite, à gauche, disait un mot, versait à boire. Les femmes lui lançaient des regards brillants. Il s'approcha d'un jeune homme blond, assis, seul, sur un tabouret, devant la cheminée : c'était le petit Saulnier, son élève. Le gamin voulut se lever. Christian l'en empêcha et se mit à lui parler de près, à l'oreille. En même temps, il lui caressait les cheveux du plat de la main. Le petit Saulnier courbait le cou, dans un mouvement de pouliche docile. Christian remplit un verre de champagne, puis un autre. Ils trinquèrent. Le phonographe s'enrouait. Immédiatement, le monsieur chauve se précipita pour remonter l'appareil. Tandis qu'il tournait la manivelle, sa danseuse, un instant délaissée, pivota trois fois sur elle-même, troussa ses cheveux sur sa nuque, comme si elle eût été incommodée par la chaleur, et, retirant sa blouse, apparut, aux yeux de tous, les seins nus. Elle avait la poitrine bien faite. Un « Ah ! » d'émerveillement accueillit cette exhibition. Quelques personnes applaudirent. Le rire de Christian fit trembler les vitres. Un bouchon de champagne sauta. Le monsieur chauve, remis en appétit, se rua de nouveau sur sa partenaire et l'entraîna dans un coin sombre, où ils cessèrent de danser. Des silhouettes passaient devant la fenêtre. Elisabeth se rejeta en arrière. Anéantie par l'horreur, elle doutait de sa raison. Etait-ce là cette réunion intime à laquelle Christian avait cru bon de la convier ? Quelle figure ferait-elle parmi ces gens ignobles, à supposer qu'elle eût le courage de franchir le seuil de la porte ? Ah ! elle avait été bien naïve de penser que sa présence rehausserait l'éclat de la fête ! On n'avait pas besoin d'elle, ici. Elle regarda le ciel, si calme, avec toutes ses étoiles fraternelles. La beauté de la nuit combla son cœur, à le crever. Une larme de glace luisait au bord du toit. Timidement, Elisabeth revint à la fenêtre. Les sons d'un tango se mêlaient au brouhaha des conversations et au bruit des souliers sur les planches. Visages rouges. Regards stupides. Les corps se cherchaient, s'accolaient, se frottaient dans un simulacre de danse. Assise sur le divan, sous les images pieuses, Françoise Renard buvait la bouche de son Autrichien. Une femme éteignait sa cigarette dans une coupe. Une autre, étendue à plat ventre sur un banc, semblait morte, les cheveux pendants. Tout était laid chez les hommes. Quelqu'un cria :

« Christian ! On a soif ! »

Mon Dieu ! Il allait sortir pour prendre des bouteilles de champagne dans la neige. Il la découvrirait. Il lui demanderait ce qu'elle faisait là. Il voudrait la montrer à ses compagnons. Epouvantée, elle tourna le dos à la maison et se mit à courir dans le sentier qui descendait, en pente raide, vers la route. « Je viendrai le voir demain, songeait-elle. Et, alors, je lui dirai ce que je pense de ses amis. Il me comprendra. Il me donnera raison. Il faut qu'il me donne raison pour que je continue à l'aimer. » La voie blanche se déroulait interminablement. Ciel et terre, tout était au repos. Il ne s'était rien passé sous les étoiles.

IX

Le lendemain matin, Elisabeth descendit de sa chambre à neuf heures, et trouva son père à l'office, devant des mottes de beurre que les Courtaz venaient de lui livrer.

« Maman n'est pas encore réveillée ? demanda-t-elle en l'embrassant.

— Non. Pourquoi ?

— Tu lui diras que je suis montée à Rochebrune.

— Tiens ! grommela-t-il, quelle drôle d'idée ! D'habitude, tu ne vas skier que l'après-midi.

— Avec ce soleil, l'après-midi les pistes sont mauvaises. C'est le matin qu'on a la vraie neige de printemps...

— Bon, bon, dit-il. D'ailleurs, tu rencontreras des clients, là-haut. M. et Mme Sylvestre sont partis, il y a dix minutes. En te dépêchant, tu les rattraperas au téléférique.

— C'est ça ! Au revoir, papa... »

Elle courut chercher ses skis dans le réduit d'Antoine, les chargea sur son épaule et prit la direction du chemin de Lady. La nuit d'insomnie qu'elle avait passée en revenant de la ferme n'avait fait qu'exciter son impatience. Dans le désarroi où elle se débattait, elle n'aurait pu attendre trois heures pour revoir

Christian. Une benne montait dans le ciel bleu. Des skieurs aux tenues bariolées glissaient autour de la station du téléférique. Quelques enfants descendaient une pente, à plat ventre sur leurs luges. L'une d'elles se renversa et des rires éclatèrent. Cependant, Elisabeth ne remarquait rien du monde clair qui l'entourait. Plus fortes que le soleil, des images hallucinantes captivaient son attention. Elle était devant une fenêtre, et regardait, à la lueur louche des bougies, s'agiter mollement des figures de cauchemar. La ferme apparut enfin, au bout d'un sentier neigeux. Les volets étaient clos. Christian devait dormir encore. Elle planta ses skis devant la maison, pénétra dans le large couloir de l'entrée et frappa à la porte de la chambre. Une fois, deux fois. Pas de réponse. Elle cogna plus durement. Il y eut un bruit confus derrière le vantail. Des pas se rapprochèrent. La voix tremblante de Christian demanda :

« Qui est là ?

— C'est moi ! murmura-t-elle. Ouvre ! »

Christian entrebâilla la porte, jeta un regard sur Elisabeth, sortit dans le couloir et referma le battant derrière lui. Il avait revêtu sa robe de chambre havane et achevait d'en nouer la cordelière. Ses paupières étaient fripées, ses yeux fatigués et troubles : une ombre de barbe lui salissait le bas du visage :

« Qu'est-ce qui se passe, ma petite fille ? Je ne t'attendais qu'à trois heures, cet après-midi.

— Il fallait que je te parle immédiatement ! dit-elle.

— Oh ! c'est si grave que ça ?

— Très grave, Christian. Allons dans ta chambre. »

Il secoua la tête et dit :

« Non, Elisabeth. Je ne peux pas te recevoir maintenant.

— Pourquoi ?

— Mes invités sont partis très tard. Tout est sens dessus dessous. Je ne veux pas que tu voies ça !

— Ce que je verrai ce matin ne peut être pire que ce que j'ai vu la nuit dernière, dit-elle tristement.

— La nuit dernière ?

— Oui. Je suis venue, j'ai regardé par la fenêtre. »

Il pouffa de rire :

« Ça, par exemple ! Mais pourquoi n'es-tu pas entrée ?

— Tu aurais voulu que j'entre, que je me mêle à ces gens... à ces gens affreux ?... »

Il lui entoura la taille de son bras droit et chuchota, penché sur son oreille :

« Pauvre chérie ! Tu as raison. Ta place n'était pas parmi eux. Je l'ai compris en les voyant boire et s'amuser. Tu es si pure, si fraîche !... »

Elle avança la main vers la poignée de la porte, mais il arrêta son geste et reprit, d'un ton plus ferme :

« Non, Elisabeth.

— Comment, non ?

— Je t'ai déjà dit que c'était impossible.

— A cause du désordre ? Mais je me moque du désordre ! Si tu savais comme j'ai besoin d'être près de toi, après cette vilaine nuit ! »

Avide de tendresse, elle se serrait contre lui, se haussait vers son visage, effleurait, du bord des lèvres, ses joues rugueuses, son menton osseux, sa bouche qui s'ouvrait enfin. Il la berçait, il l'emportait au-dessus de la terre. Une voix grave résonnait, comme un bourdon, entre ses tempes :

« Petite folle ! Ne pense plus à cela. Rentre chez

toi, bien sagement. Tu reviendras cet après-midi. Et, alors, tu verras comme nous serons heureux... »

Tout en parlant, il la reconduisait, doucement, vers la sortie. Pas à pas. La main sur l'épaule. Comme le père Roubilliau quand il était venu réclamer son argent. Ce fut un éclair. Elle leva les yeux sur Christian. Et, soudain, sans réfléchir, elle le bouscula, se précipita en arrière et ouvrit la porte. La rapidité de son geste fut telle, qu'il eut juste le temps de l'agripper par la manche de son gilet. Un coup de coude dans le vide. Le tricot s'étira, se déchira. Elisabeth était dans la chambre. Ses prunelles s'agrandirent dans la pénombre chaude. Christian entra derrière elle :

« Elisabeth, va-t'en ! »

Sa voix était rauque. Elle fit un pas en avant et heurta une bouteille vide. D'autres bouteilles luisaient, en récif compact, devant la cheminée. Une odeur de vin, de tabac, de parfum rance. Le reflet doré d'une auréole sur le mur. Des vêtements sur une chaise. Le lit.

« Va-t'en », répéta Christian.

Elisabeth tressaillit et toutes ses idées éclatèrent. Sur l'oreiller reposait une tête de femme, aux cheveux blonds, aux paupières fermées. Françoise Renard. Elle dormait. Son épaule nue dépassait le drap. Dans un silence terrible, Elisabeth entendit craquer le plancher. Tournant les yeux, elle aperçut Christian, qui, de la main, l'appelait, lui faisait signe de sortir. Comme elle ne bougeait pas, il se rapprocha d'elle. Sur la pointe des pieds. Pour ne pas réveiller l'autre ! La colère déboucha dans le crâne d'Elisabeth avec un bruit de torrent. Elle tremblait, elle vibrait, elle était emportée. Elle voulait parler et ne le pouvait pas. Son bras se leva sans qu'elle en eût conscience. Elle gifla Christian, une fois, deux fois, avec tant de force que le choc retentit jusque dans son omoplate. Christian n'avait pas bronché. Un sourire moqueur tirait ses lèvres. Elle le gifla encore. Un léger cri retentit dans le fond de la pièce. Au bruit du soufflet, Françoise Renard avait ouvert les yeux. Assise dans le lit, elle essayait de se couvrir la poitrine. Elle avait les seins en poires. Un collier de perles entourait son cou. Des bagues brillaient à ses doigts. Elisabeth se jeta hors de la chambre, traversa le couloir, émergea à l'air libre, au soleil, et se mit à courir, en trébuchant dans le sentier. Quelqu'un courait derrière elle. Christian ! Comment osait-il la poursuivre ? Elle accélérait son allure. Mais ses mollets faiblissaient par saccades, ses pieds butaient dans les trous. Bientôt, il la rattrapa, la saisit au milieu du corps et ils boulèrent ensemble dans la neige.

Elle se retrouva, couchée sur le dos, les bras en croix, les poignets plaqués au sol par deux mains dures comme des tenailles. Agenouillé entre les jambes d'Elisabeth, Christian penchait au-dessus d'elle un visage de violence joyeuse, qu'elle lui avait déjà vu dans le désir. Il respirait fort en gonflant ses narines. Sa pomme d'Adam montait et descendait sur son cou mal rasé. Impuissante à se soulever de terre, elle ressentait comme une souffrance l'envie de mordre, de griffer, de cracher toute sa salive. Il dit d'une voix essoufflée :

« Petite idiote ! Qu'est-ce que tu t'imagines ? Cette femme n'est rien pour moi, et je ne suis rien pour elle ! Est-ce que ça compte, une coucherie, comme ça, de temps en temps ?... Il y a des moments où on ne peut pas refuser !... Françoise est très chic avec moi... Et puis, quoi ? je la connais depuis si longtemps !...

Mais toi et moi, c'est autre chose ! Toi, je t'aime ! Même quand tu es là, sous moi, comme une furie ! »

La figure de Christian descendait vers elle, la couvrait de sa chaleur, de son haleine. Elle serra les dents et roula sa tête, d'un côté et de l'autre, avec dégoût. Mais il la suivait, par jeu, dans ses mouvements. A plusieurs reprises, elle dut subir le contact d'une bouche exigeante sur ses joues, sur son menton, sur son cou. A chaque baiser, répondait en elle un accès de rage animale. Souillée, humiliée, vaincue, elle trépignait, se tordait dans la neige. Combien de temps pourrait-elle lutter ainsi ? Ses forces s'épuisaient. Elle ferma les yeux. Et, soudain, elle se sentit libre. Christian lui avait lâché les mains et se redressait de toute sa taille. Elle le vit, debout, le visage contracté, le regard vert et fixe. D'un bond, elle fut sur ses jambes. Il ne bougeait pas. Elle partit en courant vers le chemin de Lady.

Christian la suivit des yeux, un long moment, puis haussa les épaules, et retourna, d'un pas lent, à la ferme.

Françoise l'accueillit par un éclat de rire. Adossée à son oreiller, elle se passait un peigne dans les cheveux :

« Eh bien, mon cher, elle a la main leste, ta gamine ! Un peu plus, elle t'enlevait la tête ! J'espère que tu l'as corrigée !

— Pas encore, dit-il.

— Avoue que ça ne t'a pas déplu d'être giflé par elle. Faut-il qu'elle soit amoureuse de toi, cette pauvre gosse !

— Oui, dit-il, et c'est bien là ce qui complique tout.

— Pourquoi ? Ce n'est pas réciproque ? »

Christian ne répondit pas. Il était sincèrement contrarié par l'intrusion d'Élisabeth dans sa chambre et songeait à toutes les complications qui allaient découler de ce malentendu.

« Je te taquine, mon chou, reprit Françoise. Donne-moi mon sac, veux-tu ? Et ouvre les volets. Juste un peu ! Je n'y vois pas assez pour me maquiller... »

Il s'exécuta sans mot dire. La figure de Françoise apparut, jaunie, meurtrie, dans la lumière du jour.

« Ne me regarde pas, je dois être affreuse ! » s'écria-t-elle.

Christian alluma une cigarette et s'assit sur un tabouret, devant la cheminée, pour ranimer le feu. Des brindilles sèches s'enflammèrent. Il posa deux bûches sur le tas de braises et tourna la tête. Françoise passait du rimmel sur ses cils, avec une petite brosse. Dans cet exercice délicat, ses traits s'allongeaient, sa bouche s'ouvrait en ovale, elle avait des yeux d'aveugle.

« Tu l'as eu vierge ? » demanda-t-elle soudain.

Il hésita une seconde et répondit :

« Oui. Pourquoi ?

— C'est passionnant ! Raconte...

— Je n'ai rien à raconter.

— Mais si ! Je suis sûre que c'est merveilleux, pour un homme comme toi, de former une petite fille, de la révéler... Elle est docile ? Elle fait bien l'amour ?... »

Le bois craquait, flambait. Françoise avait rangé sa petite brosse et glissait un bâton de rouge sur ses lèvres. Christian soupira :

« C'est bien simple, elle me surprend à chaque fois.

ton installation ! C'est si sympathique cette atmosphère de ferme savoyarde ! Hier, Suzy et Jean-Marc en étaient babas !... »

Quand elle fut partie, il se rasa, se lava dans son tub, s'habilla avec soin et sortit sur le pas de la porte. Les skis d'Elisabeth étaient restés enfoncés dans la neige, devant la maison.

*

Passant d'une table à l'autre, Elisabeth plantait, d'un geste machinal, trois œillets et deux brins d'asparagus dans les vases. En revenant de la ferme, elle avait dû subir les reproches de sa mère, qui n'admettait pas qu'elle fût montée à Rochebrune, au lieu d'aller, comme chaque samedi, acheter des fleurs fraîches au village. En son absence, c'était Antoine qu'on avait envoyé chez le fleuriste. Il en avait rapporté du « deuxième choix » ! Elisabeth regardait ces pétales roses, dentelés, fripés, et leur trouvait un air de vieilles coquettes. Pourtant, il y avait des gens qui aimaient ça : les œillets à demi fanés, les femmes mûres et faciles ! Elle reposa un vase, si durement que des gouttes d'eau giclèrent sur la nappe. Ses mains tremblaient. La colère pesait sur son estomac. Plus qu'une table à garnir, près de la grande baie. Tout en préparant son bouquet, elle jeta un coup d'œil par la croisée, et ses forces l'abandonnèrent : Christian s'avançait vers l'hôtel, par la route de Glaise. Costume noir et foulard rouge. Il portait deux paires de skis sur son épaule : les siens et ceux d'Elisabeth. Sans réfléchir aux conséquences de son acte, elle se précipita hors de la salle à manger, traversa le hall en courant, bouscula un client, s'excusa à peine et sortit sur le perron, au moment où Christian mettait le pied sur la première marche.

« Que venez-vous faire ici ? demanda-t-elle d'une voix altérée.

— Je te rapporte tes skis, dit-il calmement. Tu vois, je les ai posés là, contre le mur.

— Partez immédiatement !

— Pas avant d'avoir déjeuné, Elisabeth ! »

Il montait vers elle, lentement. Elle le regarda droit au visage et murmura :

« Inutile d'insister. Vous n'entrerez pas ! »

Il s'arrêta, les bras ballants, un sourire narquois aux lèvres :

« Tu m'en empêcherais ?

— Oui.

— Devant tout le monde ?

— Devant tout le monde, je vous le jure !... Devant mes parents !... Je crierai, s'il le faut !... Tout m'est égal !... Allez-vous-en !... »

Christian hocha la tête. Ses yeux s'attristèrent. Il soupira :

« Eh bien, adieu, Elisabeth. Je ne forcerai pas ta porte. Mais tu regretteras de m'avoir mal reçu. Tu le regretteras, parce que tu m'aimes encore, sans le savoir. Tu crois me détester et tu m'aimes. Toute ta vie, tu m'aimeras... »

Il descendit une marche, deux marches, à reculons, sans la quitter du regard, comme pour la fasciner, puis, il lui tourna le dos et se dirigea résolument vers la route. Elisabeth demeura quelques secondes privée de sentiment. Sa propre victoire l'étonnait. Un foulard rouge s'éloignait dans la neige. Soudain, elle porta les mains à sa poitrine. Elle manquait d'air. Les larmes l'étouffaient. Pour se calmer, elle fit le tour de l'hôtel en respirant profondément à chaque pas. Quand elle rentra dans le hall, sa mère, qui parlait avec des clients, l'arrêta au passage :

« Ah ! Elisabeth ! Je te cherchais ! Veux-tu dire à ces messieurs quelle piste il faut prendre pour descendre du mont d'Arbois sur Saint-Gervais. »

Elisabeth donna les explications qu'on lui demandait, mais il lui sembla que sa voix résonnait loin d'elle, comme un écho. La scène qu'elle avait eue avec Christian, sur le perron de l'hôtel n'avait retenu l'attention de personne. Amélie devait être occupée à l'office, pendant que sa fille vivait l'un des moments les plus pénibles de son existence. Pierre mirait des œufs, à la cave. Les pensionnaires attendaient avec impatience l'heure sacrée du déjeuner. Dans l'indifférence unanime, le désespoir d'Elisabeth s'étalait sans rencontrer d'obstacles. Léontine vint chercher Amélie de la part du chef. Quelques sportifs arrivèrent encore, surexcités, bruyants et hilares. Tous avaient un coup de soleil sur le nez. Mme Monastier rentra de promenade, le teint animé, sa veste sur le bras, et s'approcha de la jeune fille :

« Quelle chaleur ! Si le beau temps persiste, toute la neige sera bientôt fondue !

— Ne croyez pas ça, madame, dit Elisabeth sur un ton évasif. Il va sûrement neiger encore et on pourra skier jusqu'à la fin du mois.

— Je le souhaite pour vous ! Votre maman m'a dit que vous étiez une championne ! »

Elisabeth se contraignit à sourire. Cette conversation l'agaçait, mais elle devait s'y soumettre, par politesse.

« Oh ! si vous écoutez maman !... D'après elle, je pulvérise tout le monde sur les pistes !... Et pourtant, c'est à peine si elle m'a vu faire une descente cette année !...

— Elle est si occupée ! dit Mme Monastier en s'affalant dans un fauteuil. Elle travaille trop. J'espère qu'elle se reposera, la saison terminée. Savez-vous que je la trouve charmante, votre maman ? Nous sommes devenues de grandes amies ! »

Mme Monastier était lancée. Pas moyen de lui fausser compagnie.

« J'ai dit à votre maman que je voulais absolument vous recevoir chez moi, à Saint-Germain, quand vous viendrez à Paris, reprit-elle.

— Avec joie, madame...

— Vous connaissez Saint-Germain ?

— Non.

— C'est un coin délicieux, vieillot, appuyé à une forêt de rêve... »

Elisabeth faiblit sous un excès d'émotion. Cette femme qui lui parlait affectueusement, comme à une vraie jeune fille, cette femme qui la croyait innocente, insouciante !... Il y avait donc encore des gens délicats et sympathiques sur cette terre ? La porte à tambour battit sèchement. N'était-ce pas Christian qui revenait ? Non ! Merci, mon Dieu ! Une cliente entra, la face ébouillantée, l'œil bleu, des croûtes de neige sale au bout de ses souliers.

« Je me demande ce que fait Patrice, dit Mme Monastier. Depuis quelques jours, il traîne dans son lit jusqu'à des heures impossibles ! »

Elisabeth l'entendit à peine et murmura :

« Il travaille peut-être.

— J'en doute ! Ces derniers temps, il était très excité par le projet d'un concerto. Puis, il a renoncé, tout à coup. J'aimerais qu'il eût plus de suite dans les idées, plus de courage, plus d'ambition !...

— Oui, oui », balbutia Elisabeth.

Elle aurait voulu ne plus se souvenir de rien. Mais,

toujours, sa pensée retournait aux caresses de Christian. Elle l'imaginait donnant les mêmes baisers à Françoise, la déshabillant, la renversant, nue, sur le lit.

« Je suis contente que vous soyez de mon avis, dit Mme Monastier. Vous aimez l'entendre au piano ?...

— Beaucoup, madame...

— Surtout quand il improvise, n'est-ce pas ?

— Oui,... quand il improvise, c'est très bien... »

Deux corps pâles, accolés dans l'ombre. Comment Christian pouvait-il goûter auprès d'une autre le plaisir qu'elle se croyait seule capable de lui dispenser ? Combien de fois l'avait-il trompée avec son ancienne maîtresse ?

« Il est très doué pour la composition, mais il ne veut pas en convenir, reprit Mme Monastier.

— Oui, dit Elisabeth, quand on lui parle de son talent, il ne vous écoute pas. »

Elle essayait de se rappeler tous les après-midi où Christian s'était prétendu occupé. Elle dressait le compte de ses mensonges.

« Vous lui avez déjà dit qu'il avait du talent ? demanda Mme Monastier.

— Mais oui, madame.

— Eh bien, là, je vous jure qu'il vous a entendue ! Comme il a dû être heureux ! Il vous estime tant ! »

Elisabeth frissonna de dégoût. Ainsi, cet homme était venu à elle, s'était couché sur elle, après avoir possédé une autre femme !... Placée devant l'évidence, elle se sentait intérieurement bafouée, salie, et comme pleine de crachats.

Le visage de Mme Monastier s'illumina d'un sourire malicieux :

« Enfin, le voilà ! C'est à cette heure-ci que tu te lèves, Patrice ?

— Je suis levé depuis longtemps, dit-il en embrassant sa mère. Je bouquinais...

— Par un temps pareil ? C'est un crime ! Moi, j'ai marché, j'ai pris du soleil, j'ai de l'appétit ! »

Il serra la main d'Elisabeth et marmonna :

« Tu as raison, maman. Que veux-tu ? je ne suis pas fait pour les sports d'hiver...

— Pourtant, tu aimes la neige !

— C'est la neige qui ne m'aime pas !

— En voilà une drôle d'idée ! A présent que tu es tout à fait bien, tu devrais prendre des leçons de ski, n'est-ce pas, Elisabeth ?

— Certainement, madame...

— Ah ! j'aurais bonne mine, dit-il. Je n'ai sûrement aucune disposition. Et puis, j'ai passé l'âge !

— A vingt-six ans ? Tu plaisantes ! »

Il baissa la tête, résigné à n'être compris de personne. Soudain, Elisabeth s'entendit murmurer : « Voulez-vous que je vous apprenne, Patrice ? »

Il releva le front et une flamme de gratitude bondit dans ses yeux :

« Vous parlez sérieusement ? »

Elle ne savait pas elle-même pourquoi elle lui avait fait cette proposition, et regrettait presque, maintenant, de s'être engagée à la légère. Mais elle ne pouvait plus reculer.

« Bien sûr », dit-elle.

Amélie reparut, venant de l'office, et s'avança, d'un air aimable entre les groupes de clients.

« Avec Elisabeth comme professeur, j'accepte ! dit Patrice gaiement.

— Eh bien, je te prends au mot ! dit Mme Monastier. A quand la première leçon ?

— Etes-vous libre cet après-midi, Elisabeth ? » demanda-t-il.

Elle hésita un instant, songea au vide absolu de son existence, et répondit :

« Oui, Patrice. »

Il se frappa le front du plat de la main :

« Oh ! mais je n'ai pas de skis !

— Antoine vous en prêtera une paire », dit-elle.

Mme Monastier se tourna vers Amélie et claironna, en dressant son petit nez pointu :

« Chère amie, vous avez entendu ? Votre fille va fonder une école de ski ! »

Amélie regarda Elisabeth avec insistance, et dit, en souriant :

« C'est une très bonne nouvelle ! »

Léontine avait ouvert en grand la porte de communication. Comme attirés par un appel d'air, les clients se levaient de leurs fauteuils et marchaient droit vers la salle à manger resplendissante de soleil. Le tiers des tables étaient vides, mais Elisabeth les avait toutes garnies de fleurs. Assise à sa place habituelle, elle se prépara à l'épreuve d'un long repas. Le menu était russe pour les hors-d'œuvre, français pour le rôti et international pour le dessert. Tout le monde paraissait content. Patrice Monastier lançait, de temps à autre, un coup d'œil oblique à la jeune fille. Cependant, à mesure que le déjeuner avançait, elle se sentait plus seule et plus malheureuse. L'odeur des plats lui tournait le cœur. Sans attendre la coupe de fruits, elle monta dans sa chambre.

La porte refermée, elle s'écroula, à plat ventre, sur le lit. Friquette, qui l'avait suivie sans qu'elle y prît garde, se haussa sur ses pattes de derrière pour lui lécher le menton. Elisabeth la saisit, la pressa contre son visage, pour la remercier de son affection.

« Oh ! Friquette ! si tu savais !... » gémit-elle.

Après Christian, il n'y aurait personne dans sa vie. Disparaître, ne plus rien voir, devenir une motte de terre, une herbe, un caillou sur la route. Pourquoi ne mourait-on pas sous le poids du chagrin, de la honte, de la colère ? Quelle dose de désespoir fallait-il pour tuer un être ? Elle suffoquait, la face dans son traversin. Une eau brûlante débordait de ses yeux. Friquette, affolée, lappait les larmes de sa maîtresse. Soudain, Elisabeth se redressa sur un coude. On frappait à la porte. La voix de Léontine retentit, du côté des vivants :

« C'est moi, mademoiselle. Je peux entrer ? »

Elisabeth s'essuya rapidement les paupières, les joues, avec le revers du poignet.

« Oui, qu'est-ce que c'est ? » balbutia-t-elle.

Léontine franchit le seuil de la chambre, découvrit Elisabeth pelotonnée sur son lit et s'exclama :

« Oh ! mademoiselle, vous pleurez ?...

— Ce n'est rien, dit Elisabeth.

— Voulez-vous que j'aille prévenir madame ? »

Elisabeth se leva d'un bond et Friquette sauta à terre :

« Surtout pas, Léontine !

— Ah ! bien !... Parce que, voilà, je viens de la part de M. Patrice Monastier. Il vous attend en bas, dans le hall. »

Elisabeth avait oublié sa promesse. Du haut de son tourment, elle descendit au niveau d'une banale obligation hôtelière :

« Dites-lui que j'arrive tout de suite. »

Après le départ de Léontine, elle resta un moment indécise, comme cherchant à retrouver sa place dans le monde. Puis, elle se lava le visage, se maquilla les lèvres, mit une paire de lunettes noires pour cacher ses yeux rougis par les larmes, et sortit de la chambre, avec Friquette sur ses talons.

*

Quand les derniers clients eurent quitté la salle à manger, Amélie entraîna Pierre hors de l'office et lui dit à voix basse :

« Viens vite. J'ai à te parler.

— On ne passe pas à table ?

— Plus tard. »

Elle le poussa dans leur chambre, referma la porte et, s'appuyant d'une main au dossier du lit, déclara avec une rayonnante simplicité :

« Eh bien, Pierre, pour Elisabeth, c'était toi qui avais raison !

— Ah ? marmonna-t-il, sans comprendre où elle voulait en venir.

— Ne m'avais-tu pas dit que tu la trouvais bizarre, ces derniers temps ? demanda Amélie.

— Si, il m'avait semblé...

— Je l'ai observée. C'est vrai qu'elle est bizarre. Et sais-tu pourquoi elle est bizarre ?

— Non.

— Parce qu'elle est amoureuse. »

Pierre fronça les sourcils :

« Amoureuse ? Allons, bon ! Et de qui ? »

Ouvrant les bras dans un geste de présentation triomphale, Amélie dit avec lenteur, en pesant chaque syllabe :

« De Patrice Monastier. »

L'étonnement de son mari fut tel qu'elle l'avait souhaité. Un prince entrait dans leur maison. Pierre arrondit les yeux et chuchota, incrédule :

« Le pianiste ? »

Amélie salua de la tête :

« Parfaitement.

— Tu en es sûre ?

— Il n'y a pas de doute possible. Je connais notre Elisabeth. Si tu l'avais vue proposer à ce garçon de lui donner une leçon de ski !...

— Elle va lui donner une leçon de ski ?

— Cet après-midi. Ils viennent de partir ensemble.

— Ça, par exemple ! » grogna Pierre.

Il ne savait s'il devait se réjouir ou s'inquiéter de cette nouvelle. Comme toujours, dans les moments d'incertitude, il chercha les yeux de sa femme pour se former une opinion. Incontestablement, elle était transfigurée par la joie.

« Alors, tu trouves ça bien ? demanda-t-il.

— Mais, voyons, Pierre, c'est merveilleux ! dit-elle. Un garçon si fin, si délicat, si cultivé, si artiste !... »

A chaque épithète, elle s'élevait un peu plus haut dans les nuages.

« Oui, oui, dit Pierre, mais enfin tu ne sais pas ce qu'il pense, ce jeune homme... Il n'a peut-être aucune intention sérieuse...

— Lui ? Ah ! je suis bien tranquille ! Quand il est devant Elisabeth, il la mange des yeux ! Je te répète qu'ils sont très épris l'un de l'autre... Et Mme Monastier suit cette idylle avec une bienveillance tout à fait significative.

— Tu as eu une conversation avec elle, à ce sujet ?

— Non ! Mais on se comprend à demi-mot, entre mères ! C'est d'ailleurs une femme remarquable, avec qui je me sens beaucoup d'affinités. Quoi qu'on dise, cela aussi a son importance...

— Evidemment ! Evidemment ! » balbutia Pierre en se grattant la nuque.

Moins à l'aise que sa femme dans les situations

romanesques, il essayait en vain d'imaginer Elisabeth mariée. Une tristesse, une angoisse sourde l'envahirent.

« C'est si rapide, si inattendu ! reprit-il. Moi, je n'arrive pas y croire... Elisabeth est bien trop jeune !...

— Elle a dix-neuf ans, dit Amélie.

— Justement !

— C'était mon âge lorsque tu m'as épousée, Pierre.

— Oui, dit-il, mais tu ne vas pas la comparer à toi. Je me rappelle, quand je suis venu te voir à la Chapelle-au-Bois, dans la petite épicerie de tes parents, quand j'ai commencé à te faire la cour... Oh ! oui... tu étais plus femme qu'Elisabeth, plus mûre...

— Tu te figures ça, dit-elle en rougissant un peu au souvenir de cette lointaine folie. Mais, tu te trompes, Pierre. J'étais une jeune fille comme Elisabeth, aussi ignorante qu'elle, aussi mal préparée aux obligations de la vie conjugale... »

Il écoutait à peine cette voix familière qui bourdonnait à son oreille. Un sourire attendri parut sur ses lèvres. Tourné vers le passé, il était en train de demander sa femme en mariage.

« Bien entendu, dit-elle, rien n'est encore sûr... »

Il fit un bond de vingt années, et, un peu étourdi, bredouilla :

« Non..., rien n'est encore sûr... Mais, si ce jeune homme se déclare, tu estimes, toi, que nous devons accepter ?

— Sans hésitation. Je suis convaincue qu'il rendra notre enfant très heureuse.

— Elle partira, elle nous laissera..., dit-il mélancoliquement.

— Nous serons deux, Pierre, dit Amélie. N'oublie

pas que, lorsque je t'ai suivi, papa, lui, est resté seul !...

— Eh oui ! c'est la vie ! soupira-t-il.

— En tout cas, reprit Amélie, cette conversation doit demeurer entre nous. Je te prie de n'y faire aucune allusion devant Elisabeth. Tu risquerais de tout gâcher... »

Pierre eut envie, brusquement, d'embrasser sa femme. Il la trouvait jeune, belle, désirable. Elle sentit un bras qui lui enlaçait la taille, une bouche qui se posait à la naissance de son cou. Depuis longtemps, elle avait pris l'habitude de considérer Pierre comme un infirme. Etonnée, frissonnante, elle appuya la tête contre l'épaule de son mari et murmura :

« Pierre, dis-moi que tu seras content de ce mariage.

— Pas autant que du nôtre », dit-il en l'embrassant encore.

Léontine frappa à la porte :

« Madame est servie. »

Ils passèrent dans la salle à manger. Assise en face de son mari, Amélie lui lança un regard rapide, se découvrit jeune fille dans ses yeux et dit avec entrain, en dépliant sa serviette :

« Je ne sais pas ce qui m'arrive : j'ai une de ces faims ! »

*

Levant un ski après l'autre, Patrice gravissait la côte, lentement, en escalier. Parvenu au sommet, il s'appuya sur ses bâtons pour reprendre haleine. Il n'avait pas menti en disant qu'il n'avait aucune disposition pour ce genre de sport. Même pour un débutant, ses gestes étaient d'une raideur et d'une incohérence affligeantes. Pourtant, Elisabeth avait choisi, à son intention, une pente très douce, à l'écart de la piste, derrière la station du téléférique. Plantée à quelques mètres au-dessous de lui, elle porta la main en visière devant ses yeux pour se protéger du soleil. Mais, regardant Patrice, elle pensait encore à Christian. Inconsciente, absente, elle revivait la faillite de son amour.

« Qu'est-ce que je fais ? » cria Patrice.

Rappelée à l'ordre, elle répondit machinalement :

« Les skis bien parallèles ! Vous y êtes ? Pliez un peu les genoux ! Avancez le corps... »

Cinq fois déjà, il avait tenté de descendre, et, cinq fois, il était tombé dès le départ.

« Allez ! » dit-elle.

A peine eut-il pris de la vitesse, que ses jambes se désunirent. Fauchant l'air de ses bâtons, il vacilla et s'écroula durement sur le côté gauche.

« Ce n'est rien, dit Elisabeth. Relevez-vous. Pas comme ça. Les deux skis perpendiculaires à la pente... »

Il s'exécuta, sans un mot de protestation, furieux, le dos bossu, les vêtements marqués de croûtes blanches. Pendant qu'il remontait, un skieur passa en flèche devant Elisabeth et s'arrêta dans un virage sec aux abords de la petite gare. Le style acrobatique de cet inconnu rappelait celui de Christian. Elisabeth réagit violemment contre la morsure du souvenir.

« Ça va, Patrice ?

— Oui, oui ! Finalement, j'aime encore mieux grimper que descendre... »

Il achevait son ascension, en se dandinant comme un canard. Elle le compara à Christian, qui évoluait avec tant d'aisance sur la neige. Pourquoi la beauté, la force, l'élégance avaient-elles été départies à cet être méprisable, alors que Patrice, qui possédait certainement de grandes qualités morales, était si maladroit dans ses mouvements ? Il y avait là une injustice qu'Elisabeth ne s'expliquait pas, et dont elle s'irritait comme si elle en eût été indirectement responsable.

« Prêt ? dit-elle. Allez !... »

Il s'élança courageusement, la tête dans les épaules, les bâtons en balancier.

« C'est mieux, dit-elle. Bravo !... »

Au même instant, il rencontra une bosse de terrain, pencha le corps d'un côté, de l'autre, et se retrouva, la face dans la neige, les jambes écartelées, les skis plantés en croix, derrière lui, comme les bois d'un instrument de torture. Immédiatement, Elisabeth se porta à son secours, car, dans cette position, il ne pouvait se relever lui-même. Tandis qu'elle ouvrait les fixations pour libérer les pieds de Patrice, il se tordait le cou pour la regarder, avec dans les yeux, un mélange de honte et de colère. Une fois debout, il empoigna ses planches, les enfonça devant lui et dit d'une voix rageuse :

« Je me demande ce que je fiche là ! Vous devez me trouver grotesque !

— Mais non, Patrice. Tous les débutants commencent par tomber...

— Peut-être... Seulement... voilà... vous êtes la dernière personne devant qui j'aurais voulu me donner en spectacle...

— Quelle idée ! Pourquoi avez-vous accepté que je vous apprenne à faire du ski, alors ? »

Il respirait difficilement. La sueur coulait sur son front, sur ses joues. Sa lèvre inférieure tremblait. Soudain, il dit :

« Pour être seul avec vous, Elisabeth. »

Elle écouta cet aveu avec indifférence. Son cœur

et son cerveau étaient également engourdis. Comme elle se taisait, il fit un pas en avant. Elle vit l'exaltation monter dans ses yeux, tel un flot de lumière.

« Oui, Elisabeth, reprit-il, j'en avais tellement envie, vous comprenez ?... Je ne pouvais pas continuer à vous voir toujours parmi les autres... J'ai sauté sur cette chance... Sans réfléchir... Je vous aime, Elisabeth ! »

Elle ne croyait pas qu'il irait jusqu'au bout de sa pensée.

« Non, Patrice, murmura-t-elle avec ennui. Vous vous figurez que vous m'aimez, vous jouez avec des mots...

— Je sais ce que je dis, Elisabeth. Dès que je vous ai aperçue en arrivant à l'hôtel, j'ai été saisi. Vous ne faisiez pas attention à moi, et j'épiais vos moindres gestes, vos moindres sourires. Vous sortiez avec d'autres, et j'étais malheureux. Vous rentriez, vous me disiez un mot, et j'étais de nouveau plein d'espoir. Quand nous sommes allés ensemble au Mauvais-Pas, j'ai cru que j'aurais le courage de vous dire que je vous aimais. Et je n'ai pas osé. Je vous regardais. Vous étiez si belle !... Je vous trouvais trop belle pour moi !... Et puis, cet homme est venu vous inviter à danser... »

Ses traits se durcirent. Il aspira une bouffée d'air et poursuivit, un ton plus bas :

« Oh ! Elisabeth, est-il possible que vous n'ayez pas remarqué à quel point j'avais besoin de vous ? »

Embarrassée par son insistance, elle ne savait comment l'éconduire sans le blesser.

« Patrice, répondit-elle, je suis très touchée, mais...

— Attendez, Elisabeth Je n'ai pas fini... »

Il jeta ses yeux dans les yeux d'Elisabeth, comme

pour la renverser sous la force de son regard, et dit encore :

« Elisabeth, voulez-vous être ma femme ? »

Elle tressaillit :

« Quoi ?

— Voulez-vous être ma femme ? » répéta-t-il posément.

Cette question, tombant sur elle à un moment où elle se sentait si humiliée et si seule, la bouleversa. Paralysée par l'émotion, elle dit dans un souffle :

« Non, Patrice.

— Pourquoi ? » s'écria-t-il en lui prenant les deux mains.

Elle balança la tête en silence.

« Vous ne m'aimez pas ? reprit-il.

— J'ai beaucoup d'affection pour vous, Patrice, dit-elle. Mais ne me demandez pas autre chose...

— Oh ! je sais, dit-il, je sais pourquoi vous me repoussez. Mais vous avez tort, Elisabeth... Cet homme ne pourra jamais vous aimer comme je vous aime !

— Quel homme ?

— Celui qui vous a invitée à danser au Mauvais-Pas, qui vous a tutoyée devant moi, qui a déjeuné plusieurs fois à l'hôtel avec des amis, qui est venu, ce matin encore, et que vous avez renvoyé ! »

Elle éprouva un grand choc dans la poitrine, puis un calme mort, terrifiant.

« Vous l'avez vu ? dit-elle.

— J'étais à mon balcon. Ne niez pas, Elisabeth ! Vous ne pouvez rien me dire sur vous et sur lui que je n'aie déjà deviné ! Rien, entendez-vous ? Mais, ce qu'il faut que je sache absolument, c'est si vous l'aimez, si vous avez l'intention de vous marier avec lui !...

— Non, dit-elle farouchement. C'est quelqu'un... quelqu'un d'effroyable !... »

Comme elle prononçait ces mots, un voile amer obstrua sa gorge. Son regard se déroula, se noya. Elle ouvrit la bouche dans une grimace d'asphyxiée.

« Alors, balbutia Patrice en la saisissant aux épaules, alors, Elisabeth rien n'est perdu ! Je vous aiderai à oublier qu'il y a eu un homme avant moi dans votre vie. J'ai trop confiance en notre avenir pour m'inquiéter de votre passé ! Réfléchissez bien à ce que je vous propose. Ne me refusez pas encore... Laissez-moi espérer ! »

Brisée par les sanglots, elle s'écarta de lui, s'assit dans la neige, et, les mains sur la figure, chuchota :

« Non, Patrice ! Non ! Je vous en prie !... Restons amis !... C'est tout !... Partez maintenant !...

— Mais je ne peux pas vous quitter comme ça ! dit-il avec désespoir. Vous pleurez ! Et moi, moi qui vous aime tant, je suis là, inutile, avec toute ma tendresse !...

— Partez, répéta-t-elle sans enlever les doigts de son visage.

— C'est bien, dit-il au bout d'un moment. Je vais retourner à l'hôtel. Et je vous jure que personne ne saura rien de notre conversation. Si vos parents ou ma mère me demandent où vous êtes, je répondrai que vous avez voulu monter à Rochebrune... »

Elle l'écouta s'éloigner dans la neige. Après être demeurée longtemps immobile, enfermée dans la nuit rouge de ses mains, elle s'enhardit de nouveau à regarder l'univers. Le soleil était haut dans le ciel. Des skieurs multicolores croisaient leurs paraboles sur les pentes blanches. Christian était peut-être parmi eux. « Elisabeth, voulez-vous être ma femme ? » Ces paroles, qu'elle avait follement souhaité entendre de lui, un autre les avait prononcées. Un autre qu'elle connaissait à peine et à qui elle ne demandait rien. Un autre dont tout l'amour ne pouvait suffire à la rendre heureuse. Accablée par cette moquerie du destin, elle se redressa péniblement, chaussa ses skis, prit ses bâtons, et glissa vers la station du téléférique, qui était entourée de monde et où nul ne l'attendait.

TROISIÈME PARTIE

I

Elisabeth ouvrit les paupières et s'étonna. Il lui arrivait souvent, au réveil, de croire qu'elle se trouvait encore dans sa petite chambre basse à l'hôtel. Inconsciemment, elle chercha des yeux, dans la pénombre, les meubles familiers, les rideaux de cretonne claire. Mais son regard somnolent rencontra une grosse commode Louis XV aux bronzes massifs, deux bandes de tissu vert, flanquant une haute fenêtre, et le cadre doré d'un tableau. Friquette ne dormait plus par terre, sur un coussin, mais au creux d'une vieille bergère. Et, dans son lit à elle, il y avait un homme. « C'est vrai, se dit-elle, je suis mariée ! » Depuis deux mois qu'elle avait quitté ses parents, elle ne pouvait s'habituer à une situation si raisonnable pour les autres et, pour elle-même, si étrange. Tournant la tête, elle observa le grand corps qui reposait à sa gauche, sur le flanc, ivre d'oubli, le drap rabattu jusqu'au ventre, le pyjama déboutonné sur la poitrine à cause de la chaleur. Ce visage fermé était à elle, à elle ce bras pendant, cette main inerte aux longs doigts à demi dépliés dans le vide, ce poignet aux veines bleues, ce souffle régulier et cet âcre parfum. Il a vraiment de beaux cils, songea-t-elle. Et l'attache du cou est très fine. Mais je lui dirai de se faire couper les cheveux plus courts dans la nuque. Comme il dort ! » Elle s'écarta de lui, et il s'étira aussitôt, dans une pose de sauteur à la perche passant la barre. Elle eut envie de l'embrasser, mais se retint. En ne le touchant pas, elle le possédait mieux encore. Sans bruit, elle rampa hors du lit, enfila son peignoir, entrebâilla les volets. Friquette roula de la bergère et se précipita vers sa maîtresse, avec tous les soupirs, les frétillements et les éternuements nécessaires au témoignage d'une vive allégresse matinale.

« Chut ! murmura Elisabeth en la caressant, tu vas le réveiller. »

Mais Patrice grogna en rêve, enfouit sa face dans l'oreiller et continua de dormir. Il était huit heures et demie du matin. Marchant sur la pointe des pieds, Elisabeth sortit avec Friquette dans le couloir, que tout le monde, ici, appelait « la galerie ». De grandes estampes grises, à peine déchiffrables, inclinaient leurs cadres au-dessus du passage. La salle de bain était au bout de ce chemin d'images pompeuses, naïves ou libertines. Elisabeth glissa devant la porte de sa belle-mère, puis devant la porte de la vieille Mme Monastier, que Patrice nommait encore Mazi, comme dans son enfance, descendit une marche et pénétra dans une pièce dallée, très vaste, très claire, garnie de deux lavabos à cuvettes basculantes et d'une énorme baignoire, haute sur pattes, à l'émail craquelé et terni.

L'antique chauffe-bain à gaz était d'un maniement dangereux et on parlait, dans la famille, d'une explosion spectaculaire, qui avait, sept ans auparavant, brûlé les sourcils et les cils de Mazi. Ayant allumé la veilleuse, Elisabeth tourna le robinet d'eau chaude et atttendit vaillamment les réactions du monstre. Un grondement précurseur courut dans la tuyauterie, le serpentin trembla de rage, et, soudain, toutes les flammes de l'enfer bondirent en sifflant dans leur prison de tôle. Malgré la violence de cet incendie domestique, ce fut une eau parcimonieuse et tiède qui coula dans la baignoire. Vingt fois, on avait décidé de convoquer un plombier pour réviser l'installation, mais, chez les Monastier, plus on discutait d'un projet, moins on était pressé de le voir aboutir. Il semblait que l'effort dépensé en commun pour examiner un problème pratique donnât à chacun l'illusion que ses désirs étaient déjà à demi exaucés.

Elisabeth ferma la porte à clef, retira son peignoir et se regarda dans la glace. La peau de son visage, de son cou, de ses bras avait encore pâli en quelques jours. Elle se rappela l'inquiétude de Mazi, lorsque Patrice lui avait présenté sa fiancée, au retour des vacances : « Ah ! mon Dieu ! c'est le soleil de la montagne qui vous a donné ce teint-là, mademoiselle ? » Encore maintenant, la vieille dame estimait que son petit-fils avait une épouse trop brune et conseillait à Elisabeth d'user d'une pommade blanchissante, qui lui avait personnellement très bien réussi après son séjour à Etretat, en 1911. Quand Elisabeth songeait aux événements qui venaient de bouleverser son existence, elle s'étonnait que le bonheur eût pu naître si rapidement de son désespoir. Bien qu'elle eût repoussé d'abord la demande en mariage de Patrice, elle n'avait pas tardé à se rendre compte que leur explication les avait rapprochés l'un de l'autre. Comme il ne lui parlait plus de son amour, elle se trouvait toujours plus à l'aise en sa compagnie. Christian avait disparu de Megève. Sans doute était-il parti avec Françoise Renard avant même le début des vacances scolaires de Pâques. Ce n'étaient pas ses vagues fonctions de professeur au collège du Hameau qui l'auraient empêché de suivre une femme riche et accommodante. D'ailleurs, Elisabeth était sûre que, si elle avait continué à le rencontrer sur les pistes, elle n'en eût pas été davantage troublée. La confiance, l'attention, le respect dont l'entourait Patrice la relevaient à ses propres yeux. Auprès de lui, elle se sentait purifiée, rassurée. Il réparait le mal qu'avait fait Christian, il effaçait Christian, il le remplaçait même dans une certaine mesure. Plus de tourments, mais une sage tendresse, un engourdissement amical et délicieux. La neige fondait. Il y avait de moins en moins de clients à l'hôtel. Mais les Monastier ne semblaient pas pressés de libérer leurs chambres. Amélie et la mère de Patrice sortaient souvent ensemble et avaient, le soir, de longs conciliabules dans le hall à demi vide. Un jour, enfin, Patrice avait osé redemander à Elisabeth d'être sa femme. Cela s'était passé sur le chemin du Calvaire. Ils descendaient le sentier bordé de chapelles aux statues coloriées. Une vapeur de soleil flottait au-dessus des pentes d'herbe, que des croûtes de neige recouvraient encore par endroits. Elisabeth avait levé son regard sur ce visage grave, implorant, et, soudain, elle s'était dit qu'il resterait pour toujours dans sa vie. Elle voyait son salut dans les yeux de Patrice. Mais elle ne pouvait pas lui mentir. Au risque de gâcher leur avenir à tous deux, elle lui avait répété qu'il se trompait sur son compte, qu'elle était indigne de lui, qu'elle avait déjà appartenu à un homme. Patrice refusait de l'entendre : « Ne me parlez plus jamais de cela, Elisabeth. Je ne veux pas le savoir. Dites-moi simplement : oui, ou non. » Quel garçon étrange ! Perdu dans ses rêves, était-il seulement capable d'être jaloux ? Leurs lèvres s'étaient unies avant même qu'elle n'eût donné sa réponse. Le soir, ils annonçaient la nouvelle à leurs parents, et la joie d'Amélie, de Pierre, de Mme Monastier confirmait Elisabeth dans le sentiment de la chance extraordinaire qui lui était échue. Avertis de l'événement, les rares clients des Deux-Chamois avaient joint leurs félicitations à celles des employés. Le chef russe, saisi d'une inspiration culinaire débordante, avait retardé son départ pour organiser le dîner de fiançailles, avec *borsch, koulibiak* et *côtelettes pojarsky*. A dater de ce festin, la vie d'Elisabeth avait pris le galop : les Monastier quittaient Megève pour retourner à Saint-Germain, le personnel se débandait, Amélie, Pierre et Elisabeth préparaient la fermeture de l'établissement. Comme chaque année, ils devaient passer « l'entre-saisons » à Paris. L'oncle Denis avait retenu deux chambres pour eux, dans un petit hôtel de la rue Lepic, juste en face de son café. Le lendemain de son arrivée, Elisabeth revoyait Patrice. Un mois plus tard, elle était sa femme. Elle eût souhaité une cérémonie très discrète, mais Patrice avait insisté pour qu'elle se mariât en blanc, parmi un grand concours d'invités.

Ah ! cette entrée, au bras de son père, dans une église de Saint-Germain-en-Laye, pleine de visages, de musiques et de fleurs, elle la revivait encore avec la merveilleuse angoisse du moment. Sa robe de satin lilial bruissait autour d'elle. Tous les regards la suivaient, glissant sur le tapis rouge. Belle, enviée, admirée, elle marchait vers l'autel avec la même foi que lors de sa première communion. Le chauffe-bain rugit, couvrant la voix des orgues. Une odeur de gaz flotta dans la nef. Le robinet ne lâchait plus son eau que par petits hoquets. Elisabeth sourit en se rappelant le défilé à la sacristie : la famille alignée contre le mur, et toutes ces mains, menues ou grandes, sèches ou moites, qu'il fallait serrer au passage. Son grand-père était venu exprès de la Chapelle-au-Bois pour assister à la fête. Entre tous ces gens au teint fade, il imposait l'éclat de son vieux masque cuivré, bosselé, de sa chevelure blanche et de sa moustache de chat poivre et sel. Amélie portait un ample chapeau fleuri, qui oscillait gracieusement quand elle bougeait la tête. Pierre, rasé à vif, dressait un menton de conquérant au-dessus de son faux col dur. Clémentine, en tailleur bleu ciel, faisait éclore un sourire par seconde sur ses lèvres fardées. Et Denis, au bout de la rangée, s'ennuyait.

Après un court voyage de noces à Dinard, les jeunes gens étaient revenus à Saint-Germain, et Mazi leur avait cédé la plus belle chambre de la maison. Certes, Elisabeth eût préféré avoir un intérieur bien à elle, mais, comme Patrice ne possédait ni fortune personnelle, ni situation, elle comprenait qu'il leur fallût, pour les débuts de leur mariage, se contenter de vivre en famille. Du reste, tout le monde, ici, était plein de prévenance pour elle.

Le chauffe-bain menaçant d'éclater, elle ferma le robinet, et la couronne de flammes s'éteignit dans un chuintement de colère. Ayant ainsi dompté les puissances du feu, elle ôta sa chemise de nuit, et apparut, nue, avec une alliance au doigt. Ce fut incontestablement Mme Patrice Monastier qui enjamba le bord de la baignoire et s'accroupit dans l'eau avec un frisson de bien-être. Ses seins se soulevaient un peu, portés par la nappe liquide. Avaient-ils réellement grossi depuis son mariage, ou n'était-ce qu'une impression ? Elle se savonna, avec volupté, les bras, le cou, les aisselles, la poitrine. Comment avait-elle pu croire, jadis, que seul Christian était capable de la rendre heureuse ? Avec Patrice, elle découvrait une autre façon d'aimer et d'être aimée. Il était si timide, que c'était elle, la plupart du temps, qui provoquait et dirigeait leurs étreintes. Maîtresse du jeu jusqu'aux dernières phases, elle n'en goûtait que mieux le plaisir d'être dominée à la fin. La précision de cette pensée lui jeta le sang aux joues. Etait-il normal qu'elle attachât tant d'importance à cet aspect secret du mariage ? La chaude lumière du mois d'août entrait par la fenêtre. A Megève, la saison d'été battait son plein. Beaucoup de coloniaux, sans doute, comme chaque année. Amélie et Pierre avaient repris le chef russe. Ils devaient être débordés de travail. « Et moi qui ne leur ai pas écrit depuis une semaine ! » Elle se leva pour se frotter le bas du corps avec un gant de toilette. On frappa à la porte. C'était Patrice.

« Déjà réveillé ? » dit-elle.

Elle sortit de la baignoire pour lui ouvrir, et, vite, se replongea dans l'eau. Il pénétra dans la salle de bain d'un air gauche, grommela : « Bonjour, chérie ! » et s'approcha du lavabo pour se raser. Au-dessus d'un pyjama rayé, sa figure était alourdie de sommeil. Il évitait de regarder sa femme. Elle s'amusa de cette pudeur masculine, qui le détournait de voir en pleine lumière ce qu'il recherchait, dans la pénombre, avec avidité.

« Viens ici », dit-elle.

Il obéit et elle lui entoura le cou de ses bras ruisselants. Leur baiser eut un goût d'eau tiède. Elisabeth riait :

« Que tu es grognon au réveil ! Si tu ne me souris pas, je te tire par les cheveux dans la baignoire !...

— Elisabeth ! balbutia-t-il, tu n'es pas raisonnable ! La porte n'est même pas fermée à clef. Si quelqu'un entrait...

— Et alors ? Nous sommes mariés ! On ne peut rien nous dire ! » répliqua-t-elle en l'embrassant encore.

Quand elle le sentit sur le point de perdre la tête, elle le repoussa :

« Va te raser, maintenant !... »

Tandis qu'il se savonnait les joues, elle s'accouda au bord de la baignoire pour l'observer commodément. Cette opération, essentiellement virile, la fascinait. Sous la caresse du blaireau, Patrice devenait un vieillard bien portant à la barbe de mousse blanche.

« Ote la veste de ton pyjama, dit-elle. Tu vas la mouiller. »

Il lui jeta un regard soupçonneux et marmonna :

« Non, non, ça va comme ça !

— Tu as peur de te montrer le torse nu devant moi ?

— Pas du tout ! »

Elle savait bien que si ! En réalité, il se jugeait mal bâti et craignait qu'elle ne le remarquât.

« Alors, qu'attends-tu ? » demanda-t-elle.

Il retira sa veste. Evidemment, il était trop maigre, les épaules osseuses, la poitrine étroite, mais, dans l'ensemble, ce corps léger avait de l'élégance. Chaque fois que Patrice levait le bras, Elisabeth voyait son aisselle creuse, à peine velue. Le rasoir traçait des sillons roses dans la neige du menton.

« Au lieu de me regarder, tu devrais te dépêcher

d'achever ta toilette, dit-il. Si Mazi arrive à la salle à manger avant nous, ce sera un drame !

— Penses-tu ! dit-elle. Je lui expliquerai que tout est de ma faute ! Nous nous entendons si bien, elle et moi !... »

Malgré cette affirmation, elle se sécha rapidement et se planta devant le lavabo pour finir de se préparer.

Mazi n'était pas encore dans la salle à manger, quand Patrice et Elisabeth y pénétrèrent. Assise, seule, à la grande table, Mme Monastier lisait les annonces nécrologiques du *Figaro*. En apercevant son fils, sa figure s'épanouit. Chaque matin, elle le mettait au monde.

« Bien dormi ? » dit-elle en tendant sa joue droite à Patrice, puis sa joue gauche à Elisabeth, dans un balancement équitable.

Et, sans attendre leur réponse, elle se lança dans les commentaires que lui inspiraient les nouvelles mondaines du journal. Elle prétendait avoir eu de nombreuses relations dans les milieux les plus distingués de la capitale et s'en être volontairement éloignée à la suite de son veuvage. Pour Elisabeth, Paris était peuplé de gens que sa belle-mère avait « perdus de vue ».

« Mon Dieu ! soupira-t-elle. Dire que Mme de Courbillay marie sa fille, et je l'apprends par les gazettes, moi, qui, autrefois, ne passais pas une semaine sans prendre une tasse de thé avec elle ! »

La tasse de thé jouait un rôle très important dans l'existence de Mme Monastier. A Megève, déjà, la pâtisserie était son lieu de prédilection. Ici, chaque jour, ou presque, elle se rendait, vers cinq heures, chez l'une ou l'autre de ses amies. Elle-même « recevait » deux fois par mois, et alors, dans le grand salon Louis XV, vingt dames, portant chacune un petit jardin sur la tête, caquetaient, ivres d'infusion. Elisabeth estimait que Mme Monastier était beaucoup plus agitée, plus évaporée, à Saint-Germain qu'en vacances. Etait-ce la présence de Mazi qui la rajeunissait à ce point ? Devant la mère de son mari défunt, elle retrouvait des manières d'adolescente, et se soumettait, en nouvelle venue, à l'autorité supérieure qui gouvernait la maison.

« Je me demande ce que fait Mazi ? reprit-elle en posant son journal. Pourvu qu'elle n'ait pas eu sa crise d'étouffement, comme l'autre nuit ! Tu devrais aller frapper à sa porte, Patrice. »

Mais « la jeune Eulalie » rassura tout le monde, en apportant cafetière, théière, et chocolatière sur un plateau : Madame allait venir d'une minute à l'autre. On l'habillait. De son époque de splendeur, Mazi avait gardé l'habitude d'être aidée dans sa toilette par une servante. C'était « la vieille Eulalie », mère de la précédente, qui, aujourd'hui encore, assumait ces délicates fonctions, malgré ses soixante-dix-huit ans, sa cataracte, ses pertes de mémoire et son tremblement des extrémités. Elle n'était plus bonne à rien d'autre dans la maison, mais il n'était pas question de se séparer d'elle. Tout le ménage reposait sur sa fille, « la jeune Eulalie », qui, d'ailleurs, avait passé la cinquantaine. Les joues écarlates, les bras courts et musclés, elle plaça le lourd plateau d'argent au milieu de la table et se retira. Nul ne songeait à se servir en l'absence de Mazi.

Enfin, elle apparut, grande, superbe, le teint coloré, le menton romain, la poitrine gonflée en ballon sphérique au-dessus de son estomac serré dans un corset. Sur son front haut et lisse, s'appuyait un abondant coussin de cheveux châtain clair. Ils étaient si beaux, qu'Elisabeth, au retour de son voyage de noces, l'en avait publiquement félicitée. Mais cette remarque avait indisposé l'aïeule. Un peu plus tard, Patrice devait révéler à sa jeune épouse que Mazi portait une perruque. Depuis ce jour, Elisabeth ne pouvait plus voir la vieille dame sans craindre que, d'un mouvement inconsidéré, elle ne déplaçât le système pileux qui lui coiffait le crâne. A son approche, Patrice et Elisabeth se levèrent. Mazi offrit la vénérable fraîcheur de ses joues aux baisers rituels du matin, se laissa descendre sur sa chaise et dit d'un air fringant :

« Quoi de neuf ? »

Il n'y avait jamais rien de « neuf » à lui annoncer, et, d'ailleurs, elle détestait tout ce qui aurait pu changer ses habitudes. D'après Patrice, c'était miracle qu'elle eût accepté spontanément l'entrée d'une jeune femme dans sa famille. Pour leur petit déjeuner, Mme Monastier et Mazi prenaient du thé, avec une rondelle de citron. Elisabeth était restée fidèle au café au lait. Patrice, qui avait besoin de se fortifier, recevait, chaque matin, un grand bol de cacao. C'était Mme Monastier qui lui beurrait ses toasts. Jalousement surveillé par sa mère et par sa grand-mère, il mangeait avec un visage d'enfant distrait.

« A quoi songes-tu, Patrice ? » demanda Mazi.

Quelle question ! il songeait à son concerto, dont il n'avait encore écrit que les premières mesures. On en parla comme d'une œuvre, qui, une fois terminée, apporterait la célébrité à son auteur. Pour le sujet, Patrice s'était inspiré des différents aspects de la neige à Megève. Ce thème n'avait d'ailleurs, dans son esprit, qu'une valeur de prétexte. Il détestait la musique figurative et prétendait que l'impressionnisme de Debussy avait entraîné ses imitateurs dans une impasse. Cette opinion chagrinait sa mère, qui se rappelait avoir eu un certain succès en chantant *La Demoiselle élue,* dans un salon, en 1920 : « Lorsqu'autour de sa tête s'attachera l'auréole... » Elisabeth aimait beaucoup entendre Patrice discuter de son art et regrettait que sa propre culture musicale fût trop pauvre pour lui permettre de participer au mystère de la création.

« Ce que je voudrais, dit Patrice, c'est placer l'auditeur dans un état de réceptivité tel que ma musique ait l'air d'être l'expression de sa sensibilité particulière et non de la mienne. »

Mazi approuva en balançant la masse adipeuse de son visage :

« Tu es sur la bonne voie, mon petit. Travailleras-tu un peu, ce matin ?

— Peut-être... Je ne sais pas... Pour l'instant, je me cherche encore... »

Depuis qu'Elisabeth s'était fixée à Saint-Germain, il se cherchait ainsi, pianotant, rêvassant à longueur de journée. Sa mère et sa grand-mère entouraient de respect cette inaction féconde.

Après le petit déjeuner, Elisabeth retourna avec Patrice dans leur chambre. Il aida sa femme à refaire le lit, puis s'assit devant la table pour feuilleter une revue musicale, tandis qu'elle-même époussetait les meubles sans entrain. Elle avait dû insister jadis pour que la jeune Eulalie consentît à se décharger sur elle de cette besogne, et, maintenant, elle était forcée de convenir que les soins du ménage l'ennuyaient. Comment eût-il pu en être autrement, puisqu'elle se sentait en visite dans cette pièce solennelle, décorée selon le goût de Mazi ? Les brocarts fanés des murs, les estampes, l'alcôve au cadre illustré de figurines pompéiennes, la commode ventrue, les fauteuils aux pattes torses, le menu peuple des guéridons et des tabourets, tout, ici, parlait d'une vieillesse opulente et maniaque.

« Ne crois-tu pas que nous pourrions tout de même enlever quelques meubles pour mettre les autres en valeur ? dit Elisabeth.

— Tu n'y penses pas ! s'écria Patrice. Mazi serait furieuse. Elle a choisi ce qu'elle avait de mieux pour l'installer chez nous, elle a tout arrangé avec tant d'amour !...

— Peut-être, mais ce n'est pas elle qui habite dans cette chambre. Et moi, quand je regarde ce bric-à-brac, j'ai le cafard. »

Au lieu de protester, Patrice, prudemment, se replongea dans sa lecture. La jeune Eulalie apporta le courrier : une lettre pour Elisabeth, (Pierre et Amélie s'inquiétaient d'être sans nouvelles de leur fille depuis huit jours), et une lettre pour Patrice. Il la parcourut du regard, la posa sur la table, la reprit et grommela :

« Ça, alors !... Sais-tu qui m'écrit ? Charles Brétillot, un copain de lycée que je n'ai pas revu depuis deux ans. Il s'est lancé dans la mise en scène cinématographique et il me demande si j'accepterais de composer la musique d'un documentaire qu'il vient de tourner en Savoie...

— C'est merveilleux ! s'exclama Elisabeth.

— On voit bien que tu ne connais pas Brétillot ! dit Patrice. C'est un type charmant, mais qui ne vit que pour l'esbroufe. Une tête brûlée, un excité...

— Qu'est-ce que cela peut faire, s'il a du talent ? dit Elisabeth.

— Il a surtout un père qui est producteur et qui le pousse dans ce métier. Autrement, je suis sûr qu'il n'arriverait à rien !

— A-t-il déjà tourné d'autres films ?

— Deux courts métrages, je crois.

— Tu les as vus ?

— Non...

— Alors, comment peux-tu dire qu'il n'arriverait à rien sans son père ? Montre-moi ce qu'il t'écrit. »

Patrice lui tendit la lettre. Elle lut :

Mon cher vieux,

Je viens de terminer un documentaire sur les églises de Savoie, pour la « Cocipa », la société de mon père. Un boulot soigné et qui, j'en suis sûr, fera du bruit dans les milieux cinématographiques. Pour la musique, j'aurais pu m'adresser à des spécialistes plus ou moins fameux, mais je préférerais un nom nouveau. D'ailleurs, je t'avoue que je suis plutôt serré dans mon budget. Alors, voilà, je me suis souvenu de toi. La dernière fois que tu étais venu à la maison, tu avais improvisé au piano d'une façon étourdissante. Je suis donc persuadé que tu saurais, sans trop de mal, faire quelque chose de remarquable pour mon film. Cela te rapporterait un peu d'argent, et, en cas de succès, d'autres commandes. J'attends ta réponse avec impatience : les bobines sont déjà au montage. As-tu le téléphone ? Je n'ai pas trouvé ton numéro dans l'annuaire. Si tu veux me joindre, je suis chez moi, tous les matins, et, l'après-midi, au bureau, dont l'en-tête de cette lettre te donne l'adresse. A très bientôt, mon vieux, dans l'espoir d'une collaboration amicale et fructueuse.

Charles Brétillot.

Elisabeth replia le feuillet et dit :

« Il faut accepter, Patrice. »

Il balbutia :

« Accepter ? Mais, voyons, Elisabeth, j'ai autre chose à faire...

— Ton concerto ?... Tu n'y travailles jamais !...

— J'y réfléchis...

— Eh bien, tu y réfléchiras un peu moins pendant quelques jours et tu écriras cette musique de film.

— La musique de film n'est pas mon affaire, dit-il. Quand on compose pour l'écran, la partition doit tenir compte de l'image, du découpage, du minutage... J'aurais horreur de me soumettre à toutes ces contraintes !

— Qu'en sais-tu, Patrice ? Tu n'as jamais essayé. Peut-être, au contraire, seras-tu excité par les difficultés à vaincre ?...

— J'en doute...

— De toute façon, il est indispensable que tu répondes à ton camarade, que tu le remercies, que tu prennes rendez-vous avec lui pour voir son documentaire...

— Et après ?

— Si le documentaire est mauvais, tu refuseras. S'il est bon, tu te mettras à l'ouvrage. »

Patrice lui envoya un long regard de détresse :

« Mais, Elisabeth, je te répète que je ne saurais pas, que je pataugerais lamentablement !... »

Elle hocha la tête et prononça lentement, avec amour :

« Tu passes ton temps à douter de toi, à te calomnier, à te dérober, et tu as tout pour réussir !...

— Si tu pouvais avoir raison ! murmura-t-il dans un pauvre sourire. Enfin, n'en parlons plus. Je penserai à cette affaire, et, dans quelques jours, j'écrirai à Brétillot.

— Non, dit-elle. Si tu tardes trop, il s'adressera à un autre.

— Attends au moins que nous en ayons discuté avec maman et Mazi !

— Nous n'avons pas besoin d'elles pour prendre nos décisions, répliqua-t-elle vivement. Tu vas tout de suite téléphoner à ce garçon... »

Surpris par la brusquerie de cette résolution, il hésitait entre le désir de défendre sa quiétude et celui d'obéir à une volonté plus forte que la sienne.

« Viens », dit-elle en lui saisissant la main.

Sortant de la chambre, elle l'entraîna dans l'escalier, puis, à travers le long couloir du rez-de-chaussée, jusqu'à la bibliothèque. Le téléphone était là, sur une petite table, veillé par des murailles de livres poussiéreux. Depuis le décès du père de Patrice, cette pièce était devenue une sorte de sanctuaire. Sur le bureau, reposaient encore les lunettes du défunt, sa pipe d'écume dans un cendrier, son album de timbres-poste, ouvert à la page même qu'il avait contemplée avant d'être terrassé par une crise cardiaque. Elisabeth savait seulement de lui qu'il avait été un collectionneur et un érudit, qui, peu de temps après son mariage, s'était ruiné dans le commerce des bois et était revenu vivre, avec femme et enfant, auprès de sa mère, dont la fortune solide et l'autorité avisée l'avaient enfin déchargé de tout souci. On disait, dans la famille, que Patrice lui ressemblait beaucoup. La lumière du soleil filtrait à travers les lames des volets fermés. Un parfum de papier moisi imprégnait l'air. Patrice, marchant sur la pointe des pieds, s'avança vers le téléphone :

« Tu as le numéro, Elisabeth ?

— Oui, dit-elle. J'ai apporté la lettre. Tiens !

— Il ne sera sûrement pas chez lui, à cette heure-ci !

— Qu'est-ce que tu en sais ? Essaie toujours... »

Il essaya, et ce fut Charles Brétillot en personne qui lui répondit. Le visage de Patrice prit une expression indéterminée. Il écrasa l'écouteur contre son oreille.

« Allô ! C'est toi, mon vieux ? dit-il. J'ai reçu ta lettre... Je te remercie d'avoir pensé à moi... Oui, oui, en principe, ça m'intéresse... Mais, avant de décider quoi que ce soit, je voudrais te voir, te parler... »

Il interrogea Elisabeth du regard : était-ce là ce qu'il fallait dire ? Elle inclina la tête.

« Quand es-tu libre ? demanda-t-il.

— Invite-le à venir ici ! chuchota Elisabeth.

— Peux-tu venir chez moi, à Saint-Germain ? reprit-il. Allô !... J'entends mal... Oui... A Saint-Germain... Comment ?... Ah !... tu préfères que j'aille à Paris... Evidemment, comme ça je pourrais voir le film... »

De nouveau, il chercha les yeux d'Elisabeth. Elle était d'accord. Il raffermit sa voix :

« C'est bon, j'irai... Tu dis ? Lundi prochain, à trois heures et demie, au bureau ?... »

Elisabeth murmura :

« Très bien.

— Très bien, dit-il. Alors, à lundi, mon vieux... Moi aussi, j'espère que ça marchera... »

Puis, reposant l'appareil sur sa fourche, il demanda :

« Tu es contente ?

— Et toi ? »

Il la prit dans ses bras :

« Je suis surtout content parce que je vais présenter ma femme à un copain qui ne sait même pas que je suis marié. J'avais complètement oublié de lui envoyer un faire-part !

— Tu veux vraiment que je t'accompagne, Patrice ? » dit-elle, émue par la confiance qu'il lui témoignait.

Il lui effleura la joue d'un baiser :

« Absolument ! Qu'est-ce que je ferais sans toi ? Je ne connais rien au cinéma !

— Moi non plus.

— Oh ! toi ! toi, tu sais tout ! Toi, tu es merveilleuse !... »

Ils restèrent silencieux, enlacés, devant le bureau où un fantôme avait posé sa pipe. Toute la sagesse du monde ruisselait sur eux des rayons chargés de gros livres maussades. Au bout d'un moment, Patrice soupira :

« Il faudrait prévenir maman et Mazi...

— De quoi ?

— De nos projets. Je vais aller les voir tout de suite...

— Attends le déjeuner », dit-elle.

II

« Mes compliments, dit Mazi en plissant le front sous sa volumineuse perruque. Au moins, tu vas vite en besogne ! Un coup de téléphone, et tout est réglé.

— Rien n'est encore réglé, dit Patrice. J'ai simplement pris rendez-vous. »

Couteaux et fourchettes travaillèrent un moment sur des tranches de rôti grisâtres et résistantes. L'atmosphère était à l'orage. Mazi acheva de mastiquer une bouchée de viande et reprit sur un ton de fausse naïveté :

« Je croyais que tu étais hostile à la musique de cinéma !

— Quand il s'agit d'un film ordinaire, d'un film à intrigue ! dit Patrice. Mais là, ma partition commentera un film d'art religieux. Je pourrai donc, au passage, développer quelques thèmes qui me sont chers.

— Bref, ça t'intéresse ? dit Mazi.

— Enormément », dit Patrice.

Elisabeth l'observa avec surprise. A le voir si sûr de son fait, nul n'aurait pu supposer que, deux heures auparavant, il hésitait encore sur le parti à prendre.

« Et quand vas-tu le voir ? dit Mazi.

— Lundi prochain, à trois heures et demie. Nous partirons tout de suite après le déjeuner.

— Nous ? demanda Mme Monastier.

— Oui, dit Patrice, Elisabeth m'accompagnera. »

Le regard de Mazi se détourna lentement de son petit-fils et s'appuya sur Elisabeth, dont la responsabilité dans cette décision était évidente.

« C'est une bonne idée ! dit Mme Monastier. Je suis contente, Patrice, que tu renoues avec tes anciens amis. Tu étais devenu si sauvage ! Il faut absolument qu'Elisabeth t'entraîne à te distraire. Si vous voulez inviter quelques jeunes gens à prendre le thé, un dimanche... »

Patrice ne dit ni oui, ni non, et se remit à manger. Elisabeth l'imita, modérément. Après la riche cuisine de l'hôtel, l'ordinaire des Monastier lui semblait d'une fadeur attristante. Personne, ici, ne s'intéressait à la nourriture, tous les plats avaient le même goût. Elle rêva à une sauce piquante, à des croûtons de pain grillé sur un lit d'épinards. La jeune Eulalie changea les assiettes. Pour marquer son mécontentement de n'avoir pas été consultée par son petit-fils dans une affaire aussi grave, Mazi refusa le fromage et avala quelques grains de raisin avec autant de répugnance que si elle eût gobé des billes.

« Oh ! maman, vous n'avez presque rien mangé ! dit Mme Monastier. Que se passe-t-il ? Vous n'êtes pas souffrante ?

— C'est vrai, dit Patrice, je trouve que Mazi a moins bonne mine qu'hier ! »

Ces cris d'alarme rendirent à la vieille dame le sentiment de son importance. Oubliant sa rancune, elle consentit à sourire :

— Ce n'est rien, dit-elle. A mon âge, la moindre contrariété chasse l'appétit et affaiblit le cœur.

— Vous avez eu une contrariété ? demanda Mme Monastier.

— Même pas. Je l'ai cru, mais je me suis trompée. Je suis heureuse, Patrice, que tu aies pris, *tout seul*, l'initiative de téléphoner à ton camarade. »

Elle avait fini de parler, et les mots : *tout seul* vibraient encore dans la pièce. Approuvé en dernière instance, Patrice jeta à Elisabeth un regard joyeux. On se leva de table.

« Eulalie, vous nous servirez le café dehors », dit Mazi.

Et elle se dirigea vers la porte, le dos raide, la poitrine convexe et triomphante. Sa démarche était d'une reine. Le parquet craquait sous son poids.

La salle à manger ouvrait sur le jardin, qui était vaste, ombreux et mal entretenu. Un mur de pierre l'isolait de la rue. L'allée principale, semée de gravier fin, partait de la porte cochère et séparait deux pelouses, dont l'une s'ornait d'un massif de bégonias, et l'autre d'un bassin rond et tari. Plus loin, s'étalait un terrain de croquet, envahi de mauvaises herbes. La balançoire de Patrice-enfant laissait pendre sa planchette inutile au bout de deux filins que le vent seul, parfois, agitait encore. Une table était disposée sous un bouquet de chênes. Mazi et Mme Monastier s'assirent dans de larges fauteuils en osier, Patrice s'affala sur une chaise longue, et Elisabeth, qui n'avait pas renoncé à brunir, tira un rocking-chair de l'ombre des feuillages, et s'installa confortablement, le visage tourné vers le soleil. Elle oscillait sur son siège à bascule et observait, entre ses paupières à demi closes, la grande maison de pierres grises, à deux étages, avec ses fenêtres à croisillons, son perron de trois marches et son toit d'ardoise, percé de lucarnes ovales comme des logements d'oiseaux. Au rez-de-chaussée, les pièces de réception gardaient encore un semblant de vie. Mais, au-dessus, la moitié des chambres, au moins, devaient servir de débarras. La jeune Eulalie apporta le café, qui, comme toujours, avait une pénétrante saveur de fer. Mazi et Mme Monastier le burent à petits coups, avec un air de gourmandise distinguée qui décourageait la critique. Mazi s'accorda même le délice supplémentaire d'un « canard » trempé, du bout des doigts, dans le fond du breuvage. Le sucre mouillé craquait entre ses mandibules. Avait-elle aussi un râtelier ?

« Vous ne devriez pas rester si longtemps au soleil, Elisabeth, dit-elle en reposant sa tasse. Non seulement votre teint en pâtira, mais, encore, vous aurez des migraines.

— J'ai l'habitude, Mazi, dit Elisabeth. A Megève, ça tape autrement fort qu'ici, vous savez ! »

Comme chaque fois qu'Elisabeth employait une expression du langage sportif, les sourcils de la vieille dame se levèrent au milieu de son front.

« Si ça « tape » à Megève, je n'ai plus rien à dire, murmura-t-elle ironiquement. Mais, de mon temps, nous aurions eu peur, à ce régime-là, de finir « tapées » !

Et, contente de son bon mot, elle se pencha vers Mme Monastier, qui éclata d'un petit rire automatique en secouant la tête. Elle semblait dire : « Cette Mazi est incorrigible ! »

Patrice bâilla en jetant ses bras dans le vide. Mme Monastier tira une broderie d'un grand sac en toile grise.

« Ah ! je vais m'avancer un peu », dit-elle.

Son aiguille piquait le canevas, et, à chaque blessure, précisait le contour d'une rose. Mazi balançait un éventail en dentelle de papier sous son menton velouté de poudre. Personne ne parlait plus. L'ombre des arbres bougeait sur la terre. Des mouches voletaient autour des tasses vides. Le temps coulait avec la lenteur d'un sirop. Elisabeth traîna son rocking-chair vers une autre tache de soleil. Dans la rue, des chevaux défilèrent. Le bruit de leurs sabots s'éloigna. C'étaient des cavaliers qui sortaient du manège pour une promenade en forêt. Mazi racontait que le père de Patrice avait eu un cheval, dans sa jeunesse. Plus tard, l'écurie avait été transformée en garage. Une Ford y logeait encore, les pneus dégonflés, les vitres poussiéreuses. Depuis des années qu'elle n'avait pas roulé, elle ne sentait plus l'essence, mais le drap moisi, comme un fiacre. Seul de toute la famille, Patrice avait passé son permis de conduire. Après cet exploit, il s'était refusé à reprendre le volant. Ce genre d'exercice ne l'amusait pas. Il détestait la mécanique, la vitesse, le risque; il disait que, maintenant, par manque de pratique, il ne savait plus distinguer la pédale du frein de la pédale d'embrayage. Elisabeth le regrettait, car elle eût aimé se promener en voiture, avec lui, dans la campagne, et — pourquoi pas ? — dans Paris. A côté du garage, se trouvait la petite maison du gardien. Tapissée de lierre, les volets clos, la porte condamnée, elle somnolait derrière une barrière de troènes échevelés. Personne n'y habitait plus, depuis que le gardien était mort et que sa femme était retournée dans son village. C'était un jardinier de l'extérieur qui venait, deux fois par mois, faucher l'herbe et ratisser les chemins. Elisabeth reporta les yeux sur Mazi. Comme elle avait dû souffrir de voir, peu à peu, la vie se restreindre dans sa demeure, les fenêtres se fermer, les domestiques partir, l'ombre et le silence envahir de grandes chambres aux papiers humides ! L'éventail palpitait toujours devant le visage de l'aïeule.

« Je la trouve bien jolie, vue d'ici, cette maison du gardien ! dit Elisabeth. Comment est-elle à l'intérieur ?

— Un vrai trou à rats, dit Patrice.

— Je suis sûre que tu exagères ! dit Elisabeth.

— Hélas ! je crains bien que non, soupira Mme Monastier.

— J'aimerais y jeter un coup d'œil, reprit Elisabeth. Vous permettez, Mazi ?

— Mais oui, dit-elle. Demandez donc les clefs à la vieille Eulalie. Elle doit être au fond du jardin, sous la tonnelle. »

Chaque jour, lorsqu'il faisait beau, la vieille Eulalie s'installait sous la tonnelle, soi-disant pour raccommoder du linge, en réalité pour dormir. Quand Elisabeth s'approcha d'elle à pas de loup elle ne leva même pas la tête. Un petit bonnet empesé coiffait ses cheveux gris. Ses lunettes avaient glissé jusqu'à la pointe de son nez. Assise, le dos rond, des chaussettes sur les genoux, elle respirait calmement, au rythme de son rêve. Sur ce visage assoupi, Elisabeth lisait, avec émotion, le mystère de l'extrême vieillesse. Eulalie avait l'âge des grands arbres. Son sang fatigué ne colorait plus la peau de ses joues, qui se desséchait et se plissait sur une ossature menue. Comment croire qu'elle avait été jadis une jeune fille alerte, une femme amoureuse, une mère donnant le sein à son enfant ? Elisabeth se demanda, avec un serrement de cœur, si sa propre mère deviendrait un jour semblable à cette créature décharnée.

Et elle-même, dans cinquante ans, dans soixante ans, ne se courberait-elle pas aussi vers la terre, avec une face de parchemin et des doigts crochus, noués de veines bleues ? Debout devant la servante, elle hésitait entre la crainte de la déranger dans son repos et le désir de la rendre à la vie. Timidement, elle lui toucha le bras, et Eulalie s'éveilla en trois temps : ses paupières s'ouvrirent d'abord, puis ses mains se remirent à trembler, enfin, reconnaissant Elisabeth, elle balbutia :

« Oh ! Madame Patrice ! Justement, j'étais sur les chaussettes de Monsieur ! »

Elisabeth dut lui expliquer longtemps qu'elle n'était pas venue chercher des chaussettes, mais des clefs. La vieille Eulalie ne savait plus où elle les avait rangées. Ce fut sa fille qui, finalement, les découvrit dans un recoin de la cuisine.

« Je pensais bien qu'elles étaient par là, les futées ! dit la vieille Eulalie en refermant ses doigts osseux sur son bien. Venez vite... »

Une joie cupide brillait dans son œil gauche, l'œil droit restant couvert d'une taie bleuâtre. Patrice rejoignit Elisabeth et Eulalie devant la maison du gardien.

« Laisse-moi faire, Eulalie ! » dit-il.

Mais elle balançait obstinément la tête sous son bonnet : c'était à elle qu'incombait le soin de conduire les visiteurs. Sa main tremblait si fort, que la clef parcourut, en tressautant, le tour de la serrure, avant de s'engager, par miracle, dans l'entrée. Le vantail grinça en pivotant sur ses gonds. Elisabeth pénétra dans une zone d'ombre fraîche. Patrice ouvrit une fenêtre, poussa des volets qui, en s'écartant, déchirèrent une branche de lierre. La lumière du soleil révéla des murs de plâtre, craquelés, souillés de taches vertes, un carrelage rouge, défoncé par endroits, et d'amples toiles d'araignée, suspendues en balcons aux quatre coins de la pièce. Un fourneau à charbon et un évier de pierre indiquaient qu'en ce lieu se trouvait jadis la cuisine. De là, Elisabeth passa dans une chambre carrée et nue, dont le papier bleu se boursouflait et se décollait par lambeaux, puis dans une autre, qui était encombrée de meubles poussiéreux, enfin dans un cabinet de toilette, où une glace à cadre de bambou s'inclinait au-dessus d'un lavabo sur pied.

« Tu vois, dit Patrice, c'est tout petit et ça croule de partout !

— Ici, ils avaient leur lit, bafouilla la vieille Eulalie, et ici leur armoire, et ici une grande table... »

L'échine cassée, elle regardait autour d'elle, par en dessous. Son menton branlait. Le trousseau de clefs tintait contre son ventre. Elle était une magicienne centenaire. Un coup de baguette, et la poussière s'envolerait, les meubles reprendraient leurs places.

« Cette maison est charmante, dit Elisabeth. Ce serait facile de l'arranger.

— L'arranger ? Pour qui ? demanda Patrice.

— Pour nous », dit Elisabeth.

La vieille Eulalie fit entendre un petit rire de criquet.

« Voyons, Elisabeth ! A quoi penses-tu ? dit Patrice. Nous n'allons tout de même pas loger dans les communs !

— C'est vrai ! soupira-t-elle. Mais avoue que nous y serions bien ! Une chambre à coucher, un salon-salle à manger, une cuisine, un cabinet de toilette... Même les meubles ne me déplaisent pas ! Ce lit campagnard est superbe !... »

La vieille Eulalie continuait à rire, d'une manière un peu folle, en observant les jeunes gens. Etait-elle en train de leur jeter un charme ?

« Sois raisonnable, Elisabeth, dit Patrice. Tu as vu ce que tu voulais voir. Viens, maintenant. Mazi doit se demander ce que nous devenons ! »

Elle sortit derrière lui, résignée mais triste. La vieille Eulalie s'évertua de nouveau à manœuvrer la clef dans la serrure, avec autant de précautions que si cette porte eût défendu tout le trésor des contes de fées. Ayant fait trois pas sur le chemin, Elisabeth se retourna. Patrice avait oublié de refermer les fenêtres. La maison du gardien avait l'air habitée.

III

En sortant de la petite salle de projection, Charles Brétillot invita Elisabeth et Patrice à prendre un verre dans un café des Champs-Elysées. Ils s'installèrent à la terrasse du Fouquet's, parmi une foule élégante, qui parlait toutes les langues de la terre, buvait des liquides glacés et suivait d'un regard paresseux le défilé ininterrompu des passants. Succédant aux images graves et silencieuses du film, le mouvement, le bruit, la lumière de la rue étourdissaient Elisabeth. Dans sa mémoire, tournaient encore de vieilles façades d'églises, des visages de pierre, étrangement éclairés par en bas, des chapiteaux aux sculptures convulsives, de lourdes portes, des ostensoirs, des cloches gravées d'inscriptions latines et, devant ses yeux, coulait la vie. Elle saisissait au vol le détail d'une robe, d'une coiffure, voulait communiquer ses impressions à Patrice, et se retenait parce qu'il discutait de son prochain travail avec Charles Brétillot. Ce dernier lui avait remis une documentation précise sur le minutage des interventions musicales et l'esprit dans lequel il souhaitait qu'elles fussent traitées. Quant au contrat, on n'en avait même pas débattu les conditions. Patrice avait lu un papier et y avait apposé sa signature, en disant : « Mais oui, ça va très bien !... » Maintenant, il expliquait à Charles Brétillot qu'il utiliserait principalement, dans sa partition, l'orgue, le piano, la flûte, la clarinette et le saxophone, car il avait remarqué que le micro donnait une sonorité pathétique à ces instruments.

« Je veux bien, dit Charles Brétillot, seulement ne me fais pas, tout de même, quelque chose de trop secoué, de trop moderne !

— Sois tranquille ! dit Patrice. Tu l'auras, ta mélodie pour grand public. Mais, en l'écoutant, on entendra, tour à tour, les voix de la pierre, du fer forgé, du bois vermoulu, on entendra l'église, les églises, tu comprends ?... »

Quand la passion s'allumait ainsi dans ses yeux, on pouvait croire que rien ne lui était impossible. Elisabeth se réjouit d'avoir été à l'origine de sa décision. Grâce à elle, il allait se libérer définitivement de ses craintes, grandir, étonner le monde par son talent. Auprès de lui, Charles Brétillot avait l'air d'un pitre, avec sa tignasse blonde, bouclée, sa cravate vert épinard et son ample veste à carreaux. Il était même surprenant que ce garçon prétentieux fût l'auteur d'un film d'une aussi haute qualité artistique. N'avait-il pas été aidé dans sa besogne ?

« Tu verras, mon vieux, dit-il en levant son verre, si ça marche, nous ferons équipe ! J'ai encore deux documentaires à tourner, et, après, un grand film, un très grand film... »

Tout en parlant, il dévisageait Elisabeth avec un œil de photographe.

« Aimez-vous le cinéma, madame ? » demanda-t-il soudain.

Chaque fois que quelqu'un l'appelait madame,

elle avait l'impression qu'on déroulait un tapis rouge devant ses pieds.

« Beaucoup, dit-elle. Si je vivais à Paris, j'irais voir tous les nouveaux films !

— Vous n'auriez plus une soirée libre ! » dit Charles Brétillot en riant.

Puis, il se lança dans un long commentaire sur les tendances du cinéma français contemporain. Il connaissait tous les metteurs en scène, toutes les vedettes. A plusieurs reprises, il s'interrompit pour serrer la main, négligemment, par-dessus son épaule, à des gens qui passaient entre les tables : c'étaient tous des personnages importants ou qui allaient le devenir. De jolies filles lui souriaient de loin. Il leur répondait d'un hochement protecteur de la tête. La terrasse était son domaine. Tout à coup, il jeta un regard sur son chronomètre en or et dit :

« Cinq heures et quart ! Vous m'excusez, j'ai un rendez-vous à l'autre bout de Paris. Tu me téléphoneras dès que tu auras un peu débrouillé ton affaire, mon vieux ! »

Il appliqua une tape amicale sur l'épaule de Patrice baisa la main d'Elisabeth, et se dirigea, d'une démarche élastique, vers sa voiture, un cabriolet Chenard et Walcker, qui était rangé au bord du trottoir. Quand il fut parti, Elisabeth laissa éclater sa joie :

« Je suis heureuse, Patrice ! Je ne tiens plus en place ! Emmène-moi !

— Où ? » demanda-t-il.

Elle l'ignorait elle-même. Il rit de tant d'irrésolution alliée à tant d'enthousiasme. Après s'être concertés, ils prirent un taxi, qui les conduisit, à travers la cacophonie des embouteillages, jusqu'au faubourg

Saint-Honoré. Là, ils mirent pied à terre pour admirer les vitrines. A chaque étalage, Elisabeth recevait un choc au cœur. Elle avait envie d'acheter, pêle-mêle, des robes, des chapeaux, un service à thé, de l'argenterie, une chemise de nuit en tulle rose incrusté de dentelle, un carillon ancien, des souliers, un sac à main en crocodile, un nécessaire de bureau en cuir vert... Patrice lui serrait le bras et s'amusait de son émerveillement. Ils entrèrent dans les magasins pour demander le prix des articles exposés. Les vendeuses leur citaient des chiffres exorbitants. Patrice ne sourcillait pas et disait, du bout des lèvres : « Très bien ! Je repasserai. » C'était un jeu. Ils sortaient de la boutique avec un air blasé et attendaient d'avoir fait trois pas pour s'égayer de leur audace. En vérité, Elisabeth avait d'autant moins de scrupules à exprimer ses désirs qu'elle les savait irréalisables. Ses parents, dont tout l'argent était immobilisé dans le commerce, n'avaient pu lui offrir de dot en plus de son trousseau. Quant à Patrice, sa grand-mère lui avait constitué, par acte notarié, au moment du mariage, une rente viagère de six mille francs par an. Cette somme était, disait-elle, largement suffisante pour un jeune ménage dispensé des soucis du logement et de la nourriture. Mais Elisabeth rêvait d'un avenir plus opulent.

« Tu verras, murmura-t-elle, quand tu seras devenu un compositeur célèbre, rien ne nous paraîtra trop cher dans les magasins ! »

Il ne protestait pas. Sa rencontre avec Charles Brétillot le disposait favorablement aux promesses les plus folles. Bousculés par la foule, assourdis par le roulement et les coups de klaxon des autos, ils passaient d'un trottoir à l'autre pour ne pas manquer une vitrine. Quand le faubourg Saint-Honoré n'eut plus de secrets pour eux, ils s'engagèrent dans la rue de la Paix, où les devantures éblouissantes des bijoutiers fascinèrent Elisabeth. Pour son entrée dans la famille Monastier, elle avait reçu de Mazi une très belle broche, d'un travail ancien, sertie de menus diamants. Sa bague de fiançailles, qui venait également des trésors de l'aïeule, était ornée d'une grosse émeraude aux transparences rafraîchissantes. De ses parents, enfin, elle tenait une petite montre en or, au cadran bombé. Mais ces joyaux, dont elle avait été si fière, pâlissaient devant ceux qu'elle découvrait maintenant dans un riche décor de velours et de satin. Plus elle les contemplait, plus le destin de son mari s'annonçait brillant. Juste avant la fermeture des magasins, elle acheta deux paires de bas de soie pour elle-même et une cravate pour Patrice. Après quoi, ils se traînèrent, harassés, les chaussures poudreuses, jusqu'au Café de la Paix, pour boire une citronnade. Patrice consulta sa montre : il serait bientôt l'heure de reprendre le train. Mais Elisabeth suggéra de prolonger cette journée fastueuse en restant à Paris, pour le dîner. L'ombre de Mazi se dressa instantanément derrière eux.

« Ce n'est pas possible ! On nous attend à la maison ! dit Patrice.

— Tu n'as qu'à téléphoner, dit Elisabeth. Si ça t'ennuie, je le ferai à ta place. »

Cela l'ennuyait, mais il ne voulait pas décevoir sa femme. Elle l'accompagna dans la cabine téléphonique. Ce fut la mère de Patrice qui répondit. Comme elle était d'un tempérament sentimental, l'idée de cette dînette d'amoureux l'enchanta. Simplement, elle pria son fils et sa belle-fille de ne pas s'attarder au restaurant, car Mazi s'inquiéterait tant qu'ils ne seraient pas revenus, sains et saufs, sous son toit. Ayant raccroché l'appareil, Patrice traduisit cette recommandation ambiguë en chiffres précis : « Nous avons jusqu'à onze heures. »

C'était la nuit parisienne qu'il proposait à Elisabeth. En se rasseyant à la terrasse, elle leva les yeux au ciel et regretta que le crépuscule ne fût pas plus avancé. Enfin, tout s'alluma : les étoiles, les lampadaires, les vitrines, les affiches... La fête commençait. Patrice vida ses poches. Elisabeth compta avec lui leur argent : quarante-sept francs. De quoi s'offrir un repas royal !

« Si mon oncle Denis savait que nous sommes venus à Paris sans passer le voir au café !... soupira-t-elle.

— Veux-tu que nous y allions tout de suite ? demanda-t-il.

— Oh ! non. J'aime mieux rester seule avec toi ! Cela nous arrive si rarement ! »

Ils marchèrent longtemps dans le quartier, avant de s'arrêter à la porte d'un grand restaurant, dont le décor de stuc et de miroirs dorés les séduisit par son modernisme. Un maître d'hôtel les conduisit, à travers le terrain vague des convives, jusqu'à une table ronde et blanche, qu'ils avaient remarquée de loin. Juste en face d'eux, se dressait un pilier tout en glaces. Elisabeth se vit assise, en robe imprimée, une broche scintillante au corsage, un petit chapeau de paille sur la tête, à côté de son mari qui lisait la carte. Cette image citadine d'elle-même l'étonna. Où étaient les cheveux fous, le pantalon de ski, les grosses chaussures, le vieux gilet aux manches retroussées ? Comme elle avait changé, comme elle s'était civilisée, affinée, en quelques mois ! Elle allongea sa main sur la nappe. L'alliance brillait. Impossible de ne pas la voir.

« Que diriez-vous d'un peu de saumon pour commencer, madame ? » demanda le maître d'hôtel.

Elle se sentit belle, adulée, distinguée, et eut un élan vers Patrice à qui elle devait ce bonheur. Le choix des plats n'importait guère. On se décida, au hasard, pour des hors-d'œuvre variés et une sole. Ils dînèrent, les yeux dans les yeux, avec un appétit où la qualité de la nourriture comptait pour peu de chose. Des garçons empressés virevoltaient autour de leur table. Elisabeth se rappela le restaurant de l'hôtel, sa mère au passe-plats, Léontine et Berthe avec leur tablier blanc et leur col empesé... On était tout de même mieux servi par des hommes ! Un sommelier rougeaud, avec une petite grappe d'or brodée au revers du veston, versait à boire. Elle porta le verre à ses lèvres. Le vin blanc et sec lui montait à la tête. Patrice avait la prunelle vague et parlait de sa musique. Une gigantesque fleur de plâtre, fixée au mur, inondait de lumière son front génial. Tout à coup, il changea d'expression et dit avec fougue :

« Je t'aime !

— Mon chéri ! balbutia-t-elle, tout émue, en se tamponnant les lèvres avec sa serviette. Moi aussi, je t'aime ! »

Leurs mains s'étreignirent. Le garçon les sépara en apportant le dessert. Ils recommencèrent à s'adorer en mangeant des fruits rafraîchis.

« Jamais je n'oublierai cette soirée ! dit Elisabeth.

— Tu aimerais vivre à Paris ? demanda-t-il.

— Non, je préfère la campagne. A Paris, il y a trop de bruit, trop de mouvement. Mais, une fois de temps en temps c'est merveilleux !... Nous reviendrons, n'est-ce pas ?

— Je te le promets. »

Il commanda deux cafés, un verre de cognac, et alluma même une cigarette, ce qui lui arrivait très rarement. Sur une estrade, au fond de la salle, s'installa un orchestre de femmes. Elles étaient toutes vêtues de robes vert d'eau et couronnées de diadèmes. Une pancarte donnait leur nom : « Les Ondine's. » Deux poupées aux joues roses soufflaient dans des clarinettes. Une violoniste laissait voir son aisselle brune à chaque coup d'archet. Les doigts d'une harpiste couraient entre les gouttes musicales d'une cascade. A la batterie, siégeait une imposante créature au visage de caissière.

« Dieu, qu'elles jouent mal ! » grogna Patrice.

Elisabeth le trouva sévère. Mais, bientôt, il céda, lui aussi, au charme de la mélodie, que ponctuaient des tintements de vaisselle et des éclats de voix. Il balançait la tête en mesure. Elisabeth le contemplait silencieusement et pensait à l'amour physique. Ce soir, dans leur chambre... Elle imagina son mari transfiguré, non plus timide selon son habitude, mais résolu, habile, patient et pressant à la fois, dans la lutte pour le plaisir. Troublée, elle murmura :

« Donne-moi une bouffée de ta cigarette. »

Elle ne fumait jamais. Une odeur virile gonfla sa bouche. Ses yeux s'emplirent de larmes piquantes. Elle eut envie de rentrer à la maison. Patrice réclama l'addition et paya, d'un geste large, comme s'il n'avait fait que ça toute sa vie.

Dans le train qui les ramenait à Saint-Germain,

Elisabeth retira son chapeau qui lui serrait les tempes.

« Ouf ! J'ai l'impression de quitter un déguisement », dit-elle en ébouriffant ses cheveux à pleines mains.

Et elle s'appuya mollement contre l'épaule de son mari. Aussitôt, il voulut l'embrasser. Elle se défendit en lui désignant du menton un vieux monsieur, qui somnolait sur la banquette d'en face. Mais Patrice s'obstinait dans son désir. Elle eut beau protester, il lui planta deux baisers sur la bouche.

« Sais-tu à quoi je pense ? demanda-t-elle soudain.

— Je m'en doute, dit-il en clignant des yeux.

— Je parle sérieusement. C'est drôle que tu ne sois pas tenté de venir plus souvent à Paris !

— Pour quoi faire ?

— Pour aller au concert, pour rencontrer des amis, des artistes comme toi, pour te tenir au courant de tout ce qui se passe dans le monde musical...

— Mais je me tiens au courant..., dit-il.

— De loin, en lisant les journaux... Est-ce que c'est suffisant ?

— Tu as raison, grommela-t-il. Je suis un peu à l'écart du mouvement. Je travaille en solitaire. Ce qui est toujours dangereux, au début. Mais, que veux-tu ? quand on vit à Saint-Germain, la moindre sortie paraît si compliquée !... Il faut prendre le train...

— Que tu es paresseux ! s'écria-t-elle en riant.

— Tous les intellectuels sont paresseux, répliqua-t-il avec une dignité comique.

— Eh bien, moi, dit-elle, je te donnerai un moyen

de transformer les voyages à Paris en parties de plaisir !

— Lequel ?

— Tu vas te remettre au volant ! »

Il sursauta :

« Tu plaisantes, Elisabeth ! Je t'ai déjà dit que j'avais horreur de ça !

— Parce que tu n'as conduit que quelques jours. Quand tu auras pris l'habitude...

— L'habitude ne changera rien ! On a des dispositions ou on n'en a pas !

— Tu as bien passé ton permis ?

— Par protection. Maman était au mieux avec la femme de l'examinateur ! Non, n'insiste pas. Je me connais. Je ne veux pas risquer un accident.

— C'est tout de même trop bête d'avoir une voiture au garage et de ne pas s'en servir !...

— Voilà une idée qui ne m'a jamais empêché d'être heureux !

— C'est bien, Patrice, dit-elle fortement. Puisque tu ne veux pas conduire cette voiture, c'est moi qui la conduirai...

— Comme ça ? Du jour au lendemain ?

— Non, je prendrai des leçons... »

Il l'enlaça et dit entre deux baisers :

« Tu ne préfères pas devenir chauffeur de locomotive sur le parcours Saint-Germain - Paris ? »

Chatouillée, chiffonnée, Elisabeth rit nerveusement et balbutia :

« Tu ne me crois pas ?... Eh bien, tu verras, Patrice... Tu verras de quoi je suis capable !...

— Je le sais déjà ! » dit-il en la renversant à demi sur la banquette.

Le vieux monsieur s'éveilla, émit un bâillement et rajusta sa cravate. Elisabeth et Patrice rectifièrent leur position. Ils se tenaient sagement assis, côte à côte, mais leurs mains se touchaient, leurs yeux se souriaient encore. Derrière la vitre, glissait une campagne obscure : ciel noir, routes grises, maisonnettes éteintes, pleines de gens qui se couchent tôt. Paris, avec ses foules et ses lumières, s'éloignait à chaque tour de roue. Le train roulait vite, en grondant, comme un vrai train, habitué à transporter de vrais voyageurs sur de vraies distances. Bercée par les tressautements du wagon, Elisabeth pouvait se dire qu'elle était partie avec Patrice pour Marseille, pour Bordeaux, pour Megève... Une pensée mélancolique l'effleura, elle revit les montagnes, l'hôtel sur la route de Glaise, le clocher, la patinoire, une ferme dans la neige... La locomotive siffla. Des lumières fouettèrent la vitre. Le vieux monsieur tira sa petite valise du porte-bagage et la soupesa d'un air méfiant. A l'intérieur, tinta une gamelle. Elisabeth remit son chapeau.

En rentrant à la maison, ils tombèrent sur Mazi, Mme Monastier et Friquette, qui les attendaient au salon, sous la lampe.

*

Patrice montra, dès le début, beaucoup d'enthousiasme dans son travail. Mais il voulait la perfection et, malgré les prières de ses proches, refusait de jouer le moindre passage de sa partition avant de s'être assuré qu'il n'aurait pas à le changer par la suite. Chaque jour, il s'enfermait dans le salon pour recommencer ce qu'il avait composé la veille. On parlait bas, pour ne pas déranger son inspiration.

Un matin, en revenant d'une promenade avec

Friquette, Elisabeth trouva Mazi, assise dans le jardin, la nuque raide, un air de béatitude sur le visage.

« Il a joué dix mesures à la suite », dit-elle.

Puis, regardant Elisabeth de plus près, elle s'écria :

« Mais qu'est-ce que vous portez là ? »

Elisabeth tenait, sous son bras droit, un gros paquet enveloppé dans du papier journal, et, sous son bras gauche, une petite cage en bois où s'agitait un oisillon grisâtre au bec rouge.

« C'est un bengali, dit Elisabeth ! N'est-ce pas qu'il est beau ? »

Mazi ajusta son face-à-main sur son nez, tendit le cou et s'exclama :

« Le fait est qu'il est ravissant ! Où l'avez-vous acheté ?

— Je ne l'ai pas acheté, dit Elisabeth. Il y avait, au marché, un bonhomme qui offrait un bengali en prime à toute personne qui lui prendrait deux kilos d'encaustique.

— Alors, vous avez pris deux kilos d'encaustique ?

— Les voici », dit Elisabeth en remontant le paquet qui glissait sous son bras.

Mme Monastier arriva sur ces entrefaites et s'extasia, elle aussi, devant le petit oiseau. Mais il était bien à l'étroit dans sa boîte. En attendant de lui acheter une cage plus spacieuse, Elisabeth suggéra de le transférer dans un panier à salade. La jeune Eulalie en avait justement un dont elle ne se servait pas. Il suffit d'en masquer l'ouverture avec un carton pour le transformer en un logement confortable. Affolé par ces grandes figures qui se penchaient autour de lui, le bengali se laissa saisir et transporter d'une prison dans l'autre sans opposer la moindre résistance. Les vieilles lèvres de Mazi émirent un pépiement de bienvenue. L'oisillon ébouriffa ses plumes et ne répondit pas.

« C'est curieux, dit Mazi, j'adore les oiseaux et je n'en ai jamais eu ! Je vous félicite pour votre idée, mon enfant ! Quand Patrice aura fini de travailler, nous lui ferons la surprise !

— J'ai une plus grande surprise à lui faire, dit Elisabeth.

— Ah ? » souffla Mme Monastier, et son visage exprima un espoir si précis qu'Elisabeth se sentit rougir.

Mazi elle-même se détacha du panier à salade pour considérer avec attention cette jeune femme qui parlait d'offrir à son époux quelque chose de mieux qu'un bengali. Encadrée par deux générations de mères qui attendaient d'elle une révélation capitale, Elisabeth regretta de les avoir involontairement encouragées dans l'illusion. Baissant la tête elle dit :

« J'ai décidé d'apprendre à conduire.

— Quoi ? grommela Mazi.

— Oui, reprit Elisabeth. Je me suis inscrite à une école. Cet après-midi, je prends ma première leçon. »

Mme Monastier tomba de haut. Ses yeux s'éteignirent. Sa figure s'allongea.

« C'est ça, la surprise ? balbutia-t-elle.

— Oui, maman », dit Elisabeth avec modestie.

Mazi, elle, surmonta sa déception avec plus de vaillance. Prête à se pencher sur un berceau, elle se tournait, avec la même ardeur, vers une automobile.

« A la bonne heure ! dit-elle rondement. J'ai

toujours critiqué Patrice pour son obstination à ne pas conduire. S'il voit que vous prenez des leçons, il se piquera au jeu, il se remettra au volant ! Le volant, c'est l'affaire des hommes ! Le tout est de les pousser un peu ! Vous avez trouvé le meilleur moyen !... Ah ! vous avez de la tête, mon enfant !... J'aime ça ! Qu'en dites-vous, Louise ?

— Certainement ! bredouilla Mme Monastier. J'espère, toutefois, que Patrice ne sera pas contrarié par cette décision si... enfin si inattendue !...

— Plus il en sera contrarié aujourd'hui, mieux il l'appréciera demain, » dit Mazi.

Elle s'interrompit et leva un doigt. Des accords limpides s'échappaient par la fenêtre du salon.

« Divin ! soupira Mazi en battant des paupières.

— Divin ! » répéta Mme Monastier.

Et, à l'idée de ce grand garçon qui les rendait toutes deux si heureuses, elles échangèrent un regard de gratitude réciproque.

Elisabeth attendit l'heure du déjeuner pour annoncer à Patrice qu'elle avait rapporté un bengali et qu'elle allait apprendre à conduire. Ni l'une ni l'autre de ces deux nouvelles ne le troubla. Il était si content de son travail, que rien ne pouvait, semblait-il, dévier le cours de ses méditations. Toujours plongé dans sa musique, il félicita distraitement Elisabeth pour ses débuts dans l'automobile et l'oisellerie, lui conseilla même d'acheter une belle cage, et, revenant aux choses sérieuses, déclara qu'il avait enfin trouvé le style de son orchestration. Supprimant toute transition, toute fusion arbitraire, il laisserait chaque instrument s'exprimer en soliste. De ces croisements de lignes résulterait une qualité sonore très spéciale, très émouvante.

L'enchevêtrement des parties instrumentales soulevait d'ailleurs des problèmes de contrepoint passionnants ! Tandis qu'il pérorait ainsi, sa grand-mère et sa mère buvaient ses paroles, bien que l'une comme l'autre fussent visiblement incapables d'en comprendre la moitié. La jeune Eulalie servait d'un air craintif ce personnage surnaturel, qu'elle avait connu tout enfant. Elisabeth elle-même était intimidée par la science de son mari.

Après le café, il se retira de nouveau dans le salon, où l'appelait une inspiration tyrannique. Mme Monastier alla se préparer dans sa chambre : elle avait un thé très important à cinq heures. Mazi regagna son fauteuil en osier, dans le jardin, posa le panier à salade sur la table et s'abîma dans la contemplation du bengali. Quant à Elisabeth, son emploi du temps, pour l'après-midi, comprenait deux occupations captivantes : l'achat d'une cage et la première leçon de conduite.

A six heures du soir, elle revint, rose de joie, et les bras chargés de paquets. Elle rapportait une cage à barreaux argentés, des graines de toutes sortes, une mangeoire perfectionnée, un abreuvoir dernier modèle, un sac de sable fin, un os de seiche et un petit livre sur l'élevage des oiseaux. Tout en déballant ses emplettes devant Mazi, elle lui raconta ses impressions dans la voiture de « l'auto-école ».

« C'est si amusant ! J'ai déjà pris des tournants, freiné, débrayé, accéléré. La voiture de l'école est une Ford, comme la nôtre. Je n'aurai donc aucune difficulté, après, pour conduire celle-ci. Le professeur dit que j'ai de très bons réflexes. Il croit que, dans une dizaine de jours, je serai prête pour le permis... »

Elle plongea la main dans le panier à salade, en extirpa le bengali, le baisa sur sa tête ronde, et le lâcha, froissé et penaud, dans sa nouvelle demeure.

A la nuit tombante, la cage fut transportée solennellement dans la chambre à coucher et installée sur la commode. Friquette accepta sans maugréer cette lubie de sa maîtresse. Avant de s'endormir sur l'épaule de Patrice, Elisabeth écouta, avec attendrissement, au plus épais de l'ombre, le bruit d'un bec pointu picorant des graines.

Dès le lendemain, cependant, elle constata que le captif s'ennuyait. Le plumage terne, l'œil à demi clos, il ne bougeait plus de son perchoir. De toute évidence, il lui fallait un compagnon. Elle attendit le marché suivant et en rapporta un second bengali et deux autres kilos d'encaustique. La jeune Eulalie leva les bras au plafond :

« Que voulez-vous que je fasse de ça, madame Patrice ? Il y aurait de quoi cirer tout le château de Saint-Germain !... »

Au lieu de se distraire l'un l'autre, les deux bengalis unirent leur désenchantement. Un soir, en rentrant de sa leçon de conduite, Elisabeth trouva un petit cadavre, aux pattes raides, couché sur le flanc, près de la mangeoire. Elle l'enterra tristement dans le jardin et redoubla d'affection pour le survivant. Il mourut, lui aussi, quarante-huit heures plus tard. On supposa, dans la famille, que le marchand d'encaustique ne donnait comme prime que des oiseaux en mauvaise santé. Elisabeth contemplait avec dépit le perchoir vide. Une si belle cage et personne pour l'habiter ! Le magasin où elle l'avait achetée vendait également des canaris. Habilement circonvenu par sa femme, Patrice approuva l'acquisition d'un couple de serins jaune d'or, au ventre rebondi. La vie revint derrière les barreaux. Les nouveaux pensionnaires mangeaient voracement, se baignaient, se becquetaient, se disputaient parfois, et, dès que Patrice jouait du piano, le mâle chantait à tue-tête. Désormais, Elisabeth eut deux livres de chevet : *L'Amateur de Canaris et* le *Code de la Route.*

La musique du film avançait lentement, et la date de l'épreuve pour le permis de conduire approchait. Par trois fois, Charles Brétillot téléphona à Saint-Germain pour avoir des nouvelles du travail qu'il avait commandé à Patrice. De discussion en discussion, celui-ci promit de livrer la partition complète le 7 septembre, au plus tard. C'était le 2 septembre qu'Elisabeth devait se présenter à l'examen. Son mari se rendit avec elle à Versailles.

Il avait une mine paternelle et soucieuse. Elisabeth en revanche, rayonnait d'excitation. Elle s'était faite très belle pour mettre toutes les chances de son côté. Mais, en montant près de .l'examinateur, dans la voiture de l'école, sa confiance l'abandonna. Patrice resta sur le trottoir, tandis qu'elle démarrait, trop brutalement, vers une destination inconnue. La gorge sèche, les mains crispées sur le volant, elle sentait le regard de son juge fixé sur sa joue droite. L'obligation d'être gracieuse, tout en passant correctement ses vitesses, lui parut épuisante. Une moiteur lui venait au creux de la poitrine. Elle souriait d'un air angélique et son pied tremblait sur la pédale de l'accélérateur. L'homme dont dépendait son sort était d'ailleurs d'un naturel courtois. Il la guida, loin du centre, vers une rue déserte, la pria aimablement de prendre un virage à angle aigu, de s'arrêter, de repartir, de se ranger en marche arrière contre le trottoir, et ne broncha pas lorsque, sur le chemin du retour, elle freina spasmodiquement pour éviter un vieux chien qui traversait la chaussée. Jamais elle n'avait conduit aussi mal, mais les yeux de son voisin étaient pleins de mansuétude. Les questions qu'il lui posa ensuite sur le code de la Route étaient si faciles, qu'elle craignit de se tromper en y répondant. L'examinateur la rassura : elle était reçue.

Brisée par l'émotion, elle rejoignit Patrice et se jeta à son cou. Il la félicita, mais sa voix sonnait faux. Sans doute était-il vexé qu'elle sût déjà conduire, alors que lui-même s'en reconnaissait incapable.

A la maison, tout le monde attendait avec fièvre le résultat de l'épreuve. Mazi accueillit Elisabeth en triomphatrice et fit servir une bouteille de champagne pour le déjeuner. Elle espérait par là stimuler l'amour-propre de son petit-fils. Il vida sa coupe au succès de la nouvelle automobiliste et en profita pour annoncer qu'il ne lui disputerait jamais l'honneur de tenir le volant.

« Patience ! Nous le convaincrons ! » chuchota Mazi à Elisabeth en sortant de table.

Un garagiste vint examiner la Ford dans son réduit, resserra quelques écrous, versa de l'essence dans le réservoir, gonfla les pneus et fit tourner le moteur. Mazi, Mme Monastier, la vieille Eulalie et la jeune Eulalie se précipitèrent pour admirer Elisabeth montant dans la voiture. Patrice avait décidé d'accompagner sa femme dans cette première promenade en auto. Elle le remercia d'un sourire, tandis qu'il s'asseyait près d'elle, les épaules raides, le visage pâle mais vaillant. Friquette, inconsciente du danger, sauta sur la banquette arrière. La porte cochère du jardin avait été ouverte sur la rue. Posté au milieu du trottoir, le garagiste prévenait les passants en tendant le bras. Elisabeth dressa le menton et appuya timidement sur l'accélérateur. Les roues patinèrent dans le gravier. La Ford vrombit, lâcha un pet de vapeur bleue et roula lentement vers la sortie.

« Ah ! mon Dieu ! gémit la vieille Eulalie. Pourvu qu'il ne leur arrive rien ! »

Elisabeth contourna le pâté de maisons, passa en troisième et prit de la vitesse.

« Où vas-tu ? balbutia Patrice.

— Vers la forêt.

— Il faudra que tu traverses la rue de la République !

— Et alors ?

— C'est là qu'il y a le plus de circulation !

— On verra bien », dit-elle en freinant derrière un gros camion aux bâches flottantes.

Patrice avait instinctivement poussé son pied dans le vide, comme pour freiner en même temps qu'elle. Le camion disparut dans une rue transversale.

« Il ne peut même pas avertir quand il tourne ! grogna Elisabeth. Vraiment, on rencontre de ces chauffards sur la route !

— Oui, il faut être très prudent », dit Patrice.

Elle avait calé son moteur, et, l'ayant remis en marche, démarra dans un soubresaut. Patrice s'appuya des deux mains au pare-brise.

« Je m'excuse, dit-elle. Le siège n'est pas à la bonne distance pour moi. Je contrôle mal les pédales...

— Attention ! » chuchota-t-il en rentrant la tête dans les épaules.

Elle venait de frôler un cycliste et fonçait, impavide, en direction du carrefour.

« Tu ne l'as pas vu ? demanda-t-il.

— Qui ?

— Le cycliste.

— Si. Bien sûr !

— Ah ! bon. »

Au moment de déboucher dans la rue de la République, elle ralentit avec une louable sagesse et sortit même le bras par la portière, comme on le lui avait enseigné. Des voitures rapides lui coupaient le chemin en grondant de colère.

« Nous ne passerons jamais ! soupira Patrice. Tu ne préfères pas faire demi-tour et revenir à la maison ?

— Non, dit-elle. Je veux aller dans la forêt !

— Dire qu'il n'y a même pas un agent à ce croisement !

— On n'a pas besoin d'agent ! »

L'œil fixe, les mâchoires serrées, elle continua de rouler doucement, traîtreusement, vers le carrefour. Le capot de la Ford s'engagea dans la rue de la République. Une auto noire fit une embardée pour l'éviter.

« La brute ! grommela Elisabeth. Un peu plus et il m'accrochait ! Avec ça, il était dans son tort !... J'avais la priorité, il me semble !...

— Peut-être ! souffla Patrice. Mais, Elisabeth, c'est le passage de la route nationale.

— Alors, sous prétexte que c'est le passage de la route nationale, je n'aurais pas le droit, moi, de traverser ? »

Poussée par l'indignation, elle s'avança encore.

Une Buick décapotable stoppa devant elle. Le conducteur était congestionné, violet de fureur. Une créature blonde, assise à côté de lui, ricana : « Evidemment ! C'est une femme qui est au volant ! »

Des coups de klaxon retentirent dans la meute des voitures immobilisées.

« Vas-y ! Vas-y ! Tu embouteilles tout ! » dit Patrice.

Pour se remettre en première, elle empoigna le levier avec tant d'énergie qu'un grincement de désespoir répondit à son geste. La Ford ne broncha pas d'une ligne et les aboiements des klaxons redoublèrent. Elisabeth était seule contre la haine de tous les usagers de la route. Des gouttes de sueur perlaient à son front. Elle recommença la manœuvre, et, cette fois, sa voiture consentit à bouger. Bravant le flot de bolides qui défilaient en sens inverse, elle aborda le paradis des rues calmes. Patrice s'épongeait le visage.

« Le tout est de ne pas perdre la tête, dit-elle. Ce sont les gens trop nerveux qui provoquent des accidents. Tu as eu peur ?

— Non », dit-il avec plus d'amour que de sincérité.

Ils roulèrent quelque temps sur les routes silencieuses de la forêt. Friquette mit le nez à la portière. De temps à autre, un groupe de cavaliers surgissait dans une allée de sable. On s'arrêta pour promener la chienne. Elle courut entre les arbres, flaira deux ou trois pistes sans intérêt et remonta d'elle-même en voiture. Elisabeth reprit le volant avec une expression de contentement absolu. Les yeux plissés, un sourire mystérieux aux lèvres, elle buvait l'espace.

« Vraiment, tu ne veux pas essayer à ton tour ? » demanda-t-elle.

Il refusa. Depuis un moment, il lorgnait sa montre :

« Il est tard... C'est assez pour une première fois... »

Au retour, la traversée de la rue de la République s'accomplit sans incidents. Patrice, détendu, pianotait sur le tableau de bord. Avant d'arriver à la maison, il alluma même une cigarette. Enfin, la porte cochère apparut. Elle était restée ouverte. Groupées sur le trottoir comme à l'extrémité d'un môle, quatre femmes anxieuses guettaient la rentrée du navire au port.

En mettant pied à terre, Patrice dit :

« Elisabeth conduit très bien ! »

Le lendemain, elle répéta son expérience, toujours avec Patrice, en s'aventurant dans les rues les plus populeuses de la ville. Décidément, tout lui réussissait. Enchantée de son exploit, elle écrivit à ses parents pour leur apprendre que maintenant, ils pouvaient la considérer comme une automobiliste irréprochable. Ils lui répondirent, par retour du courrier, en l'adjurant d'être prudente ! C'était Amélie qui avait rédigé la lettre. Elle donnait des nouvelles de la vie à Megève. Il y avait, disait-elle, encore beaucoup de clients aux Deux-Chamois. Le chef russe était toujours à la hauteur de sa réputation. Les travaux du téléférique du mont d'Arbois avançaient rapidement et il serait mis en service au mois de décembre. Elisabeth avait-elle revu Denis et Clémentine, ces derniers temps ? Il était indispensable qu'elle leur fît une visite avec son mari. « Quant à nous, écrivait Amélie, nous pensons fermer l'hôtel le 30 septembre, passer à la Chapelle-au-bois, chez grand-père, et venir nous reposer à Paris avant le début de la saison d'hiver. Quelle joie de te revoir, mon enfant, dans ton jeune bonheur ! Je compte les jours qui me séparent de cette rencontre. Ton papa et moi t'embrassons tendrement ainsi que Patrice. A-t-il enfin terminé ce grand travail dont tu nous parles ?... »

Le « grand travail », qui devait être prêt pour le 7 septembre, ne le fut, en réalité, que le 10. Le soir de cette journée mémorable, Patrice réunit sa grand-mère, sa mère et Elisabeth dans le salon pour leur jouer son œuvre. Ces fragments musicaux, écrits pour s'intercaler entre les commentaires d'un récitant, inquiétèrent Elisabeth par leur dissonance. Mazi elle-même pliait légèrement l'échine sous l'avalanche percutante des notes. Quand Patrice eut plaqué le dernier accord, elle soupira :

« C'est beau !... C'est très beau !... Mais il faut une tête solide pour entendre cela !... »

Patrice rassura tout le monde en expliquant qu'une interprétation au piano ne pouvait que trahir sa partition et qu'elle prendrait un volume, une profondeur, une poésie extraordinaires quand elle serait exécutée par l'orchestre. On le pria de rejouer certains passages. Il y en avait, effectivement, de délicieux. Elisabeth se reprocha de ne les avoir pas goûtés à la première audition. Elle regardait son mari, penchant au-dessus du clavier un profil pâle et maigre, à l'œil noir tragique, aux lèvres crispées dans un rictus douloureux. Ses doigts dansaient sur les touches avec une rapidité stupéfiante. Parfois, il soulevait les épaules, balançait le buste. Etait-il beau ? Etait-il laid ?

Elle ne le savait plus. Elle l'aimait. Elle était fière d'être sa femme.

Comme il avait pris rendez-vous avec Charles Brétillot pour le lendemain, à trois heures, elle lui proposa de le conduire à Paris en voiture. Il accepta.

IV

Charles Brétillot ne cacha pas son scepticisme en écoutant la musique des *Eglises de Savoie* au piano. Mais, dès la première répétition d'orchestre, il changea d'avis et déclara que le commentaire mélodique de son film était, à lui seul, une réussite. Patrice revint à Paris, toujours conduit par Elisabeth, pour assister à l'enregistrement. Enfermée avec lui dans la cabine du son, elle trembla d'enthousiasme tandis que, de l'autre côté de la vitre, jouait un ensemble instrumental de douze musiciens. Patrice était le maître du tonnerre, du vent, de la pluie et des ruisseaux chanteurs. Elle eût souhaité que tout le monde pût entendre bientôt l'œuvre de son mari. Mais le film ne devait sortir qu'à la fin de l'année, pour les fêtes.

Débarrassé de son travail urgent pour le cinéma, Patrice retrouva ses habitudes de rêverie et de nonchalance. Il voulait, disait-il, reprendre son concerto à la base et en faire plutôt une symphonie. Personne, à la maison, ne comprit l'importance de sa décision. Elisabeth le ramena à Paris pour acheter une grande quantité de papier à musique. Après ce voyage, Mazi confia la voiture au garagiste, afin qu'il révisât le moteur, changeât les pneus et lustrât la carrosserie. Trois jours plus tard, ce fut une Ford bleu nuit, presque neuve, qui stoppa devant le perron. Mazi tourna à petits pas autour de l'automobile, l'inspecta minutieusement à travers son face-à-main et dit à Elisabeth :

« C'est bien. Après-demain, vous nous conduirez tous à la messe, en voiture. Ensuite, nous irons prendre l'air dans la forêt. »

Depuis qu'elle était mariée, Elisabeth se rendait à la messe, chaque dimanche, en famille, mais jamais encore cette sortie n'avait revêtu pour elle un caractère aussi imposant. Comme c'était la première fois qu'elle transportait sa belle-mère et Mazi en voiture, elle était pénétrée du sentiment de sa responsabilité et craignait de les décevoir par quelque maladresse. Pendant le trajet, très bref, les deux dames, assises derrière elle, lui multiplièrent leurs éloges. A cause de l'encombrement, il fut impossible de ranger l'auto devant l'église comme Mazi l'avait souhaité. Il fallut se contenter d'une rue secondaire. Heureusement, un groupe d'amis arrivait par là. M. Resenkampf, colonel en retraite, son épouse et sa fille; M. et Mme Rochet, avec leurs trois enfants habillés de costumes marins. Ils purent voir les Monastier descendant de leur Ford. On se salua avec empressement.

Dans la nef pleine de monde, Elisabeth revécut les douces émotions de son mariage. A Megève, l'idée ne lui serait pas venue d'aller, une fois par semaine, à la messe. Ici, elle éprouvait du plaisir à prier. Sa foi était d'ailleurs tranquille, raisonnable. Elle se sentait aussi propre et élégante dans sa toilette que dans sa pensée. Une âme du dimanche dans une robe du dimanche. Son mari était près d'elle. Ils formaient un couple exemplaire. Que manquait-il à leur bonheur ? Un enfant, peut-être ?... Elle l'avait désiré jadis, quand elle était amoureuse d'un autre homme. Maintenant, cette envie ne la tourmentait plus. Ils avaient bien le temps !... Les fidèles s'agenouillèrent. Une clochette tinta. Elisabeth se rappela qu'étant petite fille, en pension, pour mieux élever son esprit vers Dieu, elle retenait sa respiration jusqu'au malaise. Elle fit de même. Son cœur battait vite. Son regard se brouillait sur les dorures de l'autel. L'image du Christ s'entourait de rayons. Mais elle n'avait rien à Lui demander.

Après la messe, il y eut des rencontres de chapeaux fleuris devant l'église. Les jeunes filles avaient des voix d'oiseaux. Des jeunes gens bien mis vendaient *L'Action française*. Quelques familles se dirigeaient déjà vers la pâtisserie voisine, fameuse pour ses mokas. Mazi donnait audience, en plein air, à de vieilles dames déférentes. Pour toutes, Elisabeth était un objet de curiosité. On la complimentait, on lui demandait si elle se plaisait à Saint-Germain. Elle répondait avec grâce, appuyée au bras de Patrice, comme sur la photographie de leur mariage. Le ciel se couvrait. Mazi leva le nez, s'inquiéta et prit congé de son entourage en disant :

« Vous m'excusez... Mes petits-enfants ont projeté de me faire faire un tour en automobile dans la forêt, et la pluie menace ! »

En effet, la promenade en voiture fut écourtée par une averse. Elisabeth conduisait au jugé, dans les rafales d'eau qui s'écrasaient contre la vitre du pare-brise. Patrice, Mme Monastier et Mazi se taisaient, impressionnés par cette lente navigation sur des canaux de brume. Lorsque l'auto franchit enfin le seuil du jardin, la jeune Eulalie s'élança, un grand parapluie à la main, au-devant des voyageurs.

Comme chaque dimanche, il y eut un poulet pâle et fade pour le déjeuner, une brève visite de la nièce de M. le vicaire vers quatre heures, une réunion de trois amies de Mme Monastier entre cinq et sept, et, à huit heures, pour le dîner, du jambon et des pâtes.

A peine levé de table, Patrice voulut entraîner Elisabeth dans leur chambre. L'air gauche, les traits tendus, une étincelle dans le regard, il ne savait pas cacher le désir que lui inspirait sa femme. Mais elle était moins impatiente que lui de s'adonner aux jeux de l'amour et s'amusait, par coquetterie, à retarder l'instant où ils se retrouveraient seul à seul.

« Attends un peu ! chuchotait-elle. Mazi serait fâchée si nous ne passions pas la soirée avec elle et maman.

— Tu n'as qu'à dire que tu es fatiguée ! Elles comprendront très bien !

— Non, Patrice, sois raisonnable.

— Si tu crois que c'est drôle ! »

Leur conciliabule fut interrompu par Mazi, qui proposait une partie de dames à son petit-fils. Il accepta sans enthousiasme. Mme Monastier s'installa dans un fauteuil pour suivre de près la tactique des deux adversaires. Elisabeth s'assit à côté d'elle et ouvrit un journal illustré sur ses genoux. Mais, au lieu de regarder les images, elle lorgnait son mari, qui poussait du doigt de petits disques noirs, d'une case sur l'autre, en songeant, sans doute, à des attouchements plus secrets et plus délicieux.

« Que tu te défends mal, ce soir, mon pauvre garçon ! » grommelait Mazi avec une satisfaction évidente.

Pour abréger le combat, Patrice multipliait les bévues, donnait dans tous les pièges. Enfin, il se laissa rafler ses derniers pions par une grand-mère au regard de général intraitable et annonça qu'il avait sommeil.

« Bonne nuit, mes enfants ! dit Mazi. Faites de beaux rêves ! »

Ils s'esquivèrent, auréolés de toute l'innocence que leur prêtaient ces deux femmes aux cœurs purs. Dès qu'ils furent dans leur chambre, Patrice enlaça Elisabeth et lui baisa la bouche. Selon son habitude, il était très pressé. Sa fougue, sa maladresse, étaient émouvantes. Elisabeth dut le modérer pour l'empêcher de prendre son plaisir trop vite. Dans l'accalmie qui succéda aux mouvements de la passion, elle s'aperçut qu'elle avait faim. Rejetant les couvertures, elle se précipita vers la commode Louis XV, l'ouvrit et en tira un saucisson sec entamé.

« Il en restait encore ? demanda Patrice.

— Oui, tu en veux un bout ? » dit-elle en mordant son salami à belles dents.

Il refusa avec dignité.

« Tu as tort, reprit-elle. Il est délicieux !

— C'est drôle, dit-il, ces fringales qui te prennent parfois, la nuit ! Tu n'as pas bien mangé, à dîner ?

— Ah ! non, alors ! s'écria-t-elle. Et toi ?

— Moi, si.

— C'est parce que tu as l'habitude de cette cuisine !

— Elle est si mauvaise que ça ?

— Elle est plus que mauvaise, Patrice, elle est

inexistante. Tu verrais les bons petits plats que je te préparerais si nous étions seuls !... Au fait, je pourrais m'arranger avec Eulalie pour la remplacer devant le fourneau, de temps en temps !

— Si tu le lui demandes, elle se vexera. Et Mazi en fera une maladie !

— Alors, restons sur la charcuterie », dit Elisabeth, la bouche pleine.

Elle était si drôle, dans sa chemise de nuit, les cheveux ébouriffés, un tronçon de salami à la main, que Patrice éclata de rire.

Elisabeth mit un doigt sur ses lèvres :

« Chut ! Tu vas les réveiller !

— Qui ?

— Les canaris. »

Elle souleva le carré d'étoffe qui recouvrait la cage. Deux boules jaunes se tenaient en équilibre sur le perchoir. Les serins dormaient, la tête enfouie sous l'aile.

« Regarde s'ils sont mignons ! reprit Elisabeth. Dire qu'en ce moment tous les oiseaux du monde font comme eux, la tête sous l'aile, dans des branches, dans des nids, dans des trous de mur...

— Pas tous, dit Patrice. Il y a des oiseaux de nuit, qui chassent, et ceux qui vivent dans des pays où, actuellement, il fait jour... »

Cette logique masculine était décourageante.

« Tu gâches tout », dit Elisabeth.

Elle rabattit le carré d'étoffe sur la cage. La chienne descendit de la bergère et vint mendier sa part de nourriture. Elisabeth lui coupa une rondelle de saucisson avec son canif :

« Tiens, ma Friquette ! Tu dois avoir faim, toi aussi. Demain, j'achèterai deux tranches de jambon fumé.

— Tu vois la tête de Mazi, si elle découvrait ta cachette ? dit Patrice.

— Ça la mettrait peut-être en appétit et elle casserait la croûte avec nous », répliqua Elisabeth en roulant le reste du salami dans un papier.

Friquette se pourlécha les babines, flaira le tiroir de la commode, puis, comprenant que la distribution était finie, remonta dans sa bergère et ferma les yeux pour rêver au saucisson providentiel.

Le lendemain, après le petit déjeuner en famille, Elisabeth dut insister auprès de Patrice pour qu'il se remît au travail.

« J'ai bien le temps ! disait-il. De toute manière, on ne la jouera jamais, cette symphonie ! Je l'écris pour moi... »

Il ressemblait à un enfant bougon qui cherche un prétexte pour manquer l'école. « Est-il possible d'être si paresseux et d'avoir tant de talent ? » pensa Elisabeth. Pour le convaincre, elle lui affirma que, si sa musique pour les *Eglises de Savoie* était remarquée, comme elle le supposait, il trouverait plus facilement l'occasion de donner une audition publique de sa symphonie :

« Il faut absolument que tu aies quelques œuvres importantes dans ton tiroir, pour le cas, où, subitement, un grand chef d'orchestre ou un grand soliste s'adresserait à toi ! »

Il lui répondit qu'il n'envisageait pas un si brillant avenir, lorgna le jardin par la croisée, se plaignit d'avoir le cerveau engourdi, et, finalement, touché par l'intérêt qu'Elisabeth portait à sa carrière, se réfugia dans le salon avec ses papiers.

Ayant remonté le moral de son mari, elle se tourna vers des tâches moins nobles mais aussi astreignantes. La cage n'avait pas été nettoyée à fond depuis deux jours. Elisabeth la transporta dans la salle de bains, ferma la porte, la fenêtre, libéra les canaris et lava les barreaux et la plaque de tôle de leur prison, tandis qu'ils voletaient à travers la pièce. Des graines écrasées, des crottes infimes, des plumes blondes impalpables fuyaient par le trou de vidange. Les oiseaux, fous d'espace, échangeaient des appels joyeux en croisant leurs trajectoires, du porte-serviette au tabouret, du bord de la baignoire au sommet de l'armoire à linge. Leur gaieté se communiquait à Elisabeth. Comme eux, elle était en récréation. Elle eût voulu avoir dix canaris, vingt canaris, et les laisser prendre leurs ébats dans une grande maison aux issues condamnées ! Fatigués de leurs voyages en zig-zag, ils se perchèrent enfin sur la tablette du lavabo, entre le verre à dents et le blaireau, pour observer de près le travail de leur maîtresse. Au-dessous d'eux, une cataracte vertigineuse s'enfonfonçait dans un gouffre de porcelaine. Des mains énormes remuaient les meubles de leur logis dans les flots bouillonnants du déluge. Mais les oiseaux s'étaient déjà habitués à cette besogne de géant et ne s'effrayaient pas des éclaboussures qui sautaient parfois jusqu'à eux. Quand la cage fut propre, Elisabeth diminua le débit du robinet. Les serins bondirent dans la cuvette et s'ébrouèrent sous le mince filet d'eau qui descendait du ciel. Ils buvaient, se gargarisaient, balançaient leur croupion, secouaient leurs ailes, ivres du plaisir d'être mouillés partout. Ensuite, le plumage lourd, ils prirent péniblement leur essor et se juchèrent sur la tête d'Elisabeth. Elle ne bougeait pas, cependant qu'ils se dandinaient, côte à côte, pour se sécher dans ses cheveux. Deux paires de petites pattes se promenaient nerveusement sur son crâne. De prestes coups de queue lui éventaient les tempes. La glace lui renvoyait son image, coiffée d'un joli chapeau jaune vivant. « Quel dommage que Patrice ne me voie pas ainsi ! » pensa-t-elle. Lorsqu'elle estima que le jeu avait assez duré, elle répandit du sable fin sur la plaque de tôle. Immédiatement, les canaris s'envolèrent de sa tête pour explorer cette plage nouvellement étalée à leur intention. Elisabeth les recouvrit avec la cage sans fond, comme avec une cloche. Puis, les serins ayant regagné leur perchoir, elle glissa la plaque de tôle dans les rainures, et rapporta le tout dans sa chambre à coucher.

Du rez-de-chaussée, montaient les sons assourdis du piano. Mais cette musique n'était pas de Patrice, Elisabeth reconnut les *Scènes d'enfants* de Schumann, qu'il lui avait jouées, un soir, au début de leur mariage. « Voilà ! Il s'amuse au lieu de travailler », se dit-elle. Et elle se promit, maternellement, de lui reprocher son inconséquence. La cage, placée au bord de la fenêtre ouverte, dominait de haut le jardin. Dans les arbres, des oiseaux libres répondaient au pépiement des oiseaux captifs. Si Elisabeth s'éloignait, un moineau effronté viendrait voler des graines, à travers les barreaux. Elle l'avait déjà vu à l'œuvre, la semaine précédente. Souriant à ce souvenir, elle se pencha sur la balustrade. Son regard plongea dans l'allée, contourna les pelouses, et, tout à coup, se fixa sur le pavillon du gardien. Plus elle contemplait cette construction de pierres blondes et d'ardoises grises, plus elle la trouvait charmante dans sa simplicité. Friquette émergea des buissons et trotta vers la cuisine : elle avait entendu tinter une casserole. « Et moi, songea Elisabeth, qu'est-ce que je vais faire ? » Le piano s'était tu. « Ah ! maintenant il réfléchit, il compose. » Elle sortit de sa chambre, descendit à l'office et décrocha un trousseau de clefs pendu à un clou.

« Vous allez là-bas ? demanda la vieille Eulalie avec un petit rire.

— Oui, je voudrais voir encore..., dit Elisabeth.

— Il n'y a rien à voir...

— Si, Eulalie !

— Alors, j'y vais aussi !

— Non, non, ne bougez pas : j'en ai pour cinq minutes... »

Elle retourna dans la maison du gardien, mesura les chambres, la cuisine, à longues enjambées, vérifia la fermeture des fenêtres, et rapporta les clefs à la domestique, qui l'attendait, méfiante, devant le fourneau.

« Vous n'en avez plus besoin, madame Patrice ? dit-elle en balançant sa tête de chèvre au-dessus de son corsage noir élimé.

— Non, mais je vous les redemanderai bientôt, dit Elisabeth. Vous ne savez pas où est la grand-mère de Monsieur ?

— Elle était là, il y a dix minutes. Elle a dû remonter dans sa chambre. »

Elisabeth grimpa l'escalier quatre à quatre, longea la galerie des estampes, frappa à la porte de Mazi, entendit une voix qui disait : « Entrez », poussa le battant et pénétra dans une époque révolue. Entre les murs, tapissés d'un tissu lie de vin à ramages, se présentaient un vaste lit à baldaquin, des fauteuils précieux, des guéridons aux pattes grêles, dont chacun supportait la photographie d'un être cher. L'air sentait la valériane et la poudre de riz. Assise devant un secrétaire Empire, Mazi écrivait une lettre. Levant les yeux sur Elisabeth, elle lui sourit à travers la brume de ses pensées et dit avec douceur :

« Tiens ? C'est gentil de me rendre visite !

— Je ne vous dérange pas, Mazi ?

— Nullement, mon enfant ! »

Elle ouvrit la petite boîte d'écaille où elle rangeait ses bonbons à la menthe, en offrit un à Elisabeth, en cueillit un elle-même et le glissa délicatement entre ses lèvres.

« Vous avez l'air tout agitée ! reprit-elle. Asseyez-vous donc ! »

Mais Elisabeth préféra rester debout. Son cœur bondissait d'enthousiasme.

« Mazi ! s'écria-t-elle. Il m'est venu une idée merveilleuse !

— Cela ne m'étonne pas de vous. Quelle est cette idée ?

— J'ai décidé de remettre en état la maison du gardien !

— Ah ! bah ! dit Mazi en riant. Et pour quoi faire ?

— Pour y habiter avec Patrice. »

Il y eut un silence. Le rire de Mazi se figea. Ses sourcils bruns se nouèrent. Pendant un long moment, elle caressa, du bout des doigts, machinalement, une tortue en bronze qui lui servait de presse-papiers.

« Vous n'êtes pas bien dans votre chambre ? dit-elle enfin.

— Oh ! si, dit Elisabeth avec élan. Mais, vous comprenez, Mazi, là-bas nous serons tout à fait chez nous !

— Je comprends, je comprends...

— J'arrangerai l'intérieur à ma façon, je collerai le papier, je repeindrai la cuisine et le cabinet de toilette... »

Elle gesticulait en parlant pour libérer son trop plein d'énergie.

« Vous sauriez faire tout cela ? demanda Mazi avec un sourire ironique.

— Mais oui, Mazi ! A l'hôtel, j'aidais souvent papa à retapisser les chambres, entre-saisons ! »

Le métier des parents d'Elisabeth avait toujours déplu à Mazi. Lorsqu'elle parlait d'eux à des étrangers, elle ne disait pas qu'ils tenaient un hôtel, mais, sur un ton vague et important, qu'ils étaient « dans l'hôtellerie ». Quant à l'oncle Denis et à Clémentine, cafetiers rue Lepic, elle ignorait souverainement leur existence. C'était miracle, d'après elle, que Patrice eût découvert, dans un milieu si éloigné du sien, une jeune fille qui avait toutes les qualités requises pour entrer dans la famille Monastier.

« Je vois déjà très bien ce que ça donnera ! reprit Elisabeth. Il faudrait du papier à fleurs, de la cretonne pour les rideaux... »

Le visage de Mazi se contractait, de plus en plus, dans une grimace de réprobation hautaine. Brusquement, ses bajoues se mirent à trembler.

« Pas si vite, mon enfant ! dit-elle. Je conçois que votre éducation, à Megève, ait développé en vous le goût du changement, du va-et-vient, lâchons le mot : de la bougeotte ! Mais, ici, nous avons l'habitude de vivre tous ensemble, sous le même toit, partageant nos soucis et nos joies comme le pain à table. Je suis persuadé que ce projet d'installation dans le pavillon du gardien n'émane pas de Patrice.

— Non, Mazi, dit Elisabeth.

— A la bonne heure ! J'aurais été navrée d'apprendre que mon petit-fils était capable d'une pareille toquade ! Sait-il seulement que vous êtes ici pour m'en parler ? »

Elisabeth secoua la tête négativement.

« De mieux en mieux ! dit Mazi. Vous êtes donc venue me trouver de votre propre chef...

— J'ai pensé... »

Mazi bomba le buste sous un ornement de dentelles noires.

« Je sais ce que vous avez pensé, Elisabeth ! dit-elle avec violence. Mais il ne faut pas que le plaisir de jouer à la petite maîtresse de maison vous fasse oublier les égards que vous devez à la famille de votre mari ! »

Cette phrase étourdit Elisabeth comme un soufflet. Elle voulut répondre, mais se tut, par crainte de ne pouvoir se dominer par la suite. Mazi continua d'une voix haletante :

« De quoi aurions-nous l'air, Louise et moi, dans cette grande demeure que vous auriez désertée pour vous installer au fond du jardin ? N'importe qui pourrait croire que vous ne supportez plus la vie en commun avec nous, que vous nous fuyez, que vous avez soif d'indépendance !...

— Pas du tout ! dit Elisabeth avec effort. Personne ne pourrait croire ça, puisque nous nous verrions comme avant et que nous prendrions nos repas ensemble. Simplement, le soir, Patrice et moi rentrerions dans notre maison pour dormir.

— Vraiment ? » dit Mazi.

Et un ricanement tordit les coins de ses lèvres.

« Oui, dit Elisabeth. Et, de temps en temps, aussi, nous vous inviterions chez nous, à déjeuner, ou à dîner. Je ferais la cuisine... »

Màzi s'appuya des deux mains à la table et se leva avec lenteur. Le bord de sa perruque s'était légèrement décollé de son front. Une face de marbre, avec de faux cheveux par-dessus.

« Ma petite-fille, dit-elle, vous êtes charmante, mais un peu trop prompte dans vos décisions. Je n'approuve pas votre idée. Je la trouve même désobligeante envers moi. Et je vous prie de ne plus jamais m'en parler.

— Je ne vous en parlerai plus, Mazi, dit Elisabeth en ravalant sa fureur. Mais, même si je ne dois pas habiter avec Patrice dans le pavillon du gardien, je le nettoierai, je l'arrangerai. Je n'aime pas cette maison morte au fond du jardin !

— Si cela vous amuse de faire le peintre en bâtiment !...

— Beaucoup ! » dit Elisabeth.

Et elle se dirigea vers la porte.

« Elisabeth ! cria Mazi.

— Oui ? dit-elle en se retournant sur le seuil.

— J'espère que vous m'avez bien comprise. Je suis ici chez moi. Je ne veux pas qu'on change mes habitudes ! »

Elisabeth lui jeta un regard noir, ne dit pas un mot et sortit.

Pendant le déjeuner, ni elle, ni Mazi, n'évoquèrent leur conversation de la matinée. Après le repas, Elisabeth demanda de l'argent à Patrice : elle avait des courses à faire en ville. Lesquelles ? Il le saurait bientôt. C'était une surprise. Il la laissa partir avec trois cents francs dans son sac à main.

*

Elle avait ouvert deux rouleaux de papier peint sur le lit :

« Le rose à grosses fleurs rustiques sera pour notre chambre, le jaune-paille, façon-tissu, pour le salon-salle à manger, dit-elle. N'est-ce pas qu'ils sont beaux ?

— Très beaux, dit Patrice.

— Et pas chers ! En tout, avec les pots de peinture, j'ai dépensé deux cent soixante-quinze francs. Si tu t'adressais à des peintres de métier pour ce travail, ils te demanderaient au moins le double !

— Nous n'allons pas remettre toute la maison en état par nous-mêmes ? s'écria-t-il.

— Ce n'est pas nous qui la remettrons en état, mais moi !

— Ah ? parce que tu ne veux pas que je t'aide ?...

— Tu as tellement mieux à faire ! Cet intérieur, je l'arrangerai seule, à ma manière. J'y passerai le temps qu'il faudra. Dix jours, quinze jours... »

Patrice hocha la tête :

« Comme tu es étrange, Elisabeth ! Tu as pris cette décision si brusquement, sans consulter personne !...

— Mazi est déjà au courant. J'ai eu une grande conversation avec elle, ce matin. »

Il eut un mouvement de surprise :

« Que dit-elle de ton projet ?

— Que veux-tu qu'elle en dise ? Elle n'est pas contente...

— Je m'en doutais, grommela-t-il. Elle avait un drôle d'air pendant le dîner. Elle est montée se coucher plus tôt que d'habitude...

— Cela lui fera le plus grand bien », dit Elisa-eth sur un ton de bravade.

Patrice s'assit au bord du lit, regarda les papiers eints, les caressa de sa main très fine, très blan-he, et, relevant le front, dit tout à coup :

« Elisabeth, je crois que tu devrais renoncer à on idée, du moins pour le moment...

— Pourquoi y renoncerais-je ? répliqua-t-elle. Tu ais combien j'aime Mazi. Je suis allée la voir avec ant de confiance, avec tant de joie ! Et je me suis rouvée devant un monument d'égoïsme. Rien de ce ue je disais ne pouvait la toucher. Elle ne pensait u'à son confort personnel...

— N'exagère pas ! Mazi est très gentille, très onciliante...

— A condition qu'on lui obéisse au doigt et à 'œil. Ne hausse pas les épaules, Patrice. Toi et naman, vous tremblez devant elle. Pour elle, tu s toujours un gamin en culottes courtes. Eh bien, l faut que cela cesse ! Je n'ai pas épousé un petit arçon, moi, mais un homme ! Un homme avec ui je veux faire ma vie !

— Ne dirait-on pas que Mazi t'en empêche !

— Parfaitement, elle m'en empêche, Patrice ! Elle m'en empêche sans le savoir, parce que nous abitons chez elle, parce que nous dépendons d'elle, arce qu'elle est toujours là, derrière notre dos, nous surveiller, à nous conseiller. Nous n'avons l'intimité que le soir, dans notre chambre, et ncore ! J'étouffe, moi, dans cette maison de ieilles dames, parmi ces meubles qu'on n'a pas le lroit de déplacer sans autorisation !... »

Entraînée par le désir de convaincre Patrice, elle lécouvrait à sa colère des motifs que, la veille ncore, elle ne se représentait pas clairement.

« Je te comprends, dit Patrice. Mais pense à l'âge de Mazi, pense à sa crainte de la solitude...

— Quelle solitude ? Nous n'allons pas la quitter pour nous installer au bout du monde, mais à cinquante mètres d'elle, dans la maison du gardien !

— Ce n'est qu'un début. Un jour ou l'autre quand je gagnerai assez d'argent, nous nous fixerons à Paris. Mazi le devine bien ! Ton idée de déménagement, elle l'interprète comme une première étape avant le grand départ. Et elle en souffre... Ne te précipite donc pas pour arranger cette petite maison... Nous ne sommes pas à quelques semaines près... Pendant ce temps, Mazi réfléchira à ton projet, s'y accoutumera sans doute, et finalement, je ne serais pas surpris qu'elle t'encourage elle-même à le réaliser... »

La sagesse de ces propos exaspérait Elisabeth. D'instinct, elle haïssait les précautions oratoires, le tergiversations diplomatiques. Pour elle, un obstacle n'était jamais à contourner, mais toujours à abattre

« En somme, d'après toi, nous devrions attendre la permission de Mazi pour être heureux ? dit elle.

— Mais nous sommes déjà heureux », répondi Patrice en lui prenant les mains.

Elle le repoussa :

« Tu ne sais pas ce que c'est que d'être vraiment heureux, Patrice ! Mais je te l'apprendrai Je te l'apprendrai dans *notre* maison. Car nous aurons *notre* maison. Et cela le plus vite possible Que Mazi le veuille ou non ! »

Patrice la regarda longuement. Il y avait tant de douceur dans les yeux de son mari, qu'elle en fu troublée. Elle se sentait moins intelligente, moin bonne que lui, et, pourtant, tout l'amour qu'elle lui portait ne pouvait la décider à abandonner la partie. Il l'enveloppa dans ses bras et dit :

« C'est entendu, Elisabeth. Mais je te demande, quand tu construiras notre nouvelle vie, de ne pas heurter trop brutalement deux êtres qui nous sont chers. Tu le regretterais autant que moi, plus que moi peut-être... »

Encore crispée dans la révolte, elle tressaillit au baiser qui lui toucha les lèvres. Une envie de pleurer lui emplit les yeux. Sur qui s'attendrissait-elle ainsi : sur Mazi, sur Patrice, sur elle-même ? Détournant la tête, elle aspira l'air, profondément, essaya de sourire et dit :

« Je t'aime, Patrice... Mais laisse-moi faire comme je veux... Tout ira bien... »

V

Lissée à petits coups de brosse, la dernière bande de papier adhéra au mur sans un pli. Elisabeth prit ses ciseaux et rogna le bord inférieur du lé, au niveau de la plinthe. La chambre à coucher, entièrement retapissée, était un semis de fleurs sur un fond rose comme l'aurore. Un professionnel n'aurait pas travaillé avec plus de soin. Quand le lit, l'armoire, la commode auraient été poussés à leur place et astiqués selon leur mérite, il serait impossible de contempler ce décor sans envier le bonheur de ceux qui avaient choisi d'y vivre. Pour l'instant, les meubles étaient entassés au centre de la pièce. Une planche, montée sur des tréteaux, supportait un attirail complet de peintre en bâtiment. Le sol était jonché de lambeaux, qui collaient aux chaussures. Elisabeth passa dans le salon-salle à manger, couleur jaune paille. Il ne restait plus que la cuisine et le cabinet de toilette à repeindre. Demain, elle se mettrait à l'ouvrage. Et, dans une semaine, si elle n'était pas retardée, elle pourrait pendre les rideaux et cirer les parquets. Un sentiment d'orgueil la souleva dans l'odeur fade de la colle. Elle s'approcha d'une fenêtre pour examiner les pitons qui devaient soutenir les tringles, et, tout à coup, il y eut comme un décalage dans le cours de son existence. Elle était là et elle était ailleurs. Debout sur un escabeau, un volant de cretonne à la main, dans une chambre aux grosses solives apparentes. Un feu de bois brûlait dans la grande cheminée savoyarde. Une voix d'homme disait : « Ces rideaux sont ravissants. Exactement ce qu'il fallait, Elisabeth. » Un tourbillon l'emporta. Elle se ressaisit et, fuyant ses souvenirs, retourna dans la chambre rose. Une boursouflure de papier retint son attention. Elle essaya d'aplatir la cloque avec la paume de sa main. Des pas retentirent sur le gravier de l'allée. Chaque jour, Patrice, Mme Monastier, la vieille Eulalie ou la jeune Eulalie venaient constater les progrès du travail. Seule Mazi s'obstinait à ne pas visiter la maison du gardien. « Elle finira bien par se décider, elle aussi », pensa Elisabeth. Ce fut Patrice qui entra.

« Bravo ! dit-il, ça avance. Mais ne crois-tu pas que tu en as assez fait, pour aujourd'hui ? Les amies de maman sont déjà là. Dépêche-toi de te préparer pour le thé ! »

Elisabeth le suivit à contrecœur. Les « cinq à sept » de Mme Monastier l'ennuyaient, mais il eût été malséant pour elle de n'y point paraître. Elle se lava, se recoiffa, mit une robe grise, très stricte, à col Claudine blanc, et n'eut plus rien de commun avec l'ouvrière échevelée, qui, quelques minutes auparavant, collait du papier dans sa chambre.

Son arrivée dans le salon suscita la curiosité des dames, qui tournèrent vers elle des sourires de bienvenue sous des chapeaux diversement emplumés, enrubannés ou fleuris. Toutes la connaissaient déjà, ce qui ne les empêchait pas de l'observer avec une avidité sympathique, car une jeune mariée est toujours intéressante à voir de quelque côté. Patrice, qui était entré derrière elle, baisait une main après l'autre, en courbant légèrement l'échine, comme un horticulteur comparant le parfum des roses. Ses gestes étaient d'une élégance raffinée. Les amies de sa mère s'épanouissaient quand il leur adressait la parole. Nulle part il n'était aussi parfaitement à l'aise que dans cette assemblée de femmes sur le retour. Mazi, perruque en tête, sautoir autour du cou et les joues poudrées, occupait le fauteuil le plus confortable, Mme Monastier, appelée à de nombreux déplacements, était assise de biais, en état d'alerte, sur une chaise, et papotait d'une voix suraiguë avec ses voisines. Le tumulte s'amplifia au moment où la jeune Eulalie apporta le thé. Elisabeth passa entre les invitées pour les servir « avec toute la grâce de ses vingt ans », comme disait la nièce de M. le vicaire. Petite fée verseuse, elle allait, avec désinvolture, de nuage de lait en rondelle de citron. De toutes les personnes présentes, seule Mazi résistait à son charme. Elisabeth n'obtint pas un regard, pas un mot de remerciement, pour la tasse qu'elle tendait à la vieille dame. La maison du gardien pesait de tout son poids sur leurs relations. Et pourtant, dans l'esprit de Mazi, les travaux de remise en état n'impliquaient encore aucune conséquence pratique. Elle n'imaginait pas que, bravant sa volonté, Elisabeth et Patrice s'installeraient un jour dans les « communs ». Comment réagirait-elle quand ils lui annonceraient leur intention de déménager ?

« Deux sucres ?

— Vous savez bien que je n'en prends qu'un », grommela Mazi en regardant ailleurs.

La pince à la main, Elisabeth fut tentée de laisser

tomber le sucre de très haut dans la tasse pour éclabousser le corsage rebondi de l'aïeule. Mais elle se domina : au fond, Mazi était moins à blâmer qu'à plaindre. Patrice les lorgnait toutes deux, du coin de l'œil, en causant avec Mme Rochet. Les cuillères à thé tournaient gaiement dans la porcelaine. Elisabeth présenta les petits fours. Il y en avait de toutes les espèces : dodus ou plats, sablés, sucrés, glacés, craquelés. Les doigts des dames planaient un instant au-dessus de l'assortiment et, soudain, se refermaient sur la friandise de leur choix, avec la vivacité d'une serre de rapace. Mangeant et buvant, elles n'arrêtaient pas d'exprimer, avec une volubilité étonnante, toutes les idées qui passaient sous leurs chapeaux. On parla des nouvelles tendances de la mode, du scandale des premiers *shorts,* dont les journaux avaient signalé l'apparition, cet été, sur la Côte d'Azur, des fiançailles du prince Georges d'Angleterre et de la princesse Marina de Grèce, et des miracles de la cure uvale, dont plusieurs centres venaient de s'ouvrir à Paris. Mme Resenkampf réservait sa clientèle au stand de la gare Saint-Lazare. Les verres de jus de raisin qu'elle y avait dégustés l'avaient déjà, croyait-elle, régénérée de fond en comble. Tout le monde s'accorda pour dire qu'elle avait, en effet, meilleure mine depuis un mois. Mazi demanda à son petit-fils de lui rapporter quelques bouteilles du merveilleux breuvage.

« Mais non ! dit Mme Resenkampf, il faut le consommer sur place. On presse les grains devant vous. Autrement, les vertus curatives s'en vont !... »

Le colonel Resenkampf arriva sur ces mots et, de nouveau, les dames se soumirent, avec une exquise indolence, à l'hommage du baisemain. Elisabeth eut droit elle aussi, à un frôlement de moustache sur la première phalange. Elle ne put réprimer un sentiment de fierté en voyant le vieux militaire se casser en deux devant elle. Petit, sec et nerveux, il avait une idée fixe : mettre tout le monde à cheval, et un regret : n'avoir su inculquer l'amour du sport hippique ni à sa femme, ni à sa fille. Une fois de plus, il entreprit d'expliquer à Patrice qu'on n'était pas digne d'habiter Saint-Germain si on n'était pas un fanatique de l'équitation :

« C'est la santé, ça, mon cher ! Regardez-moi. Soixante-quinze ans ! Et je vous broierais une pouliche entre mes jarrets. »

Un frémissement courut parmi les dames.

« Sans doute, dit Patrice. Mais cela ne me tente pas.

— Parce que vous n'avez pas encore essayé, sacrebleu ! Venez avec moi au manège ! Je vous mettrai en selle... »

Comme Patrice s'obstinait dans le refus, il se tourna vers Elisabeth :

« Et vous, madame, cela ne vous dirait rien ? »

Elisabeth n'eut pas le temps de répondre. Une mère de famille se lançait déjà dans le débat, pour affirmer que l'abus de l'équitation risquait de provoquer, chez la femme, des désordres organiques de la dernière gravité. Mme Brignoles, qui avait été une excellente écuyère avant d'épouser le contrôleur des Contributions directes, opina du menton en silence. Nul n'ignorait, dans l'assistance, qu'elle souffrait de troubles intimes très compliqués et qu'elle s'était même rendue en Allemagne et en Suisse pour consulter de grands gynécologues, dont aucun n'avait su la guérir. Craignant de s'engager dans le mystère inextricable des maladies féminines, le colonel se borna à gronder que les médecins étaient des ânes, toussota grassement et plongea le nez dans sa tasse. Les dames en profitèrent pour parler un peu de leur santé, en ne citant, évidemment, que des détails qui pouvaient être entendus par les messieurs. Toutes avaient quelque chose au cœur, au poumon, au rein, à la vésicule biliaire ou dans les articulations. A plusieurs reprises, le colonel dit :

« Faites du cheval, ça vous passera. »

Mais personne ne prêtait attention à ses boutades. On échangeait des noms de médicaments et de docteurs. Mazi était particulièrement écoutée, en raison de son âge. Quand elle ouvrait la bouche, ses cadettes se taisaient. Elle fit un récit effrayant de ses palpitations nocturnes. Mme Arielle de Bouilly, qui avait dix ans de moins qu'elle, ne put lui opposer qu'une arthrite chronique. Ces confidences entrecroisées excitaient l'appétit des interlocuteurs. Il n'y avait presque plus de petits fours dans l'assiette. La jeune Eulalie en rapporta une provision. M. Rochet, le notaire, vint chercher son épouse, mais elle n'était pas disposée à partir. Il accepta une tasse de thé et s'assit, les mains occupées et l'œil vide. Immédiatement, le colonel Resenkampf l'entreprit sur la politique. M. Rochet, qui était tout en rondeurs, croyait à la bonne volonté des peuples, à l'autorité morale de la Société des Nations et à l'accroissement de la prospérité dans le monde. Le colonel Resenkampf, lui, prévoyait une guerre à brève échéance :

« Pendant que nous nous tournons les pouces, Mussolini forge une armée de fer et Hitler se prépare à reprendre la Sarre. Pourquoi pensez-vous qu'ils se sont rencontrés à Venise ?

— Ils ont dit eux-mêmes qu'ils ne voulaient pas modifier la carte du monde !

— Oui, et peu de temps après, les nazis d'Autriche assassinaient le chancelier Dollfuss, et Hitler se faisait plébisciter par son peuple pour devenir le maître absolu de l'Allemagne. Un jour ou l'autre, la Reichswehr reconstituée, renforcée, nous tombera dessus, et nous ne serons pas prêts... D'un côté, une horde de fanatiques et d'un autre, des nations raffinées, divisées, émasculées par le jazz, la bonne chère, les combines politiques et les mauvaises lectures. Je ne donne pas deux sous de nos chances dans un conflit mondial...

— Parce que vous croyez vraiment, colonel, qu'il y aura un conflit mondial ? demanda Mme Monastier avec anxiété.

— Il n'y a qu'un moyen pour nous de l'éviter, madame, dit le colonel : l'intimidation. Plus nous nous montrerons résolus, plus on hésitera à nous attaquer. Il faudrait renvoyer les députés à leurs chères études et confier le pouvoir à des militaires.

— Ce serait bien la première fois qu'on verrait des militaires soucieux de sauvegarder la paix ! » dit M. Rochet avec un sourire sarcastique.

Ils continuèrent à discuter devant un auditoire mal disposé à les entendre. Un bruit de bottes avait envahi le salon. Hitler et Mussolini piétinaient les petits fours, haranguaient le lustre. Les dames échangeaient des regards navrés par-dessus leurs tasses. Elisabeth songea avec angoisse à la vanité de ses préparatifs dans la petite maison, si une guerre éclatait entre la France et l'Allemagne. Patrice serait mobilisé, expédié au front. Comment vivrait-elle sans lui ? Elle l'imagina en soldat, casqué, l'œil triste, un fusil sur l'épaule. Tout son sang bondit dans ses veines : « Non, c'est impossible, inconcevable ! Tant que nous nous aimerons, il y aura la paix dans le monde. » Puis, elle se rappela qu'un jour il lui avait dit : « Je suis dans l'Intendance. En cas de guerre, on m'affectera au service du ravitaillement. » C'était tout de même une manière de sécurité. M. Rochet acheva de calmer l'appréhension des dames en affirmant que les dictateurs ne pouvaient risquer leur prestige dans le choc des armées :

« En fait, pas plus Hitler que Mussolini n'a envie d'en découdre. J'ai même de bonnes raisons pour croire que, sous peu, le Führer fera une rentrée spectaculaire à la Société des Nations. »

Le colonel Resenkampf traita son contradicteur « d'optimiste incorrigible » et Mme Monastier s'empressa d'aiguiller la conversation sur un autre sujet. La guerre s'éloignait. Elisabeth regarda Patrice avec soulagement. Il parlait musique avec la nièce de M. le vicaire, qui portait un lorgnon et avait reçu un prix pour ses poésies, quinze ans auparavant, de l'Académie des Jeux floraux de Toulouse. Quelques dames époussetaient les miettes de leurs jupes et se levaient pour prendre congé. Mme Monastier protestait, chaque fois, et se désolait, comme si son intention eût été de garder ses invités jusqu'à l'aube. Elisabeth pensait avec dépit au temps qu'elle avait perdu à servir le thé, alors qu'un travail urgent l'attendait dans la maison du gardien.

La nièce de M. le vicaire partit la dernière, à sept heures et demie. On dîna, comme d'habitude, à huit heures. Mais les petits fours avaient coupé l'appétit des convives. Mazi toucha dédaigneusement au veau froid et aux endives braisées, avala quelques grains de raisin en rêvant aux miracles de la cure uvale et, à peine sortie de table, annonça qu'elle allait se retirer dans sa chambre pour dormir. Chacun comprit qu'en refusant de prolonger la veillée elle voulait punir son entourage. Ce fut une joue morte qu'elle offrit aux baisers de sa bru, de son petit-fils et d'Elisabeth. Mme Monastier était consternée. Elle accompagna sa belle-mère dans le couloir et revint, cinq minutes plus tard, avec un visage marqué par l'émotion.

« Ah ! mon enfant, dit-elle en saisissant les mains d'Elisabeth. Vous en faites de belles ! Mazi est persuadée que, si vous arrangez la maison du gardien, c'est pour y habiter avec Patrice !

— Elle ne se trompe pas, dit Elisabeth.

— Il n'était pas question de ça, au début !

— Pour Mazi, non. Mais, moi, je n'ai jamais changé d'idée.

— Oui, maman, dit Patrice. Elisabeth et moi avons décidé de déménager. Nous ne pouvons continuer à vivre indéfiniment en famille. Si Mazi ne nous comprend pas, toi tu dois nous comprendre. »

Elisabeth le regarda avec reconnaissance. Enfin, il prenait ouvertement son parti.

« Je le sais bien, soupira Mme Monastier. Et au fond, je vous approuve. Mais, pour Mazi, ce sera un tel choc !... Quand comptez-vous vous installer là-bas ?

— Dès que j'aurai terminé les travaux, dit Elisabeth. Dans une huitaine de jours, je pense...

— Mais vous n'avez pas de meubles !

— Si, maman. Il y a déjà l'essentiel dans la petite maison, et j'ai trouvé, au grenier, des choses très amusantes. Je les descendrai avec Patrice... Croyez-vous qu'Eulalie pourra me piquer un dessus de lit à la machine ?

— Certainement ! Que mettrez-vous comme rideaux ?

— De la cretonne.

— Ce sera charmant ! » dit Mme Monastier. Excitée par ce projet de décoration, elle s'aperçut, tout à coup, qu'elle encourageait sa belle-fille au lieu de la critiquer, et, changeant de figure, balbutia :

« Mon Dieu ! Mon Dieu ! Où allons-nous ?... »

VI

Elisabeth était déjà au lit, mais Patrice, émerveillé, continuait à circuler dans la maison, touchant les meubles, ouvrant et fermant les portes, caressant les murs du plat de la main.

« Tu ne peux pas savoir comme tout me plaît ici ! s'écria-t-il. Je suis vraiment chez toi !

— Chez nous !

— Non, j'ai bien dit : chez toi. Cet intérieur te ressemble. Avec des meubles de rien, quatre bouts de tissu et des lampes rafistolées, tu es arrivée à faire un décor de joie.

— Alors, tu es heureux ?

— Follement heureux, Elisabeth !

— Tu ne regrettes pas ma décision ?

— Pourquoi la regretterais-je ? Même maman trouve que tu as eu raison !... »

C'était leur première nuit dans le pavillon du gardien. Ils avaient emménagé l'après-midi même, sous le regard glacé de Mazi, qui, postée à la fenêtre de sa chambre surveillait leurs allées et venues dans le jardin. Le soir, elle avait prétexté une migraine pour ne pas se montrer à table. Après le dîner, Patrice et Elisabeth avaient regagné leur nouveau logis et s'y étaient enfermés avec une impression de délivrance. Il pleuvait sur le toit, et ce bruit de ruissellement continu les rendait plus sensibles encore au plaisir de la solitude. Friquette furetait dans les coins et éternuait, incommodée par l'odeur de la peinture fraîche. Dans la cage, recouverte d'un carré d'étoffe, les canaris échangeaient de petits cris aigus, avant de s'assoupir, décapités et le ventre plein. Tout était calme.

« Je vais fermer les volets », dit Patrice.

Il ouvrit la croisée. Des gouttes d'argent rayaient la masse touffue et sombre du jardin. Une bouffée d'air froid entra dans la chambre. Patrice restait debout devant la fenêtre, immobile, regardant au loin.

« Viens voir, Elisabeth », dit-il au bout d'un moment.

Elle se leva, s'approcha de lui et se blottit dans le creux de son épaule, qui était chaude et dure sous le tissu du pyjama. Joue contre joue, ils humaient la nuit mouillée. A l'extrémité du chemin, la grande maison, solennelle, lugubre, à demi vide, considérait avec hostilité sa rivale heureuse, la petite maison. Dans la demeure des maîtres, une lumière brillait au premier étage : Mazi ne dormait pas encore. Elisabeth l'imagina, tournant, en robe de chambre, entre ses fauteuils et ses guéridons, grognant à voix basse, remâchant sa colère. « Demain matin, sans doute, elle sera calmée », se dit-elle. Patrice devait le penser aussi. Mais l'un comme l'autre évitaient de parler. Un coup de vent inclina des feuillages dans les ténèbres. La grande maison soufflait, crachait sur « les communs ». Patrice ferma les volets. De nouveau, il n'y eut plus au monde que la rumeur douce de la pluie sur le toit. Elisabeth se laissa emporter vers le lit. Il était haut et large, en bois brun, avec un édredon rouge par-dessus.

*

Le lendemain matin, Elisabeth, Patrice et Mme Monastier se retrouvèrent pour le petit déjeuner dans la salle à manger de la grande maison. Mazi tardait à paraître. A mesure que l'attente se prolongeait, l'inquiétude avançait sur les visages. De temps à autre, Mme Monastier levait le regard au plafond et soupirait. La théière, la cafetière, la chocolatière et le pot à lait refroidissaient sur la table. Enfin, la jeune Eulalie arriva, bouleversée. Madame refusait de descendre :

« Elle m'a demandé que je lui monte son plateau ! »

Un silence de stupéfaction accueillit ces paroles.

Quand la servante se fut retirée, Patrice explosa :

« J'en étais sûr ! Elle va vouloir prendre tous ses repas dans sa chambre, maintenant ! C'est grotesque ! »

Elisabeth se dressa lentement.

« Où vas-tu ? demanda Patrice.

— Lui parler, dit Elisabeth.

— C'est moi qui lui parlerai, dit Patrice en repoussant sa chaise.

— Ah ! mon petit ! gémit Mme Monastier, crois-tu que ce soit bien utile ?

— Indispensable, maman. Cette situation ne peut pas durer !

— Sois très doux avec elle, je t'en supplie ! Elle est si âgée !... »

Il sortit et Mme Monastier porta les deux mains à ses tempes.

« Tranquillisez-vous, maman, dit Elisabeth en se rasseyant. Si quelqu'un est capable de la convaincre, c'est bien son petit-fils !

— J'en doute, murmura Mme Monastier. Elle a toujours été ainsi. Mon mari en a bien souffert, dans le temps. Et moi aussi. Elle s'occupait de tout, elle dirigeait tout... J'aurais peut-être dû me révolter. Mais je n'avais pas votre caractère. Je n'ai jamais osé lui tenir tête. A présent, il est trop tard. Elle a pris l'habitude d'être obéie. Et elle est si bonne, avec ça, si aimante !... »

Patrice reparut bientôt, l'épaule basse.

« Alors ? s'écria Mme Monastier.

— J'ai fait de mon mieux pour la raisonner, dit-il. Mais elle n'écoute même pas quand on lui parle !

— S'est-elle levée, au moins ?

— Non, elle est encore au lit, furieuse, son plateau sur les genoux, son bonnet de dentelle sur la tête. Un visage de bois. Elle s'est butée et ne sait plus comment revenir en arrière...

— Ce serait bien la première fois qu'elle céderait devant quelqu'un de sa famille, dit Mme Monastier. Il ne faut pas demander l'impossible. Qu'allons-nous faire ?

— La laisser en paix, répondit Patrice.

— Et continuer à déjeuner, à dîner sans elle ?... Mais c'est de la folie !...

— J'espère qu'elle finira par s'en rendre compte. »

L'épreuve de force commençait. Patrice versa du thé à sa mère éplorée, du café au lait à sa femme, et se servit une tasse de cacao. Mais personne n'avait soif, personne n'avait faim. Elisabeth réfléchissait à Mazi avec une indignation croissante. Poussée à ce point, l'autorité devenait de la tyrannie. La vieille dame, réfugiée dans son coin comme une araignée, passait son temps à capturer et à paralyser des êtres sans défense. Jusqu'à quand la laisserait-on abuser de son pouvoir ? Le petit déjeuner s'acheva dans un silence de deuil. Mme Monastier, démoralisée, retourna dans sa chambre, et Patrice alla travailler, avec rage, dans le salon. Restée seule, Elisabeth balança un instant sur le parti à prendre. Elle n'avait pas fini d'astiquer ses meubles, mais cette besogne lui paraissait maintenant accessoire. Tant que Mazi s'obstinerait dans sa bouderie, ses proches, tourmentés, n'auraient de goût à rien. « Elle empoisonne notre vie à tous. Je la déteste. Si je pouvais lui crier en pleine figure ce que je pense !... » Tout à coup, elle se précipita dans l'escalier, la tête en fièvre, un discours furieux à la bouche. « Que le monde s'écroule, mais elle saura la vérité sur elle-même ! »

Arrivée devant la porte de Mazi, elle appuya sur le bec de cane, et, sans frapper, entra violemment dans la chambre. L'aïeule était assise, en peignoir gris perle, à sa coiffeuse. La vieille Eulalie se penchait avec déférence sur son épaule. Toutes deux tressaillirent en entendant un pas derrière elles et se retournèrent. Elisabeth perdit la voix. Mazi tendait vers elle une face livide, ravinée, à la bouche mauve, tombante, au crâne ridiculement petit, tapissé d'un duvet blanchâtre. Le rose du cuir chevelu transparaissait, çà et là, entre les mèches. Privée de sa superbe toison, la grand-mère de Patrice n'était plus qu'une femme décrépite, misérable, malade, au regard fuyant. Eulalie tenait dans ses mains la perruque qu'elle venait, sans doute, de peigner. Après une seconde d'indécision, Mazi se couvrit la tête de ses dix doigts. Ses yeux s'agrandirent dans une expression hagarde. Il y avait tant de détresse, tant de honte dans son attitude, qu'une vague de pitié submergea Elisabeth.

« Allez-vous-en ! » chuchota Mazi en gardant toujours ses deux mains plaquées sur son crâne.

Elisabeth ne bougeait pas. Les phrases de haine qu'elle avait préparées se débandaient dans sa mémoire. Elle balbutia :

« Oh ! Mazi, je ne veux pas que vous ayez de la peine !... Si vous étiez à ma place, vous auriez agi comme moi !... Alors, pardonnez-moi, pardonnez-nous... Ne nous empêchez pas d'être tout à fait heureux !...

— Allez-vous-en ! répéta Mazi.

— Pfuitt ! Pfuitt ! Dehors ! marmotta la vieille Eulalie en élevant son poing droit couronné d'un scalp volumineux.

— Si seulement vous veniez nous voir dans notre petite maison, je suis sûre que vous changeriez d'avis ! reprit Elisabeth.

— Allez-vous-en ! »

Mazi balançait la tête et tapait le sol, alternativement, de ses deux pieds chaussés de pantoufles. La vieille Eulalie se porta en boitillant devant sa maîtresse, pour la dérober aux regards de l'intruse. Toutes les photographies de famille étaient aux aguets sur les guéridons.

« Pfuitt ! Pfuitt ! » soufflait la sorcière bossue.

Elisabeth sortit de la chambre comme d'un mauvais rêve.

*

Elle rangeait le linge dans son armoire, en songeant à la solitude hideuse des vieilles gens, quand elle entendit craquer le gravier de l'allée. Une idée folle traversa son cerveau : « Mazi ! » Elle se précipita à la fenêtre. C'était bien Mazi qui venait, la canne à la main, corsetée, poudrée, méconnaissable, avec tous ses sautoirs sur la poitrine ronde et tous ses faux cheveux en bouclettes sur son front. Sans réfléchir, Elisabeth ouvrit la porte, courut au-devant de l'aïeule et cria :

« Ah ! Mazi ! Enfin ! J'étais sûre que vous viendriez !

— Vous m'attendiez ? demanda Mazi, la prunelle dure, le visage blanc.

— Oui ! » répondit Elisabeth.

Et elle lui sauta au cou. Secouée par deux baisers qui s'enfonçaient dans ses joues, Mazi se dégagea mollement, dressa le menton et dit :

« Eh là ! Contenez-vous, mon enfant.

— C'est que je suis heureuse, Mazi ! Vite ! Je vais tout vous montrer ! »

Elle l'entraîna dans la maison. Mazi glissa d'une pièce à l'autre, inspectant les meubles, les murs, les rideaux, d'un œil méfiant. Elisabeth, qui la suivait pas à pas, essayait de deviner ses pensées et, pour la mettre à l'aise, parlait sans arrêt, avec animation :

« Cette petite table avait un pied cassé; je l'ai recollé et j'ai passé du brou de noix par-dessus... Et ce fauteuil, vous le reconnaissez ? Il était dans le grenier !... Et le lit, regardez s'il est beau, maintenant que je l'ai ciré !... »

Mazi ne disait rien. Sa figure était bouffie de silence. Après avoir visité le cabinet de toilette, elle revint au milieu de la chambre, s'assit dans un fauteuil, ferma les paupières, les rouvrit sur un regard aigu et grommela :

« Il faudra changer le lavabo. Il est fêlé et les robinets sont affreux.

— Oui, Mazi », dit Elisabeth.

Les canaris croquaient des graines dans leur cage. Soudain, le mâle chanta.

« Mazi, reprit Elisabeth, est-ce que cette maison vous plaît, maintenant que je l'ai arrangée ? »

Les lèvres de Mazi s'allongèrent dans une grimace qui ressemblait à un sourire. Son regard s'adoucit.

« Elle me plairait, sans doute, si j'avais vingt ans », dit-elle.

La paix était signée. Mazi s'appuya d'une main au pommeau de sa canne, de l'autre à l'accoudoir du fauteuil, déplia lentement sa haute taille et se dirigea vers la porte.

« Vous vous en allez déjà ? s'écria Elisabeth.

— Je reviendrai », répondit Mazi.

Quand elle fut partie, Elisabeth se demanda ce qui l'avait incitée à cette démarche. Le cheminement de la pensée, chez les personnes de son âge, était incompréhensible. « Est-ce parce que, ce matin Patrice et moi lui avons parlé avec affection, ou parce que je l'aie vue sans sa perruque, qu'elle s'est brusquement sentie désarmée ? Que s'est-il passé dans sa tête ? Le saurai-je un jour ? Le sait-elle seulement elle-même ? » Elle accompagna d'un regard attendri la lourde silhouette noire qui s'éloignait dans l'allée, et se remit à ranger le linge sur les rayons de l'armoire, comme si elle eût entassé du bonheur en piles.

A l'heure du déjeuner, Mazi fit son entrée, solennellement, dans la salle à manger, où sa bru, son petit-fils et Elisabeth l'attendaient avec impatience.

*

Il ne fut plus jamais question de la querelle qui avait divisé la famille. Le pardon de Mazi se transforma, peu à peu, en une approbation ouverte. Elle rendait de fréquentes visites aux enfants, dans leur nouveau logis, et décida même qu'on y déjeunerait tous ensemble, un dimanche sur deux. Il semblait qu'en lui tenant tête, Elisabeth eût achevé de la conquérir. Un jour, la vieille dame lui offrit un service à thé ancien, en porcelaine de Saxe, décoré de fleurettes multicolores. Comme Elisabeth transportée, la remerciait de son cadeau, elle répliqua d'un ton bourru, pour cacher sa propre émotion :

« Ce n'est rien. Je l'ai eu, autrefois, de ma belle-mère. Il est juste qu'il vous revienne. N'êtes-vous pas appelée à me remplacer, un jour ou l'autre, dans cette maison ? »

A présent qu'elle était éclairée sur le caractère d'Elisabeth, elle ne manquait pas une occasion de lui donner raison contre Patrice. Au début du mois d'octobre, le jeune couple reçut une invitation à dîner de Gloria, qui s'était mariée en province et venait de s'installer à Paris, dans un petit appartement de la rive gauche. L'idée de cette sortie ennuyait Patrice, que les plaisirs de la vie conjugale rendaient de plus en plus insociable. « Qu'est-ce que nous allons faire chez eux ? grognait-il. Pascal Japy a l'air assommant ! Tu ne crois pas qu'on pourrait s'excuser, dire qu'on est pris ce jour-là... » Mais Mazi soutint fermement Elisabeth dans le débat, et Patrice n'eut qu'à s'incliner devant la coalition de sa femme et de sa grand-mère.

Le dîner, chez les Japy, fut d'ailleurs d'une qualité et d'une animation parfaites. Dans le rôle délicat de la maîtresse de maison, Gloria étonna Elisabeth par son aisance. Détendue, rayonnante, souriante, elle avait constamment l'œil au service et l'oreille à la conversation. Cécile, qui assistait au repas, était aussi jolie et volubile que par le passé. Elle ne revoyait plus Jacques Grévy, suivait des cours de décoration et allait partir, au mois de décembre, pour la Suisse. A tout propos, elle taquinait son beau-frère, le grave et maigre Pascal, qui employait des termes savants pour parler des choses les plus simples. Il venait d'ouvrir son cabinet médical et se déclarait très satisfait de ses premiers contacts avec la clientèle. Un téléphone, posé à côté de lui, sur la table, indiquait aux convives que leur hôte pouvait être appelé, à chaque instant, pour une consultation urgente, à l'autre bout de Paris. Un léger parfum d'éther flottait dans la pièce, qui servait habituellement de salle d'attente. Tout l'appartement avait été repeint, couleur de banane pelée. Les meubles étaient de style moderne, avec de grandes surfaces vernies où se reflétaient les lumières des lampes. Le sycomore blanc régnait dans la chambre à coucher, le chêne cérusé dans le bureau. Les rares tableaux qui ornaient les murs étaient d'un dessin rectiligne et d'une pâte terne. Pas un bronze, pas un guéridon, pas une estampe ancienne. Louis XV n'avait jamais existé.

En quittant les Japy, Patrice demanda à Elisabeth :

« Comment as-tu trouvé leur appartement ?

— Je préfère notre vieille maison », dit-elle en mettant la voiture en marche.

Patrice la regarda avec reconnaissance. En vivant

auprès d'elle, il oubliait parfois ce que leur union avait de merveilleux, puis, brusquement, un mot, une attitude d'Elisabeth, lui rendaient la sensation étourdissante de son bonheur. Avant elle, tout était gris et sage dans son existence. Maintenant, les plus humbles aspects du monde excitaient son émotion. Grâce à elle, le chant d'un oiseau, la saveur d'un plat, la couleur d'une robe, le parfum d'une fleur, mille détails dont il ne se souciait pas jadis, entraient dans le compte de ses joies quotidiennes.

La voiture avait franchi les faubourgs et roulait à vive allure sur la route. Des paysages d'éponges noires glissaient derrière les glaces des portières. La lumière des phares chassait la nuit devant elle.

« Tu sais, Elisabeth, murmura-t-il, nous sommes vraiment faits l'un pour l'autre ! »

Elle entendit la voix de Christian prononçant les mêmes paroles. Mais c'était Patrice, et non lui, qui avait raison.

« Oui, dit-elle doucement, je pense comme toi, Patrice. Je t'aime... »

Elle ralentit et il l'embrassa.

VII

Elisabeth raccrocha le téléphone, sortit de la bibliothèque en courant, ouvrit la porte du salon et cria :

« Patrice ! Ça y est ! Papa et maman sont arrivés ! »

Patrice qui travaillait, assis à une petite table, près du piano, se leva brusquement, l'air joyeux :

« Déjà ? Ils ne devaient être là que demain !...

— Oui, eh bien, voilà, ils ont avancé leur départ d'un jour. C'est maman qui m'a appelée de Paris. Ils ont fait le voyage par la route, en deux étapes. Papa n'est pas du tout fatigué d'avoir conduit ! Ils sont chez l'oncle Denis ! Ils nous attendent ! Prépare-toi vite...

— Oh ! moi, je serai tout de suite prêt, dit-il en riant. C'est plutôt toi !... Tu vas sûrement vouloir changer de robe !...

— Evidemment ! Mais j'en aurai pour cinq minutes. En nous dépêchant, nous pourrons être rue Lepic à quatre heures ! Oh ! Patrice, je suis si heureuse ! Mazi ! Maman ! »

Attirées par ses éclats de voix, Mazi et Mme Monastier se présentèrent, à leur tour, dans le salon. Elisabeth leur fit partir la nouvelle en pleine figure, comme un pétard de fête :

« Mes parents sont arrivés ! »

Puis, elle embrassa son bonheur sur le visage épanoui des deux femmes, saisit Patrice par la main et l'entraîna vers la petite maison. Devant l'armoire ouverte, elle devint perplexe :

« Quelle robe vais-je mettre ?

— La grise, avec un col Claudine ! dit Patrice.

— J'ai l'air d'une fillette dedans !

— Alors, pourquoi me demandes-tu mon avis ?

— Je mettrai mon tailleur bleu », décida-t-elle.

La couturière de Saint-Germain lui avait dit, à l'essayage, que ce vêtement, de coupe stricte, la « féminisait ». Tout en se préparant devant la glace, Elisabeth surveillait l'habillement de son mari. Elle voulait qu'ils fussent dignes l'un de l'autre. Au dernier moment, elle lui fit changer sa cravate marron contre une cravate bordeaux, à raies blanches. Il exultait :

« Ce que tu es jolie ! »

Elle tourna la tête à droite, à gauche, et reconnut que le tailleur bleu lui donnait du poids dans la vie. Ce fut une femme expérimentée, de vingt-cinq ans au moins, qui s'installa au volant de la voiture. Sur la route, elle put satisfaire son impatience en conduisant très vite, tandis que Patrice, paralysé d'inquiétude, la regardait du coin de l'œil et ne pipait mot. Mais, à Paris, les encombrements obligèrent Elisabeth à ralentir. Elle s'énervait, s'insinuait d'une file dans l'autre, doublait en troisième position, pestait, cornait, comme si elle eût piloté une camionnette de pompiers à qui toutes les autos devaient livrer passage. Malgré sa hâte et son adresse, il était plus de quatre heures quand elle s'arrêta devant le café.

Au bruit qu'elle fit en claquant la portière de la

voiture, Pierre et Amélie se précipitèrent sur le trottoir. Ils n'avaient pas changé, et, pourtant, Elisabeth avait l'impression de les avoir perdus de vue depuis des années. Elle se jeta dans leurs bras, les étouffant de ses baisers, les assourdissant de ses questions et oubliant de répondre aux leurs. Patrice, étourdi par ce débordement de paroles, souriait gauchement, avec un air de gendre bienheureux. Elisabeth était émue de l'entendre dire : « Bonjour, papa, bonjour, maman », à Pierre et à Amélie. Ils entrèrent tous, en groupe, dans la salle, et là, les liens de famille se resserrèrent encore, Denis et Clémentine traitant Patrice de « cousin ». Heureusement, à cette heure creuse de la journée, le café n'abritait qu'un seul client, accoudé au bout du comptoir. Denis rapprocha deux guéridons et versa un petit vin blanc dans les verres hauts sur patte. Six bras se levèrent pour trinquer joyeusement de ménage à ménage : deux Mazalaigue, deux Aubernat et deux Monastier. Bien qu'on se fût dit le principal par lettre, on recommençait, avec un plaisir nouveau, de vive voix. La conversation courait, sautait, comme un feu de brindilles : la musique du film, le pavillon de Saint-Germain, le permis de conduire, la saison de Megève, la santé de grand-père, Mazi, Mme Monastier, le téléférique du mont d'Arbois, tout y passait ! Amélie ne quittait pas Elisabeth des yeux, lui tenait les mains et la trouvait belle :

« Ton tailleur bleu te va à ravir, ma chérie !

— Vraiment, tu l'aimes ? s'écria Elisabeth. Je l'ai fait faire le mois dernier... »

Et elle appliqua une pichenette sur le revers de sa veste. Assise entre ses parents, elle s'étonnait de se sentir à la fois jeune fille et femme mariée. Elle avait envie de plaire à son père, à sa mère, de les séduire, et, cependant, elle appartenait à un homme. Certes, Patrice n'était pas à sa place dans ce décor de bistrot parisien. Mais, en changeant de milieu, il n'avait rien perdu de son charme. A le voir installé devant un verre de vin blanc, on pouvait croire qu'il avait toujours vécu parmi des gens simples. Elisabeth lui sut gré de son aisance dans une situation si nouvelle pour lui. Clémentine l'observait avec une admiration apeurée. Elle s'était mis du rouge aux ongles, un grain de beauté lui avait poussé au coin de l'œil, et ses cheveux avaient viré, en quelques mois, du châtain foncé au blond paille.

« Encore une tournée, cousin ? » dit Denis.

Elisabeth craignait que Patrice ne fît la moue, mais il accepta sans hésiter. Denis remplit les verres. Clémentine leva le sien, en écartant le petit doigt et en plissant ses paupières bleues. Le client, au bout du comptoir, grogna :

« Patron ! Remettez-moi ça !

— On y va », dit Denis.

Ces simples mots résonnèrent profondément dans la mémoire d'Elisabeth. Un monde se reconstruisait autour de cet écho. Elle revenait dix ans en arrière, dans l'odeur des apéritifs et de la sciure de bois, le tintement des soucoupes, le brouhaha des conversations. Un nœud raide dans ses cheveux, ses genoux nus sous le tablier noir, la saveur d'un *sem-sem* dans sa bouche, sa mère à la caisse, son père maniant le robinet de la pompe à bière...

« Alors, raconte, Elisabeth !... Comment avez-vous arrangé la maison du gardien ?... Et tes serins, ils n'ont pas encore de petits ?... Et Friquette ?... »

Elle rentrait de l'école communale et les grandes personnes l'interrogeaient sur ses rêves d'enfant.

« Ce petit vin-là, je ne l'achète pas à Bercy, je l'ai directement du producteur, dit Denis en se rasseyant.

— Ça se sent ! » dit Pierre en clappant de la langue.

Il réfléchit un moment et ajouta :

« Pour revenir à Megève, nous passerons par la nationale 6... J'ai envie de faire un tour en Bourgogne... C'est un plaisir de rouler dans cette vieille Renault ! De la Chapelle-au-Bois à Paris, pas un ennui mécanique, vous vous rendez compte ?... »

Et, comme sa fille et son gendre s'étonnaient, par politesse, il se lança dans le récit détaillé de son voyage. Le souvenir de cet exploit l'enflammait. Il citait le nom des moindres localités qu'il avait traversées. Tandis qu'il parlait, Amélie l'encourageait par des sourires de fierté maternelle :

« Ton père conduit avec tant de sûreté ! Je n'ai pas eu peur une seconde. Et, pourtant, nous allions vite !

— Oui, j'ai fait une bonne moyenne, dit Pierre. Au moins jusqu'à Châteauroux. Après, la route était défoncée. Et, du côté de Vierzon, ça s'est encore gâté avec la pluie. On dérapait comme sur de l'huile !...

— Mais ton père avait le volant bien en mains, dit Amélie précipitamment. Nous n'avons pas fait une seule embardée !

— Ta voiture est là ? demanda Elisabeth.

— Non, dit Pierre, je l'ai laissée dans un garage, à la porte d'Orléans. Je n'aime pas circuler dans Paris...

— Moi, j'en ai pris l'habitude, dit Elisabeth. Cela ne me gêne plus du tout. »

Amélie la regarda avec méfiance, comme si un doute lui fût venu sur le sexe de son enfant, et murmura :

« C'est drôle que tu aimes conduire !

— Je voudrais jeter un coup d'œil sur votre bagnole, dit Denis. Je ne l'ai pas bien vue. C'est une Ford ?

— Oui », dit Patrice.

Les trois hommes sortirent du café pour examiner de près la voiture. Clémentine se pencha vers Elisabeth et chuchota en révulsant un peu les prunelles :

« Ce qu'il est bien, Patrice !

— N'est-ce pas ? dit Elisabeth en rougissant de plaisir.

— Oh ! oui, reprit Clémentine. Si doux, si distingué, si artiste ! Devant lui, j'ai toujours peur de dire une sottise. Comment fait-il pour inventer sa musique ? Il la compose d'abord dans sa tête ou directement sur le piano ? »

Touchée par la naïveté de cette question, Elisabeth y répondit avec l'autorité condescendante d'une initiée. En décrivant le travail de Patrice, elle avait le sentiment qu'elle parlait d'un être supérieur, qui n'était pas tout à fait son mari et dont le cerveau produisait des flots de mélodie aussi naturellement qu'une source donne de l'eau. Le portrait qu'elle traça de lui était si flatteur, qu'elle fut émue, en le voyant rentrer dans la salle, par les qualités qu'elle lui avait publiquement attribuées. Il se rassit à sa place, comme un simple mortel.

Le lendemain, Elisabeth se leva très tôt afin

d'astiquer et de fleurir le pavillon du gardien. Elle attendait ses parents à une heure moins le quart. Mazi eût souhaité les recevoir à sa table, mais les prières de son entourage avaient fini par la convaincre que les visiteurs seraient plus heureux de déjeuner dans la petite maison. Elisabeth arrêta le menu et décida de préparer les plats, à *sa* manière, dans *sa* cuisine, sans l'aide de personne. Jusqu'à la dernière minute, il se produisit un grand mouvement de casseroles, de vaisselle, de sièges et de linge entre la bâtisse principale et « les communs ». Tandis que Patrice surveillait l'aménagement du salon-salle à manger, sa femme, un tablier autour des reins, s'affairait devant le fourneau à gaz. Il y avait trois poulets en train et une tarte aux poires. Mais, ce qui prenait le plus de temps, c'était l'élaboration des hors-d'œuvre : médaillons d'anchois, fonds d'artichauts, tomates vidées et garnies d'une macédoine de légumes à la mayonnaise, le couvercle du fruit étant découpé en anse de panier. Elisabeth en avait déchiqueté trois avant de parvenir à un résultat convenable. Ses mains tremblaient d'énervement. Parfois, elle jetait un regard anxieux au réveille-matin, qui tictaquait comme une machine infernale. A midi un quart, il restait encore de l'ouvrage pour une demi-journée. A une heure moins le quart, tout était prêt, y compris la maîtresse de maison, en robe grise, col Claudine, ceinture de cuir verni et souliers à talons hauts.

Dès leur arrivée, Pierre et Amélie furent conduits dans la grande maison, pour un apéritif, mais Elisabeth leur faussa rapidement compagnie et retourna dans le pavillon, où les poulets et la tarte réclamaient des soins. Dix minutes plus tard, en se penchant par la fenêtre de la cuisine, elle vit s'avancer dans l'allée le groupe des examinateurs. Amélie et Mme Monastier marchaient en tête. Pierre les suivait de près avec Mazi. En dernière position, venaient Patrice et Friquette. La jeune Eulalie, prêtée par Mazi pour le service des « enfants », se tenait à l'affût dans la salle à manger.

« Les voilà ! » chuchota-t-elle.

Elisabeth ouvrit la porte. Les invités pénétrèrent dans la demeure du couple idéal. Pendant que Pierre et Amélie s'extasiaient devant la richesse de la table, les couleurs claires des rideaux, le poli des meubles rustiques, Elisabeth savourait le plaisir de recevoir ses parents chez elle et de leur prouver, à eux qui l'avaient connue jeune fille, de quoi elle était capable en tant que femme mariée. Le contentement qu'elle lisait dans les yeux de sa mère lui donnait la mesure de sa réussite. Quand les hors-d'œuvre apparurent sur les bras d'Eulalie, tous les invités se récrièrent d'admiration.

« C'est vous qui avez façonné et garni ces ravissantes tomates ? demanda Mazi.

— Mais oui, Mazi, dit Elisabeth avec modestie.

— Mes compliments ! dit Amélie. C'est presque dommage de les découper ! »

Patrice rayonnait, au bout de la table. Le poulet était trop salé, mais nul ne s'en aperçut. Pierre goûtait le vin avec la gravité satisfaite d'un connaisseur. Mme Monastier interrogeait Amélie sur Megève. Mazi mangeait lentement, parlait peu et semblait heureuse. Friquette surgissait parfois de dessous la nappe pour happer un morceau que lui tendait une main compatissante. Cependant,

Elisabeth s'inquiétait pour sa tarte : la pâte était brûlée sur les bords, les fruits n'avaient pas assez cuit dans leur jus. Elle se désola. Pour lui démontrer qu'elle avait tort, chacun redemanda une portion.

« J'aurais peut-être dû garnir la tarte avec de la crème ! soupira-t-elle.

— Ç'aurait été trop riche », dit Amélie.

Mazi opina de la tête : elle n'avait jamais aussi bien mangé dans sa propre maison. Ce fut chez elle, dans le grand salon, que tout le monde se rassembla pour le café. Sous l'énorme lustre à pendeloques, la conversation languissait. Mazi luttait contre la somnolence. A cinq heures et demie, Pierre et Amélie se levèrent pour partir. Ils voulaient prendre le train. Elisabeth s'y opposa : elle les ramènerait à Paris en voiture, avec Patrice.

Le voyage fut rapide et gai. Amélie, assise à côté d'Elisabeth, était fière d'avoir une fille dont les talents s'étendaient de la cuisson d'un poulet à la conduite d'une automobile. Les deux maris, installés sur la banquette du fond, échangeaient de rares paroles, tandis que leurs femmes bavardaient sans arrêt, face à l'horizon fuyant.

Quand ils arrivèrent au café, Denis leur apprit une nouvelle stupéfiante, qui avait été diffusée entre-temps par la radio : le roi Alexandre de Yougoslavie avait été assassiné à Marseille, par un terroriste, ainsi que M. Louis Barthou, ministre des Affaires étrangères, venu pour accueillir le souverain à son débarquement. Tous les clients du bistrot commentaient cet événement avec indignation. Décidément, la France était trop tolérante avec les étrangers qui résidaient sur son sol : le président Doumer tué par le Russe Gorgouloff,

Louis Barthou et le roi de Yougoslavie par un Croate !... Et Stavisky, n'était-il pas un étranger, lui aussi ? Un Russe ? Un Polonais ? On ne savait plus !...

« Qu'est-ce qu'on attend pour nous débarrasser de cette racaille ? grondait Pierre. Comment voulez-vous qu'un Hitler nous respecte, quand il voit ce qui se trafique chez nous ? »

Denis servait du vin blanc aux patriotes furieux.

*

L'habitude fut vite prise : chaque jour, Elisabeth se rendait à Paris, en voiture, pour passer l'après-midi avec ses parents. Patrice l'accompagnait parfois, mais, la plupart du temps, il préférait rester à la maison et travailler à sa symphonie. Quand sa fille venait seule au café de la rue Lepic, Amélie organisait invariablement une expédition dans les grands magasins. Elle avait tant de choses à se procurer avant de retourner à Megève ! La liste était dans son sac à main et, toujours, elle y ajoutait l'indication de nouvelles emplettes. Elisabeth se réjouissait beaucoup de sortir avec sa mère. Ensemble, elles couraient de rayon en rayon, se perdaient dans les robes et les lingeries, échangeaient leurs opinions sur la mode, ne trouvaient pas l'article qu'elles voulaient, se laissaient tenter par un autre dont elles n'avaient nul besoin, et émergeaient à l'air libre, les bras chargés de paquets, avec le sentiment d'avoir fait des économies. Amélie acheta ainsi à Elisabeth une robe d'après-midi, en solde, et, pour elle-même, un tailleur aubergine, qui aurait pu porter la griffe d'une grande maison. Mais son principal souci était encore de découvrir un chapeau à sa convenance.

« Que feras-tu d'un chapeau à Megève, maman ? disait Elisabeth.

— Je ne le prends pas pour Megève, mais pour Paris.

— Celui que tu as est très bien !

— On me l'a trop vu !

— Qui ?

— Papa..., tout le monde...

— Mais vous repartez dans une quinzaine de jours !

— Eh bien, ne serait-ce que pour une quinzaine de jours, j'aimerais avoir un chapeau qui me plaise ! »

Plus on la raisonnait, plus elle s'enfonçait dans son idée. De modiste en modiste, on chercha le chapeau qu'elle voyait en rêve. Finalement, dans une boutique du Faubourg Saint-Honoré, parmi une avalanche de couvre-chefs médiocres ou ridicules, apparut une sorte de grand béret en velours noir, à la calotte froissée et relevée sur le côté par un nœud de satin grenat. Immédiatement, Amélie et le chapeau se reconnurent : ils étaient faits l'un pour l'autre. Elisabeth elle-même en convint avec enthousiasme :

« Il faut absolument que tu le prennes, maman ! Mais incline-le plus sur l'oreille. Là ! N'y touche plus ! Tu es d'un chic !... »

En quittant le magasin, son béret neuf sur la tête, sa vieille capeline au fond d'un sac en papier, Amélie avait le sourire de la victoire. Elisabeth l'amena dans le café-restaurant, décoré de stuc et de glaces, où elle avait dîné, un soir, avec Patrice. Là, elles commandèrent du thé avec des gâteaux. Le murmure d'une foule élégante les entourait. Mais l'estrade de l'orchestre était vide. De temps à autre, Amélie se regardait dans le miroir qui ornait le pilier d'en face. Le chapeau s'était définitivement apprivoisé sur ses cheveux. « Est-elle vraiment ma mère ? se demanda Elisabeth. Elle est si jeune, si belle ! » Il lui sembla que leurs voisins les observaient avec sympathie. Peut-être les prenait-on pour deux sœurs ? Comme chaque fois qu'elles se retrouvaient seule à seule, elles parlèrent de leurs maris : le caractère, le talent, les projets, l'avenir de Patrice, la santé de Pierre et son acharnement au travail... Une douce complicité féminine s'organisait, à l'insu des hommes, autour de deux tasses de thé. Autant Amélie était satisfaite du mariage de sa fille, autant elle déplorait celui de son frère. Clémentine n'était pas du tout l'épouse qu'il lui aurait fallu. Elle avait des manières communes et dépensait trop d'argent en toilettes.

« Au lieu de l'aider à s'élever, à sortir de son milieu, elle le tire vers le bas. Dès qu'ils ont quatre sous de côté, elle s'achète des robes. D'ailleurs, si elle tient la caisse, au café, c'est uniquement pour faire la coquette avec des clients. Ton père et moi sommes navrés de l'atmosphère qui règne dans cette maison !... »

Elisabeth essaya de défendre Clémentine, mais, en vérité, elle comprenait le mécontentement de sa mère. L'orchestre de femmes venait de s'installer sur l'estrade. Une musique coula, si désespérément sentimentale, que toutes les conversations s'arrêtèrent. Amélie et Elisabeth passaient en gondole sous le Pont des Soupirs. A la fin du morceau, elles s'aperçurent que le soir tombait derrière les grandes vitres et se dépêchèrent de rentrer au café de la rue Lepic, où Pierre les attendait en jouant à la belote avec des clients.

Il y eut encore quelques sorties mémorables : Elisabeth entraîna son mari et ses parents au cinéma, où ils vécurent, en moins d'une semaine, les aventures d'un homme invisible, d'une troupe de cow-boys caracolants et pétaradants, et d'un seigneur des forêts vierges au torse généreux, puis au théâtre, pour applaudir une opérette de Duvernois et le *Nouveau Testament* de Sacha Guitry.

La date du départ approchait rapidement et Elisabeth enviait son père et sa mère, qui, bientôt, allaient revoir la neige. Elle espérait beaucoup pouvoir se rendre elle-même à Megève, avec Patrice, après les fêtes de fin d'année. Passer une saison d'hiver à Saint-Germain lui semblait, en effet, au-dessus de ses forces. Plusieurs nuits de suite, elle rêva qu'elle glissait sur ses skis dans un paysage blanc.

Pour leur dernière soirée parisienne, Pierre et Amélie convièrent leur fille, leur gendre, Mme Monastier et Mazi à dîner dans un grand restaurant. Elisabeth était sûre que l'aïeule déclinerait cette invitation. Mais elle l'accepta avec une satisfaction gaillarde. La vieille Eulalie passa deux heures à habiller sa maîtresse. Enfin, Mazi se présenta sur le perron, casquée d'un feutre vert bouteille à plumes noires, et les épaules couvertes d'une ample cape de chinchilla. Cette vision d'un autre âge s'avança lentement, appuyée sur une canne, vers l'automobile, dont Patrice maintenait la portière ouverte. Mazi s'assit de tout son poids à côté d'Elisabeth; Patrice et sa mère s'installèrent sur la banquette du fond. Le parfum des femmes emplit la voiture.

Pendant une partie du voyage, Mazi resta silencieuse, mais, en arrivant à Paris, elle s'anima.

« Que de lumières ! Que d'autos ! s'écriait-elle. C'est un vrai carrousel !

— Depuis combien de temps n'êtes-vous pas venue à Paris ? demanda Elisabeth.

— Depuis trois ans, dit Mazi, mais j'ai l'impression que c'était dans une autre vie ! »

Pierre et Amélie attendaient leurs invités au restaurant. L'entrée de Mazi provoqua un remous parmi les clients attablés. Tout le monde paraissait petit devant elle. Des garçons s'empressèrent pour l'aider à s'asseoir. Au maître d'hôtel qui lui tendait la carte, elle dit :

« Merci, mon ami », avec un hochement de tête protecteur qui fit palpiter le plumage de son chapeau.

Pierre, qui avait déjà étudié la liste des plats, voulut guider le goût hésitant des convives. Mais chacun prétendit manger autre chose. Le repas fut très bon et très gai. Les sautoirs de Mazi tintaient, au moindre mouvement, contre son assiette. Elle parla de Paris, à l'époque de son enfance :

« Si je vous disais que je me rappelle encore l'entrée des Prussiens, en mars 1871, les fusillades de la Commune !...

— Ce n'est pas possible, Mazi ! balbutia Elisabeth.

— Eh si ! j'avais sept ans, huit ans... Mon père était capitaine aux éclaireurs à cheval du commandant Franchetti. Le peintre Meissonier venait chez nous, en uniforme de garde national. Il était si drôle, avec sa grande barbe carrée et son petit bedon ! »

C'était un siècle d'histoire de France qui était

assis devant Elisabeth. Jusqu'à onze heures du soir, Mazi domina sans effort la conversation. Puis, tout à coup, son regard se troubla, ses lèvres s'affaissèrent, ses joues prirent une teinte grise sous la poudre. Elle était à bout de résistance. Il était temps de rentrer. Elisabeth voulut reconduire ses parents en voiture, mais ils refusèrent. Sans doute craignaient-ils que Mazi et Mme Monastier ne fussent désagréablement surprises par la pauvreté du bistrot de la rue Lepic, qui était encore ouvert à cette heure-ci. Une humidité froide et visqueuse descendait du ciel sur le trottoir. Patrice arrêta un taxi. La gorge serrée, Elisabeth embrassa sa mère, son père, qui devaient partir, le lendemain, pour le pays des vacances. Des mots légers s'échangeaient dans la bruine.

« Au revoir !... Merci !... Bon voyage !... »

En montant dans le taxi, Amélie dit encore :

« Nous comptons sur vous, à Megève ! »

Une portière claqua. Elisabeth était orpheline. Patrice lui prit le bras et l'entraîna tendrement vers leur voiture. Il chuchotait :

« Bientôt, tu les reverras. »

Elle s'appuyait contre son épaule. Derrière eux, venaient Mazi et Mme Monastier. La vieille dame s'était ressaisie en humant l'air frais de la nuit.

« C'était très amusant, cette sortie, dit-elle. Nous recommencerons ! »

QUATRIÈME PARTIE

I

A TROIS kilomètres de Combloux, les premières plaques de neige apparurent sur la route. De virage en virage, la pellicule gelée gagnait en épaisseur. Bientôt, la voiture roula dans un bruissement de chaînes, entre deux talus blancs. Pierre conduisait avec prudence, la tête droite, l'œil fixe, le volant tenu à bout de bras. Un vent vif s'engouffrait par la portière à la vitre baissée. Elisabeth avalait à pleine gorge cette odeur de glace et d'écorce de sapin, et son cœur battait d'allégresse. Elle se tourna vers Patrice, qui était assis avec Friquette sur la banquette du fond, et dit :

« Quelle différence avec l'air de Paris, et même de Saint-Germain ! Ici, on respire, on a des ailes... »

Un cahot déplaça les bagages sur la galerie de la vieille Renault :

« C'est un mauvais passage, grogna Pierre.

— Y a-t-il beaucoup de monde à l'hôtel, papa ? » demanda Patrice.

Pierre annonça fièrement :

« Tout est complet »

Chaque fois qu'il ouvrait la bouche, il se croyait obligé de ralentir. Elisabeth s'impatientait. Son père était venu les chercher à la gare de Sallanches, mais, s'il continuait à rouler si doucement, l'autocar du P.L.M. ne tarderait pas à les rattraper. Le moteur cognait, pétaradait. De hauts sapins noirs bordaient la chaussée.

« N'est-ce pas que c'est beau, mon chéri ? reprit Elisabeth.

— Très beau ! » dit-il en la regardant au lieu de regarder le paysage.

Il souriait de bonheur. Ce voyage intervenait pour lui au moment où il pouvait le mieux en apprécier le charme. Quinze jours auparavant, avait eu lieu, à Paris, la première projection en public du documentaire sur les églises de Savoie. Les images et l'accompagnement musical de cette œuvre avaient été également loués par la presse. Un producteur, ami de Charles Brétillot, avait traité aussitôt avec Patrice pour un grand film, qui serait tourné au mois de mai prochain, d'après *Hérodias,* de Flaubert. Dès à présent, Patrice cherchait des motifs mélodiques pour les principales séquences que le metteur en scène lui avait indiquées. Il était très excité par ce projet et ne songeait plus à sa symphonie.

« Tu sais, dit-il, il m'est venu une idée, dans le train, pour la danse de Salomé...

— Tu ne vas tout de même pas travailler à Megève ! s'écria-t-elle.

— Non, non, répliqua-t-il d'un air fautif, simplement je voudrais noter quelques petites choses qui me trottent par la tête... »

Elle éclata de rire :

« Comme tu mens mal, Patrice ! »

Friquette s'agitait, jappait, le nez à la portière. Déjà, elle flairait l'approche de son pays natal

La route s'aplatissait et filait, en ligne droite, dans le blanc. Pierre accéléra et dit :

« Je connais quelqu'un qui doit piaffer sur le perron !

— Maman est déjà levée ? demanda Elisabeth.

— Tu penses ! Un jour pareil ! Cette nuit, elle s'est réveillée dix fois pour regarder la montre ! »

Les premières maisons du village. Muette d'émotion, Élisabeth vit accourir, dans l'ordre de ses souvenirs, la patinoire, le magasin de Lydie, la place de l'église, son cimetière et ses traîneaux, le vieux donjon coiffé de neige... Il y avait un peu de monde encore dans les rues. Un groupe de skieurs marchait, les planches sur l'épaule, les bâtons à la main. Elisabeth pensa à Christian. Etait-il encore à Megève ? Si oui, il était vraisemblable qu'un jour prochain elle le rencontrerait sur les pistes. Cette éventualité ne l'inquiétait pas. Forte de son bonheur, elle avait peine à croire qu'un autre homme que Patrice eût jadis compté dans sa vie. Christian était oublié, dépassé. Elle ne le détestait même plus. Elle ignorait son existence.

Au bord de la route, l'hôtel des Deux-Chamois se reconstruisit en un clin d'œil, avec ses fenêtres carrées, ses balcons de bois brun et son grand sapin aux branches pendantes. Le soleil éclairait violemment la façade. La porte à tambour battit dans un éblouissement de vitres. Amélie se précipita sur les voyageurs, et Antoine sur leurs valises. Après un premier échange de baisers, tout le groupe s'engouffra joyeusement dans le hall. Quelques pensionnaires inconnus, en costume de ski, se préparaient à partir. Leurs figures étaient si bronzées, qu'ils ressemblaient à des sauvages. Auprès d'eux, Elisabeth se sentit maladivement pâle et dépaysée. Elle n'était plus la fille de la maison, mais une cliente qui venait de la ville.

« Antoine, montez vite les bagages, dit Amélie.

— Au numéro 3, madame ? demanda Antoine.

— Bien sûr !

— Pourquoi au numéro 3, maman ? s'écria Elisabeth.

— Et pourquoi pas ?

— C'est la plus belle chambre de l'hôtel !

— Justement, répliqua Amélie en souriant, il est normal que vous vous y installiez.

— Oh ! merci, maman ! mais nous aurions été très bien dans ma petite chambre, tout en haut...

— Elle est occupée.

— Ah ! » murmura Elisabeth, un peu déçue.

Elle eût aimé coucher avec Patrice dans sa chambre de jeune fille.

« Vous verrez que vous serez très bien au numéro 3, reprit Amélie. Mais ne restez donc pas dans le passage ! Pierre, prends la clef sur le tableau... »

Elle s'interrompit pour saluer une cliente qui descendait l'escalier, avec un visage rayonnant de grâce et des chaussures lourdes comme du plomb.

« Bonjour, madame Costaret. Quelle belle journée, n'est-ce pas ? Je vous présente ma fille et mon gendre... »

Sa voix soulevait, étirait le mot « gendre », avec déférence. Mme Costaret fit un compliment et s'éclipsa.

« C'est la femme d'un gros armateur du Havre, chuchota Amélie. Nous avons beaucoup de nouveaux clients, cette année.

— Et parmi les anciens ?... demanda Elisabeth. Jacques est là ?

— Non.

— C'est dommage !

— En revanche, dit Pierre, nous avons retrouvé Mme Lauriston avec ses malheurs conjugaux, ses soupirs et ses coups de téléphone !

— Chut ! Pierre, dit Amélie. On pourrait t'entendre ! »

Elisabeth pouffa de rire et se rua vers la cuisine en criant :

« Tu viens, Patrice ? »

La porte s'ouvrit, et toutes les casseroles étincelèrent. Patrice rejoignit sa femme au moment où le chef russe claquait des talons devant elle :

« Heureuse arrivée, madame ! Heureuse arrivée, monsieur ! Plus belle que jamais, si j'ose dire ! Mes félicitations à tous les deux pour la bonne mine ! »

Renée se dandinait auprès de lui, impatiente de placer un mot. Il finit par grogner :

« Ma femme pense comme moi. »

Et elle se tut, dominée. Cependant, près de l'évier, Camille Bouchelotte écarquillait les yeux sur l'apparition céleste qui était descendue dans la cuisine :

« Oh ! mademoiselle Elisabeth ! » balbutia-t-elle en joignant les mains.

Et des larmes coulèrent des deux côtés de son nez bulbeux.

« Ce n'est plus mademoiselle, c'est madame », dit le chef avec sévérité.

Elisabeth saisit la plongeuse à pleins bras et la fit pivoter deux fois sur elle-même :

« Bonjour, Camille ! Comment ça va, Camille ?

— Oh ! ça va, ça va ! bafouilla l'autre. On est

tous bien contents que mad... madame Elisabeth soit là... et son monsieur aussi... »

Lâchant la fée des eaux grasses, Elisabeth se tourna vers Léontine qui accourait. Puis, ce fut au tour de Berthe et d'Emilienne de souhaiter la bienvenue à la fille des patrons. Patrice, un peu confus, se tenait à côté de la porte et souriait vaguement à tous ces tabliers réunis. Amélie intervint :

« Venez vite, mes enfants. Vous devez avoir besoin de vous détendre après cette nuit dans le train. Berthe, le 6 vous appelle... Emilienne, préparez la salle de bain... »

Le personnel se dispersa. Amélie conduisit Elisabeth et Patrice à leur chambre. Un bouquet d'œillets roses s'épanouissait sur un guéridon. Elisabeth remercia sa mère pour cette attention et jeta un regard vers le lit : il était large, conjugal, avec des draps frais pour l'amour et deux oreillers pour le repos des têtes. La fenêtre ouvrait sur la chaîne du mont Joly.

« Je vous laisse », murmura Amélie.

Elisabeth et Patrice déballèrent leurs valises, prirent un bain et descendirent dans le hall un peu avant l'heure du déjeuner. Quelques anciens clients les entourèrent avec une sympathie amusée. Au milieu du groupe, Mme Lauriston, oubliant ses soucis d'épouse solitaire, proclamait que rien n'embellissait une femme comme le mariage.

« Regardez-la ! Mais regardez-la ! s'écriait-elle d'une voix pointue. La chrysalide est devenue papillon ! Ce ne sont pas des yeux qu'elle a, mais des escarboucles ! »

Patrice, responsable de cette métamorphose, baissait modestement la tête. Amélie, rose de bonheur, multipliait les présentations :

« Le docteur Tuquet, ma fille, madame Patrice Monastier. »

Le docteur, qui était vieux et chauve, baisa la main de la jeune femme. Amélie avait déjà parlé de lui incidemment à Elisabeth. C'était un gynécologue. Elle rougit.

Plusieurs personnes se dirigèrent vers la salle à manger. Amélie avait décidé qu'on prendrait ce premier repas en famille, après le service. Pendant le déjeuner des clients, Pierre et Patrice restèrent à bavarder dans le hall. Elisabeth rejoignit sa mère au passe-plats. Habituée aux réunions calmes de Saint-Germain, elle fut d'abord étourdie par le tintement de la vaisselle, des casseroles, les commandes entrecroisées, les cris du chef : « Ça marche !... » et le bourdonnement des conversations autour des tables. Puis, ses souvenirs lui remontèrent à la tête, d'un seul coup. Elle demanda un torchon et aida Amélie à essuyer les taches de sauce au bord des plats « à enlever ». Parfois, elle se hasardait même à donner ses instructions aux cuisines :

« Chef, un peu plus de pommes pour le deux, s'il vous plaît.

— A vos ordres, madame ! »

Quand le dernier client eut quitté sa place, Amélie, Pierre, Patrice et Elisabeth se mirent à table, dans la salle encore imprégnée par l'odeur de la nourriture. Le chef leur avait préparé un repas spécial, « tout ce qu'il y a de plus russe ». Ils avaient tant de choses à se dire, qu'ils s'attardèrent devant leur café jusqu'à quatre heures. Après quoi, Elisabeth emmena Patrice au village. Le parfum froid de la neige la grisait. Pendue au bras de son mari, elle avait envie de crier, de courir, de rire pour un rien. Il demanda :

« Tu ne préférerais pas aller faire du ski ?

— Oh ! si ! dit-elle, j'en ai des fourmis dans les jambes ! Mais, maintenant, il est trop tard. Nous nous rattraperons demain !

— Nous ?

— Parfaitement ! Tu ne me vois pas allant skier toute seule !

— Mais je ne pourrai jamais te suivre, Elisabeth !

— Je t'apprendrai. »

Ils passèrent de magasin en magasin, pour acheter des lunettes de soleil, des journaux, de la crème adoucissante, entrèrent chez Lydie, qui les couvrit de compliments en leur déballant ses derniers lainages, et échouèrent au Mauvais-Pas, où des couples extasiés piétinaient la musique. Elisabeth entraîna d'autorité son mari dans la cohue. Il dansait mal. Mais elle était contente d'être dans ses bras. Elle le guidait. Il avait un visage docile. Tout ce qu'il saurait de la vie, ce serait elle qui le lui aurait enseigné !

Le lendemain matin, ils reprirent leurs leçons de ski au point où une déclaration d'amour les avait jadis interrompues. Le mariage avec une jeune fille sportive n'avait pas augmenté les dispositions de Patrice pour la descente en chasse-neige et le « christiania ». Mais, en sa qualité d'époux, il n'avait plus honte de paraître maladroit devant elle. D'une chute à l'autre, ses éclats de rire répondaient à ceux de sa femme. Du monticule où elle s'était postée pour diriger les évolutions de son élève, Elisabeth découvrait la piste de Rochebrune, striée par le passage incessant des skieurs. Au loin, ce triangle noir, c'était la ferme de Christian. Une fenêtre était ouverte. La vitre brillait au soleil. « Il est là », pensa-t-elle. Patrice poussa un juron.

C'était la dixième fois qu'il perdait l'équilibre au même endroit. Elle l'aida à se relever.

« J'en ai assez ! dit-il.

— Tu as tort. Tu commençais à prendre de l'assurance.

— Eh bien, tu n'es pas difficile ! Je suis rompu ! Et je meurs de soif ! Allons boire un verre au bar, là, près du téléférique ! »

Le bar du pylône I avait essaimé quelques tables en pleine lumière, face au débouché de la piste. Visages renversés, lunettes noires sur les yeux, les consommateurs goûtaient la double satisfaction de ne rien faire et de brunir. Elisabeth et Patrice prirent position au premier rang, parmi les adorateurs du soleil. Devant eux, des skieurs arrivaient à une allure vertigineuse, leur pantalon et leur blouse bouffant au vent de la course. D'autres descendaient lentement, craintivement, sur leurs planches désunies. Des gamins glissaient sur des luges. Un moniteur ramenait son troupeau d'élèves vers la vallée. Le mouvement alternatif des bennes avait une régularité fascinante.

« Regarde ce type-là ! » s'écria Patrice.

Un diable fonçait droit vers eux, en bondissant d'un pied sur l'autre. Les replis du sol le portaient toujours plus loin, comme des vagues déferlant sur la côte. Il allait se fracasser le crâne contre le mur de la gare, mais au dernier moment, il pivota d'un coup de reins et s'immobilisa au bas de la pente.

« C'est Emile Allais, dit Elisabeth. Un petit boulanger de Megève. N'est-ce pas qu'il est extraordinaire ?

— Et l'autre, là !... Il est fou !... Il va renverser quelqu'un !...

— C'est Roland Allard !... »

Soudain, elle n'y tint plus :

« Patrice, mon chéri, cela ne t'ennuie pas que je te laisse pour faire une descente ?

— Mais pas du tout ! dit-il. Va vite. Je ne bougerai pas d'ici. »

Elle courut vers la station de téléférique.

Il y avait foule, à Rochebrune. La neige était éblouissante, poudreuse. Elisabeth chaussa ses skis, en tremblant de joie. La montagne l'attendait. Du sommet de son impatience, elle s'élança. Malgré son manque d'entraînement, elle n'avait rien perdu de sa souplesse. Mais elle prenait moins de risques qu'autrefois. Etait-ce le mariage qui l'avait rendue à ce point prudente ? Par égard pour Patrice, elle n'avait plus le droit de braver le danger selon sa fantaisie. Comme elle terminait la descente, elle l'aperçut, debout derrière sa table. Il la suivait des yeux. Elle s'arrêta devant lui.

« Toi, alors !... murmura-t-il. J'ai cru que tu allais te rompre le cou !...

— Mais non ! J'ai fait très attention ! »

Essoufflée, le visage chaud, elle souriait de l'inquiétude qu'il laissait paraître.

« Je voudrais remonter là-haut, reprit-elle. Une seule fois !

— D'accord, dit-il. Je suis très bien ici. Mais, je t'en supplie, va plus lentement. »

Il se rassit et regarda s'éloigner, avec une appréhension mêlée de tendresse, cette petite silhouette téméraire : sa femme.

Ce jour-là, ils prirent encore leurs repas en famille, après le service. Puis, pour leur laisser plus d'indépendance, Amélie les pria de passer dans la salle à manger avec les clients. Elisabeth savourait pleinement les avantages du tête-à-tête. Mazi et Mme Monastier ne pouvaient plus intervenir dans sa vie. Ses parents étaient occupés. Assise seule, à table, avec son mari, elle n'avait de comptes à rendre à personne. Elle était en voyage de noces. Les regards des autres convives lui prouvaient qu'elle formait avec Patrice un couple bien assorti. On eût dit qu'ils se trouvaient tous deux sur une scène, pour jouer le rôle du ménage heureux. Le seul regret d'Elisabeth était que Patrice fût si long à partager sa passion du ski. Après une semaine de leçons, il réussit pourtant à exécuter quelques manœuvres élémentaires et elle l'emmena à Rochebrune. La descente fut zigzagante et laborieuse. De chute en chute, de conseil en conseil, le malheureux parvint au terme de la course, blêmi par la fatigue, les mollets tremblants et un rictus de colère aux lèvres. Une nuit de sommeil le remit d'aplomb et, le lendemain, sa femme décida qu'il l'accompagnerait au mont d'Arbois, dont le téléférique, nouvellement construit, rendait l'accès très facile. Cette seconde épreuve fut encore plus pénible pour lui que la précédente. Quand elle lui parla de retourner à Rochebrune, il refusa catégoriquement :

« Laisse-moi souffler un peu. Je voudrais penser à autre chose qu'à tes sacrées planches ! Tiens, sais-tu ce qui me plairait ?

— Non.

— Une promenade en traîneau. »

Elle éclata de rire :

« Tu es fou !

— Pourquoi ?

— Voyons, Patrice ! Tu es déjà monté dans ces boîtes ?

— Oui, l'année dernière, avec maman.

— Et ça t'a plu ?

— Beaucoup.

— Ah ! nous aurions l'air fin, tous les deux, traînés par un pauvre cheval de labour à travers le village !

Mais, comme il insistait, elle se résigna gentiment à ce caprice.

Le jour suivant, ils se rendirent, au début de l'après-midi, sur la place de l'église, et choisirent un traîneau bleu ciel, attelé d'un vieux cheval jaune, aux côtes saillantes et aux paturons velus. Le cocher installa ses clients sur une banquette dure et leur enveloppa les genoux avec des couvertures qui sentaient l'étable. Puis, grimpant sur son siège, il clappa de la langue, et les patins dérapèrent en crissant sur la neige tassée. Le cheval tirait sa charge par saccades. La caisse n'était pas suspendue, Elisabeth et Patrice tressautaient ensemble à chaque dénivellation du terrain. Des passants se retournaient sur eux.

« Vraiment, tu trouves ça agréable ? demanda Elisabeth.

— Plus agréable, en tout cas, que d'être sur des skis ! Tu verras, quand nous sortirons du village... »

Le cheval peinait sur la côte du mont d'Arbois. La boîte de planches craquait de toute part. Les clochettes sonnaient. Un froid vif piquait la figure d'Elisabeth. Elle se blottit dans les bras de Patrice et dit :

« J'ai l'impression d'avoir soixante-dix ans ! Un vieux couple perclus de rhumatismes. Nos petits-enfants font de la luge devant l'hôtel... »

Sa voix se cassait d'un mot à l'autre, à cause

des cahots. Lui, cependant, riait, content de sa promenade, admirant le paysage, respirant l'air pur. Soudain, elle tendit le cou. Un skieur glissait sur eux sur le bord de la route. Avant même de l'avoir reconnu, elle éprouva une sorte de malaise. L'homme passa près d'elle, très rapidement. Leurs regards se croisèrent. Elle se tourna vers Patrice. Il n'avait rien remarqué.

« Il y a un petit village, après l'hôtel du mont d'Arbois, dit-il. Ce serait bien d'y aller...

— Mais oui », dit-elle faiblement.

Elle était furieuse que Christian l'eût aperçue dans ce traîneau ridicule, pelotonnée avec son mari sous les couvertures. comme deux citadins frileux. S'il fallait le revoir, elle eût préféré que leur rencontre eût lieu dans des conditions plus avantageuses pour elle. Le cocher se dandinait sur son siège. Le cheval haletait, roulait des hanches, levait la queue, lâchait une bordée de crottin.

« Comme on est heureux ! dit Patrice. Cette neige, ce calme, ces tintements de clochettes !... Mais, la prochaine fois, nous nous habillerons plus chaudement !

— La prochaine fois ? balbutia-t-elle.

— Oui. J'aimerais faire d'autres promenades en traîneau, dans la région. Tu veux bien ? »

Elle soupira, revint à lui et dit en riant :

« Oui, grand-père ! »

II

Elle attendait son tour devant le guichet du téléférique. Une voix murmura dans son dos :

« Bonjour, Elisabeth. »

Elle reconnut l'intonation affectueuse, ironique, et se retourna. Christian s'était glissé jusqu'à elle, dans la rangée des voyageurs. Il souriait du haut de sa grande taille. Ses dents blanches et ses prunelles vertes brillaient dans son visage brun. Un instant déconcertée, elle se ressaisit et dit posément :

« Bonjour. »

Il fit encore un pas et se plaça à côté d'elle, dans la file. Elle n'en fut pas autrement contrariée. Délivrée de ses souvenirs, elle considérait cet homme avec autant de sérénité que s'il eût été un banal compagnon de sport, qui, dans quelques minutes, allait s'effacer de son horizon.

« Tu es à Megève pour longtemps ? » demanda-t-il.

Ce tutoiement la troubla. Mais c'était là un réflexe de jeune fille. Or, elle était une femme. Elle avait laissé son mari au bar du pylône I. Avec un violent effort pour paraître désinvolte, elle soutint le regard de Christian et répliqua :

« Pour quelques jours encore... »

Il n'eut pas l'air de l'entendre. Toute sa pensée, il la concentrait dans ses yeux, dont la fixité devenait inquiétante. S'était-elle imaginé inconsciemment qu'il avait perdu son charme quand elle n'avait plus été amoureuse de lui ? Elle s'étonnait de le découvrir si séduisant après des mois de séparation. Ils s'avancèrent vers le guichet dans un piétinement de grosses chaussures, prirent leurs tickets et pénétrèrent ensemble sur le quai de départ. Une benne accosta lourdement. Les voyageurs se précipitèrent pour ranger leurs skis dans le panier extérieur. Bousculée par ses voisins, Elisabeth se retrouva, avec Christian, au fond de la cabine. Impossible de bouger. Il s'appuyait de la main au montant de la fenêtre. Ce bras à demi plié était comme une barrière entre elle et le reste du monde. Le téléférique se mit en marche. La terre s'éloignait d'Elisabeth. Sous ses pieds — le vide, au-dessus d'elle —, la figure de Christian. Son hâle se craquelait, au coin des yeux, en fines rides blanches. Un rayon de soleil enflammait des poils sur son poignet musclé. Au passage d'un pylône, une secousse ébranla fortement la masse des skieurs. A travers ses vêtements, Elisabeth perçut la chaleur vivante d'un corps contre le sien. Christian se pencha vers elle. Il portait un pull-over gris ardoise. Le col de sa chemise était ouvert.

« Veux-tu faire cette descente avec moi ? demanda-t-il.

— Non », dit-elle précipitamment, attentive à une odeur de tabac et de peau tiède qui lui effleurait les narines.

Plus que quelques mètres de fil pour arriver à la gare. La benne s'immobilisa brutalement et dégorgea son monde sur le quai. Elisabeth chaussa ses skis sur la plate-forme neigeuse où commençait la piste. Christian la regardait faire. Elle s'élança. Il la suivit. Elle sentait cette présence rapide derrière ses épaules. Au bas de la pente, il la dépassa, froissa la neige dans un virage et s'arrêta, enraciné, pétrifié, la face déchirée par un rire silencieux. Elle dut freiner sèchement pour éviter de se cogner contre lui.

« Tu reviendras demain ? demanda-t-il.

— Oui, dit-elle d'une voix essoufflée.

— Je serai au guichet, à trois heures. »

Et, sans ajouter un mot, il glissa, avec une lenteur dédaigneuse, vers la gare du téléférique.

Elisabeth retrouva Patrice à la terrasse du pylône I. Il l'attendait patiemment, assis devant un verre de vin chaud. Elle l'enveloppa d'un regard amoureux, comme pour le remercier d'être là, bien solide, bien vivant, avec ses lunettes noires, son nez rougi par le soleil et son tendre sourire.

« La neige était bonne ? dit-il.

— Excellente.

— Tu fais une autre descente ?

— Je préférerais rentrer à l'hôtel.

— Déjà ? Il n'est pas cinq heures !

— Viens », dit-elle en le tirant par la main.

Dans le hall, quelques clients jouaient au bridge, parmi des tasses fumantes et des assiettes garnies de toasts.

« Voulez-vous un peu de thé, mes enfants ? demanda Amélie.

— Non merci, maman », dit Elisabeth.

Elle avait hâte d'être seule, entre quatre murs, avec Patrice. Tant qu'il ne l'aurait pas prise dans ses bras, elle ne serait pas tranquille. Dans leur chambre, la porte close, elle se jeta contre lui, se pendit à son cou et lui tendit les lèvres en balbutiant :

« Je t'aime, Patrice ! Je t'aime ! Je t'aime ! Et toi, est-ce que tu m'aimes vraiment ?

— Mais bien sûr, ma chérie !

— J'ai besoin que tu me le dises ! » soupira-t-elle.

Un baiser lui couvrit la bouche. Elle ferma les paupières, ivre de reconnaissance, et s'écrasa sur la poitrine de son mari, frissonnante, impatiente, cherchant sa protection autant que ses caresses.

III

La matinée fut étrange, blanche et froide, sous un ciel d'acier. Mais ce temps maussade n'affectait pas l'humeur d'Elisabeth. Animée, dès le réveil, d'une gaieté fébrile, elle alla, comme d'habitude, faire du ski avec Patrice sur une pente douce, derrière l'hôtel, déjeuna de bon appétit et, le café bu, décida de monter à Rochebrune. Son mari l'accompagna jusqu'à la station du téléférique.

« Tu m'attends au pylône 1 ? demanda-t-elle.

— Ça dépend. Combien de descentes as-tu l'intention de faire ?

— Deux ou trois, si la neige est aussi bonne qu'hier, dit-elle évasivement.

— Alors, je retourne à l'hôtel. Il n'y a pas assez de soleil pour rester ici. Je vais travailler un peu.

— Au fond, tu es ravi qu'il ne fasse pas très beau ! » dit-elle en riant.

Il rit, lui aussi, en hochant la tête :

« Que veux-tu ? cette danse de Salomé me taquine. Je l'entends, et, quand j'essaie de la noter, tout s'embrouille. C'est bête ! »

Elle l'adorait. Il était si gentil, si simple, si intelligent !

« Sais-tu que j'ai envie de t'embrasser devant tout le monde ? s'écria-t-elle.

— N'en fais rien ! dit-il d'un air comique. On croirait que nous ne sommes pas mariés ! »

Quand il fut parti, elle entra délibérément dans la gare du téléférique. Il y avait foule devant le portillon. Les visages bougeaient mollement dans une forêt de skis. Des éclats de conversations résonnaient entre les murs de planches. Elisabeth ôta ses moufles en tirant dessus avec ses dents et chercha de la monnaie dans la sacoche de sa ceinture. Tout à coup, Christian se dressa devant elle. Il tenait deux tickets à la main.

« Tu viens ? » dit-il.

Un serre-tête de laine noire lui couvrait les oreilles, un foulard rouge lui entourait le cou. Il l'avait attendue, il avait pris les billets d'avance, parce qu'il était sûr qu'elle serait exacte au rendez-vous. Tant d'insolence la révolta. « Je ferai une descente avec lui, et c'est tout », se dit-elle. Ils se retrouvèrent, plaqués l'un contre l'autre, dans la benne aux vitres givrées. Comme la veille, Christian observait Elisabeth avec gravité, en silence. Elle se demanda quelle forme d'elle-même habitait ce front dur et bronzé. Si elle était en mesure d'obliger Christian à une conduite sans équivoque, elle ne pouvait l'empêcher de disposer d'elle à sa guise, en imagination. La voyait-il telle qu'elle était aujourd'hui, mariée, vêtue jusqu'au cou, inaccessible, ou telle qu'il l'avait connue jadis, quand elle s'abandonnait au plaisir dans ses bras ? Quels propos lui tenait-il ? Quelles caresses osait-il lui infliger mentalement ? Elle lutta contre la recrudescence de ses propres souvenirs. La benne grimpait. Les corps se touchaient. « Je ne l'aime plus, songea-t-elle, et lui me désire encore. » Ce mutisme et cette immobilité étaient si épuisants à la longue, qu'elle espéra le terme du voyage comme une délivrance. Enfin, la cabine s'arrêta et Elisabeth reprit pied sur la terre ferme. Des skieurs se dépêchaient de fixer leurs planches à leurs chaussures. Tous étaient affamés de neige. Les premiers prêts s'élancèrent sur la piste. Christian les regarda partir et dit :

« Allons boire un café chez Schwarz. Nous descendrons après. »

Elle pensa : « Non », et répondit : « Oui. » Ils montèrent jusqu'au chalet, plantèrent leurs skis devant la porte et pénétrèrent dans la salle obscure, où de rares clients s'attardaient encore. Christian choisit une table isolée et commanda deux cafés. Une servante apporta les tasses, le sucre et se retira. Comme éveillée en sursaut, Elisabeth se dit que des amis, des pensionnaires de l'hôtel, pouvaient entrer chez Schwarz et la surprendre, installée avec un homme, dans un coin sombre. Mais la crainte d'être découverte, loin de l'embarrasser, l'excitait à mieux goûter le charme de cette entrevue clandestine. Christian alluma une cigarette. La fumée sortit lentement de ses lèvres. Il plongea ses yeux dans les yeux d'Elisabeth, laissa agir sur elle son regard, son silence et, subitement, demanda :

« C'est ton mari qui se trouvait avec toi, l'autre jour, dans le traîneau ? »

Elle but une gorgée de café brûlant, reprit son souffle et murmura :

« Oui.

— Il m'a semblé le reconnaître. N'est-ce pas

avec lui que tu étais au Mauvais-Pas, l'année dernière, lorsque je t'ai invitée à danser ?

— Si », dit-elle.

Ses joues flambaient. Christian secoua la cendre de sa cigarette dans une soucoupe :

« Et maintenant, où est-il ?

— Il m'attend à l'hôtel.

— Pourquoi ? Il ne sait pas skier ?

— Pas très bien.

— Tu habites Paris ?

— Non, Saint-Germain-en-Laye.

— Et tu ne regrettes pas Megève ? »

Elle hésitait. Répondre par l'affirmative, c'eût été convenir devant lui qu'elle n'était pas absolument heureuse dans sa nouvelle vie, répondre par la négative, c'eût été renier toute sa jeunesse de sport et d'insouciance.

« Si, bien sûr, dit-elle, je regrette un peu Megève... enfin, la neige, le ski... »

Dans sa confusion, elle éprouvait le besoin de parler encore indirectement de Patrice.

« Mais nous sommes très bien à Saint-Germain, reprit-elle. Un grand jardin, la forêt toute proche... Mon mari a le calme nécessaire pour travailler... »

Ayant prononcé le mot : « mari », elle fut soulagée.

« Il est compositeur, je crois ? dit Christian.

— Oui », dit-elle.

Et elle n'osa pas lui demander d'où il tenait ce renseignement. Il la regardait toujours avec une curiosité arrogante. Elle détourna les yeux.

« Et que fais-tu, toi, pendant qu'il écrit de la musique ? dit-il.

— Oh ! je suis très occupée : la maison, les amis, les sorties à Paris, les dîners, les spectacles... »

Il éclata d'un rire bruyant, sauvage, et grommela :

« Bref, tu es devenue une parfaite femme du monde !

— Tu es stupide ! » dit-elle.

Elle venait de le tutoyer à son tour et cette pensée la contraria. Pour reprendre l'avantage sur cet homme qui voulait diriger la conversation, elle se raidit et ajouta d'un ton neutre :

« Et tes amis Renard, comment vont-ils ?

— Je ne les ai pas revus depuis huit mois, dit Christian. Georges Renard a eu des ennuis dans ses affaires. Ils ont mis leur chalet en vente.

— Tu leur en installeras un autre, à l'occasion. »

Cette réplique lui était montée aux lèvres spontanément et sans acrimonie. En épousant Patrice, elle avait à ce point changé d'existence, que ses souffrances d'amour-propre s'étaient transformées en une magnifique impression de revanche contre le sort. Maintenant, elle ne ressentait plus la moindre jalousie envers la femme blonde qu'elle avait vue dans le lit de Christian. Parfois même, elle doutait du souvenir qu'elle avait gardé de cette scène navrante.

Il vida sa tasse de café, écrasa sa cigarette dans la soucoupe, plissa les yeux et dit avec lenteur :

« C'est le mariage qui te rend si jolie, Elisabeth ? »

Elle ne sourcilla pas à ce compliment, bien qu'il lui fût agréable de l'entendre.

« Je ne sais pas, dit-elle.

— Encore un peu et tu vas m'apprendre que tu es heureuse ! »

Elle dressa la tête :

« Mais oui, Christian, je suis heureuse... »

Il sourit méchamment :

« Heureuse ?... Peut-être, en effet... heureuse de ce petit bonheur que tu prétendais construire avec moi et dont je n'ai pas voulu !... Cela te suffit, Elisabeth ?... »

Penché vers elle, par-dessus la table, il lui prit la main et la serra fortement :

« Cela te suffit après ce que tu as connu ?... Rappelle-toi !... »

Chaque mot qu'il disait pénétrait en elle profondément, douloureusement. Elle était à la merci de sa voix, de son regard. Elle se préparait à l'inévitable.

« Je ne te comprends pas, Christian », chuchota-t-elle.

Une chaleur douce rampait dans ses doigts, dans son poignet, l'envahissait tout entière. Elle voulut se libérer. Immédiatement, il raffermit son étreinte.

« Tu ne me comprends pas ? s'écria-t-il avec une soudaine violence. Alors, que fais-tu ici, avec moi ? Si tu as accepté de me suivre, c'est que tu as senti combien notre rencontre était nécessaire ! Viens, Elisabeth !

— Où veux-tu aller ?

— Chez nous, à la ferme. »

S'attendait-elle tant à cette proposition qu'elle n'en éprouva aucune surprise ? Il se leva et jeta de la monnaie sur la table. Les pièces tintèrent. Une serveuse accourut. Les jambes molles, l'esprit perdu, Elisabeth se retrouva dehors, sur la neige. Ils chaussèrent leurs planches, en silence, et descendirent la piste, rapidement.

Christian arriva le premier à la ferme. Elisabeth le rejoignit, la face engourdie par le vent froid de la course. Ils laissèrent leurs skis devant la porte.

Ceux d'Elisabeth semblaient tout petits en comparaison avec ceux de Christian.

« Entre », dit-il.

Elle franchit le seuil, la tête haute. Mais, une fois dans la chambre, son assurance faiblit. Elle contemplait attentivement les grosses solives brunes, le bahut, la huche à pain, la couverture en peaux de marmottes, et toutes ces choses familières l'invitaient dans une autre vie. Christian s'était accroupi devant la cheminée. Il cassait du bois sur son genou. Des flammes montèrent entre ses mains. Elisabeth demeurait immobile, fascinée par les gestes de cet homme au profil de feu. Elle ne l'avait pas quitté. Elle ne s'était pas mariée. Elle habitait encore avec ses parents. Il se redressa lentement. Elle continuait à le regarder, noyée dans un état de stupéfaction léthargique.

« Où es-tu, Elisabeth ? » demanda-t-il avec tendresse.

Elle n'eut pas l'impression de bouger. Et, cependant, la distance entre eux diminuait imperceptiblement. Une vague la portait, d'un flux égal, vers ce visage qui l'attendait, près du feu, dans le passé. Elle se croyait encore loin de lui, quand, tout à coup, elle se sentit prisonnière. Une bouche s'appliquait avec douceur sur la sienne. Le goût de ce baiser éveillait en elle des souvenirs si profonds, si intimes... Elle s'imaginait avoir oublié Christian dans le mariage, mais, en vérité, elle n'avait pas cessé de lui appartenir. Peut-être même espérait-elle depuis longtemps cette rencontre sans le savoir ? Ses scrupules s'évanouissaient dans la violence fauve de la joie. Gonflé de désir, Christian la souleva dans ses bras et, passant devant les flammes qui crépitaient, la déposa sur le lit. La couverture en peaux de marmottes s'étalait, comme jadis, autour d'elle. Dans un souffle, elle protesta :

« Non, Christian... »

Agenouillé près d'elle, il s'acharnait à l'embrasser, à la caresser, et elle se tordait, roulait sa tête de droite à gauche, hésitant à lui céder et l'appelant du regard. Quand il commença de la déshabiller, elle eut un dernier sursaut de révolte. Elle repoussa ses mains. Il avait un visage dur :

« Mon amour, ma petite fille sauvage... Tu es à moi, à moi seul... »

De nouveau, il se pencha sur elle, comme un grand feuillage. Quelqu'un parlait dans le délire :

« Christian !... Je t'aime... »

Il se dévêtit à son tour et s'allongea sur elle. La nuit recouvrit la terre. L'homme entrait. L'homme était chez lui. Elle gémit au rythme de ce va-et-vient sauvage qui habitait son ventre. Son plaisir dépassait la jouissance habituelle de la chair. Jamais elle n'avait été si tragiquement, si farouchement heureuse. Les coups se précipitaient. Des aigrettes de feu dansaient dans son cerveau. Elle mourait d'un battement de cœur à l'autre, avec une gratitude folle pour celui qui travaillait à l'anéantir. A la fin, son crâne éclata, elle ne fut plus que transport, bouillonnement et tremblante faiblesse.

Il se sépara d'elle. Longtemps, ils restèrent silencieux, dans l'ombre. Elisabeth sentit que ses yeux débordaient. Une eau tiède coulait sur ses joues. Elle ne comprenait pas pourquoi. Un soupir dilata sa poitrine. Elle coucha sa main, molle et menue, dans la grande main de Christian. Et, pour eux seuls, le temps arrêta son cours.

*

Elle remettait ses pas dans une trace ancienne. C'étaient le même crépuscule brumeux, la même route de neige, la même angoisse qu'elle avait connus, la première fois où elle s'était échappée des bras de Christian pour rentrer à l'hôtel avec un visage candide. Mais, alors, il n'y avait que ses parents pour lui reprocher d'arriver en retard. Maintenant, un mari l'attendait. Un mari affectueux, confiant, admirable. Un mari qu'elle aimait trop pour admettre que, ce soir, elle lui eût été réellement infidèle. Le temps qu'elle avait passé à la ferme était comme une vie complète en soi, intercalée dans le déroulement de sa propre vie, une explosion de joie démentielle, sans rapport avec ses habitudes, une aventure limitée, isolée, et dont elle n'était pas plus responsable qu'un dormeur ne l'est, au saut du lit, des actes qu'il a pu commettre dans son rêve. Si elle revoyait Christian demain, après-demain comme ils en étaient convenus, elle éviterait à Patrice la souffrance du moindre soupçon. Mais était-il possible d'aimer deux hommes simultanément, l'un dans l'estime et la sérénité, l'autre dans l'excitation des sens ? Elle l'espérait, elle en était sûre ! Tant qu'elle continuerait à rendre son mari heureux, elle serait heureuse elle-même. Ses skis glissaient vite sur la neige damée. Le froid de la nuit lui lavait la figure. En franchissant le seuil de l'hôtel, Elisabeth était propre et fraîche, bien qu'un peu essoufflée.

Dans le hall, elle se heurta à Patrice. Il avait un visage défait.

« Enfin, s'écria-t-il. J'étais si inquiet !

— Je m'excuse, mon chéri, balbutia-t-elle. C'est stupide ! J'ai voulu faire une longue course à partir de Rochebrune, mais j'ai mal calculé mon temps !

— Où as-tu été ?

— Oh ! c'est toute une histoire !... Attends !... Laisse-moi m'asseoir, je suis éreintée !... »

Elle s'affala dans un fauteuil et écarta les jambes, les souliers reposant sur leurs talons.

« Et s'il t'était arrivé quelque chose ? reprit Patrice. Tu étais toute seule !...

— Penses-tu ! Les pentes étaient pleines de skieurs. De Rochebrune, je suis allée au village du Tour, j'ai continué à ski jusqu'au téléférique du mont d'Arbois, je suis montée là-haut, j'ai poussé jusqu'au mont Joux, j'ai fait la descente sur le Planelet... »

Par un étrange privilège féminin, à mesure qu'elle décrivait cet itinéraire, le mensonge se transformait pour elle en vérité seconde. Elle se voyait, passant avec aisance dans tous les lieux qu'elle nommait. Des détails lui venaient à l'esprit, qui avaient la précision indiscutable de souvenirs :

« Dans le téléférique du mont d'Arbois, il y avait un monde !... Au mont Joux, le froid coupait la figure !... Mais la neige était merveilleuse !... »

Amélie s'approcha d'Elisabeth et intervint dans la conversation avec une compétence optimiste :

« Quand j'ai vu que tu n'étais pas rentrée à cinq heures, j'ai tout de suite dit à Patrice que tu avais dû passer par le mont d'Arbois !

— Mais oui, dit Elisabeth. Si j'avais pu prévoir que tu te tourmenterais... »

Il se pencha sur elle, comme pour lui parler à l'oreille, et l'embrassa furtivement sur la joue. Elle reçut ce baiser sans la moindre gêne.

Friquette déboucha du couloir de l'office, bondit, en jappant, sur les genoux de sa maîtresse, puis, intriguée, se mit à flairer son chandail, son cou, ses cheveux. Elisabeth eut l'impression d'être démasquée. Elle pouvait abuser n'importe qui, sauf cette chienne à la truffe fureteuse. A plusieurs reprises, elle essaya de repousser le museau qui se haussait vers son visage. Un coup de langue lui mouilla le menton. Les yeux de Friquette étaient dans ses yeux. « Je sais d'où tu viens, je sais qui tu as vu », disait la chienne en frétillant de la queue. Elisabeth lui caressa l'échine et demanda, tournée vers Patrice :

« Et toi, mon chéri, qu'as-tu fait tout cet après-midi ?

— J'ai travaillé.

— Bien ?

— Très bien. Je suis content. Je te jouerai ça tout à l'heure. Maintenant, tu vas te changer, tu dois être transie ! »

Ils montèrent dans leur chambre. Friquette les accompagna. Bravant le regard de la chienne, Elisabeth se laissa encore embrasser par son mari.

IV

COMME chaque matin, ils prirent leur petit déjeuner au lit, et Elisabeth céda, sur sa part, un toast et deux coquilles de beurre à Patrice. Puis, tandis qu'il buvait sa tasse de cacao, elle se glissa hors des couvertures et enfila son peignoir.

« Recouche-toi, dit Patrice.

— A cette heure-ci ? Tu es fou ?

— Que veux-tu faire d'autre ?

— Je vais descendre dire bonjour à maman.

— Elle ne doit pas être levée !

— Justement. Comme ça, je la verrai seule ! Tu m'as dit que tu voulais travailler un peu, ce matin. Profites-en. Après, nous nous habillerons et nous irons faire un tour au village....

— J'ai changé d'avis, je n'ai plus envie de travailler », dit-il en lui tendant les bras par-dessus le plateau.

Cette invitation aux caresses détermina Elisabeth à se hâter de quitter la chambre.

« Non, dit-elle. Tiens, tes papiers, ton stylo, le sous-main... »

Il reçut ces objets en faisant la moue :

« Tu n'es pas chic !

— Sois sérieux », dit-elle en lui relevant les cheveux sur le front.

Il la saisit par le poignet et lui baisa les doigts, l'un après l'autre, en disant :

« Do, ré, mi, fa, sol... »

C'était un petit jeu dont ils s'amusaient naguère, mais, cette fois-ci, elle dut se forcer pour en rire :

« Allons ! Laisse-moi, Patrice. »

Il réclamait :

« La ! La ! »

Elle lui présenta le creux de sa main.

« Si ! »

Elle se pencha et lui effleura le bout du nez avec ses lèvres.

« Do ! »

Elle lui tendit sa bouche.

« Maintenant, tu peux aller », dit-il.

Elisabeth lui sourit comme à un enfant, referma son peignoir sur sa chemise de nuit transparente et sortit. Elle ne s'expliquait pas elle-même ce besoin de rendre visite à sa mère. Tout ce qui lui rappelait ses habitudes d'avant le mariage avait pour elle un charme apaisant. Ce fut d'une voix de jeune fille qu'elle dit à travers la porte :

« C'est moi, maman. Je peux entrer ? »

Amélie était adossée à ses oreillers, sa liseuse rose sur les épaules, le plateau du petit déjeuner posé entre ses genoux.

« Tiens ! dit-elle. Tu es descendue seule ?

— Oui... J'avais envie de passer un moment avec toi.

— Et Patrice ?

— Il travaille. »

Elles s'embrassèrent et Elisabeth s'assit au bord du lit.

« Vous devriez sortir ce matin, reprit Amélie. Il fait si beau !

— Nous sortirons plus tard, dit Elisabeth.

— Je crois que Patrice est très satisfait de ce qu'il a écrit hier !...

— Oui, maman.

— Il te l'a joué ?

— Non.

— Pourquoi ?

— Je ne sais pas... Ce n'est encore qu'une ébauche... »

Elle répondait du bout des lèvres, avec impatience. Pourquoi sa mère lui parlait-elle constamment de Patrice ?

« Où est papa ? demanda-t-elle pour changer de conversation.

— A la chaudière, je pense. Tu ne trouves pas qu'il fait trop froid dans les chambres ?

— Si, un peu, dit Elisabeth en remuant ses épaules sous son peignoir. Laisse-moi une petite place. Je vais me coucher près de toi. »

Amélie se poussa sur le côté, avec son plateau, et Elisabeth grimpa dans le lit.

« Mon bébé qui est revenu ! » dit Amélie en l'attirant contre sa poitrine.

Blottie dans la chaleur et le parfum de sa mère, Elisabeth fondait de bien-être. Avisant deux petits pains au lait sur une assiette, elle en saisit un et le croqua.

« Tu n'as pas pris ton petit déjeuner ? demanda Amélie.

— Si, mais tu me donnes faim ! »

Elle riait, la bouche pleine, quand son regard se posa sur une figurine en bois qui ornait la commode : un paysan appuyé sur sa faux; l'homme était fatigué, déhanché, les épaules rondes, sa rude face tournée vers l'horizon.

« Qu'est-ce que c'est ? demanda Elisabeth.

— Une œuvre de grand-père, dit Amélie avec orgueil. Il nous l'a envoyée de la Chapelle-au-Bois comme cadeau !

— Mais c'est magnifique ! » s'écria Elisabeth.

Et, bondissant hors du lit, elle courut vers la statuette.

« Le fait est qu'il travaille de mieux en mieux, dit Amélie. Cela le distrait ! Une vraie passion ! Dès que sa besogne à la forge lui laisse un peu de temps, il se met à tailler le bois. Comment s'y prend-il, lui qui n'a jamais appris à sculpter, à dessiner ? Je n'y comprends rien ! »

Elisabeth caressait des doigts cette matière dure, sombre et polie. Sur le socle, une marque avait été imprimée au fer rouge : « Jérôme Aubernat. »

« Il a signé ! dit-elle.

— Eh ! oui, dit Amélie. Il est très fier de ce qu'il fait. Et c'est bien normal. Pense donc ! A son âge !... »

Elisabeth prit la statuette et se recoucha.

« Je vais lui écrire pour qu'il m'en envoie une, à moi aussi, dit-elle.

— Oh ! oui, tu devrais ! dit Amélie. Tu lui feras tellement plaisir ! Une petite chose dans ce genre sera d'un effet charmant dans votre maisonnette de Saint-Germain... »

Une ombre passa sur Elisabeth. Elle se rapprocha de sa mère comme du seul point solide dans un monde absurde et fuyant. La sagesse, l'honnêteté, l'amour tranquille, Amélie était tout cela, avec sa liseuse rose sur les épaules et son plateau sur les genoux.

« Oh ! maman, maman ! » soupira Elisabeth.

Une vague d'amertume montait à ses lèvres.

« Qu'y a-t-il ? demanda Amélie.

— Rien. »

La porte s'ouvrit. Pierre entra dans la chambre, aperçut deux femmes dans son lit et éclata de rire :

« Qu'est-ce que vous faites là, ensemble ?

— Cela t'étonne ? dit Amélie sur un ton de coquetterie maternelle. Nous bavardions.

— Un moment, je me suis demandé si je n'avais pas bu ! dit Pierre. Je voyais double. »

Il se pencha sur sa femme, sur sa fille, et faillit perdre l'équilibre en leur donnant à chacune un baiser.

« Tu piques, papa ! dit Elisabeth.

— Je suis justement venu pour me raser », dit Pierre.

Il se levait toujours à sept heures, mais attendait qu'Amélie fût éveillée pour finir sa toilette sans la déranger. Ayant retiré son veston, son faux col, il noua une serviette autour de son cou, se planta devant la glace, et caressa son menton, méditativement, du plat de la main.

« Tu sais, reprit-il, le chef va rajouter des épinards au menu du déjeuner.

— Pourquoi ? s'écria Amélie.

— Parce qu'on en a plein la cave. Je suis allé voir. Ils sont en train de s'abîmer.

— Je t'avais dit que tu en prenais trop, la dernière fois ! Mais tu n'en fais jamais qu'à ta tête !

— Ce n'est pas grave ! » grommela-t-il en se savonnant les joues.

Il s'interrompit pour avancer la main sous l'eau du robinet. Ses sourcils se froncèrent. Son regard devint soupçonneux.

« Allons bon ! dit-il.

— Quoi ? demanda Amélie.

— L'eau n'est pas assez chaude.

— Tu as poussé la chaudière ?

— A fond ! »

Il traversa la chambre, toucha le radiateur et conclut :

« Ça vient ! Ça vient tout doucement !

— Et, pendant ce temps-là, les clients grelottent ! dit Amélie.

— N'exagérons pas !

— Si, Pierre. Avoue-le donc ! Depuis que tu as changé de charbon, le chauffage est insuffisant. Tout ça pour faire des économies qui ne chiffreront guère en fin de saison !

— Personne ne s'est encore plaint !

— C'est ce qui te trompe. Hier, Mme Costaret m'a fait une remarque à ce sujet. Avant-hier, c'était Mme Picard, dont les deux enfants sont enrhumés... Continue, et nous perdrons nos meilleurs clients ! »

Elisabeth envia les soucis de ses parents. Seuls des gens très heureux pouvaient se disputer pour des causes aussi futiles. Accablé par les reproches de sa femme, Pierre se rasait lentement, tragiquement, comme s'il eût accompli sur lui-même la toilette du condamné.

« Que veux-tu que je fasse ? dit-il enfin, — une joue rose et lisse, l'autre blanche et mousseuse. Il faut bien le brûler, ce charbon ! L'année prochaine, j'en prendrai d'une meilleure qualité !

— Mais oui, dit Elisabeth. Ne te mets pas dans des états pareils, maman. Les gens savent qu'aux sports d'hiver il est difficile d'avoir tout le confort.

— Ah ! elle est déjà un peu plus chaude », dit Pierre en agitant ses doigts sous le filet d'eau.

Dans le couloir, la voix d'Antoine annonça : « Voilà le courrier, madame. »

Pierre entrebâilla la porte, reçut des mains d'Antoine un gros paquet de lettres, de cartes postales, de journaux sous bandes, et les remit à Amélie. Elle les tria, en marquant les numéros des chambres, d'un crayon vif, au-dessus des adresses.

« Monsieur et Madame Monastier », dit-elle en tendant une enveloppe à Elisabeth.

Elisabeth reconnut l'écriture de sa belle-mère et décacheta le pli. Le décor de Saint-Germain se reconstitua instantanément devant ses yeux. Là-bas, loin des montagnes, de la neige et du désordre des sentiments, la vie continuait, somnolente et grise. Deux femmes dînaient en tête-à-tête. La pluie tombait sur le jardin. On s'ennuyait des enfants, on attendait leur retour avec impatience, mais on espérait aussi qu'ils passaient à Megève des vacances heureuses et saines. Patrice avait-il fait quelque progrès à ski ? Ne travaillait-il pas trop ? Profitait-il de l'air pur et de l'altitude ? Mazi avait pris les canaris sous sa protection et s'en occupait avec un soin jaloux...

« Il faut vite que je montre cette lettre à Patrice », dit Elisabeth.

Elle remonta dans sa chambre et trouva Patrice assis au bord du lit, des ciseaux à la main. Il se coupait les ongles des pieds. La veste de son pyjama était ouverte sur sa poitrine. Il lut la lettre, décida d'y répondre le soir même et pressa Elisabeth de s'habiller pour sortir. Elle lui tourna le dos pour retirer son peignoir et sa chemise de nuit. Un baiser s'abattit sur son épaule nue.

« Patrice ! » dit-elle sur un ton de reproche.

Il souriait. Son visage, fraîchement rasé, sentait le savon, sa bouche, la pâte dentifrice. Elle le repoussa d'autant plus fermement qu'elle devinait son désir et en était troublée. Aussi longtemps qu'il fut en pyjama, elle feignit d'ignorer sa présence. Quand il eut revêtu sa tenue de ski, un soulagement s'opéra en elle, et, la conscience en paix, elle lui donna ses lèvres.

Ils sortirent sur la route, sifflèrent Friquette qui s'amusait, avec d'autres chiens, derrière le talus de neige, et se dirigèrent vers le village pour acheter des journaux. Tout en marchant au bras de son mari, Elisabeth se demandait si elle reverrait Christian, cet après-midi, à la ferme. Comme elle n'était pas sûre de pouvoir se libérer, il lui avait promis de l'attendre, jusqu'à quatre heures. Soudain, elle souhaita qu'une circonstance fortuite l'empêchât d'aller à ce rendez-vous.

« Veux-tu que nous fassions du ski ensemble, après le déjeuner ? demanda-t-elle.

— Je n'y tiens pas tellement, dit Patrice. Mais que cela ne te gêne pas pour monter, toi, à Rochebrune.

— Tu ne vas quand même pas rester tout l'après-midi à l'hôtel, comme hier ?

— Non. Je t'attendrai au bar du pylône I. Tu feras une descente, et, après, nous irons prendre le thé au Mauvais-Pas. Qu'en penses-tu ? »

Elisabeth lui jeta un regard d'allégresse. L'entrevue avec Christian était compromise. Bon gré, mal gré, elle devait suivre son mari.

Tout se passa comme Patrice l'avait proposé. A deux heures et demie, tandis qu'il s'installait au bar du pylône I, une benne emportait Elisabeth vers le sommet de la montagne. De Rochebrune, elle descendit, avec d'autres skieurs, par la piste, puis, changeant de direction, glissa dans la neige profonde jusqu'à la ferme. Sa poitrine était pleine d'un battement d'ailes. Ses genoux tremblaient. Elle ne voulait pas entrer dans la maison. Sans déchausser les skis, elle s'approcha de la fenêtre et frappa au carreau avec son bâton. Le visage de Christian apparut derrière la vitre. Elisabeth lui fit signe de venir. Il sortit sur le pas de la porte. Sa tête touchait presque le haut du chambranle, ses épaules larges se découpaient sur la nuit du couloir. Elle évita de le regarder et dit précipitamment :

« Je ne peux pas rester ! Patrice m'attend, en bas. »

Etait-il préparé à cette nouvelle ? Un sourire moqueur découvrit ses dents, alluma ses yeux.

« C'est dommage, dit-il. Je m'étais arrangé pour reporter à demain une leçon particulière que je devais donner aujourd'hui, à trois heures.

— Je ne pouvais pas prévoir...

— Non, évidemment. Quand te reverrai-je ?

— Demain, dit-elle à tout hasard.

— Je viens de t'expliquer que c'était impossible.

— Alors, après-demain ?

— Tu pourras te libérer, Elisabeth ?

— Je tâcherai.

— Je t'attendrai jusqu'à trois heures.

— Bien », dit-elle.

Elle était heureuse de ce sursis. Christian fit un pas en avant. N'essaierait-il pas de la retenir ?

« Au revoir ! cria-t-elle. Je me sauve ! »

Et elle s'élança pour rejoindre la piste. Ses pensées allaient plus vite que son corps. Elle s'attribuait le mérite d'avoir résisté à la tentation. Mais, dans le même temps, elle regrettait d'y avoir été obligée. Le souvenir de la jouissance folle qu'elle avait connue, la veille, dans les bras de Christian, lui chauffait encore la tête. Et, plus elle y réfléchissait, plus elle avait envie de se raccrocher à Patrice, auprès de qui elle n'avait jamais goûté un semblable plaisir. « Qui donc es-tu, Elisabeth ? » Cette question dansait dans son cerveau. Elle s'accusait et s'excusait avec une égale violence. Elle se cherchait à travers mille images contradictoires d'elle-même.

« Tu as fait vite ! » dit Patrice.

Elle le regarda, étonnée d'être déjà devant lui, d'être déjà à lui.

« Et maintenant, dit-il, assez de ski ! Je t'emmène au Mauvais-Pas. »

Elle le suivit, apaisée, subjuguée, mariée jusqu'au fond de l'âme.

*

Le soleil se leva sur une journée paisible et conjugale. Après avoir skié modérément, le matin, aux abords de la station du téléférique, Elisabeth et Patrice décidèrent d'assister, l'après-midi, au concours de sauts qui devait avoir lieu sur le tremplin olympique de Megève. Amélie, qui ne voulait pas manquer cette manifestation sportive, se joignit à eux au dernier moment. Un public nombreux était massé autour de la piste. Il faisait très froid. Patrice avait noué un gros foulard de laine à son cou. Il reniflait, toussotait. A intervalles réguliers, un point noir prenait le départ sur la pente blanche, grandissait, abordait le tremplin, s'enlevait d'un mouvement d'oiseau dans le vide, planait, les bras ouverts, le buste incliné en avant, et se posait plus bas, dans un claquement de skis et un envol de poussière argentée. Certains se recevaient mal et culbutaient violemment dans la neige. D'autres continuaient leur course vers le fond du trou et s'arrêtaient net au milieu des vivats. Elisabeth était transportée par ce déploiement de force et d'élégance. Les sauteurs qu'elle apercevait au passage avaient des visages de demi-dieux, bronzés par le soleil, aiguisés par la vitesse. Leur allure générale rappelait celle de Christian. Elle ne cessa de rêver à lui pendant toute la durée de l'épreuve.

Le soir, à l'hôtel, la gaieté, l'entrain d'Elisabeth, enchantèrent Patrice. Il la trouvait jolie, désirable, il le lui disait, et elle écoutait ses déclarations avec plaisir, en songeant : « Comment peut-il être si crédule ? Il sait pourtant que j'ai aimé un homme avant lui, à Megève. Il devrait craindre que je ne sois tentée de le revoir. Et il n'y pense même pas... » Plus elle examinait le cas de son mari, plus elle se persuadait qu'il avait oublié le passé et ne devinait aucune menace dans l'avenir. Son honnêteté foncière l'incitait à prêter aux êtres qui lui étaient chers les sentiments qu'il éprouvait lui-même.

Après le dîner, il joua, sur le piano du salon, un passage de sa musique pour *Hérodias*. C'était le début d'une danse orientale, lente et voluptueuse. Elisabeth le complimenta pour son travail. « Oui, c'est bien cela, se disait-elle. Patrice n'est pas un homme comme les autres. Il vit dans un mirage. Et il a toutes les qualités : le génie, la bonté, la gentillesse... » Elle le couvait d'un regard attendri. Son affection pour lui était d'autant plus grande, qu'elle était assurée de rejoindre Christian, le lendemain. Avec gratitude, elle offrait à son mari les rayons d'une joie dont il devait toujours ignorer la cause.

« Tu sais, lui dit-elle soudain, demain après-midi, je voudrais retourner au mont d'Arbois, en partant de Rochebrune. C'est vraiment une balade extraordinaire !

— Et tu rentreras aussi tard que l'autre jour ?

— Je tâcherai de faire plus vite. De toute façon, tu ne t'inquiéteras pas, puisque tu sauras où je suis. »

Patrice protesta, pour la forme, mais, comme il était impatient de se remettre à la composition de son *Hérodias,* il finit par approuver le projet de sa femme.

« Rejoue-moi les premières mesures de la danse de Salomé, dit-elle.

— Tu aimes vraiment ça ? » demanda-t-il en posant ses mains nerveuses sur le clavier.

Tandis qu'il préludait par quelques larges accords, Elisabeth s'envola, en pensée, vers la ferme, où un feu de bois éclairait deux corps nus.

*

Christian jeta une bûche dans la cheminée. Des étincelles sautèrent au-dessus du tas de bois calciné, une flamme s'éleva. Couchée dans le lit, le ventre plein d'amour et la tête vide, Elisabeth murmura paresseusement :

« J'ai soif, Christian. Donne-moi un verre d'eau.

— Tu ne préférerais pas un citron pressé ? demanda-t-il.

— Si.

— Je vais te préparer ça. »

Il se redressa. La ceinture de sa robe de chambre havane était dénouée. Quand il bougeait, le vêtement s'ouvrait de haut en bas. Elisabeth observait ces éclairs de chair mate entre les pans de l'étoffe. Elle était sûre que les moindres gestes de Christian étaient calculés pour l'émouvoir et s'agaçait de ne pouvoir résister à son charme. Maintenant, penché sur la table, il pressait le citron, versait l'eau d'une cruche dans un verre. Elle le voyait de dos. Sans se retourner, il dit :

« Du sucre ?

— Non, merci. »

Il lui tendit le verre. Elle but à longs traits cette fraîcheur acide. Ses lèvres avaient grossi sous les baisers.

« Tu tiens ton gobelet comme une petite fille, dit Christian. Là ! Ça y est ? C'était bon ? »

Elle inclina la tête, comme il le souhaitait, avec une moue enfantine. Il vint se rasseoir près d'elle et caressa ses épaules nues, ses seins énervés et endoloris.

« A présent, il faut que tu te rhabilles, reprit-il.

— Pourquoi ? »

Il montra, d'un mouvement du menton, la fenêtre où le bleu du jour se mourait.

« Il est tard. On t'attend... »

Elisabeth ne répondit pas et continua de humer le parfum du citron dans son verre vide. Les parois se couvraient de buée. Décidément, Christian n'avait pas changé. Comme autrefois, il la recherchait obstinément pour le plaisir qu'elle lui procurait, mais craignait qu'elle ne lui compliquât la vie par une imprudence. Jadis, c'était à ses parents qu'il la renvoyait avec sollicitude, aujourd'hui, à son mari. Lui, si jaloux de son empire sur elle, comment tolérait-il qu'en le quittant elle allât retrouver un autre homme ? Etait-il assez naïf pour croire qu'elle pourrait indéfiniment repousser les caresses de Patrice ? Manquait-il à ce point d'imagination qu'il ne les voyait pas, tous deux, dans un même lit ? Non, s'il acceptait ce partage, c'était uniquement pour préserver sa tranquillité personnelle. Ce qui se passait en dehors de cette chambre ne l'intéressait pas.

« Allons, lève-toi, dit-il encore d'une voix douce. Sois raisonnable... Tu reviendras demain... »

Elle eut envie de lui griffer le visage, mais s'étira voluptueusement et noua ses mains derrière sa nuque. Les aisselles découvertes, la bouche à demi close, elle lui donnait son parfum.

« Petite garce ! grommela-t-il en riant. Pourquoi fais-tu cela ?

— Pour rien », dit-elle.

Et elle pensa : « Il m'a déçue depuis longtemps. Je le méprise. Et, pourtant, je ne peux plus me passer de lui. » Dès qu'elle approchait de Christian, le monde prenait pour elle une couleur, un relief inconnus. Elle se disloquait dans le plaisir, accédait à un délire surhumain, flottait dans les nuages, sans nom, sans maison, sans patrie, et, parvenue au sommet de la courbe, redescendait sur le sol, pleine d'un contentement à la fois bestial et religieux. La raison n'avait rien à voir là-dedans. Christian même, en tant qu'individu, ne comptait pas dans cette aventure. Dépassé par son propre pouvoir, il n'était pas responsable de l'attirance qu'il exerçait sur Elisabeth. Ce n'était pas à lui qu'elle cédait, mais à une force mystérieuse, qui montait à travers lui du plus profond de la terre. Avait-il eu d'autres maîtresses depuis Françoise Renard ? En avait-il une, en ce moment — quelque femme mûre et riche, quelque mère d'élève sur le déclin ? La question n'avait pas d'importance. Penché sur Elisabeth, il respirait et baisait le creux chaud de ses bras. Il ne lui conseillait plus de partir. Il était sur sa peau comme un affamé sur de la nourriture. Elle se sentit prodigieusement nécessaire, merveilleusement excusée. Ses reins se creusaient. Un frisson courut dans son dos. Christian voulut l'enjamber, mais heurta du coude le verre qu'elle avait posé près du lit, sur une tablette. Le verre se brisa.

« Ah ! c'est trop bête ! » grogna-t-il.

Un filet de sang coulait sur son avant-bras. Il prit une serviette qui traînait par terre, pour s'essuyer.

« Laisse », dit Elisabeth.

Et elle appliqua ses lèvres sur la blessure.

V

Madame Lauriston avait demandé une communication téléphonique avec Paris. A l'heure du déjeuner, elle n'avait pas encore obtenu son numéro et passait à table avec les autres clients. Elle mangeait nerveusement, le regard dans son assiette. Elisabeth et Patrice, assis non loin d'elle, s'amusaient à observer ses mines d'animal craintif aux aguets.

« Elle a émietté tout son pain sur la nappe ! dit Patrice.

— Pauvre femme soupira Elisabeth. Et, avec ça, son mari est si laid ! Comment peut-elle être jalouse d'un gros monsieur chauve, qui porte la moustache en tablier sous les narines ? »

Patrice pouffa de rire. Elisabeth lui fit signe de se maîtriser. Il se tamponna les lèvres avec sa serviette et but une gorgée de vin. A mesure que son séjour à Megève se prolongeait, il paraissait plus heureux de vivre. Ses progrès à ski l'encourageaient à accompagner sa femme dans de courtes promenades. Mais il se fatiguait vite et n'aimait pas s'écarter des pistes. D'ailleurs, ces exercices sportifs ne l'empêchaient pas de penser constamment à sa musique. Quand l'inspiration le prenait, il laissait Elisabeth partir seule et s'installait dans sa chambre ou dans le salon de l'hôtel pour travailler. Libre de son après-midi, Elisabeth se dépêchait de rejoindre Christian à la ferme. Comme il ne savait jamais à l'avance quand elle pourrait venir, il lui avait promis de l'attendre tous les jours à trois heures. Passé ce délai, elle ne devait plus compter le trouver chez lui. A deux reprises, elle était arrivée trop tard. Les autres fois, leurs rencontres avaient été d'autant plus exaltantes que ni lui ni elle n'étaient assurés de se revoir le lendemain. Encore trois semaines de plaisirs volés, de mensonges faciles, et il faudrait retourner à Saint-Germain. Mais Christian avait l'intention de se rendre à Paris pendant les vacances de Pâques. Elisabeth envisagea cette perspective consolante en plongeant sa cuillère dans la mousse blonde d'un soufflé à l'orange.

« Ce que c'est bon ! dit Patrice. Tu devrais demander la recette au chef. »

Elle acquiesça du menton et dit :

« Quelle heure as-tu ?

— Deux heures moins dix. Pourquoi ?

— Je n'aimerais pas monter trop tard à Rochebrune. Hier, il y avait une de ces cohues au téléférique ! Tu ne veux vraiment pas venir avec moi ?

— Non, ma chérie. Pas aujourd'hui. J'ai envie de mettre au point la petite chose que je t'ai jouée ce matin. Tu m'excuses ?

— Il le faut bien ! » dit-elle, la lèvre boudeuse, le cœur en fête.

La sonnerie du téléphone retentit dans le hall. Mme Lauriston bondit de sa chaise : « C'est pour moi ! » et se précipita vers la voix de son époux. Mais, sur le seuil de la porte, elle croisa Amélie qui entrait. Elles échangèrent quelques mots et

Mme Lauriston, baissant la tête, regagna sa place. Amélie s'approcha de Patrice.

« Venez vite ! dit-elle. C'est votre maman qui téléphone de Saint-Germain. »

Patrice fit un œil étonné et jeta sa serviette. Elisabeth se leva en même temps que lui. Ils traversèrent la salle à manger en courant. Dans le hall, Patrice saisit l'appareil téléphonique et demanda :

« Allô ! Maman ? Que se passe-t-il ? »

Elisabeth appliqua l'écouteur contre son oreille et entendit une voix lointaine qui répondait :

« Je suis navrée de te déranger, mon petit, mais Mazi est très malade.

— Quoi ? » balbutia-t-il.

Ses traits se crispèrent, ses prunelles s'agrandirent comme devant une image qui se rapprochait.

« Oui, continua Mme Monastier. Très malade. Elle a pris froid, dimanche dernier, en sortant de la messe. Le docteur Béjard a diagnostiqué une congestion pulmonaire. A l'âge de Mazi, c'est extrêmement grave. Elle a de la difficulté à respirer. Elle délire. Je suis inquiète ! Je ne quitte presque plus son chevet... Et vous qui êtes loin !... Ah ! mes enfants, je crois que vous devriez vite rentrer !... »

Patrice lança un regard désespéré à Elisabeth et murmura :

« Nous prendrons le train, ce soir.

— Merci, mon petit. Je t'embrasse... »

Elisabeth reposa l'écouteur. Sa joie s'écroulait : Mazi malade, les vacances interrompues, plus de liberté, plus de neige, plus de Christian. Un coup de téléphone avait suffi à détruire le bonheur qu'elle se promettait pour trois semaines encore.

« J'espère que nous arriverons à temps », dit Patrice.

Il était pâle. Une ride barrait son front.

« Mais bien sûr ! s'écria Elisabeth. Que vas-tu imaginer ?

— Pour que maman m'ait téléphoné de revenir d'urgence, c'est que grand-mère est au plus mal.

— Maman s'est peut-être affolée inutilement.

— Je ne pense pas.

— Mais si. Elle est toute seule à soigner Mazi, avec Eulalie. Il est normal qu'elle nous rappelle pour l'aider. »

Elle disait n'importe quoi pour rassurer Patrice, mais ne parvenait pas à se convaincre elle-même. Peut-être, en effet, Mazi allait-elle mourir ? D'un côté, une vieille femme agonisante, et, de l'autre, Elisabeth et Christian, deux êtres jeunes, avides d'aimer, de jouir, de vivre. Mazi les empêchait de se rejoindre. Elle mettait entre eux tout le poids, tout le froid, de son corps délabré. Amélie, puis Pierre, vinrent aux nouvelles, et Patrice leur répéta la conversation qu'il avait eue avec sa mère. Ils réagirent comme Elisabeth en essayant de le persuader qu'il avait tort d'envisager le pire : malgré son grand âge, Mazi était d'une constitution robuste; le mal avait dû être pris à temps; la médecine moderne n'était plus désarmée devant ce genre de problèmes. Elisabeth serra la main de son mari. Il était triste, anxieux, il avait besoin d'elle. « Je resterai avec lui cet après-midi, pensa-t-elle. Christian m'attendra jusqu'à trois heures, puis, il s'en ira. Je lui écrirai de Paris pour lui expliquer... » Un goût de larmes monta dans sa bouche. La crainte de perdre Mazi, le regret de quitter Christian, tout s'embrouillait dans sa tête.

Patrice s'était laissé descendre dans un fauteuil. Elle s'assit sur l'accoudoir sans lui lâcher la main.

Une grande tendresse s'échangeait entre eux par leurs doigts noués, par leurs regards confondus.

« Je vais m'occuper de vous avoir deux places pour le train de ce soir », dit Pierre.

Au même instant, le téléphone sonna.

« Cette fois, ce doit être pour moi ! » s'écria Mme Lauriston en sortant de la salle à manger.

Amélie décrocha l'appareil et le tendit à la cliente. L'œil pétillant, la bouche en cœur, Mme Lauriston murmura :

« Allô, Maillot 12-15 ?... Ah, c'est toi, Gaston ?... Ici, Colette... J'ai eu tant de mal à t'avoir !... Comment ?... Je t'entends à peine !... Tu crois pouvoir venir... samedi prochain ?... »

Elle reprit sa respiration, tourna vers Amélie un regard de triomphe et ajouta, en approchant avidement ses lèvres de la galette noire du microphone :

« Oh ! oui, viens, viens vite ! »

VI

DIX heures du soir. La pluie fouettait les carreaux. Dans la chambre, très vaste et très encombrée, une lampe, voilée de tissu bleu, éclairait d'une lueur insolite la table chargée de médicaments. Les lourds rideaux lie de vin masquaient toute la largeur de la fenêtre. Le baldaquin du lit projetait au plafond une ombre menaçante, dont les ailes épousaient les moulures de la corniche. Sous ce dôme de ténèbres, Mazi reposait, immobile, les yeux clos, les joues pendantes, le nez pointu et luisant comme un os. Elle s'était assoupie après une quinte de toux. Son grand visage gris, surmonté d'un bonnet de dentelles, creusait profondément l'oreiller. Un souffle entrecoupé, qui ressemblait à un râle, glissait difficilement entre ses lèvres aux commissures humides. Au bord du drap, gisaient deux mains maigres, semées de taches brunes. C'était la deuxième nuit qu'Elisabeth passait au chevet de l'aïeule. Le médecin n'avait pas perdu tout espoir. Si le cœur de la malade tenait bon, il la sauverait. Mais elle était si vieille, si faible, que cette éventualité paraissait d'heure en heure plus improbable. Une montre tictaquait sur un guéridon, parmi de petites boîtes d'argent, d'écaille et d'ivoire. Tous les autres guéridons étaient occupés par des groupes de, photographies, dans les cadres à support. Une majorité de défunts habitait sur des îlots de palissandre ou de bois de rose. Devant la cheminée de marbre blanc, un poêle-salamandre, aux carreaux de mica rougeoyants, soupirait, craquait de chaleur. L'air était imprégné d'une odeur de transpiration sénile et de pharmacie. Elisabeth se forçait pour garder les paupières ouvertes. La porte s'entrebâilla. Patrice et sa mère entrèrent sur la pointe des pieds.

« Alors ? murmura Mme Monastier.

— Elle s'est endormie, dit Elisabeth. Mais la dernière quinte a été très dure.

— Vous devriez aller vous coucher : je prendrais votre place. »

Elisabeth secoua la tête, doucement :

« Non, maman. Vous avez veillé Mazi pendant si longtemps ! C'est bien mon tour !

— Et moi, dit Patrice, tu ne crois pas que je pourrais passer la nuit auprès d'elle ?

— Il y a des soins à lui donner : tu ne saurais pas...

— Et Eulalie ?

— Ni Eulalie, ni toi, ni maman, ni personne... Laissez-moi seule. Je suis très bien dans ce fauteuil.

— Elle respire à peine, reprit Patrice. Les ailes de son nez sont pincées. Il faudrait peut-être téléphoner au docteur...

— Rassure-toi; si elle allait plus mal, je lui donnerais ses gouttes. Le docteur Béjard m'a dit que je pouvais doubler la dose sans danger. »

Mme Monastier embrassa sa belle-fille, les larmes aux yeux :

« Ah ! mon enfant, depuis que vous êtes ici, je reprends confiance ! Vous êtes si vive, si courageuse !...

Mais n'abusez pas de vos forces !... Je vais dire à Eulalie qu'elle apporte de la tisane pour Mazi... Et je viendrai vous relayer à cinq heures.

— Oui, maman, dit Elisabeth. Allez dormir. Va, toi aussi, Patrice. »

A leur retour, les jeunes gens s'étaient réinstallés dans leur ancienne chambre, au premier étage de la grande maison, pour être plus près de Mazi. Mme Monastier se dirigea, comme à regret, vers la porte. Son fils la suivit. Elisabeth les entendit qui chuchotaient encore dans le couloir. Le matin de son arrivée, elle avait été frappée par l'air fatigué et accablé de sa belle-mère. Les yeux rouges, les traits tirés, le teint hâve, Mme Monastier n'avait rien de commun avec la femme élégante, qui, autrefois, naviguait de thé en thé à travers Saint-Germain. Tout était désorganisé, arrêté, dans le logis, il n'y avait plus d'espoir. On pleurait, on priait. La pluie tombait sur une ville triste. Immédiatement, Elisabeth avait pris la direction des opérations. Rien n'excitait davantage son ardeur que la défaillance des autres. Cette maladie, elle en faisait son affaire personnelle. C'était elle, maintenant qui donnait les ordres, administrait les soins, recevait les conseils du docteur. Saurait-elle, jusqu'au bout, se montrer à la hauteur de sa tâche ? On cogna à la porte. La jeune Eulalie entra, portant un grand bol de tisane sur un plateau. Derrière elle, la vieille Eulalie se glissa silencieusement dans la chambre. Toutes les rides, toutes les verrues de sa figure bougeaient en même temps. Le dos noué, elle avançait un cou de tortue pour voir sa maîtresse qui allait mourir.

« Ah ! Madame ! Madame ! C'est y Dieu possible ! »

Elle se signa précipitamment au creux de la poitrine. De grosses larmes jaillirent de ses yeux :

« Jésus, Marie, Joseph !... »

Elisabeth lui prit le bras et l'entraîna dans le couloir :

« Vous n'avez pas honte de pleurer comme ça, Eulalie ?

— Cette pauvre madame ! bafouilla la vieille Eulalie. A la voir si échouée, c'est sûr qu'elle va passer. Faudrait prévenir M. le curé pour l'extrême-onction.

— Elle n'en aura pas besoin, dit Elisabeth.

— On croit ça, et puis, hop ! on part sans les sacrements !

— Mais non, Eulalie, mais non ! Calmez-vous. Le docteur n'est pas tellement inquiet, lui !... »

La vieille Eulalie plongea son nez dans un ample mouchoir, trompeta à deux reprises et dit :

« Je vais tout de même moudre du café, des fois qu'on en voudrait pour la veillée. »

Sa fille, cependant, garnissait la salamandre. Le charbon gronda en dévalant du seau de fer dans le foyer. Une âcre odeur de suie s'éleva dans la pièce. Enfin, les deux Eulalie se retirèrent, l'une soutenant l'autre.

Elisabeth s'installa dans la bergère et allongea ses jambes sur un tabouret. Un silence d'eau stagnante entourait la maison. La traversée nocturne commençait. Les yeux fixés sur le profil de l'aïeule, Elisabeth refusait de croire que la vie pût s'arrêter dans un être si proche d'elle. La mort n'était concevable que pour les étrangers, pour les absents. Sous le regard qui la protégeait, Mazi était invulnérable. « Je la sauverai... Il suffit de vouloir très fort, d'aimer très fort... » Elle s'interrompit dans ses réflexions et un souvenir monta en flèche du fond de sa mémoire : elle se revit à Sainte-Colombe, devant le corps de sa petite amie, Françoise Pierroux. C'était la seule fois où il lui avait été donné de contempler un cadavre. Le visage de cire blanche, les doigts croisés sur le chapelet... Elle était si jolie, si douce, elle rêvait d'épouser un prince autrichien... Et, tout à coup, le froid, le vide, une caisse qu'on emporte... Toutes les oraisons, tous les espoirs n'avaient servi à rien. S'il en était de même pour Mazi ? Un frisson courut entre les épaules d'Elisabeth. Elle se pencha sur le vieux masque haletant. « Elle est encore là ! Mais, si le souffle s'éteint, que deviendra cette somme de pensées ?... Réduite au néant ?... Transférée dans un autre monde ?... » La bouche de Mazi se crispa. Ses mains frémirent. Avec confusion, Elisabeth se rappela des phrases du catéchisme : « La mort est la séparation de l'âme et du corps... Après le jugement particulier, notre âme ira au purgatoire, au ciel ou en enfer selon ce qu'elle a mérité... » Des voix d'enfants ânonnaient encore ces paroles dans sa tête. Mlle Quercy passait entre les tables. La vérité était, sans doute, plus complexe, plus effrayante. Ce n'était pas dans des livres de piété, mais dans le silence de la nuit, dans la profondeur du ciel, dans la course infinie des rivières, qu'il fallait chercher une réponse au mystère de l'au-delà. Elisabeth le sentait, le savait, et, cependant, pour s'opposer à cette menace surnaturelle, elle ne trouvait rien d'autre que la plus simple des prières de son enfance : « Notre Père qui êtes aux cieux... » Ses lèvres remuaient lentement et son esprit s'engourdissait dans l'illusion de la confiance.

« Ah !... J'ai soif !... »

Elle tressaillit. Mazi sortait du tombeau. Dans son visage terreux, les yeux brillaient d'un éclat de fièvre. Sa respiration se bloquait. Une quinte de toux lui jeta le sang à la face. Des veines se gonflèrent et bleuirent sur ses tempes. Le dos arqué, elle écrasait ses poings misérables contre sa poitrine, pour contenir les coups de boutoir qui l'ébranlaient de l'intérieur. Elisabeth lui présenta le crachoir. Mazi se courba dessus. Son bonnet de dentelle avait glissé sur son oreille, découvrant son crâne aux cheveux courts, mouillés de sueur. Quand elle se fut calmée, Elisabeth lui essuya la figure avec un linge et l'aida à s'asseoir pour boire sa tisane. Les vieux doigts de Mazi tremblaient sur le bol de faïence jaune. Un peu de liquide coulait du coin de ses lèvres. Après chaque gorgée, elle ouvrait fortement la bouche, dans une grimace de douleur, pour souffler. Enfin, elle se recoucha. Ses yeux se fermèrent lentement.

« Vous êtes revenus... de... Megève ? balbutia-t-elle.

— Mais oui, Mazi, dit Elisabeth avec douceur. Depuis avant-hier déjà.

— Où sont... les canaris ?...

— Nous les avons repris dans notre chambre.

— Je voudrais...les voir...

— Plus tard, on vous les apportera. Maintenant, ils dorment. Et vous aussi, vous allez dormir...

— J'ai mal, là... au côté... Et puis, dans la poitrine... J'étouffe... Que fait Patrice ? Il joue du piano ?...

— Non, il se repose.

— C'est drôle... J'entends le piano... Très loin... Ne me laissez pas, Elisabeth !

— Soyez tranquille, Mazi. Je resterai près de vous. Toute la nuit... »

Les paupières de Mazi se soulevèrent comme deux petites feuilles fanées. Un peu de gratitude étincela dans ses prunelles. Elle voulut parler, mais aucun son ne vint sur ses lèvres. Une main débile et chaude s'allongea sur la main d'Elisabeth. Puis, les doigts de la vieille femme relâchèrent leur pression. Un ronflement grelotta dans sa gorge. Sa mâchoire se décrocha. Elle s'était rendormie.

Elisabeth couvrit la veilleuse avec une serviette pour diminuer encore l'éclat de la lampe, se rassit, tira un plaid sur ses genoux, tourna la tête, à droite, à gauche, paresseusement. La fatigue brouillait son regard. Entre ses cils rapprochés, les objets prenaient des contours étranges. Dans la demi-obscurité de la chambre, la salamandre était une petite maison aux fenêtres vivement éclairées. Derrière, la cheminée de marbre blanc dressait son haut décor de neige. « Dire que je n'ai pas encore écrit à Christian ! songea Elisabeth. Sûrement, il se demande ce que je suis devenue. Demain, je lui enverrai une longue lettre... » Ses yeux ne pouvaient plus se détacher des carreaux de mica rayonnants. Il devait faire bon à l'intérieur. Un grand feu de bois. Le lit drapé d'une couverture en peaux de marmotte. Deux mains qui se tendent vers les flammes. Un profil de diable rieur. Elle eut envie de lui, à en crier. Son ventre battait. Sa bouche altérée s'ouvrait sur le vide. « Pourquoi est-ce que je pense à lui, si fort, si douloureusement, alors que je suis convaincue de ne plus l'aimer ? » Mazi se haussa sur ses oreillers. Elle avait chaud. Elle voulait déboutonner sa grosse chemise de flanelle. Elisabeth l'en empêcha, lui épongea le front et la recouvrit.

« Soif...

— Voilà, Mazi...

— Là... un pli du drap... qui me gêne...
— Tout de suite, Mazi...
— Qui est-ce qui a frappé ?
— Personne.
— Ah !... J'ai cru... »

De nouveau, le silence. La pluie s'était arrêtée de tomber. Derrière les rideaux lie de vin, le jardin frémissait, des vapeurs d'orage fuyaient dans le ciel. Mais, ici, rien ne bougeait, rien ne changeait. Le flot du temps contournait la chambre. Elisabeth était assise pour l'éternité devant un lit à baldaquin où reposait une vieille reine mourante. Le tic-tac de la montre s'amplifiait. Une heure vingt. Elle s'assoupit, fit un rêve très long, et s'éveilla, cinq minutes plus tard, la tête lourde. Le halètement de Mazi ne s'était pas aggravé. La salamandre ronchonnait dans son coin. Tout était en ordre. Rassurée, elle se rendormit pour un instant. Elle venait à peine de fermer les yeux, qu'une main lui touchait l'épaule. Elle sursauta. Mme Monastier se tenait devant elle. La pendulette marquait quatre heures du matin.

« Je suis venue plus tôt, dit Mme Monastier. Je ne pouvais pas dormir. Tout s'est bien passé ?
— Oui, maman.
— Alors, allez vite vous coucher, mon enfant. Vous en avez grand besoin ! »

Elisabeth se dressa sur ses jambes raides. Cette patience, cette attente, étaient, en réalité, ce qui répugnait le plus à son caractère. Elle était déprimée sans avoir rien fait. L'air du couloir lui parut frais et salubre après les odeurs de la maladie. Comme elle rentrait dans sa chambre, Patrice s'éveilla et alluma la lampe de chevet.

« Qu'est-ce qu'il y a ? s'écria-t-il. Mazi ?...

— Tout va bien, elle dort », dit Elisabeth.

Les canaris s'affolèrent, pépièrent dans leur cage, et se turent. Friquette ouvrit un œil et retomba dans le sommeil, sur son coussin.

« Il est si tard ! reprit Patrice. Tu ne dois plus tenir debout, ma chérie ! »

Elle se déshabilla et se roula à côté de lui, dans le lit large et chaud. Il la prit dans ses bras. Ce corps d'homme la brûlait. Auprès de lui, elle se sentait à la fois épuisée, fébrile et sans résistance contre ses instincts.

« Ma chérie, ma chérie ! » répétait-il en caressant les cheveux.

Ses gestes étaient ceux d'une sage tendresse. Elle lui saisit la main et l'appliqua contre son sein nu. Alors, il comprit, se pencha sur elle et lui baisa les lèvres. Elisabeth soupirait, se tordait, dans un accès de frénésie animale. Toute sa chair protestait contre la mort. Mais il y avait trop de lumière. Patrice retira son pyjama et en couvrit la lampe de chevet. Le rayonnement de l'ampoule électrique s'étouffa dans l'épaisseur du tissu. La veilleuse de Mazi éclairait la chambre.

« Oh ! Elisabeth, il y avait si longtemps !... » murmura Patrice.

Ils s'étreignirent en silence, sauvagement.

VII

En sortant de la pharmacie, son paquet de médicaments sous le bras, Elisabeth avisa un petit café, de l'autre côté de la rue. C'était exactement ce qu'elle cherchait. Elle pénétra dans la salle, choisit une table, à l'écart, commanda un citron pressé et tira de son sac à main un stylographe, un bloc de papier et une enveloppe. Depuis le temps qu'elle voulait écrire à Christian, il lui semblait que la lettre était toute préparée dans sa tête. Pourtant, dès le début, elle hésita. Comment devait-elle l'appeler ? « Mon chéri »..., « Mon amour »..., « Mon cher amour... » Ces mots qu'elle eût pu prononcer devant lui dans le désordre de la passion, elle n'osait les tracer sur une page blanche. Ils convenaient si peu, dans leur naïve tendresse, à l'homme averti qui les lirait ! Suffisait-il qu'elle ne l'eût plus sous les yeux pour qu'il lui redevînt étranger ? Loin de Christian, elle gardait, au plus profond de son être, l'empreinte du plaisir qu'il lui avait donné, mais ne savait guère évoquer son visage. Fût-il né de son imagination, qu'elle n'eût pas éprouvé plus de mal à lui attribuer une place dans sa nouvelle vie. Alors, quoi ? « Mon cher Christian. » Cette formule était aussi mauvaise que les précédentes, mais pour des raisons inverses.

A court d'idées, elle opta pour : « Christian, mon amour. » Puis, ayant bu la moitié de son verre, elle entra dans le vif du sujet :

« Tu dois te demander pourquoi je ne viens plus te voir. J'ai été obligée de quitter Megève précipitamment, parce que la grand-mère de mon mari était tombée malade. Si tu savais comme ce départ inattendu a été terrible pour moi ! J'aurais voulu t'avertir. Et c'était impossible. Même ici, pendant les premiers jours, j'ai été si occupée, si entourée, que je n'ai pas eu une minute pour t'écrire. Excuse-moi et comprends-moi. Je suis encore inquiète. C'est affreux de vivre avec la menace de la mort dans la maison. Je donnerais n'importe quoi pour que cette vieille dame guérisse. Mais elle est bien, bien faible. Les nuits, surtout, sont extrêmement pénibles. Je suis seule. Je pense à toi... »

Son désir s'échauffait à mesure qu'elle avançait dans la rédaction de sa lettre :

« ...J'ai besoin de toi. Tu viendras à Paris pour les vacances de Pâques, n'est-ce pas ? En attendant, écris-moi poste restante, à Saint-Germain-en-Laye. »

Elle relut ces quelques lignes et les trouva banales. Mais pouvait-elle confier au papier les plus brûlantes, les plus folles pensées que lui inspirait son amour ? La distance lui rendait le sens de la pudeur. Elle termina par des baisers sans épithète. Le garçon de comptoir l'observait en nettoyant son zinc. Une jeune femme seule, absorbée dans des travaux de correspondance. Il imaginait un roman. Elle colla un timbre sur l'enveloppe, libella l'adresse et paya sa consommation en laissant un gros pourboire.

« Vous avez une boîte à lettres à dix mètres sur la droite », dit le garçon avec un sourire ambigu.

Elisabeth le remercia et se dépêcha de partir. Elle

serrait fortement le pli dans ses doigts, comme par crainte de le perdre. En le glissant dans la boîte aux lettres, elle eut un battement de cœur. L'enveloppe blanche disparut dans la fente. Maintenant, cette missive, si particulière, gisait dans l'ombre, confondue avec toutes celles que des mains inconnues avaient déposées là. On ne pouvait plus l'arrêter, la reprendre...

Quand elle rentra à la maison, le Dr Béjard se trouvait déjà au chevet de Mazi. La consultation fut plus longue que d'habitude. En quittant la chambre de la malade, le médecin se montra passablement optimiste. La fièvre avait un peu baissé, les expectorations étaient moins abondantes, moins purulentes, le souffle s'atténuait au niveau du foyer infectieux. Si une nette défervescence se produisait dans le courant de la semaine, on aurait le droit d'envisager l'avenir avec sérénité. Toutefois, dans un organisme si usé, une défaillance cardiaque était toujours possible. Il fallait continuer le vaccin antipneumonique et la caféine. Depuis le début de la maladie, une infirmière, Mlle Guise, venait chaque jour pour les piqûres. Elle était vieille, sèche et bavarde. Mazi la détestait pour sa façon de soulever brusquement les couvertures en disant sur un ton de gaieté militaire :

« Voyons, je cherche une bonne petite place qui n'ait pas encore servi ! »

La seringue brillait dans sa main. Elle plissait les yeux avec gourmandise. Par respect pour Mazi, ses proches se détournaient pendant l'opération. Un petit cri étouffé.

« C'est fini », disait Mlle Guise.

Un matin, après son départ, l'aïeule se haussa péniblement sur son oreiller et grogna d'une voix caverneuse :

« Ce n'est pas une femme, c'est un picador. »

La famille, réunie autour de son lit, éclata de rire. Mazi avait fait un bon mot : elle était sauvée.

En vérité, dès le lendemain, son état s'améliora sensiblement. Le docteur Béjard annonça qu'il ne doutait plus de la guérison, mais que celle-ci serait longue et laborieuse.

La joie revint dans la maison. Laissant Patrice et sa mère au chevet de la malade, Elisabeth prit la voiture pour aller en ville. Elle acheta de l'eau de Cologne, de l'éther, une botte de roses pour Mazi et se présenta, à tout hasard, au guichet de la poste restante. C'était la mauvaise heure. Six personnes attendaient d'être servies : un vieux monsieur et cinq femmes, dont la plus jeune pouvait avoir vingt ans et la plus âgée quarante. Toutes étaient mal chaussées, pauvrement vêtues et tenaient leurs papiers d'identité à la main. Une même expression embarrassée et distante marquait leur visage. Epouses infidèles, filles amoureuses trompant la surveillance de leurs parents ? Elisabeth essayait d'imaginer leurs problèmes et s'étonnait d'être parmi elles. L'une repartit, les mains vides. Une autre rafla trois grosses enveloppes et s'éloigna, l'œil cupide, l'épaule ronde, pour les lire près du radiateur. Ses bas de coton étaient tachés de boue. Des poireaux sortaient de son sac à provisions. La rangée avançait. Elisabeth jeta un regard furtif sur le côté. Elle craignait de découvrir dans la salle, quelque relation de la famille Monastier. S'il en avait été ainsi, elle eût ostensiblement demandé des timbres au guichet voisin. Mais non, rien que des inconnus. C'était son tour. Timidement, elle donna son nom et tendit son permis de conduire. « Il n'y aura sûrement rien pour moi. » Elle le pensait avec force pour s'éviter une déception. La buraliste fouillait un casier, surmonté de la lettre M.

« Madame Monastier, voilà... »

Une main, aux doigts tachés d'encre, lui offrait ce cadeau inappréciable : la lettre de Christian. Elisabeth se maîtrisa pour dissimuler son plaisir aux yeux de l'employée des postes, paya la surtaxe, sortit dans la rue et décacheta l'enveloppe avec impatience. Quatre pages d'une écriture serrée. Dès les premières lignes, son trouble augmenta. Jamais elle n'avait reçu de missive aussi passionnée, aussi hardie dans ses expressions. Christian lui parlait de ses lèvres, de ses seins, de la douceur de sa peau, du parfum qu'elle laissait dans ses draps après l'amour... Elle ne pouvait continuer à lire une pareille déclaration sur le trottoir. Des passants la frôlaient, des voitures klaxonnaient à ses oreilles. Elle remonta dans son auto, roula jusqu'à la forêt et s'arrêta dans un chemin de traverse. Là, elle reprit la lettre, lentement, méthodiquement, pour en mieux pénétrer le charme sensuel. Rien de ce que Christian lui avait dit au cours de leurs rencontres ne l'avait bouleversée autant que ce qu'il lui écrivait aujourd'hui. La forme épistolaire conférait à ce désir d'homme une authenticité admirable. Elisabeth en était exhaussée, magnifiée. Elle devenait un objet de culte. Au milieu de ce déploiement de métaphores érotiques, une précision : «Je serai sûrement à Paris vers le 15 avril. » Et pour finir : « Je t'aime, je te couche devant moi, nue et chaude, je t'embrasse partout, ma petite fille sauvage... »

Elle détacha ses yeux de la page et regarda les grands arbres osseux, à contre-jour sur le ciel gris. Encore un mois et demi à attendre ! D'ici là, il y aurait d'autres lettres de Christian, aussi ardentes que celle-ci. Saurait-elle lui répondre dans le même style ? Certainement pas. Mais, plus elle se montrerait réservée dans sa correspondance, plus elle exciterait en lui l'envie de la revoir. Elle revint aux passages les plus émouvants. Les mots se gravaient dans sa tête. Quand elle eut l'impression de connaître le texte par cœur, elle se demanda ce qu'elle allait faire. Aucune cachette n'était assez sûre pour un document de cette importance. Le plus raisonnable eût été de le déchirer séance tenante. Elle n'en eut pas le courage et glissa les feuillets au fond d'une pochette ménagée dans la doublure de son sac à main.

L'infirmière rangeait sa seringue dans une petite boîte de métal, quand Elisabeth rentra, rayonnante, les bras chargés de roses, dans la chambre de la malade.

A mesure que la santé de Mazi s'affermissait, son caractère devenait plus capricieux. Elle se plaignait de la nourriture, du chauffage, de l'aération, exigeait des couvertures supplémentaires et les repoussait parce qu'elles étaient trop lourdes sur ses jambes, demandait à sa belle-fille de lui faire la lecture et la renvoyait aussitôt en se disant fatiguée, grognait contre le médecin qui lui infligeait une longue convalescence et se préparait avec coquetterie pour le recevoir... La plupart du temps, c'était sur Mme Monastier qu'elle déchargeait sa mauvaise humeur. Mais, cherchant le combat, elle ne trouvait que des sourires. Toute la famille se réjouissait de constater qu'elle avait repris assez de force pour se montrer insupportable. Bientôt, elle réclama sa plus jolie chemise de nuit, ses sautoirs et sa perruque. Le docteur Béjard lui permit de se lever, mais à condition de ne pas quitter la chambre.

Patrice, soulagé, se remit au travail. Outre la danse de Salomé, il devait livrer, avant la fin du mois d'avril, deux marches guerrières pour les armées d'Antipas, une complainte à l'usage des esclaves enchaînés et trois airs bachiques qui seraient chantés au cours du grand festin offert par le Tétrarque. Les sons du piano emplirent de nouveau la maison. Elisabeth se sentit désœuvrée. De temps à autre, elle adressait à Christian un billet bref, un peu guindé, et espérait sa réponse avec fièvre. Il écrivait moins souvent qu'elle ne l'aurait voulu, mais, quand elle recevait une lettre de lui, le ton en était si chaleureux, qu'elle était largement payée de son attente. Toujours, il trouvait quelque chose de surprenant à lui dire sur elle-même, sur sa beauté, sur le désir qu'elle lui inspirait à distance. Mais il racontait aussi, en détail, son existence quotidienne à Megève : « Hier, je suis descendu sur Saint-Gervais... Aujourd'hui, j'ai fait le col de Véry avec deux camarades... » Elle y était. Elle glissait derrière lui sur une pente blanche. Elle respirait l'odeur froide et pure des sapins. Elle voyait, tout en bas, les petites lumières d'un hameau. Une exilée lisant des nouvelles de sa patrie ! Un émoi délicieux l'isolait dans le bruit de la ville. Elle ne savait plus si c'était Christian ou la montagne qu'elle aimait. Subitement, la grille du jardin se dressait devant elle et son rêve tombait en miettes. La boue succédait à la neige. Un homme souriant accueillait son épouse dans la grande maison bourrée de meubles, tapissée d'habitudes.

« Tu as été longue, ma chérie ! »

Elle l'embrassait sans arrière-pensée. Il n'y avait rien de commun entre la femme qui était allée chercher son courrier à la poste restante et celle qui maintenant, s'inquiétait pour la santé de Mazi.

« Elle va bien, disait Patrice. J'ai fait une partie de dames avec elle. »

Ils attendirent que Mazi fût définitivement guérie pour retourner dans le pavillon du gardien.

VIII

Venu pour une simple visite d'amitié, le docteur Béjard bavardait tranquillement avec Mazi, dans sa chambre, quand Patrice frappa à la porte, entra et dit d'une voix étranglée :

« Docteur ! Vite !.. Ma femme n'est pas bien !...

— Quoi ? s'écria Mazi en se soulevant à demi hors de son fauteuil.

— Oui, reprit Patrice, à l'instant elle a failli perdre connaissance... Je l'ai obligée à s'allonger sur le lit... Elle ne voulait pas que je vous prévienne... Mais je suis inquiet, docteur... Elle est si pâle !... »

Le docteur Béjard se dressa, le ventre en avant, sur ses petites jambes, et dit :

« Ne vous affolez pas. Ce ne doit pas être bien grave. Je prends ma trousse et je vous suis... »

Mazi voulut l'accompagner, mais le médecin le lui interdit car elle était encore trop faible pour affronter la fraîcheur pluvieuse du jardin.

« De toute façon, je ne partirai pas sans vous avoir revue et rassurée, madame, dit-il en se dirigeant vers la porte.

— Et Louise qui est à un thé chez les Resenkampf ! soupira Mazi en se laissant aller sur le dossier de son fauteuil. Ah ! elle a bien choisi son jour ! Mon

Dieu ! Mon Dieu ! Qel contretemps ! Pauvre petite ! Revenez vite pour me donner de ses nouvelles ! »

Patrice entraîna le docteur Béjard hors de la maison.

« Par ici, docteur. »

Il marchait rapidement dans l'allée. Le médecin, bedonnant, boitillait à ses côtés. Une bruine triste était suspendue dans l'air, entre des arbres aux troncs noirs.

Elisabeth s'assit au bord du lit, tendit le cou vers la fenêtre, vit de loin les deux silhouettes, et se rejeta en arrière. Son vertige recommençait. Une nausée monta à ses lèvres. Toute sa chair était molle et moite. Des frissons lui tiraient le dos. Elle était furieuse que Patrice eût pris l'initiative d'amener le docteur Béjard. Pourtant, dans l'angoisse où elle se trouvait, ne valait-il pas mieux être renseignée, le plus vite possible ? Depuis une semaine, elle avait des haut-le-cœur, des étourdissements, qui lui précipitaient une sueur froide au visage. Elle ne se fût pas alarmée outre mesure de ces malaises, si un autre signe, plus intime et plus grave, ne l'eût préparée à les considérer avec inquiétude. S'était-elle trompée dans les dates ? Elle reprenait ses calculs, trichait un peu, mais ne parvenait pas à une conclusion rassurante. Patrice, bien entendu, ignorait tout de ses tourments. La veille encore, comme il observait qu'elle avait mauvaise mine et mangeait à peine, elle lui avait répondu que, sans doute, elle subissait le contrecoup de la fatigue endurée au chevet de Mazi. Mme Monastier avait aussitôt approuvé sa belle-fille en expliquant qu'elle-même, maintenant que le danger était écarté, se sentait affaiblie et nerveuse. Les pas se rapprochaient. L'incertitude d'Elisabeth atteignait son point culminant. Toute sa vie allait se jouer dans les minutes à venir. Et Christian qui annonçait son arrivée à Paris pour la semaine prochaine ! Elle eut un flot de larmes devant les yeux. Une prière folle se gonfla dans sa poitrine : « Mon Dieu, je vous en supplie, faites que ce ne soit pas *ça !* »

La porte s'ouvrit :

« Eh bien, dit le docteur avec un sourire jovial. Vous nous en faites des peurs, chère madame ! Racontez-moi ce qui s'est passé.

*

Au comble de l'anxiété, Patrice déambulait dans la cuisine en attendant le résultat de la consultation. Il y avait un quart d'heure au moins que le médecin se trouvait auprès d'Elisabeth. N'était-ce pas un mauvais présage que leur entretien se prolongeât ainsi ? Un bruit de chaise déplacée, des voix chuchotantes, un toussotement, puis, de nouveau, le silence. Enfin, la poignée de la porte tourna. Le docteur Béjard parut sur le seuil, l'air magistral et radieux.

« J'ai une bonne nouvelle à vous annoncer, dit-il. Votre femme attend un bébé. »

Patrice, ahuri par le bonheur, sentit ses jambes faiblir et son cœur se détendre.

« Vous êtes sûr, docteur ? balbutia-t-il.

— Autant qu'on peut l'être après un premier examen, répondit-il. Nous ferons un petit test biologique pour nous fixer les idées. Mais, à mon avis, il n'y a pratiquement aucune hésitation possible. Elle est enceinte de deux mois, deux mois et demi. Soyez sans crainte. Votre femme est parfaitement constituée. Tout se passera bien.

— Oh ! docteur ! docteur ! Mais c'est extraordinaire ! bégayait Patrice.

— C'est très naturel, voulez-vous dire ! répliqua le médecin avec un grand rire sonore. Vous ne vous en doutiez pas un peu ?

— Pas du tout !

— Les femmes sont des cachottières ! Ah ! J'ai promis à votre grand-mère de la voir en sortant d'ici. Elle va me questionner...

— Eh bien, dites-lui... Elle sera si heureuse !... Tout à l'heure, j'irai moi-même... Mais, maintenant... il faut... excusez-moi !... »

Il ne sut comment achever sa phrase, et, laissant le médecin au milieu de la cuisine, se précipita dans la chambre. Elisabeth se recoiffait devant sa glace. Perclus de respect, il s'approcha d'elle par-derrière, la prit aux épaules et la tourna doucement. Elle leva la tête. Deux traces luisantes descendaient sur ses joues. Ses prunelles étaient noyées de larmes. Il se dit qu'elle pleurait de joie et la pressa contre sa poitrine en murmurant :

« Ma chérie !... Je suis fou !... J'ose à peine le croire !... Merci, Elisabeth, merci !... »

Elle lui sourit faiblement. Sa pâleur était effrayante.

« Allonge-toi, reprit-il. Cette auscultation a dû te fatiguer...

— Non, dit-elle. Ce n'est rien...

— Mais si..., il faut te ménager, maintenant... En tout cas, le docteur a été formel : tout se passera bien... »

Elle s'assit dans un fauteuil et il s'installa près d'elle, sur une chaise, lui tenant les mains, la regardant avec amour dans les yeux.

« Tu ne le prévoyais pas ? demanda-t-il.

— Si.

— Alors, pourquoi ne m'as-tu rien dit ?

— Je n'étais pas sûre...

— Et tu attendais, comme ça ?... Tu espérais ?... Depuis des semaines ?... Pauvre chérie !... Voyons, si je me reporte à deux mois et demi en arrière, je suis forcé de conclure que notre enfant sera un Megévan authentique !... »

Il riait et l'embrassait légèrement sur le front, sur les joues. La peau d'Elisabeth avait un goût de fièvre. Un souffle court s'échappait de sa bouche entrouverte.

« C'est Mazi et maman qui vont être contentes ! » dit-il encore.

Elle lui jeta un regard implorant, et chuchota :

« Attends un peu pour les prévenir !

— Pourquoi ?

— Je ne sais pas... Cela me gêne... Le docteur s'est peut-être trompé... Il a parlé lui-même d'un examen à faire en laboratoire...

— Rassure-toi, dit Patrice. S'il y avait eu la moindre incertitude, il ne serait pas allé avertir Mazi.

— Il y est allé ? Tout de suite ?

— Oui.

— C'est stupide ! » dit Elisabeth.

Et ses épaules fléchirent.

« Ma chérie ! s'écria Patrice. Qu'y a-t-il ? Tu es fâchée ?

— Pas du tout !

— Tu le désirais comme moi, cet enfant ?

— Bien sûr, Patrice !

— Ce doit être une sensation si étrange, si exaltante pour une femme, d'apprendre, soudain, qu'elle va être maman !...

— Oui.

— Pense un peu !... Cette vie qui se prépare en

toi !... Cette vie faite de nos deux vies, de nos deux amours !... Cet espoir formidable, insensé !...

— Quel sera son visage ? Fille ou garçon, je voudrais tellement qu'il te ressemble !...

— Pourquoi ?

— Parce que tu es la créature la plus belle, la plus douce, la plus gaie, la plus intelligente, la plus sensible que la terre ait jamais portée !... Parce que tu es ma femme ! Parce que je t'aime !... »

Trois coups retentirent contre la porte. Elisabeth se dressa d'un bond :

« Qu'est-ce que c'est ?

— Je vais voir », dit Patrice.

Mais, déjà, le battant tournait sur ses gonds. Dans l'encadrement du chambranle, apparut une grande masse de fourrure, appuyée sur une canne.

« Mazi ! s'exclama Patrice. Le docteur vous avait défendu de sortir !

— Tu penses bien que je n'allais pas rester chez moi avec une telle joie dans le cœur », dit-elle en s'avançant lentement dans la chambre.

Comme elle avait vieilli depuis sa maladie ! Dans un rapprochement hypnotique, Elisabeth vit le lourd visage s'incliner vers elle, avec ses bouffissures, ses rides et ses bouclettes de faux cheveux sur le front. Un bras, pesant comme un joug, lui entoura les épaules. Des lèvres froides effleurèrent sa tempe. Mazi reprit sa respiration et dit d'une voix frémissante :

« Que Dieu vous bénisse et vous protège, mon enfant. Maintenant, ce sera moi qui veillerai sur vous. »

IX

« Tu ne devrais pas prendre de café, ma chérie, dit Patrice.

— Pourquoi ? » demanda Elisabeth, et elle vida sa tasse d'un trait.

Un silence de réprobation s'établit dans le salon, où la famille s'était réunie, comme d'habitude, après le déjeuner. Mazi et Mme Monastier échangèrent un regard navré de bergère Louis XV à fauteuil Régence.

« Quelle imprudence, mon enfant ! dit Mazi. Vous savez pourtant bien que, dans votre état, les excitants sont nuisibles.

— Il n'est pas fort, ce café ! dit Elisabeth.

— C'est vrai, concéda Mme Monastier. J'avouerai même qu'il sent un peu la chicorée. Eulalie a dû nous réchauffer celui du matin. Mais, tout de même, croyez-moi, il faut vous abstenir d'en boire. Quand j'attendais Patrice, le médecin... — ce bon docteur Godefroy, vous vous en souvenez, maman ? — le médecin m'avait recommandé une nourriture substantielle et tonifiante, mais avait interdit les épices, le vin, l'alcool, le café... Pas de fatigues, pas d'émotions, une petite sieste après chaque repas... Vous ne vous reposez pas assez, Elisabeth.

— Je me reposerais si je me sentais fatiguée. Je vais très bien, maintenant. Cela fait quatre jours que je n'ai plus eu de malaises.

— Tu peux en avoir encore, ma chérie, dit Patrice. Laisse-moi au moins t'accompagner à Paris, tout à l'heure.

— Non, dit Elisabeth. Gloria m'a invitée à prendre le thé chez elle avec sa sœur et des amies. Son mari ne sera même pas là !... Nous bavarderons entre femmes... Que ferais-tu parmi nous ?...

— C'est exact, dit Mme Monastier sur le ton de la compétence. Un homme seul est toujours déplacé dans un thé de dames.

— Bon ! Bon ! Je n'insiste pas ! » dit Patrice.

Il hésita une seconde et ajouta avec une fausse désinvolture :

« Tu vas dire à Gloria que tu attends un bébé ?

— Sûrement pas ! répliqua Elisabeth.

— Pourquoi ?

— C'est trop tôt ! Cela me gêne !... »

Mazi, qui buvait une verveine à petites lampées, posa sa tasse sur un guéridon et grommela :

« Je comprends que vous tardiez à faire part de cet heureux événement à vos amies, mais vous ne devriez pas en user de même avec votre mère. Quand je pense que vous ne l'avez pas encore prévenue !...

— Vous avez raison, Mazi, dit Elisabeth. Je suis devenue si paresseuse ! J'écrirai demain...

— Oui, mon enfant, je vous le demande, dit Mme Monastier. Il est injuste que nous soyons tous, ici, dans la joie, alors que, là-bas, vos parents ne savent rien encore ! Je suis persuadée qu'en apprenant la nouvelle ils n'iront pas à la Chapelle-au-Bois, comme ils l'avaient d'abord décidé, mais viendront directement à Paris, pour passer l'entre-saisons près de leur fille. »

Elisabeth pâlit et balbutia :

« Oui, sans doute...

— Je me réjouis de les retrouver dans des circonstances aussi favorables », dit Mazi.

Son regard affectueux enveloppa Elisabeth de la tête aux pieds. Depuis que le docteur Béjard l'avait reconnue enceinte, elle était sacrée pour toute la famille. On la choyait, on allait au-devant de ses moindres désirs, on acceptait ses changements d'humeur avec indulgence et même avec gratitude.

« Il faudrait aussi prévenir Denis et Clémentine », dit Patrice.

Il était impatient de mettre l'univers entier au courant de sa chance.

« Oui, oui ! J'irai les voir un de ces jours » dit Elisabeth.

Elle avait forcé le ton, sans le vouloir. Nul n'en apparut étonné. Elle n'était plus une femme comme les autres. Sa maternité lui donnait tous les droits.

« Je vais partir, dit-elle.

— Déjà ! s'écria Patrice. Il n'est que deux heures et demie. »

Elle haussa les épaules :

« Le temps de me préparer... Gloria m'a demandé de venir très tôt... Et puis, je ne veux pas faire de vitesse sur la route...

— Bravo, mon enfant ! dit Mazi. Pour l'amour du Ciel, soyez prudente. Entre nous, je suis même surprise que le docteur Béjard vous permette de rouler en voiture dans votre état.

— C'est la nouvelle médecine ! soupira Mme Monastier. Fais ce qu'il te plaira et tout ira bien !... »

Elisabeth embrassa sa belle-mère, Mazi, et se dirigea vers la porte.

« Couvrez-vous chaudement, dit encore Mme Monastier. Patrice, montre-toi un peu autoritaire ! Je suis sûre qu'elle va sortir dans ses petites chaussures à semelles minces. Si elle a froid aux pieds, il sera trop tard pour le regretter à son retour ! »

Patrice assista aux préparatifs d'Elisabeth devant sa glace. Friquette tournait en frétillant autour de sa maîtresse, dans l'espoir qu'elle l'emmènerait en promenade.

« Non, dit Elisabeth. Pas aujourd'hui.

— Cela te va bien d'attendre un enfant ! dit Patrice. Tu n'as jamais été plus jolie.

— Tu trouves ?... »

Elle rit d'un air contraint et lui tendit sa joue pour un baiser :

« A ce soir, mon chéri !

— Quand rentreras-tu ?

— Vers sept heures et demie, sans doute. Et toi, tu vas travailler ?

— Eh ! oui ! Cette marche guerrière me donne un mal !... Je ne dois pas avoir le tempérament très combatif ! »

Il l'accompagna jusqu'au garage, ouvrit la grille du jardin et sortit sur le trottoir pour voir s'éloigner sa femme, si menue, au volant de la grande voiture. Elisabeth agita sa main par la portière et appuya sur l'accélérateur. Dans la glace du rétroviseur, elle aperçut la silhouette de son mari, qui diminuait avant de disparaître. Mais ce fut en abordant la route nationale qu'elle eut enfin conscience d'être seule. Christian était arrivé à Paris, la veille. Prévenue par lettre, elle lui avait téléphoné, aussitôt, du bureau de poste, et ils avaient pris rendez-vous pour cet après-midi. Il logeait dans l'appartement d'un de ses amis, qui l'avait ramené de Megève en auto et était reparti, le soir même, pour Londres. Ce genre d'accommodements était bien dans la manière du personnage. En toute circonstance, il trouvait quelqu'un pour le tirer d'embarras. Etait-il si charmant que nul ne pût refuser de lui rendre service ? Elle voulait le croire, de toute son âme, pour excuser sa propre faiblesse envers lui. Quel risque n'eût-elle pas couru pour le plaisir de le revoir ? Le prétexte de ce thé entre amies en valait un autre. Patrice n'irait pas vérifier... D'ailleurs, l'idée même qu'il s'aviserait, peut-être, de téléphoner à Gloria ne suffisait plus à inquiéter Elisabeth. Elle avait dépassé les dernières étapes de la prudence. Maintenant, elle appelait un choc, un éclat, une explication qui la délivrerait de cette situation fausse. Sa belle-mère, Mazi, Patrice, tous ces gens étaient trop bons, trop confiants avec elle. Ils l'accablaient de leur sollicitude. Ils l'adoraient pour l'espoir qu'elle leur avait donné, sans se douter de l'affreux mensonge qui mûrissait, d'heure en heure, dans son ventre. L'enfant était de Christian, elle en était sûre ! Ses sensations intimes, les dates, tout concordait ! Elle accéléra, doubla un camion et dut se rabattre brusquement sur la droite, pour éviter une Citroën qui venait en sens inverse. Des arbres, des maisons, de petites existences inconnues dans un champ, sur le pas d'une porte. Elle ne pourrait pas tromper Patrice jusqu'au bout. Elle n'accepterait pas de le voir penché affectueusement sur l'enfant d'un autre. Elle le quitterait, elle referait sa vie avec Christian.

Les roues grincèrent dans un virage. Elle dérapa et retrouva la ligne droite, juste à temps pour épargner un motocycliste aux lunettes de hibou. Il était difficile de savoir ce que pensait Christian. Mais, vraisemblablement, il regrettait de ne l'avoir pas épousée, à l'époque où, jeune fille, elle avait eu l'innocence de le lui demander. Pour elle comme pour lui, le moment était venu de réparer cette erreur. Ils étaient faits l'un pour l'autre. « Nous sommes de la même race, Elisabeth ! » Un écriteau : Nanterre. Elle ralentit et s'inséra dans une file de voitures. Des maisons grises, des gens sur le trottoir, un carrefour avec des pancartes indicatrices : Nationale 13.

En sortant de la ville, les autos prirent de la vitesse. Elisabeth distança quelques ombres grondantes et se rangea derrière une grosse Buick. « Patrice !... Il ne soupçonne rien. Quand il apprendra !... » La Buick freina à un croisement. Une embardée. Plus de Buick. « J'aurais tellement souhaité le rendre heureux !... Et Mazi ? Elle est vieille, malade !... Je vais peut-être la tuer !... Et maman ? Et papa ?... Ils ne comprendront jamais !... Ils auront honte de moi !... Ils ne voudront plus me voir !... » Elle suffoquait de pitié pour tous ces êtres qu'elle aimait et qu'elle avait trahis. Le souvenir de sa mère, par-dessus tout, lui était pénible. Amélie était si sage, si intransigeante !... Saint-Germain était si loin de Megève !... A l'instant où Elisabeth aurait eu le plus besoin d'être protégée, conseillée, elle ne pouvait compter sur personne. Sa solitude l'effraya. Elle réagit avec violence : « Mais, non, je ne suis pas seule. Il y a Christian ! » Tout son espoir, elle le mettait en lui. Le tableau de bord, la route lisse, vertigineuse, et, là-bas, un homme qui attendait ! « Je l'aime ! Je l'aime ! Il arrangera tout ! Il me sauvera !... » Plus que quelques kilomètres.

La brume bleue sur des toits luisants. Puteaux, des encombrements de voitures, le rond-point de la Défense, le pont de Neuilly, la porte Maillot, avec son Luna-Park d'un blanc sale. Christian habitait avenue du général Balfourier. Elisabeth s'arrêta pour demander son chemin à un agent de police. Il tira un livret de sa poche et le feuilleta religieusement. Que de temps perdu ! Elle était sourde de vitesse, le ventre creux, la fièvre à la bouche.

« Vous prenez à droite, le long du Bois, par le boulevard Lannes, le boulevard Suchet, la porte d'Auteuil... »

Elle suivit ces indications et, après s'être trompée deux fois de rue, rangea sa voiture devant un immeuble moderne de six étages, disposé en fer à cheval autour d'un carré de gazon. C'était ici : « Au quatrième à gauche, avait dit Christian. Tu sonneras deux coups, je saurai que c'est toi... » Elle passa furtivement devant la loge de la concierge et s'enferma dans la cabine de l'ascenseur. « Comment vais-je le lui annoncer ? » La cage vitrée s'ébranla. Des volées de marches défilèrent devant les yeux d'Elisabeth. Elle montait, droit comme une chandelle, une pointe d'angoisse au cœur. En arrivant au palier du quatrième étage, elle était si faible, qu'elle se demanda si ses étourdissements n'allaient pas la reprendre. Non : déjà, elle recouvrait son souffle et sa lucidité. Elle s'avança vers la porte et sonna : une fois, deux fois. Des pas rapides. Un bruit de verrou. Une raie de lumière qui s'élargit.

« Christian ! »

Elle se jeta violemment dans ses bras, comme pour y chercher refuge contre quelqu'un qui l'eût poursuivie. Sa figure s'enfonçait dans l'épaule de

Christian, elle le respirait, elle le retrouvait, dans son odeur et son volume, elle n'avait plus peur de personne ! Il lui releva le menton, avec un doigt, et, sans cesser de la regarder dans les yeux, se pencha très lentement sur sa bouche. Elle attendait son baiser en tremblant. Il n'en finissait pas de s'approcher d'elle. Quand leurs lèvres se joignirent, elle baissa les paupières, attentive au bonheur qui se répandait dans ses veines. Il se détacha d'elle et la maintint devant lui, à distance, pour mieux la contempler.

«. Elisabeth avec des talons hauts, des bas de soie, un petit chapeau parisien ! Comme c'est amusant ! dit-il.

— Oui, je dois être ridicule, dit-elle en portant la main à son chapeau pour le retirer.

— Non, non ! s'écria-t-il. Reste comme ça ! Tu es ravissante ! »

Elle laissa retomber sa main.

« Ravissante et inattendue, reprit-il. J'ai l'impression, en te recevant, que d'autres gens vont venir prendre le porto chez moi. Tu es la première arrivée. Entrez donc, chère amie... »

Une tendre ironie éclatait dans son regard, dans le pli de sa bouche, dans les ailes de son nez, dans la fossette verticale de son menton. Il portait un vêtement de souple flanelle grise et une cravate bleu nuit. Des boutons d'or brillaient sur ses manchettes blanches. Elle l'avait toujours vu en costume de ski et s'étonnait de son élégance citadine. Sur le point de lui avouer qu'elle le trouvait beau, elle se ravisa et dit :

« Ce que tu es bronzé ! »

Il rit et l'entraîna dans un petit bureau, dont les murs étaient garnis de livres aux reliures précieuses.

Un bouquet de roses rouges trempait dans un vase, sur une table de laque noire. Tous les fauteuils étaient tendus de cuir havane. Sur un chevalet, reposait le portrait d'une femme pâle, qui n'avait pas de nez, pas de bouche, mais de très longues mains. La moquette était de couleur cannelle. Des voiles de tulle blanc se croisaient devant une large fenêtre.

« C'est charmant, ici ! » dit Elisabeth.

Sa voix sonnait faux. Une sorte de pudeur lui venait dans ce décor inconnu. Elle n'était pas chez Christian, mais chez un étranger, parmi des objets sans âme. Dépaysée dans son amour, elle huma, avec méfiance, les parfums mêlés du tabac et des roses, inclina la tête et murmura encore :

« Tout à fait charmant !

— Oui, dit Christian, mon ami, Bernard Chavèze, a beaucoup de goût.

— Il est marié ?

— Non.

— Il vit seul dans un si bel appartement ?

— Pourquoi pas ?

— Et il t'a laissé t'installer chez lui ?...

— Evidemment ! Il est absent pour un mois. Mais ce n'est pas tout ! Il m'a aussi prêté sa voiture ! je pourrai aller te voir à Saint-Germain... »

Troublée par cette proposition, elle ne sut que répondre et, d'un geste brusque, enleva son chapeau. Il la reprit dans ses bras et lui ébouriffa les cheveux, d'une main caressante en chuchotant :

« Ah ! je te retrouve !... Sais-tu que tu es un petit animal extraordinaire, Elisabeth ? Je rêve passionnément de toi, quand tu es loin, et, quand je te revois, tu es mille fois plus désirable encore que dans mon souvenir !... »

Elle s'assit dans un fauteuil et il s'agenouilla devant elle. Dans cette position, elle dominait un visage hâlé, aux yeux glauques comme la mer. La pomme d'Adam se détachait, dure, proéminente, au-dessus du faux col blanc. « Je voudrais que ce soit un garçon », se dit-elle dans un élan farouche de tout son être.

« A quoi songes-tu, Elisabeth ?

— Je te regarde.

— Et alors ?

— Toi aussi, Christian, tu es un animal extraordinaire ! »

Il lui retourna les mains et baisa le creux de ses paumes, la peau tendre de ses poignets. Elisabeth, les genoux serrés, s'en allait, portée par un frisson. « Lui dire maintenant ?... pensa-t-elle. Non... C'est si bon !... Je veux être heureuse !... » elle croyait n'avoir formulé ce souhait qu'en elle-même et entendit sa voix qui prononçait :

« Je veux être heureuse, Christian !... Depuis notre séparation, j'ai vécu de toi !... Les jours se traînaient... Je n'en pouvais plus !...

— Ma chérie, dit-il, moi aussi, j'étais comme fou d'impatience. Mais, à présent, c'est fini. Tu t'arrangeras pour me voir très souvent, j'espère, tous les jours ?

— Je ne sais pas », balbutia-t-elle en détournant la tête.

Elle entrait dans un marécage.

« Comment, tu ne sais pas ? demanda-t-il. Tu n'as rien prévu, rien préparé ?...

— Pas encore.

— Es-tu libre demain, au moins ?

— Oui... peut-être...

— Je te trouve bien mystérieuse, à Paris, dit-il.

— Mais non... »

Une boule montait dans sa gorge. Le portrait de la femme sans bouche et sans nez l'observait méchamment. Elle soupira :

« Oh ! Christian !... J'ai tant de choses à te dire !...

— Oui, ma petite fille, murmura-t-il en se redressant. Tu vas tout me raconter. J'aime quand tu me parles de toi !... »

Il la tirait par les mains. Elle se leva avec lenteur, comme si son corps eût traversé un élément très lourd avant d'arriver à la surface. Les lèvres de Christian étaient au bout du voyage. Il l'embrassa longuement, voluptueusement, et la conduisit vers la chambre. Elisabeth pénétra dans une pièce vert amande, aux rideaux fermés. Sur le divan, bas et large, il n'y avait pas de couverture en peaux de marmotte, mais une housse de satin mordoré et luisant.

*

Elle ne lui avait rien dit encore. Il reposait près d'elle, allégé de son désir, une cigarette à demi consumée entre les doigts. En elle, cependant, l'amour demeurait comme un feu brûlant et doux. Des rythmes alanguis se prolongeaient dans le vide béant de sa conscience. Elle ne parvenait pas à s'éveiller de cet envoûtement. « Je suis pleine de lui. Il croit s'être écarté de moi, mais je l'ai retenu, il vit dans mon corps sous la forme d'un enfant. » Cette idée l'éblouit. Elle se pencha vers Christian et lui appliqua un baiser sur la tempe, à la lisière nette des cheveux et de sa peau. Sous ses lèvres, le sang courait, battait. Elle buvait à une source chaude.

« As-tu été heureux ? demanda-t-elle.

— Ma petite folle, dit-il, je suppose que tu n'en doutes pas !... Toi et moi, c'est une rencontre unique, c'est la perfection !... »

Il se tourna et la serra, nue, contre sa poitrine, si fortement, si tendrement, que tout à coup, elle sentit son secret lui monter à la bouche :

« Christian !

— Oui ? » dit-il.

Un rayon de soleil, passant par la fente des rideaux, éclairait son profil, son cou, la pente de son torse musclé et velu. Collée contre une épaule de statue, Elisabeth poursuivit à voix basse :

« Christian, mon amour...

— Quoi ?

— J'attends un enfant. »

Les mots résonnèrent étrangement dans cette chambre qui n'était à personne. L'œil fixé sur Christian, Elisabeth guettait sa réaction avec un immense espoir. Mais il ne bougeait pas, ne parlait pas, les prunelles rêveuses, le front lisse. Sa cigarette fumait au bout de ses doigts. Il la porta lentement à ses lèvres.

« Tu n'as pas entendu ? murmura-t-elle.

— Si, Elisabeth.

— Eh bien, alors ?... Réponds !... Tu es content ? »

Il dirigea sur elle un regard paisible.

« Je n'ai aucune raison d'être content, dit-il. Ce que tu viens de m'apprendre est navrant pour nous deux..., navrant pour toi, surtout !...

— Mais pourquoi ? bredouilla-t-elle. Pourquoi, Christian ?...

— Parce que je présume qu'étant mariée tu ne dois pas savoir au juste si cet enfant est de moi ou de ton mari. »

Elle reçut ces paroles comme un baquet d'eau

sale en pleine figure. Le souffle coupé, elle balbutia :

« Si, je le sais, Christian ! J'en suis même tout à fait sûre ! Cet enfant est de toi !... »

Il aspira un peu de fumée, la rejeta par les narines et grommela :

« Les femmes sont insensées ! Tu ne vas pas me faire croire qu'il n'y a rien eu entre toi et ton mari depuis que nous nous sommes revus à Megève. Il ne vit pas près de toi comme un petit nuage ! »

Tirant le drap d'un mouvement convulsif, elle s'en couvrit jusqu'au cou. Les propos qu'elle avait entendus la touchaient au point le plus profond, le plus trouble de sa conscience. Oui, elle était passée d'un amour à l'autre, d'un lit à l'autre. Mais, si elle convenait, à part soi, que les soupçons de Christian étaient justifiés, elle ne pouvait admettre qu'il les exprimât froidement devant elle. Les faits, présentés par lui, étaient trop laids pour qu'elle reconnût en eux son image. Derrière cette vérité d'homme, simple et abrupte, il y en avait une, très différente, que Christian était incapable de comprendre, une vérité féminine, complexe, ondoyante, fluide, une vérité pleine de mystères et d'excuses...

« Allons ! dit-il encore. Sois franche avec moi. Je ne suis pas jaloux. Je trouverais absolument normal que toi et ton mari... »

Elle l'interrompit d'une voix sèche :

« Non ! »

Ce mensonge avait jailli d'elle, tout naturellement, et, maintenant, elle en éprouvait à la fois du soulagement et de la gêne. Il haussa les sourcils et un sourire de diable lui fendit le visage :

« Ça, par exemple ! »

Il y eut un silence.

« Tu as donc épousé un infirme ? » reprit-il.

Elle tressaillit, en proie à une flambée de colère, voulut s'indigner, protester, et dit faiblement :

« Laisse mon mari tranquille, Christian, ne parle pas de lui...

— Il faut pourtant bien qu'on en parle, répliqua-t-il. S'il est impuissant, comment réagira-t-il quand tu lui annonceras la nouvelle ?

— Je ne lui annoncerai pas la nouvelle, dit Elisabeth en enfonçant ses yeux dans les yeux de Christian. Je vais le quitter.

— Ah ! dit-il. Voilà une décision bien grave !... Le quitter !... C'est très joli !... Mais que feras-tu après ?

— Je suis là pour te le demander. »

Il se leva, enfila sa robe de chambre et se rassit au bord du divan, la face éteinte, un pli de réflexion entre les sourcils.

« Ma chérie, dit-il enfin, tu es sur le point de commettre une grosse sottise. Puisque tu sollicites mon conseil, je te répondrai qu'il ne faut jamais dramatiser ce genre de situation. Rends-toi compte : pour un petit ennui (car, crois-moi, ce n'est là qu'un petit ennui !), tu te prépares à gâcher ta vie !

— C'est en épousant Patrice que j'ai gâché ma vie ! s'écria-t-elle. C'est en revenant à toi que je la rétablirai dans l'harmonie, dans le bonheur...

— Tu veux revenir à moi ? Mais de quelle façon ?

— Je divorcerai ! Nous nous marierons ! Nous aurons cet enfant... »

En prononçant ces mots, elle sentit, tout à coup, que ce projet était aussi tragiquement impossible que celui d'un retour à Patrice. Mais, contre toute raison, elle voulait s'accrocher à une hypothèse qui représentait sa dernière chance de salut. Les yeux de Christian brillèrent d'un éclat vif et faux.

« Décidément, dit-il, tu tiens à tout compliquer, à tout détruire autour de toi. Tu n'as pas de fortune personnelle, moi non plus : comment t'épouserais-je avec les quatre sous que je gagne ? Et un enfant à élever, par-dessus le marché !

— Mes parents nous aideraient au début, dit-elle craintivement.

— Et tu te figures que je me contenterais de ça, Elisabeth ? Tout plutôt que la médiocrité, que les restrictions à deux, que la routine prévoyante du petit ménage ! Je t'aime trop pour accepter l'avenir que tu me proposes. La solution n'est pas là.

— Il n'y en a pas d'autre, Christian.

— Si ! Heureusement ! De combien de mois es-tu enceinte ? »

Elle rougit, frappée par la brutalité de cette question, et murmura :

« De deux mois et demi.

— Parfait. Il faut que tu inventes un prétexte pour quitter ton mari pendant une dizaine de jours. Tu peux bien t'arranger avec une amie ! Elle t'inviterait, soi-disant à la campagne, dans un coin où il n'y aurait pas le téléphone...

— Peut-être, dit-elle, mais où veux-tu en venir ?

— Au lieu d'aller chez cette amie, tu partirais pour Genève.

— Pour Genève ? répéta-t-elle. Quelle drôle d'idée ! Qu'irais-je faire là-bas ?

— Ce que la loi française interdit, la loi helvétique le tolère dans certaines conditions, dit-il. Je connais une excellente clinique, à Genève. Un médecin parisien de mes amis te donnera une lettre de recommandation pour son confrère suisse. Tu seras soignée comme une reine. Un mauvais moment à passer, et, après, plus de soucis...

— Je ne te comprends pas, Christian », dit-elle d'une voix étranglée.

Un pressentiment horrible pesait sur son cœur. Elle avait peur d'entendre la suite. Christian lui prit la main et dit sur un ton de douceur persuasive :

« Cet enfant nous gênerait dans notre amour, Elisabeth. Tu n'as pas le droit de le mettre au monde. »

De tous les coups qu'elle avait redoutés, celui-ci était le plus dur, le plus injuste. Elle le reçut, assise dans le lit, sans broncher. L'extrême cruauté, l'énorme simplicité de cette proposition désarmaient son esprit, d'abord prêt à la révolte. Engagée dans un cauchemar, elle devait en accepter le déroulement inexorable. Elle n'avait même plus la force de détester Christian. Elle le voyait, tel qu'il était, doué d'un génie d'enchantement et de corruption. Aucun scrupule ne pouvait le retenir dans la poursuite de son plaisir. Là où il passait, la terre était brûlée, les âmes flétries, les principes les plus purs bafoués dans un éclat de rire. Et elle attendait un enfant de lui ! Elle pensa avec dégoût qu'un petit monstre grossissait dans ses entrailles, se nourrissait de sa substance. Un second Christian ! Le jour baissait derrière les rideaux mal tirés. La flamme d'un briquet brilla, s'éteignit. Christian allumait une cigarette.

« Alors ? reprit-il, tu as compris ?

— Oui, dit-elle.

— Tu pourras faire ce voyage ?

— Je m'arrangerai.

— Nous partirons ensemble dans la voiture de Bernard...

— Je préférerais partir seule...

— Non, Elisabeth. Je t'accompagnerai.

— Pourquoi ?

— Ce sera plus sûr... Tu te sentirais perdue sans moi !... Fais-moi confiance... »

Craignit-il qu'elle ne changeât d'avis à la dernière minute ?

« Si tu veux, dit-elle en haussant les épaules.

— Une fois là-bas, je te laisserai. Tu resteras sagement à la clinique. Puis, je viendrai te chercher et je te ramènerai à Paris.

— Oui, Christian. »

Les lèvres d'Elisabeth parlaient sans qu'elle eût conscience de leur mouvement. Elle était engourdie par un venin, la tête brumeuse, la chair insensible.

« Pour ce qui est de l'argent, ne t'inquiète pas, dit-il encore. Je me débrouillerai.

— Oui.

— Tu me téléphoneras dès que tu seras prête ?

— Oui.

— Mais, bien entendu, je te verrai d'ici là. Nous ne sommes pas tellement pressés ! J'aimerais rester à Paris une huitaine de jours... Tu as soif ? »

Elle songea : « Je devrais peut-être garder cet enfant, l'élever toute seule. » Immédiatement, un tableau se dessina dans son imagination. Séparée de son mari, reniée par ses parents, elle habitait dans une mansarde — le berceau près du lit, un réchaud à alcool sur la table de toilette —, s'éveillait dès l'aube, confiait le bébé à une voisine, courait à son travail, s'exténuait à servir les clients d'un grand magasin, économisait de l'argent pour le biberon, pour les langes, vieillissait dans la solitude et les privations, voyait enfin son fils atteindre l'âge d'homme : il avait des yeux verts, des dents très blanches et un rire éclatant, insolent. Un hérissement de tout son être l'avertit qu'elle se fourvoyait. Cette vie n'était pas pour elle. « Tu n'as pas le droit de le mettre au monde... » Christian avait raison, une fois de plus. Il fallait entrer volontairement, bravement, dans la lugubre partie qu'il lui proposait.

« Je t'ai demandé si tu avais soif ! »

Il lui offrait un verre plein d'une eau trouble où nageaient des glaçons.

« Qu'est-ce que c'est ?

— Un gin-fizz. »

Elle but avidement, tandis qu'il la regardait avec complaisance :

« Mon amour ! Ma petite fille désemparée !.. Il n'y a rien de grave ici-bas que la maladie et la mort !...

— Mais tu vas donner la mort ! s'écria-t-elle soudain, dans un élan qui montait de son ventre.

— A quelqu'un qui n'est pas encore né, en somme, dit-il. Cela change le problème, Elisabeth ! Combien de femmes sont dans ton cas ! Si elles mettaient au monde tous les enfants qu'on leur a faits, la terre ne serait pas assez vaste pour contenir cette formidable progéniture. Allons, n'y pense plus... »

Il lui prit le verre des mains :

« N'y pense plus et souris-moi... »

Il se rassit près d'elle et lui entoura les épaules d'un bras fort. Prête à la repousser, elle demeura pourtant dans sa chaleur. Au degré de désespoir où elle était parvenue, tout valait mieux que la solitude.

Allait-il oser l'embrasser ? Elle en eut peur, puis,

elle le souhaita follement. Plus elle se méprisait pour l'envie qu'elle avait de lui, moins elle se sentait capable de lui résister. Avec une délectation féroce, elle avançait à la fois dans la honte et dans le désir. Deux bêtes qui se cherchent, qui se trouvent. Une main dénudait sa poitrine. Et ses seins étaient heureux sous la caresse. Son ventre s'apprêtait. Ses jambes bougeaient entre les draps.

« Ma chérie, murmura-t-il, comme je t'aime !..

— Tais-toi ! » dit-elle d'une voix furieuse.

Et, lui nouant ses deux bras autour du cou, elle l'attira violemment sur elle, pour ne plus le voir, pour tout oublier.

*

Il était neuf heures moins le quart, quand Elisabeth rentra à Saint-Germain. La voiture tressauta en passant le caniveau qui séparait le trottoir de l'allée centrale. Dès que la lumière des phares eut touché la façade de la grande maison, Patrice apparut sur le seuil. Mazi et Mme Monastier surgirent derrière lui, la face blanche, éblouie par la clarté des projecteurs. Elisabeth coupa le contact, descendit de l'auto et s'avança d'un pas rapide vers le perron.

« Mon Dieu ! Elisabeth, que vous est-il arrivé ? s'écria Mazi. Nous étions morts d'inquiétude !...

— Je m'excuse, murmura Elisabeth. Je suis très en retard...

— Vous avez eu une panne, sans doute ? » dit Mme Monastier en l'entraînant dans le salon.

Elisabeth jeta un bref coup d'œil à Patrice. Il se taisait, les mains dans les poches, le front bas.

« Oui, dit-elle. Une panne... Une panne stupide...

— Qu'est-ce qui ne marchait pas dans ce moteur ? » reprit Mazi.

Elisabeth n'avait préparé aucun prétexte, aucune justification. Elle revenait à la maison, comme une somnambule, portée par des événements dont elle était incapable de contrôler le cours.

« Le démarreur... le démarreur était coincé, dit-elle à tout hasard.

— Et vous avez pu le faire réparer dans un garage ? demanda Mazi.

— Oui.

— A Paris ?

— C'est ça...

— Dieu soit loué ! soupira Mme Monastier. Eh bien, vois-tu, Patrice, c'était toi qui avais raison.

— Evidemment, grommela-t-il.

— Quand Gloria lui a dit que vous étiez partie depuis plus d'une heure, il a tout de suite pensé que vous aviez eu un ennui mécanique, annonça Mazi en prenant le bras de son petit-fils.

— Oui, dit Patrice. A huit heures un quart, comme tout le monde, ici, était inquiet, j'ai téléphoné à Gloria. Elle nous a un peu rassurés... »

Dans son visage calme, le regard était d'une fixité insidieuse. Sans doute Gloria lui avait-elle répondu qu'elle n'avait pas vu Elisabeth de l'après-midi. Mais il avait gardé pour lui cette révélation, laissant sa mère et sa grand-mère s'attendrir sur le sort d'une jeune femme enceinte, perdue, en pleine nuit, sur la route. Maintenant, pour Mazi, pour Mme Monastier, Elisabeth devait continuer à feindre l'innocence. Mentir, mentir encore, par politesse, par charité, par amour.

« Je suis éreintée ! dit-elle.

— Ah ! s'exclama Mme Monastier, cette longue

randonnée, dans votre état, quelle imprudence ! De toute façon, les thés parisiens sont très fatigants ! Beaucoup de monde ?

— Beaucoup ! » dit Elisabeth, et le sang lui monta aux joues.

Patrice l'observait d'un œil critique, comme pour juger sa faculté de dissimulation.

« Rien que de la jeunesse, probablement ?

— Oui...

— Vous allez nous raconter ça...

— Certainement, maman, dit-elle. Mais, d'abord je voudrais me changer, me recoiffer...

— Prenez votre temps, mon enfant, dit Mazi. Nous vous attendrons pour nous mettre à table. »

Patrice accompagna sa femme jusqu'à la petite maison et entra derrière elle dans la chambre. Elisabeth retira son chapeau, s'assit sur une chaise et dressa la tête. Elle était prête à toutes les injures.

« Où étais-tu ? demanda-t-il en refermant la porte.

— Je ne sais pas, je ne peux rien te dire », murmura-t-elle avec lassitude.

Il eut un haut-le-corps et un éclair jaillit dans ses yeux :

« Ce serait trop facile, Elisabeth ! J'ai téléphoné à Gloria ! Elle ne t'avait pas vue !... Elle n'avait même reçu personne pour le thé !... Son invitation était pour lundi prochain !...

— C'est vrai, Patrice.

— Alors, tu m'as menti ?

— Oui, Patrice, dit-elle dans un souffle.

— Pourquoi ?

— Je te l'expliquerai plus tard.

— Non. C'est maintenant que tu vas parler ! Elisabeth, réponds-moi !... Que s'est-il passé ? Qu'as-tu fait tout cet après-midi ? »

Elle leva vers lui un regard suppliant :

« Laisse-moi. Je suis à bout de forces. Tu le vois bien !...

— Tu peux tout de même me dire, en deux mots... »

Elle secoua la tête :

« Demain, demain, Patrice...

— Tu m'inquiètes, Elisabeth. Il faut que tu aies vraiment quelque chose de grave à te reprocher pour ne pas oser me l'avouer en face.

— Il n'y a rien de grave... Tout est très bien...

— Tu n'es pas malade ?

— Mais non.

— Tu n'es pas malheureuse ? Regarde-moi... »

Elisabeth affronta ses yeux débordants d'une humble prière. Elle avait mal pour lui autant que pour elle-même. Elle aurait voulu crier la vérité, tout de suite, là, dans cette chambre, pour en finir au plus tôt avec sa propre souffrance. L'éclatement d'un abcès. Après, elle serait soulagée. Il attendait toujours une réponse à sa question. Ce doux visage de victime. Elle ne pouvait se résoudre à lui porter le dernier coup. Il répéta :

« Tu n'es pas malheureuse ?

— Non, Patrice, dit-elle d'une voix brisée.

— Tu m'aimes ?

— Oui... Mais laisse-moi... Va rejoindre Mazi et maman... Tu leur diras que je suis fatiguée, que j'ai préféré me mettre au lit sans dîner...

— Dans ce cas, je reste avec toi.

— Non. J'ai besoin d'être seule.

— Tu n'as pas été assez seule, cet après-midi ?

— Oh ! Patrice, épargne-moi !... Va-t'en... Demain, nous en reparlerons... Je te le promets!...

— Alors, embrasse-moi... »

Il se pencha sur sa bouche, mais elle inclina la tête et reçut son baiser sur la joue. Surpris par cette dérobade, il se redressa lentement, considéra sa femme en silence, avec reproche, sortit de la chambre et claqua la porte.

Elisabeth s'écroula en travers du lit. Les larmes l'étouffaient. Elle avait envie d'appeler au secours.

« Patrice ! Patrice ! »

Elle entendit Friquette qui tournait autour de la maison, en jappant. Mais elle n'avait pas le courage de se lever pour ouvrir à la chienne.

X

« Patrice, cette lettre va te faire beaucoup de mal. Tu es quelqu'un de merveilleux et j'aurais voulu rester avec toi toute ma vie. Mais j'ai compris que je n'en avais pas le droit. Je t'estime trop pour te tromper plus longtemps. Oui, Patrice, je t'ai été infidèle. Je t'ai menti, à toi, j'ai menti à ta mère, à Mazi, en espérant qu'un jour je saurais rompre avec l'homme qui m'avait détachée de toi et redevenir telle que j'étais au début de notre mariage. Mais je ne peux plus continuer ce jeu. Je pars. Je pars malheureuse, désespérée. Je laisse tous ceux que j'aime avec tendresse pour suivre un être lamentable, monstrueux, dont j'attends un enfant. Oh ! Patrice, si tu savais comme j'ai cru en notre amour, si tu savais comme je souffre de l'avoir gâché ! Est-ce une punition de Dieu ? Je tremble. Il faut en finir. Embrasse maman et Mazi. Quel souvenir vont-elles garder de moi ? Prends soin de Friquette. Je ne peux pas l'emmener. Adieu, Patrice. — Elisabeth. »

Elle relut sa lettre, la glissa dans une enveloppe, et écrivit dessus : « Pour Patrice. » Le rectangle de papier blanc se découpait nettement sur le bois marron de la table. Il était dix heures du matin. La petite maison du gardien était propre, tranquille et ensoleillée. Une branche de lierre pendait devant la fenêtre. Les canaris sautillaient, pépiaient, dans leur cage. Malgré les adjurations de son mari, Elisabeth ne lui avait pas encore révélé son emploi du temps de la veille. Il l'avait quittée, furieux, après le petit déjeuner, pour se mettre au travail, dans le salon. Mazi et Mme Monastier devaient tricoter dans la bibliothèque. Elles avaient commencé l'une des chaussons, l'autre une brassière bleu pâle. C'était le meilleur moment pour partir. Du linge de rechange et quelques objets de toilette dans une mallette en cuir fauve. Elisabeth ne voulait rien emporter d'autre. La broche de Mazi et la bague de fiançailles resteraient dans le coffret à bijoux. Elle tourna sur elle-même, lentement, dans cette chambre qu'elle avait construite pour le bonheur, et qui, sans doute, dans un proche avenir, serait de nouveau livrée au silence et à la poussière. Chaque chose à sa place. Elle laissait son intérieur en ordre. Ce rayon de soleil sur le parquet luisant... Son cœur tirait sur mille fibres malades dans sa poitrine. Elle franchit le seuil, posa son nécessaire de voyage devant la porte, et se dirigea d'un pas d'automate, vers la grande maison. Friquette, qui prenait le frais, traversa la pelouse en courant et se jeta dans les jambes de sa maîtresse.

« Allons ! Allons ! » balbutia Elisabeth.

La chienne avait dû creuser un trou dans le jardin. Son museau était noir de terre. Elle riait, l'œil brillant, la langue pendante et boueuse.

« Reste ici ! Tu es trop sale pour entrer », dit Elisabeth en gravissant le perron.

Friquette s'assit sur la première marche. Les sons du piano vibraient dans la maison. C'était une plainte interrogative, un sanglot monotone, interminable, que ponctuait, à intervalles réguliers, en sourdine, le bruit d'un pas pesant et noir dans un tunnel. Etait-ce Patrice qui avait écrit cela ? Elle eût peut-être mieux fait de ne pas chercher à le revoir ? Mais la souffrance même qu'elle attendait de cette dernière rencontre était, en quelque sorte, nécessaire à la consommation de son sacrifice. Elle poussa une porte : Mme Monastier lisait le journal à Mazi. Poudrée, corsetée, des paillettes de jais sur la poitrine, la vieille dame alliait les signes de la somnolence avec ceux d'une extrême dignité. A l'entrée d'Elisabeth, un regard joyeux s'alluma entre ses paupières de chair morte.

« Ne vous dérangez pas, murmura Elisabeth. Je sors juste pour faire quelques courses en ville... »

Deux visages lui souriaient dans l'habitude et la confiance. Elle eut envie de les embrasser, mais se retint, pleine de larmes, entendit des recommandations qui semblaient s'adresser à une autre et, s'arrachant à tout ce qu'elle avait détruit, retourna précipitamment dans le couloir. Les estampes grises lui montraient son chemin. Encore une porte, deux portes. Un volant de velours vert pisseux, à pompons, au-dessus d'un large chambranle : le salon. Derrière le battant aveugle, les sons du piano se déchaînaient. Elle entra. Patrice lui tournait le dos. Ses doigts frappaient le clavier avec un acharnement de maniaque. Son pied écrasait la pédale. Soudain, il s'arrêta de jouer et laissa glisser ses mains sur ses genoux.

« Patrice ! » dit-elle.

Il pivota sur son tabouret, jeta à sa femme un regard mécontent et grommela :

« Qu'y a-t-il ?

— Je sors.

— Où vas-tu ?

— Acheter des graines pour les oiseaux », dit-elle.

Ce serait son dernier mensonge. Il la considérait fixement, tristement. Il la croyait. Il espérait encore, contre les apparences, qu'elle n'avait rien de grave à se reprocher.

« Tu veux que j'aille avec toi ? demanda-t-il.

— Non, Patrice... »

Un silence suivit, si intense, si douloureux, qu'Elisabeth n'aurait pu le supporter sans défaillir, si elle n'avait su que la fin de son supplice était proche.

« Au revoir », dit-elle.

Il ne répondit pas. Elle sortit du salon et referma la porte sur cet homme, qui, pour peu de temps encore, allait vivre dans l'ignorance de son malheur. Derrière elle, la musique reprit, très douce, presque consolante. Friquette guettait sa maîtresse sur le perron. Elisabeth saisit la chienne à pleins bras, l'étreignit, la pressa contre sa poitrine, la couvrit de baisers et de larmes, se libérant sur elle de tout le chagrin qu'elle avait refoulé devant les autres.

« Friquette ! Ma Friquette ! Pardon ! » gémissait-elle.

La chienne lui répondait par des coups de langue et des soupirs. Sans lâcher son léger fardeau, Elisabeth traversa un jardin aux arbres tremblants, aux pelouses vaporeuses. Le monde se déformait sur son passage. A la porte du pavillon, le sac de voyage l'attendait. Elle irait à Paris par le train, elle descendrait dans un hôtel quelconque, elle téléphonerait à Christian, elle lui demanderait de l'emmener immédiatement à Genève. Après ?... Après, tout serait noir, sale, abominable. Elle se baissa pour prendre sa mallette. Friquette sauta à terre. Plus que dix pas avant la grille. Elisabeth les franchit rapidement. Elle n'osait se retourner. Quelqu'un l'épiait, peut-être, par une fenêtre de la grande maison. Patrice ? Sa mère ? Mazi ? La vieille ou la jeune Eulalie ? Une fois encore, elle se tendit, de tout son amour mutilé, vers cette demeure où plus personne, bientôt, ne se hasarderait à prononcer son nom. Puis, comme par crainte d'être démasquée, rappelée au dernier moment, elle se précipita dans la rue et rabattit le portillon de fer. Le choc retentit dans sa chair tel un coup de tranchoir. C'était fini. Une truffe noire s'inséra entre le seuil de pierre et le bas du vantail. Des jappements plaintifs s'élevèrent. Friquette, aplatie au sol, essayait de voir où allait sa maîtresse.

XI

EFFONDRÉ dans un fauteuil, les yeux pleins de larmes, le cœur écrasé sous une pierre, Patrice ne lisait plus la lettre d'Elisabeth, mais la regardait avec stupéfaction, comme un objet chargé d'une vertu maléfique. Dix minutes auparavant, il pouvait croire encore qu'une réconciliation suivrait leur dispute, que la vie en commun, que l'amour, reprendraient... Il se reprochait même de jouer du piano, alors que sa femme devait être déjà rentrée à la maison. Et, quand il était allé la chercher dans sa chambre, il avait vu cette enveloppe blanche : « Pour Patrice. » Du haut de son espoir, il glissait dans la boue. Sa mère, sa grand-mère attendaient qu'il revînt avec Elisabeth pour passer à table, et il restait là, sans force, anéanti par le choc de la révélation. Les pires suppositions qu'il avait échafaudées la veille, lorsqu'elle s'était refusée à lui expliquer sa conduite, n'étaient rien auprès de la vérité qu'il connaissait maintenant. Pourquoi l'avait-elle trahi, lui qui ne vivait que pour elle et par elle ? Comment avait-elle osé feindre l'innocence devant ceux-là même qu'elle bafouait quotidiennement ? Tant de duplicité, chez un être en apparence si spontané, si loyal, si sensible, confondait l'esprit comme une brusque substitution de personnalité. Patrice ne savait plus qui était Elisabeth, qui il était lui-même. Elle l'avait détruit en se détruisant. Et il n'avait pas la ressource de se tourner vers le passé pour y chercher une consolation. Tous les souvenirs qu'elle lui avait laissés étaient des mensonges. Depuis combien de temps lui était-elle infidèle ? Elle ne lui indiquait pas, dans sa lettre, avec qui elle était partie. Mais il n'avait pas de peine à le deviner. Avait-il été assez naïf pour s'imaginer qu'elle avait oublié cet homme ! Pas une seconde, lors de leur dernier séjour à Megève, il n'avait soupçonné qu'elle fût reprise par son ancienne passion ! Et, pourtant, c'était là, sans doute, qu'elle avait revu celui dont elle disait elle-même qu'il était un individu sans scrupules ! C'était là qu'elle était retombée en son pouvoir ! C'était là qu'avait été conçu cet enfant, dont lui, Patrice, avait eu le ridicule d'attendre la naissance avec amour, avec fierté ! L'enfant irait à un autre, à un autre aussi la beauté d'Elisabeth, ses caresses, ses rires et ses tendres conseils. Et lui, que lui resterait-il après tout le bonheur qu'il avait cru posséder grâce à elle ? Rien, la solitude, le découragement, le dégoût...

Les canaris sautillaient dans leur cage. Friquette aboyait dans le jardin. Un mouchoir d'Elisabeth gisait, roulé en boule, sur la table de nuit. Son parfum flottait encore dans l'air... Et elle n'était plus là. Elle ne reviendrait jamais. En cet instant, elle courait, délivrée, impatiente, vers sa nouvelle vie. Peut-être avait-elle déjà retrouvé son amant ? Patrice appuya ses deux poings contre son front. Quelle saleté ! Quelle chiennerie ! Il suffoquait. Des frissons de fièvre secouaient sa peau. Une saveur de larmes lui emplissait la bouche. « Mais pourquoi ?

a-t-elle fait ça ? » Un pas se rapprochait de la maison : sa mère. Il s'essuya rapidement la figure et cacha la lettre dans sa poche. Jusqu'à présent, il n'avait songé qu'à lui-même dans le chagrin. Une autre épreuve l'attendait. Il alluma une cigarette. La glace de l'armoire lui renvoyait l'image d'un homme pâle, assis dans un fauteuil, près de la fenêtre.

« Eh bien, Patrice, dit Mme Monastier en pénétrant dans la chambre. Que se passe-t-il ? Il est déjà une heure un quart ! Nous vous attendons pour le déjeuner ! »

Il pensait au mal qu'il allait lui faire et n'osait pas la regarder en face.

« Elisabeth est partie, dit-il faiblement.

— Partie ? s'écria Mme Monastier. Comment partie ? Elle est allée faire des courses, ce matin, et elle n'est pas encore rentrée... c'est ça ?

— Elle ne reviendra plus. »

Mme Monastier sursauta et observa son fils avec plus d'insistance, comme si elle l'eût soupçonné d'avoir perdu la raison.

« Qu'est-ce que tu racontes ? balbutia-t-elle.

— Elle ne reviendra plus, maman. Tout est fini entre elle et moi.

— Mais pourquoi ? »

Il ne répondit pas.

« Pourquoi, Patrice, mon petit ? reprit-elle. C'est... c'est impossible !... vous vous êtes disputés ?

— Non.

— Alors, comment expliques-tu ?...

— Elle m'a laissé une lettre.

— Et que dit-elle dans cette lettre ?

— Je ne peux pas te le répéter, maman.

— Voyons, Patrice !... Il s'agit sûrement d'un enfantillage !... J'ai remarqué qu'Elisabeth était très éprouvée par son état, très nerveuse... Tu as peut-être été maladroit avec elle, tu l'as blessée sans le vouloir ?...

— Non, maman.

— Où est-elle allée ?

— Je n'en sais rien.

— Il faut absolument la retrouver...

— Je ne veux plus la revoir. »

Mme Monastier accusa le choc par une brève contraction des sourcils. D'une voix pleine de reproche et de crainte, elle murmura :

« Tu ne veux plus la revoir ?

— Non.

— Mais Patrice, je ne te comprends pas... Elle est ta femme... Elle attend un enfant de toi... »

Patrice jeta sa cigarette à demi consumée dans le cendrier et dit, en regardant au loin, par la fenêtre :

« Elle n'attend pas un enfant de moi... Elle l'a cru... Et puis, ce n'était pas vrai...

— Le docteur a pourtant dit...

— Il s'est trompé.

— Et cette vérification, ce test au laboratoire ?... »

Patrice se leva brusquement :

« Je t'en prie, maman, n'insiste plus. Je t'affirme qu'Elisabeth n'attend pas d'enfant. Cela devrait te suffire. »

Mme Monastier pressa ses deux mains jointes sur sa poitrine et gémit :

« Ma parole, vous avez perdu la tête, tous les deux ! Enfin, Patrice, reprends-toi, mon petit !... Toi si équilibré, si doux, si compréhensif, que t'est-il arrivé ? Tu te butes pour une sottise. Elisabeth ne peut pas être loin ! Tu devrais téléphoner à son oncle Denis. Je ne serais pas surprise qu'elle se soit réfugiée chez lui après votre dispute.

— Je t'ai déjà dit qu'il n'y a pas eu de dispute, répliqua Patrice d'un air excédé.

— Tu ne veux vraiment pas téléphoner à son oncle ?

— Non.

— Et si je le faisais à ta place ?

— Surtout pas, maman. Ne te mêle de rien. Laisse Elisabeth, laisse-moi...

— Non, mon petit, je te sens trop monté contre ta femme, pour ne pas te rappeler ce qu'elle est pour nous... Son escapade est absurde, déplorable... mais, au lieu de la condamner sans recours, tu devrais chercher à la rattraper, à lui faire entendre raison... Après tout, elle n'a que vingt ans !... C'est une gamine... Elle t'a quitté dans un mouvement d'humeur... Elle s'en repent déjà... En tout cas, je suis sûre qu'elle a des excuses... »

Patrice, d'un mouvement rageur, se tourna vers sa mère. Il respirait difficilement. Un rictus de souffrance déformait le bas de son visage.

« Maman, dit-il d'une voix sourde, Elisabeth n'est pas du tout la femme que tu imagines. Elle m'a trompé.

— Quoi ?

— Oui, maman. Elle m'a trompé. Elle est partie avec un homme. »

Mme Monastier passa une main tremblante sur son front :

« Partie avec... Je ne peux pas le croire !...

— C'est pourtant la vérité.

— Quelle horreur !

— Vas-tu la défendre encore ? » demanda Patrice.

Mme Monastier s'assit au bord du lit. Le désarroi agrandissait ses yeux dans son visage rose et mou. Ils restèrent longtemps immobiles, silencieux.

« Montre-moi sa lettre ! » dit-elle soudain.

Il secoua la tête :

« Non, maman. Cette lettre est pour moi seul. D'ailleurs tu ne saurais rien de plus en la lisant. Va, maintenant... va prévenir Mazi... Puis, tu reviendras me voir... J'ai tellement besoin de toi !... »

Elle enveloppa Patrice d'un regard désespéré, voulut parler encore, mais ses idées étaient en déroute, les larmes refoulaient sa voix. Enfin, elle se dressa sur ses jambes, embrassa son fils, bredouilla encore : « Mon pauvre petit ! » et, chavirant sous le chagrin, marcha, pas à pas, lentement, vers la porte.

XII

PATRICE prit la tasse de café des mains de sa mère. Assise en face de lui, dans la grande bergère, Mazi buvait sa verveine, comme d'habitude, la tête droite, la soucoupe tenue à hauteur de corsage. Depuis deux jours qu'Elisabeth avait quitté la maison, la vieille dame avait cet air de réprobation tragique et solitaire. L'infortune de son petit-fils l'avait si fortement ébranlée, qu'elle n'avait pas trouvé de mots, sur le moment, ni pour le plaindre, ni pour le conseiller. Par un accord tacite, personne, dans la famille, ne parlait plus d'Elisabeth. Mais elle occupait la pensée de chacun. Le moindre silence était plein de son souvenir. Quand la tension d'esprit devenait trop pénible, Mme Monastier prononçait vite quelque phrase banale pour se délivrer de l'obsession.

« Le jardinier n'est pas venu, ce matin, dit-elle. Il faudrait lui téléphoner.

— Il n'a pas le téléphone, dit Patrice.

— C'est vrai, suis-je bête ! Alors, Eulalie pourrait passer le prévenir, n'est-ce pas, maman ? »

Interrogée à brûle-pourpoint, Mazi émergea de sa méditation avec un visage de veillée funèbre.

« Oui... oui, évidemment, murmura-t-elle. Qu'elle passe le prévenir...

— L'allée centrale est envahie de chiendent, reprit Mme Monastier. Il est temps de nettoyer tout ça. Je me demande même si nous ne devrions pas sortir les meubles de jardin, avec les beaux jours qui s'annoncent...

— Les beaux jours », répéta Mazi, et son regard se figea.

Les petites cuillères tintèrent en tournant dans les tasses. Le fauteuil où Elisabeth avait coutume de s'asseoir était vide, perdu parmi les autres fauteuils. Des revues de mode, qu'elle avait achetées récemment, traînaient encore sur une tablette. Par la fenêtre entrebâillée, entrait le parfum de la terre humide, des feuillages naissants. Friquette aboyait dans le jardin.

« Cette chienne ! soupira Mazi. Faites-la taire ! »

Au même instant, la sonnerie du téléphone retentit dans la bibliothèque. Patrice posa sa tasse sur un guéridon.

« Ne te dérange pas, mon petit, dit Mme Monastier. Eulalie va répondre. »

En effet, deux minutes plus tard, Eulalie pénétra dans le salon. Il avait fallu la mettre, elle aussi, au courant du drame. Elle avait un visage bouleversé.

« C'est de Megève, dit-elle. On entend très mal... »

Patrice et sa mère échangèrent un regard d'angoisse. La figure de Mazi s'alourdit, se plomba, sa cuillère glissa sur le tapis. Une même idée les unit, tous trois dans le silence : Elisabeth téléphonait de chez ses parents.

« Reste là, Patrice, dit Mme Monastier. Je t'appellerai, si c'est nécessaire... »

Elle sortit rapidement de la pièce, entra dans la

bibliothèque, saisit le récepteur et balbutia, d'une voix essoufflée par l'émotion :

« Allô !... Allô, j'écoute !... »

Un chuchotement lointain, à peine perceptible, caressa son oreille :

« Bonjour, madame Monastier... Vous allez bien ?... Ici Mme Mazalaigue... Ne coupez pas !... Allô ! Pourrais-je parler à Elisabeth ?... »

*

Amélie reposa le téléphone sur sa fourche et s'appuya des deux mains à la table. Pierre, de son côté, raccrocha l'écouteur qu'il avait tenu contre son oreille pendant toute la durée de la conversation. Ils se regardèrent, stupéfaits, atterrés.

« Je ne comprends pas ! murmura Pierre. Ils avaient l'air si heureux quand nous les avons reçus ! »

La figure d'Amélie était prise dans un bloc de glace. Le sang s'était retiré de ses joues. Ses yeux brillaient d'un éclat froid et dur.

« Pierre, dit-elle au bout d'un moment, notre fille est un monstre !

— Ne la juge pas encore, dit-il douloureusement. Tout n'est peut-être pas perdu... Il y a sûrement des détails que nous ignorons... Cette... cette saleté !... Cela ressemble si peu à Elisabeth !...

— Je ne suis pas de ton avis, Pierre. Souviens-toi des soucis qu'elle nous a causés quand elle n'était qu'une enfant !

— Quels soucis ?

— Mais, Pierre..., à la maison..., à l'école... Ses exaltations, ses toquades, ses révoltes !... Elle s'est tout de même enfuie de Sainte-Colombe, à l'âge de onze ans !...

— Cela ne signifie pas grand-chose !

— Si, Pierre. Elisabeth s'est toujours laissé guider par son instinct. La neige, les fleurs, les bêtes, tout ce qui lui a plu, elle l'a aimé avec excès. Elle est incapable de se dominer, incapable de résister à la moindre tentation. Avec un caractère pareil, elle était prête pour les pires catastrophes. Je ne lui pardonnerai jamais le mal qu'elle a fait à Patrice ! Et cette pauvre Mme Monastier ! Elle pleurait dans le téléphone ! Des gens si bien, si propres ! Ils ne méritaient pas ça ! Ah ! si elle était devant moi, je lui cracherais mon mépris à la figure !...

— Amélie, je t'en prie, calme-toi », dit-il en lui prenant la main.

Elle se libéra brusquement :

« Cela ne m'étonne plus qu'elle ne nous ait pas écrit depuis quinze jours ! Il faut que nous la retrouvions, Pierre !

— Oui, dit-il. Mais comment ?

— Je vais partir ce soir pour Paris.

— Ça t'avancera à quoi ?

— Je ne sais pas... Je tâcherai de voir les Monastier...

— Te recevront-ils seulement ?

— J'insisterai, je supplierai... J'ai besoin d'avoir d'autres précisions... Par téléphone, on ne peut pas...

— Et si, pendant que tu es là-bas, elle arrive tout à coup à Megève ?

— Elle n'aura jamais l'audace de venir nous affronter ici après ce qu'elle a fait ! »

Pierre médita un instant, les sourcils froncés, la bouche amère, et s'écria soudain :

« Ecoute, Amélie ! J'ai une idée. Nous devrions téléphoner à Denis. Elisabeth est peut-être chez lui... »

Amélie haussa les épaules :

« Voyons, Pierre ! Réfléchis ! Elle n'est pas partie seule. Elle est avec un homme...

— C'est ce qu'elle a écrit dans sa lettre à Patrice. Mais rien ne prouve que ce soit vrai. Qui te dit qu'elle n'a pas inventé cette histoire, comme ça, dans un mouvement de colère, après une dispute ?...

— Mon pauvre Pierre ! soupira Amélie. Tu te donnes beaucoup de mal pour excuser ta fille. Tu ne veux pas reconnaître qu'elle soit capable d'une pareille abomination. Mais les faits sont là. Elle court les routes avec son amant ! Elle se moque de la honte que nous avons de sa conduite !...

— Bon, dit Pierre, admettons que tu aies raison. Mais, de toute façon, je ne veux pas que tu ailles à Paris. Si nous devons avoir des nouvelles d'Elisabeth, c'est ici que nous les recevrons.

— Il y a déjà quarante-huit heures qu'elle a quitté le domicile conjugal !

— Justement ! Laisse-lui le temps de se reprendre, de réfléchir... Ici, la saison est finie. Tes derniers clients partent après-demain. Compte une dizaine de jours pour les nettoyages et la fermeture. Si, dans une dizaine de jours, il n'y a rien de nouveau, eh bien ! soit, nous irons à Paris. Mais, avant, crois-moi, ce serait absurde !

— Et tu te figures que je pourrais rester pendant dix jours dans l'incertitude ?

— Tu n'auras pas dix jours d'incertitude. Je suis persuadé que, bientôt, nous serons rassurés. Je ne sais pas ce qui s'est passé entre elle et son mari, ce que je sais, Amélie, c'est qu'Elisabeth ne peut pas être quelqu'un de très mal. Je vais téléphoner à Denis.

— Si tu veux. »

Il décrocha le téléphone et demanda la communication. Pendant qu'il attendait d'obtenir son numéro, Amélie déambulait nerveusement dans le hall. Camille Bouchelotte entra, boiteuse et ahurie, pour entretenir Madame d'un problème domestique urgent.

« Plus tard ! gronda Amélie. Vous voyez bien que je suis occupée !... »

La plongeuse se retira, frappée par la foudre. Léontine chantait à l'office. Un client descendit l'escalier et se dirigea vers la porte à tambour, sans qu'Amélie eût songé à lui adresser un sourire. La sonnerie d'appel retentit enfin, stridente, péremptoire. Pierre décrocha le téléphone et tendit un écouteur à sa femme.

« Allô ! dit-il. C'est toi, Denis ?... Ici, Pierre... Comment vas-tu ?... Comment va Clémentine ?...

— Très bien, répondit Denis. Et vous, ça marche ?

— Oui, oui...

— La saison a été bonne ?

— Très bonne.

— Amélie n'est pas trop fatiguée ?

— Non... Elle est là, près de moi... Elle vous embrasse.... Je téléphonais comme ça... A propos, il y a longtemps que vous n'avez pas vu Elisabeth et Patrice ?

— Ça fait bien deux mois et demi. Pourquoi ? »

Pierre lança un regard pitoyable à sa femme et murmura :

« Pour rien...

— Oh ! tu sais, dit Denis, ça ne m'étonne pas qu'Elisabeth nous néglige un peu. Elle est si bien à Saint-Germain !... Je pense qu'elle ne doit pas venir souvent à Paris...

— Non, sûrement pas, dit Pierre.

— Tu as toujours de ses bonnes nouvelles ? »

Pierre marqua une pause, reprit sa respiration et bredouilla :

« Allô !... Allô !... On va nous couper mon vieux... Au revoir... Je suis content de t'avoir entendu... »

Quand il eut raccroché le téléphone, Amélie demanda :

« Pourquoi ne lui as-tu pas dit la vérité ?

— Je n'ai pas pu », grommela Pierre.

Et de grosses larmes se détachèrent de ses yeux.

XIII

Elisabeth abaissa de la main le coin de son oreiller, tourna la tête et lorgna sa montre sur la table de nuit : les aiguilles avaient à peine bougé depuis la dernière fois qu'elle les avait regardées : deux heures du matin. Elle crut que le mécanisme s'était arrêté, mais un tic-tac régulier la détrompa. Le temps s'écoulait avec une lenteur irréelle dans cette petite chambre aux murs nus et luisants. Une veilleuse, fixée, au-dessus du lit, versait sa lueur bleuâtre sur un fauteuil, une table et une commode blanche, qui servait de support à un pèse-bébé. A travers l'épaisseur des portes, des vagissements confus venaient de la garderie. Toute la maison était vouée au mystère de l'enfantement. Les cris s'étouffèrent. Elisabeth crispa ses dix doigts, les ongles dans les paumes. Une houle douloureuse refluait dans son ventre après une brève accalmie. Mais elle avait moins mal qu'elle ne l'avait supposé. C'était un peu avant midi que le docteur Ebel lui avait placé une laminaire. La veille, il l'avait auscultée dans son cabinet, en ville. On voyait le lac par la fenêtre. Christian attendait le résultat de la consultation dans un café. Tout s'était bien passé, grâce à une lettre de recommandation, rédigée par un médecin français de ses amis. Pas la moindre question indiscrète. Le docteur Ebel était jeune, robuste, et portait des cheveux en brosse, un faux col dur et des lunettes à monture d'or. Dès le premier coup d'œil, Elisabeth avait eu confiance. Le soir même, elle entrait en clinique.

Christian l'avait installée dans la chambre. Il lui avait apporté des roses, des fruits, des journaux illustrés. Sa prévenance envers Elisabeth témoignait de l'inquiétude qu'elle lui inspirait. Avait-elle su convaincre son mari qu'elle était partie pour passer une dizaine de jours à la campagne, chez une amie ? N'allait-il pas exiger des explications supplémentaires quand elle reviendrait auprès de lui ? « Sois tranquille, Christian. Il ne se doutera de rien. » Elle s'entendait encore prononçant cette phrase. Il s'était redressé, l'œil vert, brillant, un sourire satisfait aux lèvres. Elle avait deviné juste. Il n'aurait jamais accepté de l'aider dans son entreprise s'il avait soupçonné que, la chose faite, elle ne retournerait pas à Saint-Germain. L'essentiel, pour lui, était qu'elle restât mariée, afin qu'il pût prendre son plaisir avec elle, sans assumer les désagréments de la vie conjugale. Il déambulait dans la chambre, élégant, dégagé, dans son costume de flanelle grise. Le blanc de ses manchettes, le bleu de sa cravate, étaient résolument optimistes : « Eh bien, voilà, tout est en règle. Je te téléphonerai pour avoir de tes nouvelles. Et, quand tu seras remise, je viendrai te chercher en voiture. Nous remonterons sur Paris, doucement... Tu verras, nous ferons un beau voyage !... » Il était loin d'imaginer qu'à ce moment-là elle refuserait de le suivre !... Elle ne savait pas encore où elle irait en sortant de la clinique, mais, ce dont elle était sûre, c'était qu'après l'épreuve, elle ne se réfugierait ni auprès de Patrice, ni auprès de Christian, ni auprès de personne. Elle vivrait seule, elle travaillerait... Le spasme se relâchait imperceptiblement. Une sueur froide coulait sur ses tempes. « A bientôt, ma petite fille... » Un dernier baiser sur sa bouche. Un regard de fausse compassion. Il ne restait plus de Christian, dans la chambre, que ce magnifique bouquet de roses rouges, épanouies dans un vase.

Elle avait soif. D'un doigt tâtonnant, elle atteignit le bouton de la sonnette. Quelques minutes passèrent, durant lesquelles il lui sembla que sa gorge flambait. La porte s'ouvrit. Les vagissements se précisèrent. L'infirmière de nuit entra, glissant sur ses espadrilles blanches. Elisabeth ne la connaissait pas. Elle était ronde, rose et propre, avec des yeux bleus et de grandes mains.

« J'ai soif, chuchota Elisabeth.

— Mais oui, dit l'infirmière. Voulez-vous une tisane, de l'orangeade, de la citronnade ?...

— Aïe ! gémit Elisabeth, attaquée à l'improviste par une nouvelle contraction.

— Ce n'est rien, dit l'infirmière. Un peu de patience. »

Elle avait un accent suisse très prononcé.

« De l'orangeade », dit Elisabeth.

L'infirmière disparut. La porte retomba dans un soupir de capitons luxueux. Le roulement d'un camion fit trembler le vase garni de fleurs. Ces roses aux pétales de velours, quelle dérision ! Elisabeth les regardait et pensait à la salle d'opération, éblouissante et surchauffée. Une usine d'émail, de verre et d'acier. Des visages, avec un tablier blanc sous les yeux. Des mains de caoutchouc rouge, agiles, inhumaines. Et elle, au milieu de tout cela, écartelée sur la table gynécologique. « Le plus dur est passé. A présent, il n'y a plus qu'à attendre. » L'infirmière apporta l'orangeade. Elisabeth but une gorgée avec délectation.

« Est-ce que ce sera long encore ? demanda-t-elle.

— Oh ! non, dit l'infirmière en lui prenant le verre des mains. Le docteur Ebel vous verra demain matin, sûrement. Maintenant, il faut être sage. Fermez les yeux. Essayez de dormir...

— Vous ne restez pas un peu ?

— Non, j'ai des soins à donner à votre voisine de chambre.

— Elle a eu un bébé ?

— Oui, tout à l'heure !

— Qu'est-ce que c'est ?

— Un garçon. »

Il n'y avait plus d'infirmière. Elisabeth serra les dents et refusa de s'intéresser à tout ce qui n'était pas elle-même. La tige de la laminaire se dilatait lentement dans ses entrailles, préparant l'expulsion sanglante de l'œuf. Chaque fois que ses muscles se contractaient, elle songeait à l'enfant qui aurait pu naître. Un travail sourd s'était déclenché contre lui, dans sa chair. Son ventre, qu'elle touchait de la main, sous le drap, était le lieu d'un assassinat méthodique. Et si elle s'était trompée ? Si l'enfant était de Patrice ? Si elle était en train de tuer l'enfant de Patrice ? Pour la centième fois, depuis qu'elle était dans ce lit, elle se posa la question, et, pour la centième fois, se déroba devant l'incertitude. « Non, l'enfant est de Christian ! J'en suis sûre, sûre, sûre !... » Le son de ses paroles la fit tressaillir. Elle les avait prononcées à mi-voix, sans le vouloir. La lueur bleue de la veilleuse dessinait un halo sur le mur d'en face. Ce pèse-bébé, pourquoi l'avait-on laissé dans la chambre ? Le plateau vide avait des dimensions réduites, attendrissantes. Elle essaya d'imaginer un corps rose, recroquevillé dans la nacelle. Comment était-ce un nouveau-né ? Elle n'en avait jamais vu. Les vagissements se rapprochaient d'elle. Sa tête vibrait de tous ces appels inarticulés. Plus elle les écoutait, plus elle se sentait humiliée, frustrée, inutile. Un sanglot se formait dans sa poitrine. Ses yeux débordaient de larmes. Elle tendit la main vers la sonnette. Des pas dans le couloir. Un battement de porte. L'infirmière, ses joues rondes, sa blouse blanche. Dressée dans son lit, Elisabeth murmura d'une voix implorante :

« Mademoiselle, appelez le docteur ! Tout de suite ! Tout de suite ! »

L'infirmière imperturbable prit le pouls d'Elisabeth, sourit aimablement et demanda :

« Qu'y a-t-il, madame ?

— Il faut que je parle au docteur !

— Mais pourquoi ? Tout va très bien... »

Elle souleva le drap et découvrit Elisabeth jusqu'aux cuisses.

« L'enfant, balbutia Elisabeth, je veux le garder ! »

L'infirmière rabattit le drap et hocha la tête : « Voyons, madame, c'est impossible. Vous faites une fausse couche. Le docteur Ebel lui-même ne pourrait rien...

— Si, prévenez-le !... Qu'il vienne !... Je vous en supplie !...

— Bon, dit l'infirmière. Il a un accouchement en train, à la clinique. Je vais l'avertir. Dès qu'il aura une minute, il passera vous voir...

— Je veux le garder ! Je veux le garder ! » répéta Elisabeth.

Et elle retomba, en larmes, sur son oreiller.

*

Après le curetage, on la ramena dans sa chambre. En reprenant conscience, elle éprouva un sentiment affreux de vide dans son corps, dans sa vie. Rompue, fébrile, la bouche pleine de nausée, elle regardait avec horreur ces murs blancs et lisses qui allaient entourer sa honteuse convalescence. Elle aurait voulu mourir, et elle voyait la lumière du jour. Une soif inextinguible la tourmentait, et on lui donnait à boire, gentiment, par petites doses. Elle avait mal, et on la plaignait, on la soignait. La sollicitude des infirmières lui était pénible. N'y avait-il pas du mépris derrière tous ces sourires, derrière tous ces mots d'encouragement ? Les enfants vagissaient toujours dans la garderie. Des pas se croisaient dans le couloir. Elisabeth, écœurée, roulait sa tête sur l'oreiller et se mordait les lèvres. Vers le soir, elle demanda une plume, du papier, et, à demi allongée dans son lit, écrivit d'une main faible :

Maman chérie,

Il faut que je te voie. Ce qui m'arrive est effroyable. Je ne sais plus comment vivre, pour quoi vivre ! Je t'expliquerai tout, je te le jure ! Je t'attends avec une telle impatience ! Tu as l'adresse, en tête de cette lettre. Oh ! Viens, maman chérie, viens vite ! Je n'en peux plus ! Embrasse papa. Pardonne-moi.

ELISABETH.

ŒUVRES DE HENRI TROYAT

Aux Éditions Plon :

FAUX JOUR *(Prix Populiste 1935).*
LE VIVIER.
GRANDEUR NATURE.
L'ARAIGNE *(Prix Goncourt 1938).*
JUDITH MADRIER.
LE MORT SAISIT LE VIF.
LE SIGNE DU TAUREAU.
LA TÊTE SUR LES ÉPAULES.
LA FOSSE COMMUNE.
LE JUGEMENT DE DIEU.
LA CLEF DE VOÛTE
(Prix Max Barthou, de l'Académie française 1938).
LES SEMAILLES ET LES MOISSONS :
I. Les Semailles et les Moissons.
II. Amélie.
III. La Grive.
IV. Tendre et violente Elisabeth.
V. La Rencontre.
L'ÉTRANGE DESTIN DE LERMONTOV.
POUCHKINE.
DE GRATTE-CIEL EN COCOTIER.
LE FAUTEUIL DE CLAUDE FARRÈRE.
DISCOURS DE RÉCEPTION A L'ACADÉMIE FRANÇAISE.
L'ÉTRANGE DESTIN DE LERMONTOV.

Aux Éditions de la Table Ronde :

TANT QUE LA TERRE DURERA :
I. Tant que la terre durera.
II. Le Sac et la Cendre.
III. Étrangers sur la Terre.
LA CASE DE L'ONCLE SAM.
UNE EXTRÊME AMITIÉ.

Aux Éditions Flammarion :

LA NEIGE EN DEUIL.
DU PHILANTHROPE A LA ROUQUINE.
LA PIERRE, LA FEUILLE ET LES CISEAUX.
LA LUMIÈRE DES JUSTES :
I. Les Compagnons du Coquelicot.
II. La Barynia.
III. La Gloire des Vaincus.
IV. Les Dames de Sibérie.
V. Sophie ou la Fin des Combats.
LE GESTE D'EVE.
ANNE PRÉDAILLE.
LES EYGLETIÈRE :
I. Les Eygletière.
II. La Faim des Lionceaux.
III. La Malandre.
LES HÉRITIERS DE L'AVENIR :
I. Le Cahier.
II. Cent un coups de canon.
III. L'Éléphant blanc.

Chez d'autres Éditeurs :

DOSTOÏEVSKI, l'homme et son œuvre (Ed. Fayard).
SAINTE RUSSIE. Réflexions et souvenirs (Ed. Grasset).
TOLSTOÏ (Ed. Fayard).

IMPRIMÉ EN FRANCE PAR BRODARD ET TAUPIN
7, bd Romain-Rolland - Montrouge - Usine de La Flèche.
LE LIVRE DE POCHE - 22, avenue Pierre 1er de Serbie - Paris.

ISBN : 2 - 253 - 00681 - 5 30/311